诗人江湖老

人民日报出版社

图书在版编目（CIP）数据

诗人江湖老：人民日报 2012 年散文精选／人民日报文艺部主编. —北京：人民日报出版社，2013.3

ISBN 978 - 7 - 5115 - 1701 - 2

Ⅰ.①诗… Ⅱ.①人… Ⅲ.①散文集 - 中国 - 当代 Ⅳ.①I267

中国版本图书馆 CIP 数据核字（2013）第 047495 号

书　　名：	诗人江湖老：人民日报 2012 年散文精选
主　　编：	人民日报文艺部
出 版 人：	董 伟
责任编辑：	宋 娜
联系电话：	（010）65369521
出版发行：	人民日报出版社
社　　址：	北京金台西路 2 号
邮政编码：	100733
发行热线：	（010）65369527　65369509　65369510　65369846
邮购热线：	（010）65369530
网　　址：	www.peopledailypress.com
经　　销：	新华书店
印　　刷：	北京鑫海达印刷有限公司
开　　本：	710×1000mm　1/16
字　　数：	360 千字
印　　张：	20.75
印　　次：	2013 年 3 月第 1 版　2013 年 3 月第 1 次印刷
书　　号：	ISBN 978 - 7 - 5115 - 1701 - 2
定　　价：	49.00 元

目 录··闭上眼睛看世界

"汽车公德"	3	陈建功
久违了的书信	6	段天杰
随笔二则	8	方 成
给，是天地精神	11	郭文斌
山里的世界	14	何 申
杏花春雨江南	17	洪振秋
谁说八十不留饭	19	黄永玉
母 道	21	蒋子龙
明月几时有	25	李国文
流淌在血脉里的节日	27	李 山
谁是最美的人	29	刘兆林
"大师"与文化	31	卢新华
眷恋与忧思	35	王 蒙
闭上眼睛看世界	37	严 阵
人生登山几多重	40	杨闻宇
大自然的智慧	43	赵大年
云中谁寄锦书来	45	朱铁志

丹青难写是精神

趣话莫言	51	从维熙
绿色愚公	54	葛道吉
以女儿的名义	57	贺捷生
永远乐呵地想你——回忆父亲黄宗洛	62	黄海波
牡丹之歌	65	焦祖尧
他终身为爱情而歌唱	68	梁 衡
守望铁道	72	刘建镍

父亲的渡口	74.	刘江波
倔老头	77.	秦锦屏
二姐的日子	80.	尚书华
让子弹再飞	83.	万伯翱
唱吧，二妮	86.	王巨才
一个叫乌宁朝格图的兵	90.	武 歆
一声九一八，双泪落君前	93.	阎 纲
丹青难写是精神	96.	杨晓光
诗人江湖老	99.	虞金星
珍惜生命	101.	袁 鹰
巴金与个旧	103.	张昆华
到此方英杰	106.	郑休白
莫提娘	109.	周 涛

从心里走过

动物朋友	117.	鲍尔吉·原野
山中天籁	123.	卞毓方
守 白	126.	柴福善
无 声	128.	陈奕纯
所谓爱	130.	池 莉
流淌心底的眷恋	133.	崔明秋
花 语	135.	丁吉槐
听，剧院的钟声铃声	138.	郭启宏
痴 草	140.	寇胜茂
重温河流	142.	赖赛飞
苍茫云水已远去	144.	李 瑛
石榴落了一地	147.	刘庆邦
风从海上来	150.	刘水清
穿透如烟	152.	刘馨忆
天 香	155.	刘醒龙

有柳依然 . 158 . 孟德明
从心里走过 . 161 . 裘山山
向晚雅静 . 164 . 汤世杰
瓦 . 169 . 王剑冰
春天的消息 . 171 . 王金保
柠条赞 . 173 . 王书东
大地青未了 . 175 . 朱以撒

那时我们正年轻

台湖寻梦 . 181 . 班清河
一浪更比一浪高 . 184 . 陈佐洱
开秧门 . 187 . 成新平
难忘冬泳 . 189 . 费伟伟
那时，我们正年轻 . 192 . 韩石山
最后的驴 . 195 . 和 谷
感谢你，雷锋 . 197 . 贾宏图
社区逍遥游 . 200 . 林 希
忘不掉的馒头 . 203 . 柳 萌
山中年馍 . 206 . 乔忠延
小镇"观礼台" . 209 . 田永元
犁之魂 . 212 . 凸 凹
团泊洼三本书 . 215 . 吴 昊
劝业场记忆 . 218 . 肖复兴
每一个春天都是改革元年 . 222 . 熊召政
清明雨 . 225 . 徐 刚
响谷棒 . 228 . 杨平位
接地气 . 230 . 叶延滨
爱，穿越戈壁高原 . 232 . 喻季欣
乡村挂红灯 . 236 . 朱谷忠

人性山水

峭壁之窗	.241.	艾克拜尔·米吉提
慕士塔格峰	.244.	白　涛
柳庄拜谒左宗棠	.247.	蔡勋建
王村一夜	.251.	查　干
夏天的李园	.254.	陈家恬
布达拉宫的觐见	.257.	陈世旭
我来吊济水	.260.	戴　鹏
北风南派"襄河道"	.264.	凡　夫
"井底"诗画	.267.	葛水平
雅鲁藏布第一桥	.269.	冯文超
故乡与家乡	.272.	黄传会
"荷枪宫前惟一卒"	.275.	金宏达
汶河岸边是我家	.277.	李玉洋
那片草地	.279.	梁　君
"列图"的窗口	.281.	路雪莹
边城下坝	.284.	马卡丹
家住筲箕湾	.287.	宋永清
布鲁日的红	.290.	素　素
童塘情怀	.293.	孙江月
湘江北去	.296.	谭仲池
徐霞客的上林	.299.	王必胜
登　高	.302.	王充闾
拉萨的夜灯	.306.	王宗仁
萨尔巴斯套	.308.	熊红久
昆明的雨	.311.	张　长
寻找万木草堂	.315.	张瑞田
黄姚竹音	.318.	张燕玲
问　茶	.321.	赵良冶
人性山水	.323.	周宗飞

闭上眼睛看世界

丹青难写是精神

从心里走过

那时我们正年轻

人性山水

"汽车公德"

·陈建功

我应该算是醉心于"自驾"的。也因为这痴迷，年届花甲，便放出狠话——离任后立即驾车游遍全国！令人惭愧的是，离任既久，所谓"游遍全国"，不过"图"上谈兵，最远的，也就是从北京驾车到过大同一次而已。当然也有可堪"吹嘘"的，就是前年夏末，应女儿之邀，和她小两口儿开着一辆老旧的"别克"，从西部的旧金山，开到了东部的纽黑文，算是把美国横穿过了一回。我虽老矣，揣个驾驶证件，在两个年轻人的陪伴下，轮换驾车驱驰，也算不上什么"壮举"。不过，毕竟和以往的访问有所不同，新鲜的感受还是不少的。有些感受，当时倒记了下来，也有一些，似乎被生活的纷繁掩盖了。直到不久前惊闻"药家鑫事件"、"小悦悦事件"、"正宁县校车事件"等等，在美国的驾车感受，才忽然被唤醒了过来。

我当然不否认美国也有恶性违法交通事故，不否认美国也有横冲直撞的和肇事逃逸的司机，就像我不否认中国的道路上也时时见到"活雷锋"，时时遇到德行高洁、谦和礼让的司机一样。但总体上看，我个人的感受是：我们的交通文明水准亟待提高。不然何以解释我国交通事故死伤人数连续十年高居世界第一？以下是一位友人为我查询到的信息：2011年，在严厉禁止酒驾后，汽车保有量达到1.04亿的中国，居然还有6.2万人死于车祸！据查，在汽车保有量2.85亿的美国，车祸死亡人数为4.2万人。而汽车保有量为7000多万的日本，车祸死亡人数只有4611人。以我这个外行人的感受，我国交通事故高发不降的原因，在于对违法违规行为的惩罚力度不足。就拿"超速"来说，在中国，机动车行驶超过规定时速10%的，给予警告；超过50%的，罚款200元以上、2000元以下。在美国，超速的平均罚金是200美元，最高额的罚单可超过500美元，个别州还有权增加入狱处罚。正因为这样，在美国的高速路上开车的时候，我最习惯的动作就是在车速达到最高限速的时候，按下巡航的手柄，当我发现这老"别克"的定速系统已经失灵的时候，就不能不大感失落，时不时被女儿"耳提面命"啦——从人流熙攘的中国到地旷人稀的美国，超速是如此浑然不觉，而又有谁知道"潜伏"在路旁的警察，会在什么时候突然把警灯扣在一辆貌似民间的轿车上，追过来开你的罚单？

我们的法律却似乎要"仁慈"得多，因此，超速超载的司机也好，占用应急车道的司机也好，面对着法律，似乎还没有感受过美国司机的心惊肉跳。

"苛法重罚"是急需的，"汽车公德"水准的提高，又何尝不须面对？记得冯骥才写过一篇文章，对"公德"概括得准确而朴素，他说："公德的根本是重视他人的存在。"北京交通的壅塞，很多原因在于司机的"霸道"，"厚德"的国人，遇到这样的情况，为什么不能像美国人那样开车，不"霸道"而"公道"——一左一右，自觉地轮番通过？"社会公德"的概念大家可谓"耳熟能详"，但"汽车公德"却鲜为人知。我国精神文明建设既往的经验，就是要加强针对性、时代感和感召力。因此，面对"汽车时代"到来的实际，面对提升国民"汽车公德"的紧迫性，面对改善交通安全状况的呼声，精神文明建设应及时抓住"汽车公德"的命题，做出更有时代特色的、更有现实针对性和感召力的回应。

当然，开展全民的"汽车公德"教育，需要一定的舆论氛围和宣传声势。比如建议大中城市设立每月一日"汽车公德日"，根据交通法规的要求，设计每次的宣传主题，如宣传"酒驾为耻"，宣传"抢占应急车道为耻"等等，大造舆论，批评、曝光无良行为，树立汽车道德之尊严。但也要切忌形式主义，不应满足于表面声势。在加强舆论宣传、弘扬正气、普及法律、答疑解惑的同时，还要鼓励有关部门、企业制定相应的奖励措施，比如对超过某个年限没有违章记录的驾驶员，应予税收或其他方面费用的减免；比如鼓励保险公司出台"无违章记录"折扣奖励制度；比如鼓励汽车企业对本品牌汽车车主开展"万公里无违章奖励制度"等等，给尚德守法者以社会荣誉和经济鼓励，真正形成"汽车公德"大行其道的社会环境。

"汽车公德"的内涵还远不止上述所说。其实这是一篇与人类文明共同进步的大文章。比如记得某城市当年实施过对小排量汽车的"歧视"政策，而今变为了"鼓励"政策,这就是对"碳减排"、"环境保护"等问题思考后的一项"功德"。同样,我又从网上高兴地得知,有发言人称,不久将借鉴国外的做法,在颁发驾驶执照时,按照自愿的原则,为驾驶员预签"意外死亡器官捐赠协议"提供方便。就是说,签了协议的人,将在驾驶证上有所标识,万一有因交通事故而死亡的不幸发生,你将同意捐赠你的器官,以为人类作出最后的贡献。这也应该算是"汽车公德"建设不断被完善的好消息吧?

哪天实现这一条,我愿做签约者。当然,这样的签约者越多越好。不过,我希望,通过国人的努力,这个协议被履行的,越少越好。

阿弥陀佛。

久违了的书信

·段天杰

忽然想到一个问题：多少年没写过信了？想想算算，不得了，自己竟然10多年没写过信了！

问问身边人同样的问题，有的摇摇头、咧嘴笑呢，意思是记不清了；有的说自从用上手机、开通QQ，就没写过信；还有的睁大眼，看怪物似的看着我，反问："一个电话能说清的事，写什么信啊，你傻吗还是啰嗦？"

是啊，在这个追求高速、普及快递、流行秒杀、常见闪婚的时代，人们都把地球当作村了，拨个号码就可以全球通，谁还愿意慢腾腾地写信呢？我们不得不承认，书信这种传统的沟通方式，已经或者正在被各种更加快捷、更加逼真的现代交流载体所取代，一个落后的、迟缓的、因长久音讯不至而使亲人饱受思念之苦的时代，已经一去不复返了！

在为时代发展进步而欢欣鼓舞的同时，我对书信也有一种割舍不下的情感。

小时候，哥哥们在外工作，我打上小学起就多了一份作业——给哥哥们写信，给母亲念哥哥们的来信。

三哥所在部队驻西南边陲，当时越南、老挝都有战事。村里人看了三哥来信的地址——几几几信箱几几几分箱，断定三哥在国外参战。听到这些传言，母亲吃不下饭、睡不好觉，把所有的牵挂、担忧和焦虑都寄托在三哥的来信上，每当天上有飞机经过、树上有喜鹊喳喳或远远看到有邮递员模样骑自行车的人过来，母亲都会急切地问我：有你三哥的信吗？

我入伍那一年，国内发生了一系列惊天动地的大事，先后有周总理、朱委员长、毛主席逝世,还有唐山大地震、粉碎"四人帮"。我担心体弱年迈的母亲惦念,每半个月左右就给老人家写封信,基本原则是报喜不报忧,因而领导的关心、战友的帮助、受到了奖励、当上了班长、考取了军校以及大大小小的开心事,都成为讨母亲欢喜的素材,至于北部边疆冰天雪地的寒冷、战备施工多次遇到的险情,那是决不让母亲知道一星半点儿的。母亲在一次回信中曾点破了这个问题:娘知道,你在信里都是拣好听的说,也好,这正是娘最想告诉你的,人有一颗向好的心,就是好的开始,男子汉任何时候都不要把苦和难放在心上,那样太沉重,走不远。后来,母亲在给我的信中还先后嘱咐我:记住人的好,人会对你更好;人受人崇敬,是因为他付出了什么,而不是得到了什么;人都是一个脑袋两条腿,别人能做好的事情,你都能做好。

距离让天各一方的亲人相互思念,书信为思念着的亲人们搭起了互通音讯、交流思想、维系感情的桥梁。我是在饱蘸亲情、深藏爱意、寄予厚望、相互激励的家书中成长起来的,对这种"抵万金"的特殊文体和沟通方式厚爱十分!

然而,再美好的事物也不是一成不变的。我们毕竟进入了信息时代,人们喜欢以何种方式沟通交流,如何表情达意、实现预期效果,那还是由当事人自己选择和决定吧,正所谓"穿靴戴帽,各有所好","你走阳关道,我过独木桥"。但请不要忘记,当你觉得有些话不便、不愿、不好在电话里说出口的时候,有些事不适合于用手机短信、网络 QQ 表述或谈论的时候,有些朋友内向、腼腆、木讷而恰恰能够下笔生辉、文采飞扬的时候,还有在各种条件受限或遇到特殊情况无法运用现代联络方式的时候……那你就写封信吧!

随笔二则

·方 成

笑的艺术

人性好奇，逛动物园时，人总是喜欢去看那些平时少见的和难见到的野生动物，常见的牛马家雀之类就引不起人的兴趣。走在大街上，车马行人是见惯了的。倘见一个人站在一旁注视着一个地方，就觉出奇，会引起别人也往那个地方张望，想知道那人看的是什么。所以出奇是引人生趣的基本因素。当然，使人担心的事则属例外。讲故事，尤其是讲笑话，都必须有出奇的情节。出奇，也须合乎一定的情理，才可理解。相声大师侯宝林说过："没有矛盾就没有笑话。"出奇，是出乎人的意料，就是一种矛盾——主观想法和客观现实之间的矛盾。

漫画是谐趣性滑稽逗笑的艺术，谐趣必出奇，并可理解。我讲漫画创作艺术技法，就用"奇巧"两个字作简要的概括——奇是出奇，巧是又合乎情理；或是巧得出奇。这也就是常说的："出乎意料，合乎情理。"

说笑话和画漫画、说相声，都须编奇巧的故事情节。比如《罚习字》这幅漫画编的情节，是那位父亲原是教训儿子的，最后反过来，转变成受儿子教训了，这一转换出人意料，也合乎情理。另一幅是外国漫画，画的是一种特殊的澡盆设计，看来出奇，但也合情理，看了会引人发笑的。

侯宝林说的相声《醉酒》，是根据一个欧洲笑话编的。当年老友钟灵先生从欧洲回来时，我听他说过这个笑话。原来说的是疯人院里一个疯病人亮着电筒向上举着，要另一个疯病人顺着光柱爬上去。情节很简单。侯先生借这笑话编成两人表演讽刺醉鬼的对口相声段子。最后几句对话是：

  甲：从兜里头啊，把手电筒掏出来啦！
  乙：手电棒。
  甲：往桌子上一搁。
  乙：干吗呀？
  甲：一按电门，出来一个光柱。
  乙：哎，那光出来啦。
  甲："你看这个，你顺着我这柱子爬上去。"（学醉鬼说）
  乙：那柱子啊？
  甲："你爬！"（学醉鬼的话）
  乙：那个怎么样啊？
  甲：那个也不含糊啊。
  乙：哦？
  甲："行！这算得了什么啊，爬这柱子啊？你甭来这套。"（学另一醉鬼的话）
  乙：嗯？
  甲："我懂，我爬上去？"（学另一醉鬼）
  乙：啊。
  甲："我爬那半道儿，你一关电门，我掉下来啊？"

  这里最妙的是，那位醉鬼先说："你甭来这套。""我懂。"表示他已知道甲是哄他的。但接着他又说："我爬那半道儿"这一句，显出他真没懂，以为那光柱是能爬得上去的。他这自我矛盾出了丑，造成可笑的滑稽。
  就凭一个简单小趣事编出一幕幽默的喜剧故事情节，非深通笑的艺术的人，是办不到的。

一忙治百病

  我已经很久不看电视了，因为忙，顾不上。还有个原因，不耐烦广告的干扰。电视剧刚看到关节处，插播的广告就突然出现，扫兴之极！可这些广告也会引人思索。最常见的电视广告，一是酒，二是药。想来也自然：人活得有滋有味，就离不开酒。有的酒还带健身之功，助人长寿。万一生病，广告上的药品都说是一吃就灵的，祛除百病。谁不想在这太平盛世多活几年享享福啊！人见我这么大年纪，能整天伏案工作，上街还骑车，常会问我有何养生之道。一位澳大利亚漫画家就曾问过我。我回答："只两条：一是多活动；二是万一想不开，别找绳子上吊，找杯酒算了。"现在人问，我改了，说："就一个字：忙。"

可不是我自己想忙，是不得不忙。因为，我虽然没学过画，却爱画，画的又是专门评议什么的漫画。看什么有趣就评，看什么不好，也评。有画家问过我这种画的特色，我说："你看什么顺眼画什么，我呢，常是看什么不顺眼画什么。"因为我在报社工作，有针砭时弊的任务。漫画是干这一行的。干这一行，用文字也行，写出来叫"杂文"，于是我也写。杂文和漫画原是近亲。我曾和同行老弟韩羽合填过一阕不大守规矩的《西江月》：杂文不是漫画，说来本是亲家，别看篇幅不大，人们偏爱看他。一个圈圈点点，一个勾勾画画，一样菜两样做法，味道酸甜苦辣。

这么一来，我和写杂文的朋友又结上亲，不时来要我画插图。漫画和杂文都短小精悍，是报纸期刊之所钟，于是就和那里的编辑们也结上亲。和他们打交道，谁能闲得住！因此，伏案动笔之外，还得跑邮局往外发送。作品多了，辑之成书，给亲友寄须包装一下，也都自己动手，邮局跑得更勤。为省时间，出门骑上自行车跑，使我成了手脚不停的全忙户。这正合乎我先前说的养生之道第一条。俗话说："谁家都有一本难念的经。"人一忙，就顾不上去念了，这又合乎我先前说的第二条。我是有 50 多年烟龄的老烟客，每天一包，20 支。一忙，也顾不上，三五支即可。医生赞曰"好！"

和我一样工作几十年，退休下来的同志，无事可忙，有的成天坐在院子里发呆。人不忙，手脑一停，全不灵了。由此想到，老年妇女一般比男的长寿，因她们家务忙。养花上瘾，养鸟成天遛鸟的男人也会长寿，他们各忙各的。

写到这里，已成篇。闲下来，点上一支烟，吸到一半，又得忙别的去了。

给，是天地精神

· 郭文斌

小孩刚生下来，为什么要先呼一口气？人在疲劳和紧张时，为什么要长出气？这其中，有秘密。我们再想想，我拥有100平方米房产，是我花钱从房产商那里买来的，房产商是从政府那里买来的，那么，政府手里的地是从哪里来的？大地无偿馈赠的。如果大地收取出让金呢？可是大地从来没有吭过声。有人种菜发家，有人种粮发家，当他们一笔笔往银行存钱的时候，大概没有谁想到，这些钱，全是大地的馈赠，可是，有谁听到过大地的埋怨？

可见，"给"是天地精神。这种天地精神，在动物和植物身上体现得更充分。记得小时候，天上还满是星斗，许多人还沉浸在梦乡，父亲就赶着老黄牛下地了，那串叮咚叮咚响过巷道的铃声，永远留在我的记忆中。从老黄牛身上，我知道了什么叫任劳任怨。那种不辞辛苦的乖顺，真是让人感动。还有驴，不但要拉犁，还要驮运，面对需要两个人才能抬到它背上的沉沉的麦垛，一点逃避的意思都没有，而是静静地站在那里和你配合。还有禾苗，如果你盯住同一棵禾苗，每天跟踪它成长的轨迹，就能理解作母亲的某种感觉，体会到母亲看着孩子从出生到一天天长大的那种感觉。还有杏子，从一朵花，到一个青杏，再到成熟，最后奉献给主人，那个过程，真是悄无声息，却惊心动魄。

当有一天我突然意识到，原来我们平时吃的东西，全是种子，心里就打过一个闪电。每次用夹子捏核桃，我都有一种强烈的罪恶感，一个那么完好的世界，却让我们咔嚓咔嚓地捏破。终于明白哲人为什么要说，如果不是一个奉献者，活着就是犯罪。只要活着，我们就得吃喝拉撒，而每一次吃，无疑都是破坏。一颗土豆是一个世界，一粒玉米是一个世界，一个苹果也是一个世界，每天，有多少个世界到了我们的胃里，而它们，是种子。这些种子如果到了田野，将是一个无法估量的生机。

关于天地精神，老子已经讲透了，"天地所以能长且久者，以其不自生，故能长生"。中国古人之所以强调效法天地，就是因为天地精神中有圆满的人格典范，有根本快乐。当年鲁哀公问孔子他的弟子里面谁的境界最高，孔子的回答是颜回。因为他"不迁怒，不贰过"。他为什么要首先强调不生气呢？当年搞不清楚，后来在寻找安详的过程中突然明白了。人为什么会生气？生气是因为自我被冲撞啊；人在什么情况下不生气？无我啊。那么，如何才能无我？利他差不多是一条最重要的途径，用现在时尚的说法就是通过爱别人。于此，天地给了我们最好的参照，那就是"生而弗有，为而弗恃，功成而弗居"。我们且不要说像颜回那样完全消灭自我，就是把自我尽可能地弱化，快乐也会成倍增长，因为烦恼和焦虑来自患得患失，而要消除患得患失，唯一的办法就是去掉得失心。反过来，一个人如果还有得失心，那他离安详还有很远的距离。

所以，古人比照天地精神消除自我。因为"天同覆，地同载"，所以"凡是人，皆须爱"。在这里面我们会发现孔老夫子所讲的"七十而从心所欲不逾矩"这种大自由境界，首先来自于一个前提，就是耳顺。耳顺，就是别人荣你，你快乐，辱你，你也快乐，所谓荣辱不惊，毁誉不动。那么，耳顺从何而来？无我。一个人，只要有自我，就无法荣辱不惊。所谓，"名关不破，毁誉动之；利关不破，得失惊之"。所以，古人首先在超越名利上做功课。而要超越名利，似乎没有比"给"更好的途径。

只有我们把能拿出来的那份物力、体力、智力奉献社会，并且不求回报，把我们能让的那部分利益让给别人，才能溶化自我这块坚冰，清除这一通往安详道路的最大障碍。当我们尝试着把能拿出来的那份财物给更需要的人，实践一段时间之后，就会发现，我们对财物的占有欲降低了，渐渐地，我们就能体会到钱财的得失不再对我们造成很大的焦虑了。再实践一段时间，我们又会发现把财物给更需要的人更有增值感，这种增值感既是物质的，又是精神的。这样，附着在财物上的那个"我"溶化了，另一个"我"诞生了，它就是本我。这时，我们就会明白，所有的痛苦都是因为"小"造成的，宇宙、苍生、人类、国家、家族、家、小家、本我、大我、小我，层层隔离，逐次成"小"。为了捍卫这个"小",焦虑产生了,痛苦产生了。换句话说,痛苦是因为我们心的"小",这是我的,那是我的,得到喜,失去苦。一个宝物,到了我家,我高兴,到了别人家,我沮丧。但在"整体者"看来,放在谁家都一样啊。可见,分别越小痛苦越小,分别越大痛苦越大。

　　反之,当这个"小"按照小我、大我、本我、小家、家、家族、国家、人类、苍生、宇宙这样的次第扩展,来自小我的焦虑便逐次削弱,直至于无。可见,这个"小"是被分别出来的。现在,我们反其道而行之,通过把自我认同的财富、力气、智慧给予他人,我们的心量就打开了、扩大了,结果是,焦虑消失,安详到来。对于一个村落级心量的人,家的得失已经不会对他造成焦虑了,对于一个世界级心量的人,村落的得失已经不会对他造成焦虑了。而对于一个以"大整体"为家的人,已经不需要做"回家"想了,终极归属的焦虑自然消失了。

山里的世界

· 何 申

我在承德生活，承德在塞北绵绵群山里。我出热河城去乡村，乡村在莽莽大山间，在无边草原上，在清清小河边，在幽幽山坳处。有歌曲唱：山外的世界很精彩。我说：山里的世界同样精彩，对于写作者尤其是。

最初反复读《讲话》，字面上好似读得很懂，发言也说这回明白了。但写了好长时间，还弄不清路数，不知道作品卡在哪里。那一年冬天，农民走上致富路，我到县里，见到给致富者披大红花骑大白马走大街敲大鼓的场面，其中一老汉正是电影《青松岭》钱广的"原型"。我惊讶了，隐隐觉出这里面有故事。于是，我就跟定了马队，结识了"老钱"，随后又"远上寒山石径斜"，白云深处去寻他。"老钱"当年被丑化，屡受批判，先不愿见我，但看我心诚，便长叹一声聊了起来。接触时间虽然不长，得到的鲜活素材，绝非我憋在屋里能编出来的。往下再变成文字，如《青松岭后传》小说（和电视剧），以及以同样方式从大山里淘出来的中、长篇如《穷县》、《穷乡》、《穷人》、《富起来的于四》、《奔小康的王老祥》、《梨花湾的女人》等等，就立刻被刊物编辑看重，发表了又受读者喜爱，还屡屡改编成影视作品。

应该说到了这时，我才算得上是开了点"窍"，而这些个"窍门"，其实早就写在《讲话》中。再读《讲话》，"倍感亲切"，就由先前的一句套话变为实话，由出自口里变成发自心中。想一想，文章中的一些道理，好像就是讲给自己的。别人咱不敢说，我的创作"源泉"在哪里？我的"生活"路在何方？这回我知道了：在山里，就在山里，就在山里干部民众为创造新生活的寻常日子里……

　　70年前，问世于中国西北黄土高坡上的《讲话》非同一般，其内涵丰盈立意高远。文章既有言及当时具体的个性的内容，更有一般的具有普遍意义能使文艺工作者受益久远的道理。彼时的延安，聚集了来自全国各地各阶层的文艺精英，对创作的理论和实践有着各种各样的想法与行为。这是中国近代史上少有的文艺创作者历史聚会，又是一次不可再复制的各种文艺创作思想的相互碰击。毛泽东以一个革命实践者的感觉，对延安这些人的"生活"做了深入的了解，以马克思主义文艺理论为指导，结合中国的实际情况，于是才有了这篇具有划时代意义的《讲话》。70年的实践表明，《讲话》绝非因人而重，恰恰是因其内容厚重观点准确分析透彻，才被文艺工作者视为如路标与航灯般的重大历史文献。

　　我在天津长大，津门故里永远是我梦中的少年乐土；但我创作道路的起点，则是在避暑山庄旁的斗室中，至于成全我文学之梦的土壤，毫无疑问，是我身边的无边大山大川草原河流，还有那些可亲可敬勤劳纯朴的村民、整日忙活不停的县、乡、村干部。我写了他们几十年也没写够没写烦，反而兴致愈增，其原因就在于这山里的世界，比先前更精彩了，"精彩"得更有写头了。

　　比如，热河城郊，县镇周边的老农，转眼间住进高楼，一老汉开始憷头电梯，天天拎把镰刀爬20层，边爬边想，我就当上山砍柴，一扬胳膊，把个小偷吓得跪下了；老伴看200平方米空屋闲着可惜，干脆辟出一间养鸡，清晨，雄鸡一唱群楼白；比如，青壮年多数去打工，不少老人被儿女接城里住，大山里的小村变得静悄悄。而静中的生活又蕴含怎样的不平静，一座三层楼，怎么快变玉米粒埋起来？原来在搞购销，生活方式变了；比如，原先翻一座大山，人行两天车行半日。那有个鸡鸣三省的深山村，由于太偏远闭塞，当年真有老人闹笑话，60年代干部下乡，见了问：听说日本人走了？现在高速路隧道几分钟穿越，深山变成旅游宝地，老汉的工作就是坐在凉亭抽旱烟陪游客聊天。难道，咱不想听听他说些啥吗？

　　当今写作者的创作条件越来越好，家里洋楼别墅少则百十平方米客厅书房，老一辈在哪个招待所弄间房写作成了笑谈。每日里辞不掉的宴请，山珍海味，吃得身体指标不该高的都高，写作上该提高却高不上去。于是就苦恼，就反思，也明白，该往下跑跑。可下去又憷头，开着轿车去？没等找着人，就该往回返了。住下，住农民家？半夜炕上猫走，黎明雄鸡干扰，冬晚没热水泡脚，方便下蹲费劲。甭说京城作家，就是我在山里生活这么多年，也有些不适应……

但越是不适应，越说明我们身上对某种生活的亏缺。今年"五一"去我老伴当年插队的深山村，那里不富裕，老房东半夜起来包饺子，圆白菜馅。端上来嚼一个，好酸，难往下咽。后来明白了，这时节，园子里只有小葱，这圆白菜是头年腌的，难怪这味儿。中午躺会儿，耳边有什么动静，醒来一看，老猫带俩小崽正挨着我睡。再到院里，一只大公鸡抖动红冠，领着六七只母鸡吃饱了正往山上溜达，我脱口而出：这大概是天下最幸福的家禽了！

杏花春雨江南

·洪振秋

　　这又是一个人间四月天的夜晚,窗外依然下着淅淅的春雨,于是在灯下遐想着江南在春雨的氤氲中,似乎更加宁谧和清丽,耳旁的隐约间,一曲曲江南春雨的乐章悠悠传来,并夹杂着杏花的芬芳。

　　我倚窗沉思,想着天光从那粉墙黛瓦中露出时,明朝窗外的小巷会传来美丽动人的声音:"卖花呀!杏花……"当这种甜美的玲珑的声音飘拂而来时,总让人感到有一种沁人心脾的清香。

　　小时候在农村,我居住在歙南一个很有诗意的叫梅溪的山村,我家老房子隔壁便是一个占地百余平方米的杏林,这是绣娘母女俩居住的宅院。几乎在每年3、4月间,天一下雨,窗外隔壁宅院的灯光经常会一闪一闪地映进我的窗口,母女俩拿着一盏灯在杏林丛中徘徊着,闪亮着。"妈妈,雨下得这么大,会不会把杏花打掉?""不要紧,春雨贵如油,一夜春雨一时新呢。"淡然而又充满希望的声音中,那一簇簇的杏花在夜雨中悄然努力地开放,让人感到一种沁人心脾的清香。

　　这对母女平时犹如村中的"隐士",很少与外人接触,她们本来是生活在苏州的,由于家中的男人被打成右派被迫害致死,于是被遣送回原籍劳动改造。尽管村中有不少亲属族友,但都很冷漠她们,总怕惹麻烦。据说,女孩子的母亲本是一位绣娘,她的刺绣作品在苏州一带很有名气的,尤其她能够从一些历代吴门画派大家作品中吸取精华,使其山水、人物、花鸟等绣品样样精致。我看过她绣的颇具唐人诗意的《杏花春雨》图,图中的围墙印着斑驳的暗绿苔痕,杏林丛中,枝上粉红的小花开得悄然无声,几滴淡淡的雨点,使整幅绣品显得更加静谧。

  我父母也很喜欢绣娘的刺绣作品，那时候的人都很穷，每当父亲从外面加工一些新的稻米回来，就立即叫我拿一个小竹筐，量上几升米让我送到绣娘家去。她们母女俩看到我送来的新米，一边道谢一边很认真地翻出一块很漂亮的刺绣给我，一看到那刺绣上的杏花朵朵，我心中充满着喜悦……

  后来，我书读多了，就越来越理解父辈的心情了，也能领悟"杏花春雨江南"的美妙了。记得民国才子周瘦鹃曾写过这方面的感悟。起初，江南人每逢杏花开放之时，往往春雨绵绵，老是不肯放晴，心里很烦躁。自从读了那句："杏花春雨江南"之词后，顿觉隽妙可喜，江南似乎更加妩媚，风景也更加绝妙。"杏花春雨江南"这种纷繁而热闹的世界，不仅古人喜欢，绣娘母女喜欢，我父母和我也很喜欢。这是因为任何人的过去、现在，以至将来都会面临着无数大大小小的雨季，如果雨季中忽然出现那美丽的、热烈的，又充满希望的红杏花，怎不令人心旷神怡之后又倍增无穷的信心呢。

  "杏花春雨"之意境早已刻进国人的骨子里去了，这种词意已经过数百年的沉淀和遗传，浸润了我们的心田，即使你是一个很平常的朴素之人，同样也会被这种独特的诗情画意感染着。

  这也包括我自己，我望着人间四月天中那明媚而滋润的江南，春潮晚来的花雨，正敲打着江南特有的青瓦，一声声，叮叮咚咚，密密匝匝，这是"沾衣欲湿杏花雨"的意境，让人情不自禁地想起，到底是杏子林里落花成雨，还是雨催开了杏花？

  "杏花春雨江南"，它告诉世人的不仅仅是江南的美丽，而且还有无限的希望和勃勃生机。

谁说八十不留饭:

· 黄永玉

  壬辰年重阳节前夕，88岁的黄永玉先生的万荷堂家中，走来一批特殊客人。他们主要是北京人艺的导演、演员，其中，80岁以上的有郑榕（88岁）、蓝天野（85岁）、朱旭（82岁）等，70岁以上的有张曼玲（77岁）、吕中（72岁）、徐秀林（72岁）。同行的还有从美国归来的卢燕女士，也已是85岁高龄。领他们前去的是剧作家何冀平，即黄永玉题跋中所写"小香"——四十几年前，同住一个小院里的邻居女孩。何冀平新创作的话剧《甲子园》公演，请黄永玉前去观看，遂有了这样一次老艺术家们的重阳雅集。老人相聚，却青春洋溢，黄永玉当场写下一副对联，题跋于上，来访的客人也纷纷签名留念。

  一群老艺术家的相聚，留下金秋的佳话。

——编者

人说八十不留饭
大伙吃给他们看

  小香邀约了几十年、几年不见的老朋友们到万荷堂来，这些老朋友和我自己都已经是八十几岁的老头子老太婆了。有的在医院来不了，有的刚刚去世不久，能来的却都是精神爽利声若洪钟，看来让人振奋。时间过得这么快，只有老人家才感觉得到，才会珍惜。人老了，留下深刻的文化珍品给后世多不简单！有如我们的前辈，嘴巴上流芳谭叫天、杨小楼、余叔岩一般，除此之外，我们搞文化还希冀什么更奢侈的东西呢？可惜，人艺好多朋友都不在了，冼繁、赵南、文燕、绣文、王文聪、吕恩、英若诚、黄宗洛这些老大哥老大姐都不在了，万先生（曹禺）、焦先生（焦菊隐）、舒先生（老舍）也都不在了。所幸老招牌"人艺"还在，深深挂念医院里的于是之，祝福他们早日恢复健康。人老不怕，就怕颓废和意志消沉。看我们今天多带劲！所以今天我写这副不对仗的对联来长长我们老头老太太的志气，什么七十不留宿，八十不留饭的混蛋话！看了《甲子园》，小香提高我这份感慨。

母　道

·蒋子龙

前些年去书店为小孙女选购读物,见到一本荣荣写的童话《住在贝壳里的老爷爷》。甚感惊异,想知道这本童话的作者是不是那位诗人荣荣?急忙翻看前言,不错,正是她。我并不认识荣荣,却听人谈过她的诗歌获过鲁迅文学奖,出版过多本精美的诗集,这样一位出色而勤奋的诗人,怎么会写起了童话?

我当即买下这本书,读到作者写的后记时更是吃一惊,原来她曾"身患重疾,十几年来生命朝不保夕,悬而又悬地生下了儿子"。当儿子长到四五岁时,发现了他性格和行为上一些应该注意的倾向,诸如胆小、乱丢东西、过于贪玩等等,已经全身心担当起母亲角色的荣荣,不是呵斥儿子,而是即兴给他讲故事。现讲现编,现编现讲,越讲越多,越编越顺,有时连她自己也被这些故事感动。一位老编辑偶尔听到了这样的故事,便鼓励她整理出版了这本童话。细读之后果然不错,有空便读给孙女听。

比如《很丑很丑的石头》中那块难看的石头,不满足于当一块安安静静的石头,发现那些能够花样翻新、大出风头的东西,是因为比自己多了一个"心"。于是便千方百计地也给自己弄了个"心"。从此它再也无法安分了,一会想变美,一会要出人头地,蠢事、坏事做了一件又一件,反弄得焦头烂额,最后几乎连石头也差点做不成了。既童趣盎然,又意蕴悠长。还有《太多太多的云》,讲一个好东西太多了也会生出麻烦的故事,本来很美的云彩,多到堆满了天空就成了灾难,地球上的所有生物都受不了啦,只好让那些不讲卫生的云朵变成了屎壳郎,爱撒谎的黑云变成了乌鸦,爱占小便宜的送雨云变成了老鼠,爱欺负别人的雷电变成了狼或狐狸……

母爱丰沛而滋润,是最高的激情,能焕发出伟大的想象力和创造力。世界经典童话《长袜子皮皮》,就是瑞典女作家阿斯特里德·林格伦讲给女儿的故事。但她们创作童话首先不是想自己出书成名,而是为了教育孩子健康成材。教育子女本来就是为母之道的重要内容,《广雅》解释:"母,牧也。言育养子也。"在古人看来,"育"重于"养",生养了孩子就必须教育,还要会教育。是天性赋予母亲成为伟大的教育家,在孩子的成长过程中担当着独特的不可替代的作用。被尊为"镭夫人"的居里夫人,对还不满周岁的女儿就开始进行智力和体操训练,她不仅自己曾两次获得诺贝尔奖,其长女伊蕾娜继母亲之后也成为世界上第二个获得诺贝尔化学奖的女性。在中国的传统文化中也不乏这样的经典故事:《孟母三迁》、《三娘教子》等等。

而且那是在"夫权社会"、"师道尊严"大盛的年代,讲究"师徒如父子"、"一日为师,终身为父"。把孩子送进学校交给老师,家长就可放心大吉。而今"师道尊严"大打折扣,教育产业化,没有家长敢完全信任老师和课堂,不能不带着孩子到处花钱"补习"。越如此越逼得中国人不得不拼孩子,竞争从呱呱坠地就开始了,谁都不愿意让孩子输在起跑线上,因此母道显得尤为重要。正如蔼理士在《不生育的问题》中所言:"这种母道的任务,要是做得好,也等于一个必须维持上好多年的职业,而其所需要的惨淡经营、全神贯注,也还在一般专业之上。"根据家庭条件的差异,充分发挥自己的优势,现代母道可谓五花八门、异彩纷呈,不乏妙招、绝活儿。荣荣为儿子写童话,不过是千万母道中的一种。

许多年后,在舟山渔民文化节上我结识了荣荣,几句寒暄话后便打问她儿子的情况,很想知道她的母道效果如何?她说儿子在7岁的时候出版过一本小诗集,现在上小学六年级,功课中上等,比较调皮捣蛋,也经得住批评乃至处罚。有一次因上课做小动作不好好听讲,被老师叫到前面罚站,下课后就写了一首题为《罚站》的诗,调侃自己因为刚才动得太多,现在一动不能动,"像一条踩扁的蚯蚓"。他们母子经常一起写"同题诗",在一首《雪花》中他写道:"雪花从很冷的地方来,像六角形的飞盘,它停在我手上,变成一滴眼泪。我把很多很多雪花放在被子里,我要给雪花温暖,这些冰冷的朋友很感动,把我的被子变成水被子。"荣荣是一家文学期刊的主编,校对时有拿不准的字句，就跟她儿子切磋，小家伙常常能随口就为她解疑答惑。可见他确实认字很多，且记得牢靠。或许是童话丰富了孩子的心灵，使他的思想保留了立体感，眼中的世界也丰富得多。

每个家庭都有自己的"中心"。《礼记·大传》中说："其夫属乎父道者，妻皆母道也。"母亲若是家庭的灵魂，在孩子的教育上自然就多行母道；家里的权威是父亲，当然就以父道为主。比如最近声名大噪的中国"狼爸"萧百佑，一贯奉行"在中国不打不成材"的理论，"因为我们的竞争太激烈，同时中国的社会环境又比外国复杂，小孩没有分辨能力，不管很容易沾染坏习气。"他有四个孩子，分别从三岁起执行"棍棒政策、军事化管理、魔鬼式训练"，对他的孩子们规定了许多不许："不许在校外跟同学接触，不许看电视，不许自由上网，不许随便喝可乐，不许随便打开冰箱门，不许吹空调……"

事实证明他是成功的，如今培养出了三个北大学生，目标都是拿博士。最小的还在上高三，目标是中央音乐学院。"狼爸"的成功经验被媒体热炒之后，惹得许多当了父亲的男人羡慕，想学他，却缺少他的气魄和狠劲，或半途而废，或闹出笑话。江苏海安一位老兄，儿子在一所重点中学上初三，周六赖床不起，他嘴喊不管用，想打下不了手，情急之下竟拨打110向警察求助，反遭警察一顿抢白：让孩子多睡一会就房倒屋塌、世界末日吗？

还有母道、父道的"双道合璧"，乃至爷道、奶道等"多道参与"。"誉满全球"的钢琴家郎朗的成功，就是"双道合璧"的典范。但这都是凤毛麟角，他们的经验很难推广，也就不可能大面积地收获天才。而有些民族，将一些具有普及意义的成功母道、父道，或"双道合璧"等变为风俗习惯，形成社会共识，从而整体提升民族素质和成材率。

比如犹太人的优秀是举世公认的，随口就可说出一大串人尽皆知的名字，迄今为止全球最伟大的科学家爱因斯坦，哲学家马克思、弗洛伊德，艺术家卓别林、毕加索，超级富翁摩根、洛克菲勒、巴菲特……这跟他们是世界上最爱读书的民族有关，几乎每个家庭都有一种习俗，当孩子到了该接触书的年龄，母亲或者在《圣经》上滴蜂蜜，让孩子亲吻书，或者在书上涂蜂蜜，让孩子从小就知道书是甜的，渐渐养成"吃"书、爱书的习惯。犹太人还喜欢将书放在枕边，告诉孩子脑袋是离不开书的，书是大脑最好的陪伴和营养品。

然而，欧洲一些国家，却严格禁止孩子在入学前读书认字。理由是那会破坏孩子的想象力和思考能力，久而久之会养成习惯，只被动地接受知识，缺乏主动创造。德国甚至将这一条写进宪法，可他们的民族照样也很厉害，自诺贝尔奖设立以来，只有8000多万人口的德国竟拿走了将近总数的一半！可见，世界上的母道、父道，有千条万条，似乎"条条大道都能通罗马"。说了归齐，还是老子高明："道可道，非常道……"

明月几时有

·李国文

中国文人写中秋的诗词很多，最脍炙人口的莫过于苏轼的《水调歌头》。宋人胡仔对其评价极高，认为"中秋词自东坡《水调歌头》一出，余词尽废。"（《苕溪渔隐丛话》）

胡仔为南宋诗评家，生于北宋，对苏轼坎坷一生，要比后人了解得具体而且深刻，因而话说得有点偏袒，不免抬爱。但细细琢磨胡仔的说法不无道理，因为在中国人的脑海里，不假思索，就能脱口而出的写中秋的旧诗词，除了苏轼这一首外，再无其它。也许冯梦龙那为人熟知的"人逢喜事精神爽，月到中秋分外明"两句，有时被人提及。但是，冯梦龙的这两句，前是什么，后是什么，很少有人能说得上来。

苏轼的这首《水调歌头》之传诵千古，之常读常新，其出类拔萃之处，就在于古往今来的中秋诗词，无不着意于月，诸如月之明洁，月之圆润，月之光亮，以及月之神话吴刚伐桂，嫦娥奔月，总是要涉及的。而苏轼的中秋诗，开篇之始，横空出世，就是他老人家持杯望月，疑问连连。"明月几时有？把酒问青天。"突出标明主角是他自己。然后，由人及月，由月而人，他的心境，他的感慨，他的忧郁，他的期待，通篇一气呵成，全在这首词中表达出来。"不知天上宫阙，今夕是何年"，我们读到他的神往和憧憬；"起舞弄清影，何似在人间"，我们读到他的遐思和凝想；"不应有恨，何事长向别时圆"，我们读到他的遗憾，他的悲叹；"人有悲欢离合，月有阴晴圆缺"，我们读到他的自慰，他的宽解；"此事古难全"，更读到他的展望，他的愿景；最后的"但愿人长久，千里共婵娟"，让我们读到他的登高望远的乐观主义精神。

好诗，从来是心灵里流出来的歌，他在词前写道："丙辰中秋，欢乐达旦，大醉。"可见酒喝得高了些以后的他，更接近于真实的本我。因此，一字一句，掷地有声，无不扣动心弦，一觞一韵，余音缱绻，无不引发共鸣。诗意游走于天上人间之中，才情穿越于时空环境之外。因其率真和率直，后世读者，无不从中读出了自己的心得体会。所以，千百年来，提到苏词，大师的这首《水调歌头》"明月几时有"与《念奴娇》"大江东去"，被视为代表作，成为中国文学的瑰宝。

《水调歌头》，不长，可也不短，但大多数中国人，稍读过几年书者，皆可脱口而出。尤其那句"我欲乘风归去，又恐琼楼玉宇，高处不胜寒"，几乎成为身处高位者的自警语。苏东坡的名句，能如此挂在人们的嘴边，成为惯用语，成为口头禅，成为中国人话语一部分，在中国文学史上，是罕见的现象。相比之时下，那些挂着作家牌子，而不知其写过些什么作品的人，那些打着名作家旗号，却不知其写过什么名作品的人，人还活着，书早死去，能像苏轼的这首《水调歌头》，为古往今来的中国人耳熟能详，达到真正不朽者，可谓绝无仅有。

八月十五月儿圆，这一个"圆"字，在炎黄子孙的心目中，其衍生出来的"团圆"和"圆满"的内涵，其重要性不亚于一年之际的最后一天，那大年三十的合家之欢。如果说，除夕的圆，是物质的圆，那么，中秋的圆，就是精神的圆了。所以，苏轼的这首《水调歌头》，开头就端起酒杯问青天，"明月几时有？"这就表明了中国人追求精神的圆，有时要胜过在意物质的圆。可是，八月十五这一天，万一云遮月呢，苏轼的词，就为人们所期盼而不至的明月，给了一种精神上的化解，情感上的升华。月亮，有时有，有时没有，"此事古难全"。有，固然美，没有，也未必不完美，这就需要坚持"但愿人长久，千里共婵娟"的意志。只要我们有展望明天的信念，有拥抱未来的胸怀，总会等到"团圆"的这一天，"圆满"的这一刻。

这首《水调歌头》所以深入人心，就是因为让人们悟到，站得高些，看得远些，当然，还要想得透些，那样，快乐属于你的时候，自由也就属于你了。

流淌在血脉里的节日

·李 山

春节是每个中国人的坎儿，每个中国人都必须面对的课题；是一个结，一个最长的停顿和呼吸；是慢慢地谢幕与悄悄地开始，一个最隆重又最放松的转折；是最让人怀念又最放不下的话题；是回家与团圆的庆典与祈福，是不能回家团圆的懊悔和不安；是收集最后那颗眼泪的地方；是笑得最甜、睡得最踏实的时刻；是喝得最干的酒，燃得最亮的灯；是总也说不完的家长里短；是最丰盛的那桌饭菜；是味道最鲜美的饺子，是春联，灯笼和爆竹的炸响；是崭新的衣服鞋袜，是干净的身子与按捺不住的欣喜的心；是古风犹在的打躬作揖，叩头拜年；是到杂草丛生的坟里祭祖，点上照路的灯盏；是一个流淌在血液、深入到骨髓里的长长的符号。

春节是民俗民间的，是从历史远处薪火相承的。它集中了自然与人为的力量，让人们从一出生便去熟悉、适应它，用它取暖，求得心理的安慰。它的力量是惊人的，还有什么能把这么庞大的受众统一到它规定的枝枝节节、藤藤蔓蔓里，并遵守得如此之好呢？没有哪个节日能与之比肩。

春节的时间持续之长，涵盖诸如祝庆、放松、团圆、孝敬、和睦、祭祖、杂耍等内容之多，及所派生的作用与影响之大与广，确实没有哪一个节日可以匹敌。它对每一个亲历的国人都会留下终生难忘的细节与痕迹，让人难忘并震撼。

春节更是一个和谐的载体。真佩服创造这个节日的族群——我们的先人。他们在一个恰当的时段，仅仅运用这样一个节日就把和睦、亲情、友情等等这些人类最重要的话题发挥到极致。人们在这个节日里父母子女没有极特殊的理由，是要叙天伦之情的；不管天南地北，出外的人都要在除夕之前归来，合家团聚，其乐融融；兄弟姐妹没有特殊的理由，也是要为一个共同的约定要团圆一次或数次的；稍远一点的族群，朋友、同学、战友、师生、同事也要在一块儿坐一坐，叙旧言新，消除误会，增进感情；即使稍有眼熟记不大清甚或素不相识者，见面也要来一句"新年好！"或者至少也要点头示意。喜庆挂在每个人的脸上。一种从身心深处透出的由衷的满意与放松，让每一个瞧着的人打心眼儿里高兴、放心。

春节是在你忙碌的每个路口都亮起红灯，让你一下子慢下来、停下来，守在一个世俗而庸常的家里，善待父母，呵护幼小，友好邻里，修补心灵与身体，在辞旧迎新的刹那，求得一种精神与肉体的平稳过渡与升华。

春节给了我们很多东西，每一个春节都让我们激动和亢奋。非常喜欢它的奢侈和不动声色的转换，非常喜欢它的隐忍和平心静气。而就在这种不知不觉中，我们都又添了一岁，宇宙又移步换景；轻轻翻过一页，心情显得格外的放松，这是最值得记怀也最重要的。

谁是最美的人：

· 刘兆林

人，活着，很不易。光是一次赤条条的诞生，就得耗去父母多少心血啊。待到长成，步入社会，父母的青春年华差不多就被耗光了。这就等于，谁的长大成人，都是他人关爱和给予的结果。所以，面对生活，谁都没有理由不怀感恩之心与回馈之责。理不出这样一个起码的人生思路，只知怨天尤人，总觉全世界都欠着自己的，而不思自己也应为他人做点什么，会悲观厌世，活得一塌糊涂而更加不易。

作家余华有部小说就叫《活着》，可谓写透了人生的艰难和不幸。一次次的生不如死，一次次的绝处逢生，一个极普通的人，就那么不惊不乍不躲不避地与同胞相依为命，在国难家灾中活过漫长岁月，竟很乐观，看上去比那些家财万贯，手握重权，妻妾成群的人还幸福似的。这就在于一个活着的态度。自己活着，就必须顾及他人的生存，这无疑应是起码的人生态度。

人生态度，看似形形色色，五花八门，其实无非是两大类。一类是圣贤们常挂嘴上的真、善、美所集成的"美类"，另一类则是相对应的假、恶、丑而集成的"丑类"。人类发展史证明，不管哪种社会制度下的人生态度，总是对多数人有益才会被公认是美的。极端自私自利，损人利己的行为，从没被树碑立传或通过口碑传诵过。被传诵的，都是那些肯为公众和他人奉献的人。谁都希望得到美好，却又往往容易把眼盯住丑恶，抱怨世界不美好，骂人间黑暗。黑暗确实存在，嫉恶如仇也没错，但看不见美就不对了，那样容易被丑围困。以善美之心出发，审对现实的丑恶，才能抑丑扬美。能不能发现美，在于自己心里有没有美。自己心被美鼓满了，便能时时感应到美，并能不吝啬地随时贡献自己的美，因而会被人们称之为美好的人。

那具有何等美行的人，才配在美字前面再被大家不约而同冠之以"最"呢？回顾历史看，这有时代性。新中国建立之初那场突如其来的抗美援朝战争，几十万中华儿女来不及备好御寒的行装就冒着北国酷寒，雄赳赳跨过鸭绿江去了，因为那关乎着国家与人民的安危。作家魏巍带着全国人民的挂念，也上了战场。他的心时时被志愿军战士忘我的大美精神震撼：松鼓峰战斗，上甘岭战斗，长津湖战斗……为了保住阵地，一把炒面一把雪地充饥，打光了弹药便赤手空拳和敌人扭打，连牙齿都成了武器。有的战士至死还咬着敌人的耳朵不放，甚至有一个连队的 100 多名战士一字潜卧在雪夜的战壕里，全部冻死了，手里还握着枪，掰都掰不开……魏巍将他们颂为最可爱的人，是那个时代最美的人。

每个时期，人民都会发现自己心目中最美的人：解放战争时期，最美的人是舍身炸碉堡的董存瑞；新中国成立之初缺石油的时候，最美的人是大庆铁人王进喜；以为人民服务为尚的时期，最美的人是解放军战士雷锋……他们理所当然有资格在人字前面被冠以"最美"二字。

到了改革开放、市场经济的新时期，各个行业，各个阶层，各个群体，每一个极为平凡的岗位，更加频繁甚至接连不断涌现出最美的人：8 岁就开始单独照料自己瘫痪母亲的孟佩云；不到 18 岁、勇救老人而不幸失去一条腿的女孩刁娜；接住从高楼坠下孩子的居民吴菊萍；身怀 6 个月身孕却跳进河里救人的彭伟平……他们差不多都是自发涌现，群众自发评定的最美的人。比如被学生家长交口赞为最美女教师的张莉莉，是《黑龙江晨报》记者在一次事故采访中发现的。如果记者自己心中无美，或对美不敏感，只会戴着审丑的有色眼镜去采访事故，也许这位感动千千万万人的最美女教师就被埋没了。

这些百姓心中的最美者，比许多花样翻新的选美大赛评出的最美男女们，美多了！肯定还有许许多多最美的人在默默工作和生活着，究竟是谁，有待我们去发现。

"大师"与文化

·卢新华

《庄子·齐物论》中说:"大知闲闲,小知间间;大言炎炎,小言詹詹。其寐也魂交,其觉也形开……"大意是"大知太过宽泛,小知又很琐碎,大话'盛气凌人',碎语'喋喋不休',睡时'神魂交错',醒时'四肢不宁'……"读了总觉得是在描述当下的世态民情,尤其是议论文化和文化人的。

于是想到新近所读到的史中兴先生的新作《才子》,内中主人公卜晓得教授穿行于妻子、情人、师友、权贵之间,如鱼得水,而一场所谓的"大师赛",竟将他推到"天下无人不识君"的峰巅。然而,为了这顶"大师赛"的桂冠,卜晓得毕竟劳心劳力,处心积虑,机关算尽,耗费了许多心神,最后却落了个"妻离'妾'去,独守空房,孤芳自赏"的境地。

大师原本是一种独到的文化和思想内涵的界定,但正如"快餐"已然成为我们生活中的一种时尚一样,在一个"大师"辈出的时代里,"大师"们所体现的文化不仅越来越具备了"快餐"的特点,就是"大师"们自身,也越来越成了时尚文化和娱乐文化酒桌上的一道道"佳肴美味"。

那么,身处一个越来越"急功近利"、"浮华虚荣"的时代,我们身边究竟还有没有大师?如果有,是否又确实如"雨后春笋"般不断涌现,甚至还不得不令我们去费心选出其中的"大师冠军"呢?

其实,要弄清楚这些,可以有两个简单的判定方法。

其一,是看我们的文化土壤。如果这片土壤本来就很贫瘠,同时又不幸被倒了许多"建筑"或"电子垃圾",甚至还被"矿渣"或"毒水"污染过,相信这片土壤上是很难生长出丰收的"庄稼"并结出丰硕的"文化成果"——"大师"的，即便有，也可能是"凤毛麟角"。

其二，所有自称的"大师"和被当做"明星"一样追捧和崇拜的"大师"，多半也是些"媚俗"的"大师"。因为真正的大师通常都有其精神和文化上特立独行的性格特征，是不肯也绝不会和世俗浮躁的文化、沉沦的精神同流合污的。鲁迅先生的"横眉冷对千夫指，俯首甘为孺子牛"，庄子的"我宁游戏污渎之中自快，无为有国者所羁"，孔子的"道不行，乘桴浮于海"反映的就是这样一种真正的大师的品格。

当然，我们也不能否认，当今中国许多通过几本书或几次演讲就被众多"粉丝"追捧，或者人为精心炒作而成的"大师"们，多少还是有些文化底蕴的。他们中有些人，在对某段历史和某本书、某个人的研究和阐释上，甚至还很有一些自己独到的心得和体悟。但不甘寂寞，将出镜率、见报率看得和生命一样重要，而且不失时机地将学术和"官、商"勾结，以此捞名，捞钱，捞房，捞股票……却也将他们的精神永远限制在真正的大师门外，而无可挽回地堕入"伪大师"或所谓"学术明星"的一群。

卜晓得应该就是这样一个伪"大师赛冠军"了。

这一点，书中一位商界大亨范开渠和他手下一位叫小单的一段对话，已经说得很明白了。

　　单："这个卜（晓得）教授也很有名，是丘陵还是大山？"
　　范："一座假山吧。"
　　单："董事长，您赞助大师赛，是不是想推出几个像昆仑一样的大师？"
　　范："推出几座假山还差不多，大山是自生的，假山可以堆可以垒……"

这里，也就道出了一个天机——就是在我们这个似乎"无所不能"的"商业化"时代里，原来"大师"也是可以通过"财团"或"商界精英"们的"银子"造假山一样"再造"出来的。

但既然是用银子造出来的"伪大师"——就像用金粉涂抹过的金光灿灿的泥塑菩萨一样——就一定还要不断地用银子（或金粉）来维护。而精于利益算计的"商界精英"们,也一定不会作赔本的买卖。于是,反观现实,我们可以看到:所有通过炒作而诞生的伪"大师"们,后来无一不成了企业或产品的代言人,有些据此不仅获得了企业的"赠房"或"赠车",甚至还持有了企业上市的原始股票,终于"学界"与"商界","大师"与"大亨"形成了一个"利益共同体",以至于一荣俱荣,一损俱损……

可是,这样的"大师"如"雨后春笋"一样冒出来,于国,于家,于民,于文化,于时代精神,于社会道德伦理……到底是幸还是不幸呢?

从来的文化,就本质而言,大致也就三种。一种是属于"生存技能"的文化,一种是属于"娱乐享受"的文化,一种是属于"生存智慧"的文化。

我们的教育,我们的学校,如今所作的基本上都是"生存技能"文化的普及和提高,学生们到学校来读书的一个最直接的目的,就是为了将来毕业后可以找到一份赖以生存的"好工作"。

我们电视的"娱乐频道",我们报纸的"娱乐版面",我们神州大地上"灿若群星"的"洗脚店"、"夜总会"、"卡拉OK"、"按摩院"等等,所作的基本上也都是"娱乐享受"文化的传承和发扬。

那么,作为"生存智慧"的文化,除了报纸的官样文章,电视、电台的偶尔插播外,又有一些什么样的组织和个人在推动呢?如果我们不再"瞒和骗"的话,应该承认在那些最积极的践行者中,就有如常年默默从事生态环境保护和在民间普及传统文化的组织和个人。而如果我们再细加观察,又可发现:那些践行者多是一些具有信仰和社会责任感的人。

于是,这就出现了一种很怪异的现象:在有越来越多的"专业人士"关注"生存技能"和"娱乐享受"文化的普及时,"生存智慧"文化的传播却越来越带有"业余"的性质了。而且,这已经不是一国,或者一个民族才有的现象,而成了人类整体精神的一种司空见惯的景观。

这也难怪,如果不是这样,怎么会有地球资源的日渐匮乏,气候的变暖,海平面的升高,假药、假酒、毒奶粉、地沟油等等的丧心病狂呢?

故而,只有"生存技能"和"娱乐享受"文化的滥觞,而没有"生存智慧"的文化作为铺垫,人生或人类是很难看清自己的方向的,同时还会因为自己的"短视"和"急功近利"而引致无可挽回的"短命"。

同样,如果我们的文化总还只是在"生存技能"和"娱乐享受"中打转转,而不对于"生存智慧"投以更多的注意力,那么,相信我们这块土地上充其量也只能永远生长出些"大匠"、"大亨"、"大腕"什么的,而想要"大师"辈出,这念头本身就不靠谱。

庄子曾有一句名言,叫作:"大道不称,大辩不言"。相信他老人家如果还能活到今天,看到或听到我们今天的"大师赛",大约也还会说——"大师不争"吧。

感谢史中兴先生的《才子》,它激发了我有关"大师"和文化这样一些也许不合时宜的感想!

眷恋与忧思

· 王 蒙

如果让我选一首我最喜爱的唐诗，我想，我会毫不犹豫地选李白的《将进酒》。只"君不见，黄河之水天上来……"就已经让人醍醐灌顶了。

但最近一批搞接受美学的专家，根据古往今来被刊印、被评点、被收入诗选或文学史、成为论文的主题与出现在网上的频率，进行精确的数学与统计学的计算的结果，被选择为"唐诗排行榜"第一名的是崔颢的《黄鹤楼》（见《唐诗排行榜》，中华书局2011年9月版）。

这很有个思考头。

> 昔人已乘黄鹤去，此地空余黄鹤楼。
> 黄鹤一去不复返，白云千载空悠悠。

开头这四句，写得平顺，像口语，不吃力，不像作者闹了什么炼字炼句的功夫。但它有点纵深感，沧桑感。不是中国这样的古老文明国家的诗人，是不会有这样的四句诗的。黄鹤不返的故事里包含着许多不可考的往事，许多怀念与记忆。中华民族是一个富有记忆的民族，是一个往事千姿百态、魅力无穷的民族。失去了记忆的浅薄的信口开河的中国人，很难像是个真正的中国人。

> 晴川历历汉阳树，芳草萋萋鹦鹉洲。

这是最最关节的两句诗。晴川历历，历历在目，晴空下的大江即长江，这说的是中华长江流域的亲切地貌，大地与诗人的距离如同零。芳草萋萋，是草木繁盛，说的是此地的植被葱茏，好田好土。短短两句诗充分表达了对中华大地的眷恋、亲近、温暖的感受，是诗人对于中华怀抱的投入。这样的描写催人泪下。

　　日暮乡关何处是？烟波江上使人愁。

　　这两句又有些不同了。晴川历历，本来一切看得清清楚楚，可能是近看很清晰吧，远望呢？波浪如烟，看不到故乡了，崔颢有游子之叹了。除了对于中华大地的眷恋之外，诗人表现了某种忧思。眷之深，恋之诚，也就会忧之弥漫而思之牵心动情了。能不为之感动吗？

　　我年轻时常读俄苏文学作品，常常看到苏联文学评论家讲述的俄苏作家对于俄罗斯大地的忧思，例如契诃夫的《草原》，例如高尔基的某些作品，例如列昂诺夫的《俄罗斯森林》。我很感动。

　　我们的长篇小说中对于大地的描写可能不是特别多，但我们更是一个诗歌的民族。我们的诗里充满了对于中华大地的眷恋与忧思："卿云烂兮，纠缦缦兮……日月光华，旦复旦兮"是这样的。杜甫的"岱宗夫如何，齐鲁青未了"，还有他的"无边落木萧萧下，不尽长江滚滚来"；李白的"五岳寻仙不辞远，一生好入名山游"与"明月出天山，苍茫云海间"；王维的"大漠孤烟直，长河落日圆"与"明月松间照，清泉石上流"……多着呢。其中，气魄大，用语自然，特别动人的，不能不想到崔颢的《黄鹤楼》。

　　诗之外，我们的一些辞赋名篇，也有许多这方面的内容。

　　从这个角度检视中国的古典文学，也许我们能有新的发现与感悟。

闭上眼睛看世界

·严 阵

　　我们睁着眼睛看的东西太多了，因此，在某些时候，我们更需要闭上眼睛看世界。

　　你可以听风。你可以听雪。你可以听云。你可以听雨。因为你在用心观察世界。用心眼观察世界。

　　视觉之外，有另一片星空，有另一条银河，有另一个宇宙，以及宇宙之外的那一大片广阔的未知的领域。

　　我就是一棵树。我就是一枝花。我就是一座山。我就是一条河。我就是一片云。我就是一弯月。我用我的灵魂去感觉世界。

　　因此，我不管画什么，画的都是我自己。

　　画的都是我自己的感觉。都是我自己的发现。都是我自己的思绪。都是我自己的梦。都是我内在意识的流动和表白。

　　你见过这样的黄山吗？没有。但是我有。你见过这样的荷塘吗？没有。但是我有。你见过这样的村庄吗？没有。但是我有。你见过这样的城市吗？没有。但是我有。

　　眼睛能看多远？

　　我之所以有，是因为我有仅属于我自己的那种视角，那种非常规的神秘视角，那种几乎是幻觉甚至是错觉的视角，那种把自然当成社会去与之对话去为之倾诉的视角，那种有几分朦胧又有几分美丽的悲哀的诗人的视角。

　　艺术不能过于真实，虽然它来自真实，但当它一旦升华为艺术的时候，它离真实越近，便会离艺术越远。

你画得太棒了，简直和真的一样！当你听到这样的赞美时，你高兴还是不高兴？你高兴说明你还没有迈进艺术最初的那道门槛。如果你已经迈进了艺术的门槛，你听到这样的话，便会感到啼笑皆非。

艺术是唯一的。艺术是独一无二的。凡重复客观存在的别人的东西都不会成为艺术。

艺术的生命，艺术的魅力，艺术的价值，来自于它的独创。来自于它的独有。来自于它的独特。

孤芳自赏吗？对。你必须是孤芳，大家都一样了，还要你干什么？而且你必须自赏。自赏是自己对自己的肯定。你自己都不肯定你自己，别人怎么能去肯定你呢？

当然，今天更重要的是当前的中国画家必须明白当前的中国。必须明白当前的中国在世界上所处的位置。我们是一个政治大国，我们是一个经济大国，我们同样是一个文化大国。

不要总说我们有五千年的文明，我们更值得自豪的是现在。因此，作为一个中国当代的画家，一个有理想有抱负的画家，还必须具有一个大国的大国意识和一个强国的强国意识。今天，我们要敢于立于地球之巅来看今日之世界。来看今日世界之艺术。来看今日世界之绘画。

18世纪、19世纪西方那些大师级的人物，固然值得称道，但那都是100多年以前的事了。我们，今天的我们，不能再排在100多年的后面去顶礼膜拜他们，去亦步亦趋地追赶他们，因为如果那样，100年后你会发现你还站在原地，你还站在他们后面，你离他们还有100年的距离，甚至更远。

因此，我们必须站在今天，站在今天的中国，去俯视那部世界美术史，包括那些大师级的人物。去学习他们。去借鉴他们。去审视他们。更重要的是去超越他们。

而当今西方的现代绘画又怎么样呢？

应该说西方现代绘画，已经越来越多地关注到中国。他们今天的作品中的很多元素都来自中国。在这个垃圾与珠宝并存的时代，我们决不能盲目地向西方磕头。不管过去还是现在，不管经济还是文化，我们都必须从"中国制造"迈上"中国创造"的台阶。我们要的，都应该是我们必须要的东西。

曾经有过西方把现代垃圾装箱运到中国，有人也当成宝贝盲目接收的年代。今天对待西方的现代艺术，我们必须接受这个教训。

重要的是，我们今天必须敢于用我们的尺度去衡量世界。去衡量世界的艺术。去衡量世界的绘画。

与此同时，我们也要警惕那些可怕的赞美：没有不同意见，没有争论，没有否定，没有否定的否定，那就将永远停滞不前。

只要我们心中具有构建国家美术形象的自我意识，而有一天，你便会在一个伟大的前瞻中吃惊地发现中国，吃惊地发现你自己。

人生登山几多重

·杨闻宇

五岳之外，黄山、庐山、峨眉山也是了不得的名山。"横看成岭侧成峰，远近高低各不同。不识庐山真面目，只缘身在此山中。"实际上，无论进入哪座大山，苏东坡在庐山的这等感觉对任何人都是适用的。

人在成长途中总要相继进入不同的境地。这境地大体可分为八类，每一类似可以大山为喻。

天地间最为养眼的，是纤尘未染的青山绿水；人的美妙青春，无妨喻之为"青山"。人在青春期，万象蓬勃，眼前是绵邈无限的光阴与岁月，裹挟着七彩缤纷的幻想与理想，浑身有使不完的丰沛气力……然而，古往今来的走出青山者，自悔青春懵懂，因为少壮欠努力而到世上空来了一回的大有人在，认定自己青春得意而无悔者，能数出几人呢？一代一代的过来人谆嘱儿孙辈珍惜青春，一直是对牛弹琴。

春日之山容，其色如黛。《西厢记》称崔莺莺"这些时春山低翠，秋水凝眸"，隐喻爱情的最佳状态。步入婚爱期的男女，青春被推至极致，自然是进入了"春山"。春山美梦，千古之谜，且不计在爱情波涛中翻船溺水的众多男女能泅出几人，世上的长久夫妻纵然不少，其爱情内涵究竟如何？在"白头偕老"这株大树上又曾吊死过多少真正的爱情？有史以来，涌进春山者永远是熙熙攘攘，爱情与婚姻一直是怎么也理不清的人生命题，就连其间的哲学家、美学家、政治家，也一一变成了"爱河饮尽犹饥渴"的角色。

女儿家秀媚明艳，娇美绝伦，无妨说是步入了"丽山"之境。数千年里，有哪一位出类拔萃的美女、丽人的下场收局是令人称道的呢？女性秀外慧中，敏感聪颖,可她们只从镜鉴中、水月里、人们的眼光中看到本身无尚珍贵的潜在值,谁也看不清潜在值背后所潜伏着的危机,更想不到身后会是那种"花钿委地无人收"的残局。红颜薄命之说,在烟波浩淼的"丽山"领地上不知道要反反复复地演示到何时为止。

第四座,是财富叠成的光芒灿烂的"金山"。

人行于世,几乎都有投向金山的欲望。奇怪的是,进入之后即使已经腰缠万贯,却仍然不可能知足知止。一旦巨富,富人自身也无所适从,不知巨额钱财要将自己导向何方,归宿何处。西方的富人长期摸索,最后归纳为"在巨富中死去是一种耻辱",于是皈依于慈善事业。后起的东方富人呢?硬是被巨富送进了地狱而仍是迷财不悟者,屡见报端。非凡的迷惑力之外,金山内蕴的渗透力也极为强烈。无论青山、春山、丽山,金山的光芒照射到哪里,那里就更加呈示出"横看成岭侧成峰"的迷魂阵状态。

与金山并峙而立的,一为"官山",一为"名山"。

涉足官场而握得实权者,不论权力大小,有些人便很难看到身在其位而应负的社会责任,唯觉官越做大自家的水平就越高。身前身后,赞声盈耳;顾盼左右,实惠麇集。"一阔脸就变",实在是由不得自己;不仅自己变脸,连其夫人遇见以往的熟人朋友,连笑一笑也不会了,偶尔启唇,令旁者感到很不自在。

名誉是上天赐予尘世的瑰宝。因之,成名者自然是入了"名山"。人一旦名声大振,不唯金山、官山会向他含笑点头,就连春山、丽山也要为之折腰献媚……可入了名山的人会本能地忘记生活里的一句俗话:"人怕出名猪怕壮"。猪壮了是挨宰的征兆,人出了名则可能于无形中断送自己业已现出曙光的事业(因名誉降临之际,此人往往正处于事业进展之中途,却尚未进入炉火纯青之境)。各行各业技艺娴熟的匠人都是各自艺术道路上的铺路石,为什么其间晋升为里程碑的罕稀难逢呢?"盛名之下,其实难副",为名所累而难成巨擘者实在太多了。名声的危害是潜在的,而且潜伏至深。

第七座是"健山"。健者强壮。失去健康的生命,病病怏怏,任是什么也无从谈起,也就是说,生命进程中的任何山峦,都得老老实实拜伏在"健山"脚下。医院是人生旅途中的一个紧要去处:出了"健山"之人只好进医院,进得医院者又不能不回头而"一览众山小",这时才体认出平时不在意也不惹眼的健山实乃诸多山峦里的一座"神山"。拥有健康之日,人总不知珍惜,待会得"珍惜"之意时,健康已如流星之坠,"神山"这才亮出其巍峨雄奇的本相。

　　人生历程中的最后一座山是"老山",夕阳西下,这是人生不得不进入的岁暮之山。山深龙蛇古,能进此山者多所阅历,自以为过的桥比年轻人走的路长,自诩成熟而智慧。但是容易保守、僵化、固步自封,觉不出自己在社会潮流面前已成老朽。"朽木不可雕也",他常因昏聩过甚而自以为是,反将此语施于年轻后生。看样子,老人也有个桑榆困境,很难走出生命里既定的最后一座山峦。

　　人生一世,山体连绵,重峦叠嶂,诱惑力最烈的丽山、官山、名山之外的五座山峦,大抵上是绕不过去的。每座山峦,自成体系,要往高处攀登,却是至为艰辛的——这是与幸福同在的那等艰辛。

大自然的智慧

· 赵大年

蜘蛛天生就会结网捕食。它在体内制造黏性韧性很高又无色透明的"隐形"蛛丝，选择蛾蝶蚊蝇等飞虫的林间通道巧妙织网，然后躲于暗处，一旦有自投罗网者，信息立刻由蛛丝颤动传递给蜘蛛，它也迅速赶到，咬住俘虏，将自制的麻药通过牙齿输入俘虏体内，使其丧失抵抗或逃跑的能力，再放心地把俘虏吃掉。若有多个俘虏撞网，一时吃不完，则用蛛丝捆绑起来，下顿儿再吃。要问这些本领和计谋是谁教它的？生物学家也无法仔细解答，只好笼统地说是蜘蛛的本能。其实，人类对于自然界的奥秘知之甚少。聪明人不妨先学习大自然的智慧——我看编织鱼网就是从蜘蛛那里学来的。网，真是个改变人生的巨大发明呀！人类自从学会了张网捕鱼，至今已经衍生出多少有形和无形的网啊，公路网，铁路网，航空网，法网，关系网，通信网，互联网——天罗地网！只是忘了感谢蜘蛛。

亚马孙森林大蜘蛛的网可以缠住鸟雀，它使劲扑棱也挣不断这神秘的蛛丝。经测定，蛛丝的韧性强于钢丝，而且重量轻得多。已经有人在分析蛛丝的成分，都是蛋白质之类的有机物，若能人工合成，可能是一种用途广泛的新材料。

出于同样的想法，人们发现多种昆虫的外皮又薄又轻又有韧性，譬如蝗虫的"外骨骼"，既能保护内脏和肌肉，又支撑全身，可轻盈地弹跳、飞翔，这种外皮也是很好的材料呀。最近美国科学家研制的"昆虫皮肤"，就是分析了昆虫外皮的成分，取得甲壳素和若干蛋白质的配方，相当容易地进行了人工合成。甲壳素也很容易获取，大量的虾壳、蟹壳、鱼鳞都能变废为宝。这种新材料的强度与铝相当，却轻得多，成本也低得多。加水多少即可决定其柔软度，可制成任何形状，替代塑料，可自然降解，保护环境。由于其生物相容性，在医学上用途广泛。

荷花莲叶"出淤泥而不染"的特性早就为人所知，我国文人以此比喻君子的品格。德国科学家则仔细审视莲叶的表皮，在显微镜下，这层表皮上有无数乳凸状的颗粒，连水珠都不沾。把炭粉撒在莲叶上，用水一冲，洁净如初。他们按照莲叶表皮的形状制作出一种具有"自洁性能"的薄膜，用于车辆和建筑物表面，一场雨或一阵风就可以清除浮尘，节省了许多人工。

为防野兽伤害，有巢氏教部族学习鸟儿"结木为巢，编堇而寝"，住在树上。燕窝、蜂房的结构完全符合力学原理，现代化的北京奥运会主场馆取名鸟巢，也是人们向鸟儿学习的一种纪念吧？粗略地想想，人类向大自然学习的事例多矣。冷兵器时代的盔甲和现代装甲战车，大概是学习甲壳动物自我保护之法，譬如乌龟、穿山甲。鱼体内有鳔，充气则浮，排气则沉，潜艇也学了这一招。军人的迷彩服，一如动物保护色。运动员阻力最小的游泳衣，仿鲨鱼皮。蝶翅美丽的图案移植到花布上，巧夺天工。乌贼也许是施放烟幕的祖师爷。跳蚤肯定是跳高的绝对冠军，它的纪录是自身高度的600倍，已经有人在研究跳蚤的膝关节了。

我写过一篇散文《羡慕蜗牛》，说的是住房困难时突发奇想，蜗牛怎么知道生下来就应该背着一间房呢？此文获奖，是评委对敝人的同情。今天看来，学习蜗牛者大有人在。部队行军带帐篷。成吉思汗远征军的马队带着蒙古包。美国兵带着睡袋，在朝鲜的冰天雪地里钻进睡袋也冻不着，可惜他们聪明过了头，既学蜗牛又学蚕——作茧自缚，我们志愿军只需在睡袋外面帮他们拉上拉锁就足够了，抓个俘虏，举手之劳。

蒲公英给它的孩子们每人一把伞，随风飘去，播种四方。胡杨树给它的种子设计了辐射型的细毛，随风滚转到水土适宜处再扎根生长。'藜有点儿霸道，让它的孩子浑身长满倒钩刺，钩住动物的腿脚或人的裤腿，可免费旅行，待到你把它摘下，怕扎嘴又不敢吃，扔到地上则"正中下怀"、就地发芽。美哉蒲公英、胡杨、'藜，它们共同的智慧，就是不让孩子挤在自己的"福荫"下生活，不要子女跟自己争夺身边这点儿水分、养料、阳光。我们为什么不学习它们的生存理念，偏要拥在闹市的雾霾下买高价房和天天堵车呢？世界大得很，好男儿志在四方，虚心学习大自然的智慧吧，这是一门既古老又时髦的学问——仿生学。

云中谁寄锦书来

·朱铁志

电脑的普及，使文字书写急剧退场。用惯了纸笔的中老年人，还在挣扎中试图挽住书写的臂膀。而年轻一代，已然习惯了无纸化的生存。提笔忘字，渐成常态；书法之美，只在少数书家手中流连。在手机和信箱越来越便捷的当下社会，能够收到一封手写的书信已是一种幸运，能够收到一封文辞淳美朴实、书法俊逸洒脱的书信，简直就是一种奢望。传统尺牍信札中所包涵的博大精深的中华文明，似乎正渐行渐远，使即便不算老派的中年人，也不免感到一丝惆怅。

我算幸运的，工作和个人写作的关系，使我常常收到来自全国各地熟悉或不熟悉的朋友的来信，其中不乏理论大家和文学名家的信札，有的文白间杂、言近旨远；有的雅淡平和、娓娓道来；有的词锋犀利、一语中的；有的嘘寒问暖、饱含温情。信封和信札抬头、落款的书写，无不十分讲究，不论是称谓的选择，还是书写工具的使用，都能看出文字背后所蕴含的学养功底和书写者的气质风神。学者、杂文家、出版家何满子先生生前赐信于我时，已是耄耋之人，每每以"铁志兄"相称，使我在受宠若惊之余，更感到前辈学者的高尚情操。

与此同时，我也收到大量别样的来信，其中尤以来自报刊者居多。有的在我名字之后不再有任何称谓、迹近被通缉；有的信封书写七扭八歪，偌大的天地间几行纠缠在一起的米粒小字，仿佛捆绑的螃蟹。至于行文的直白浅陋、甚至粗暴无礼，也是不时要面对的无奈现实。我猜想，那些奉命书写公函和寄送样报的人，很可能是一些临时雇佣的文化水准不高的朋友，抑或是虽然大学毕业，但从未经过起码的书信礼仪训练，即便是写信给自己父母，大概也是同样一副派头吧。

我自信不是一个自以为是的人，也不是一个虚荣的人，被人如何称呼，于我从来不是问题。事实上，在单位里我喜欢同志们对我直呼其名，以为那是一种很高的礼遇。相反，被人称呼职务、尊称老师之类，总有一种内在的不安。但这并不意味着我轻视起码的礼仪，或全然不顾传统的文明习俗。翻看老一辈学者作家的书信，"先生"、"足下"、"钧裁"、"璧还"、"劳步"、"斧正"、"雅教"、"拜辞"、"台鉴"、"俯允"等敬语谦辞随处可见，浸润在字里行间的那份优雅和谦和，透露出长期文明熏陶下谦谦君子所特有的从容和自信，正是"尺牍书疏，千里面目"，"虽则不面，其若面焉"。

而今，传统的书信文明似乎已成远去的雅乐，只能在杂乱无章的信息洪流中若有若无地存在，只能在先人的收藏中依稀可辨。而在新潮的"穿越剧"中，别人的父亲成了"家父"，自己的爸爸却变为"令尊"。经过"反右"、"文革"等文化浩劫，中年以下的朋友旧学功底无从谈起，新学修养也难尽如人意。于是乎，粗鄙文化盛行、庸俗观念当道，肉麻成有趣，流氓成英雄。听一听身边人的谈吐，看一看手边的报刊，文明含量几许、文化水准若何，相信大家会有自己的判断。至于网络语言，新则新矣，有的甚至不乏有趣，但说到底，无非是一种缺乏文化含量的戏说而已。

文化的发展繁荣离不开对优秀传统文化的自觉和自省，而自觉自省的前提，是对传统文化基本的认知和积累。胸无点墨，何以自觉？就像黄牛，肚子里没有青草，拿什么反刍？网络时代，点击率成了判断标准和不二法门，而在杂多的信息当中飞来飞去的眼球，其实并未收获几多真知。网络人的头脑，基本是杂乱信息的跑马场。缺乏这种自觉的所谓知识分子，充其量不过是"知道分子"而已。

毛笔、宣纸作为文字书写主要载体的时代或许已经过去，但文明的传承不能因此中断。为什么直到今天我们依然怀念先秦散文、楚辞汉赋、唐诗宋词、明清小说？为什么我们常常默念诸子百家、孔孟老庄？因为我们的血管中流淌着优秀传统文化的血液，对前辈思想家、文学家的传世之作高山仰止、景行行止，虽不能至，心向往之。这样一种祈愿和情怀，寄托着几千年来中国传统文人"达则兼济天下,穷则独善其身"的美好理想和对优雅文化的无限怀想。剪不断,理还乱。要用中国语言、中国气派、中国风格的理论体系和话语系统来解读当今中国社会的发展秘密,解开中国道路的内在密码,要想在市场经济的冷酷背景下保留一份温暖的人文情怀,不能靠午夜梦回、撕扯自己的头发冥思苦想,不能指望查阅文件、对比口径找寻思想捷径。唯有继承传统、不忘经典,在理论和实际的结合中,才能发现博大精深的优美存在,才能触发自己愚钝很久的灵感和才华,找到通向世界、与各种文明有效对话的渠道和钥匙。

闭上眼睛看世界

丹青难写是精神

从心里走过

那时我们正年轻

人性山水

趣话莫言

从维熙

用人体造型美的视角,去扫描莫言,他不能算是文苑美汉。过早谢了顶的脑袋,没有窄腰而只有肥臀的线条;窄窄的一双眼睛,似乎也不具备穿透生活的光泽。老实说,从相貌上很难找到他一点潇洒的神情。记得,在他还身穿着橄榄绿军装的时候,有一次亮相于电视屏幕上。不是那身军服不合他的身腰,而是他的身腰没能撑起军装的一派英豪之气来;因而当我看到他按着导演的指点,时而行走、时而静立沉思的时刻,我当真笑出了声,并对正在收拾屋子卫生的妻子说道:"快来看莫言,你也当过兵,看看这个男兵,是不是有点像熊猫?"

妻子甩了我一句:"你不能要求文职军人,都像国旗班的旗手一样。重要的是,他的内在是个真正的男人就行了。"

她说这些话是由衷的。虽然她的文字表达能力偏软,可是感悟文学的能力却十分过硬;在上世纪90年代之初,她特别欣赏莫言发表在《收获》上的《野骡子》。我往往是在她的启迪之下,阅读莫言近年大量作品的。

1998年,中国9位作家应海峡对岸之邀,访问宝岛台湾。当天,她送我到机场时,像是发现了什么秘密似的对我耳语说:"当过军人的莫言,就是与别人不一样。你看,别人都慢悠悠地磨蹭;只有莫言像个搬运工,不惜力地帮大家集中行李。你应当承认你那天,说莫言不像军人,至少是个偏见。"

我说:"那是他性格里具有的憨厚,当然啦,与他当过兵也可能不无关系!"

到底孰是孰非,这无关重要。重要的是莫言是个一贯没有文场中娇气,肯于在集体中吃苦负重的人。早在1987年，中国作家代表团出访德国的时候，莫言在团队中也拿出他的那份朴实，在往返的机场上扮演搬运工的角色。其实并没有人让他这么干，其闪光点在于出自他的行为本能。因而，在访德归来作总结时，他是全团一致公认的劳动模范。是不是因为我经受过劳改的原因，我特别看重莫言身上十分浓烈、在知识分子中最为欠缺的素质。因而，从上个世纪80年代中期开始，我总把莫言看成我的忘年小兄弟。在访问德国和访问台湾期间，只要有两个人同住一间屋子的机缘，我都愿意与他为伍。

该怎么说呢，那是一段文学低迷的时期。这年的年节前的12月28日，友人们在我家中欢聚，迎接90年代的文学之春。那天，莫言也来了。在我记忆中，他当天说话很少，酒却喝的不少。在我的认知中，文人有两种酒态：一种是酒后忘我，一种是酒后沉默。莫言属于后一种，当他与在座的王蒙、叶楠碰杯时，只是往嘴里倒酒，没有叶楠等友人酒后的高声喧笑。最有意思的是，当友人们离开我家之后，妻子才发现莫言带来了年节的礼物：一个竹编篮筐里，蜷卧着两只颜色相异、绒布做成的小猫。

"这有点像他今天的肖像，今天他的话很少。"

"应当说人家十分腼腆。"

我笑了："老虎醉酒后也是腼腆而无声的！"

"你总是戴着有色眼镜看莫言。"

为了论证出一个真实的莫言来，我对妻子说："你看他的《红高粱》，是不是充满了人性中野气？蔫人出豹子。这个山东高密小子，骨子里藏有豪气、义气、霸气和匪气。"

妻子笑个不住："你别侮辱我们军人。"

"怎么是侮辱呢，这是最高的褒奖。你没看见文坛上那些'排排坐，吃果果'的乖乖们，骨头里最缺的就是这种钙质吗？"

在我的认知里，进入90年代之后，出现了一批吃狼奶长大的后来人，他们心中只有自己，并只为自己活着——莫言与一些狼孩泾渭分明，他行文做人的野气里，始终不失中国传统中的忠厚。尽管后来，我们都忙于各自的写作，彼此来往少了，但莫言在文苑如日升中天之后，并没有忘乎所以，像有的廉价文人那般自吹自擂，或千方百计煎、炒、烹、炸自身。这又是我尊重并深爱莫言的又一因素。

我们很少通电话——除非有事要谈。记得，偶然通电话时，他常常劝我写写家族史。我说我不能,因为多年来让我梦里也相思的东西,是劳改队褴褛的衣衫,是一条茫茫的驿路。生活坐标和生活经历的不同,决定了各人笔墨驰骋的领域。可以这么说,从莫言发表《透明的红萝卜》开始,特别是他的《红高粱》问世之后,我就觉察出这是一匹挣脱了笼头的野马。基于这种认知,我除了激动地写下《五老峰下荡轻舟》,对莫言的告别文学惯式、另辟蹊径的艺术之勇表示赞美之外,还在我主持一家出版社时,责令编辑迅速将其几篇处女作,纳入"文学新星"丛书出版。当时,进入那套"文学新星丛书"的青年作家有40多位,历经10多年时间的磨砺和检验,莫言不仅是其中长明之星,而且创作势态如决堤之水,一发而不可收。在文学的马拉松的长跑中,他进入文学竞技的最佳状态。纵观莫言30多年的创作,近年来又多了些他昔日作品中没有的幽默,这绝非莫言自作多情,而是他生命中野气的升华和挥发。

谈及莫言作品的幽默,不禁使我想起一件往事:1998年10月,他在台北图书馆,与两岸同行们共议21世纪文学命题时,莫言曾让在场听众捧腹大笑不止。他似乎不是在发表讲演,而是与在场的听众诙谐地对谈。他那张憨态毕露的熊猫之脸,使会场上笑声一直不绝于耳——在那一刻,我就认定这个山东高密小子,越来越向平民型的作家靠拢。之所以如此,在于童年生活高密田园,对他的影响太深远了。如他笔下的《红高粱家族》系列——包括《天堂蒜薹之歌》《檀香刑》和近两年的长篇新作《生死疲劳》和《蛙》在内,都深深地蕴藏着山东民间文化对他的雕塑。他从不作高深的哲理思考状,更睥视故作深沉的假道学,如果硬是把学院派作家与生活流的作家分开的话,他地地道道属于后者。

在为人上,莫言绝不是文苑中的跳蚤之类,而是一个值得信赖的朋友。以他的人品和文品,我相信不管他的职务有何变化,他都不会忘记给他文学营养的北国山河地脉,他会像马拉松长跑那般,续写出更富有中国意味的好作品来的。

绿色愚公

· 葛道吉

绿色，是生命的原色，是精神的向往。

没有绿色，就没有生机，就没有希望。

朱元英老人在 30 年前就深谙其道。他要大造绿色，凿石造田，植树造林。那片覆盖了王屋山脚下荒坡秃岭、荆棘乱石的人工林，就是朱元英老人带领自己的全家用 30 年的时间造成。冰封雪地，酷暑炎夏，雷雨风暴，月明星稀。一把镐，一张锨，一根镢头，一条扁担，两只箩筐。工具磨损变小变坏，增大了的是树坑树林，增厚了的是手掌上的老茧。积蓄下来的是大堆大堆伤残退役了的秃镐、坏锨、废镢头、断扁担、烂箩筐。树林像燎原的绿色之火，1 棵、100 棵、1000 棵，直至今天的 800 亩！

在林坡通往山下那个小村庄的荒草乱石中，有一条弯曲明亮的人行道，那是爷儿几个丈量出来的。确切说是老人的老伴儿挑着钩担踏出来的。一天三顿饭，全是老伴儿用钩担挑上山的。在风雪与酷暑的交替中，钩担在夫人的肩上平衡着永恒。匆匆步履的真诚，感动着面前的大山，感动着脚下的乱石，感动着荒凉荒芜的环境，更感动着跟前跑后的那条忠心耿耿的黄狗。

那年朱元英 52 岁，看到只有几百口人的枣庙村，却有着几千亩荒坡石滩，竟全是荆棘藤蔓灌木丛。祖祖辈辈在乱石堆中抠出来的靠天收土地，还常年遭受着干旱、狂风的袭击，毫无生机可言。他于是就产生了一个大胆的想法，如果这么大面积荒坡乱石滩成为绿色森林，枣庙村将是什么样的景象！于是就试探着和本村的长辈以及邻居们商量，刚一出口，村民就摇头。原来有顺口溜留存：凹凸石荒穷圪梁，古来无坟无村庄。传言地气不养人，谁碰谁穷谁破亡。

朱元英看到乡邻们如此观念，何时才能摆脱贫穷的纠缠？就毅然承包下800亩从没人问津的乱石岗，他要让石缝里长出绿色，蔓延希望。

当村民们看到他手持斧、镐，在"太岁头上"劈荆斩棘动真格的时候，都说朱元英是疯了。

那是怎样的一个场景，不要说干活，走路都是困难。石头堆成山，荆棘野藤连成片，是野猪、獾、狐出没的地方。然而朱元英手中的斧、镐却成了一支神笔，几天的光景便在荆棘乱石中描绘出几条便道。有些地方挖成了树坑，却没有足够的土来掩埋，就需要经过便道运土填坑。不觉间，最适合山地生长的槐树、椿树、花椒等树苗便有了零星的绿色。那是朱元英植树的第一个春天，有村民便在街头议论："那树要能活，太阳就从西边出来了。"

待第二个春天，树倒是又栽上一大片，却迟迟不见上年的树苗发芽，轻轻一折，叭！断了，全成了干棍。

"这地不能栽树！前栽，后干。难怪村里人耻笑哩。"儿子怨怨地发着牢骚。

朱元英说："不栽了，买水管。"塑料胶管在几千米以外引来一股泉水，不曾想，冬季正需要浇水，塑料管被冻成了铁棍。待开春，就爆裂报废了。

"不买水管了，修渠。"朱元英将买水管的钱变成了水泥，石头有的是。锤和錾的交响感动着太阳和月亮，有风掠过，有霜袭来，朱元英带领两个儿子整整修了一年。他记下了四句诗：寒风飞雪穿骨冷，炎夏当午似笼蒸。血手苦握冰烫镐，引水干渠日夜工。

不觉已过了10个年头，绿色遮挡了200亩荒山。朱元英看着大面积未变绿的石荒，眼睛透出绿光，说："好栽了，手没问题了。原来寒冬手不管用，一抡镐满手裂口出血，疼得人心里打颤。现在已成了铁手，手心手背全是铁茧。"

在岁月风霜和日出日落的陪伴下，朱元英眼前全是手指、胳膊、碗口粗细的树。由于有绿色的憧憬，本来是上级供应给山区饲养牛羊的盐，让老伴儿做饭用了。炒菜没有油就用水煮，衣服鞋袜烂了就缝补。朱元英说："能买回来树苗才是天大的事。"有人知道朱元英借贷无门，告诉他煤矿高价收购坑木。他一听火冒三丈："打死我也不会伐树！"然而，在一个黎明时分，朱元英照常踏着露水去挖树坑，却见碗口大的树被盗几十棵。朱元英面对白花花的伐口，心在滴血，两粒豆大的老泪夺眶而出……

"这树不能栽了，全村人都说咱傻，放着钱不会挣，这可好！"老伴儿来了气，埋怨朱元英说："要栽，你一个人栽吧，孩儿们不能再耽误了，哪有三十大几了不成个家?!"

由于孩子们跟着朱元英在山上没日没夜地栽树，家徒四壁，没时间理发修整，再加上村里人说"一家傻子"，姑娘们一打听都吓跑了。

黎明的曙光照常诱人，朱元英踏着雾霭朝山上走去。他破天荒没有叫醒孩子们。然而第二天，孩子们又来到了山上，待操起工具那一刻，朱元英浑浊的眼神瞄着天空，用力控制着愧疚的情感闸门……

时间的利剑是雕刻岁月的无情工匠。时间的脚步是历史巷道永久的见证。如果说朱元英造林的第二个 10 年是"绿色艰辛"的话，那么第三个 10 年便是"绿色艰辛"里的踏实与安慰。

老人头发白了，腰背驼了，脸上的皱纹写满了沧桑。

那天，阳光格外清丽，朱元英请来当地著名的工匠，在茫茫林海最亮眼的巨石上，刻上四句话：精卫填大海，蚂蚁平山头。父子造大林，愚公移王屋。

又在大门口的一块石头上刻了四个大字：林海公园。

30 年后的今天，枣庙村因 800 亩绿色沸腾了，来这里休闲旅游的人络绎不绝。每每这时，一个白发苍苍的驼背老人站在林中，阳光从树叶间筛下来，洒在头上、脸上，埋在皱纹里的脸就格外阳光！

以女儿的名义：

·贺捷生

苍山如海。站在他早年生活的院落，我仰起头，像仰望父亲那样仰望他。春阳洒在他深色的皮肤上，泛出凝重而幽美的光芒，这使他更显得坚毅、沉勇，历经沧桑，仿佛通体都是用意志铸造的。那清癯的脸，高耸的额头，深邃明亮如星星镶嵌在夜空的眼睛，一如从前，让我怀疑这不是一尊铜像，而是那个活生生的人。憋在嗓子眼里的呼唤，差点就要当众喊出来。

共和国十大元帅，九位是南方人，只有徐向前一个生在北方。来到山西，我不能不到五台山下他的故乡去看他，去看曾经哺育他的山川、河流、田野和村庄，看他住过的被松明火和桐油灯熏黑的屋子。临行前，我在太原的花店精心挑选了一只花篮。我知道他也爱花，就像他终生热爱那支他亲手参与缔造的军队，热爱这片美丽却饱经沧桑的大地，热爱在这片国土上生活着的每个人。我希望通过这只花篮，那些花朵送出的幽香，穿越时空，表达我对他深深的崇敬和怀念。

我是十大元帅其中一位的女儿。除了害死我父亲的林彪，我把其他的都视为父亲，把他们从战火中带过来那支队伍里的每个人，都当成父辈。虽然我和他们没有传统意义上的血缘关系，可我精神血脉中的血，每一滴，都是从他们身上汩汩流过来的。他们也不仅把我当成贺龙的女儿，也当成自己的女儿，军队的女儿。

就像徐帅，我每次见到他，他都叫我闺女。是那种发自内心的、情不自禁的叫。他说闺女，让你受苦了，回到爸爸身边，再吃点苦攒把劲吧，把过去欠下的学业补回来。他又说闺女，你太瘦弱了，怎么老不见长啊？是不是要去医院检查一下？他还沉痛地说，闺女，我们无能为力，没有保护好你爸爸，让他过早地在冤屈中离世……记得我已年近花甲，也是个将军了，他还叫我闺女。

记忆最深的那次是在他家里。当时我和老伴李振军在军事科学院负责《叶剑英传》的编写工作，确定选题后，被告知徐、叶两位老帅对长征途中张国焘的那封密电有不同看法。他们相约当面交换了一次意见，最终达成协议：此"公案"宜粗不宜细。幸运的是，这次交换意见的整个过程，我们作为项目负责人和实际操作者，始终在现场，不禁为两位元勋的赤诚和对历史负责的态度折服。叶帅离开后，徐帅留下我，拉住我的手说："闺女啊，我们的话你都记住了吗？"我说，我都记住了。他又说："我和叶帅都是经历过的人，这些历史我们在世的时候要搞不清楚，后人就更搞不清楚了。我们搞清历史，不是为了去追究哪些人的责任，而是要总结经验教训，警醒后人。"

这是我最后一次见到徐帅，最后一次和他面对面地坐在一起。他摩挲着我的手，闺女闺女地叫着，让我忍不住热泪盈眶，有一种回到父亲怀抱的感觉。那时他已年过80，身体明显消瘦了，走路需要用手杖支撑，说话的声音也没有过去洪亮。但说到历史，说到我们党和我们这支军队走过的那段苦难历程，他还是那样的严峻，那样的殷切，语气中更带着一股浓情，仿佛他交待的每句话，都是临终嘱托。

在徐帅的铜像前恭恭敬敬地放下花篮，摆正绸带，我慢慢走进他被群山和田野环绕的故居。在我心目中，他从未离去，只是选择了他最喜欢的方式，回到他阔别几十年的故乡安度晚年，此刻正在某间屋子里读书，或凝望墙上的地图，回溯他参加过的某场战役。

徐帅的父亲是个晚清秀才，在村里的学堂教书。1901年出生的徐帅，当时叫徐象谦，还没有开始他改名后那徐徐向前、百折不挠的革命生涯。和那时很多乡村孩子一样，在少年时，他也要做些捡粪、拾柴、挖野菜之类的活，同时跟着父亲识字、练字。稍大些，上了几年私塾。20岁那年，由父母包办，娶文雅贤惠的乡村姑娘朱香婵为妻。不过，这时他已子承父业，正在阎锡山办的一所学校教书，月薪20块大洋，挑起了养家的担子。两年后女儿松枝出世，可孩子刚满周岁，妻子朱香婵便不幸病逝，偏在这时候他又丢掉了那份养家糊口的工作。内外交困中，得知黄埔军校招生，他毫不犹豫南下报考，谁料从此一去未返。

当地的同志告诉我,徐帅的故居,是1990年他逝世后,由当地政府和人民群众共同修缮的,基本恢复了原貌。2001年为纪念徐帅诞辰100周年,在前院正中安放了2.1米高的半身铜像。

那么在1990年之前呢?不知为什么,我突然冒出这样一个疑问。当然,我没有说出来,只是心里陡然翻起一阵酸楚。

我比更多人知道,徐帅前半生的大多数日子,都是在令人心酸的境况中度过的。他年轻时身体瘦弱,脸色忧郁,锋芒内敛,绝没有那种让人猛一见就惊愕的英武之气。算命先生说,他长了副苦相,是个骑着毛驴举着拖布追老虎的命。到广州黄埔军校,主考官左看右看,说他像个"抽大烟的",差点被拒之门外。蒋介石曾召见过他一次,也没有眼睛一亮,对他寄予厚望。在这位校长心里,他似乎不能与同入黄埔一期的胡宗南、桂永清、郑洞国、杜聿明和宋希濂这些日后成为他爱将的学生相比。几年后,他参加广州起义,站在了共产党的队伍中,让后来的蒋委员长追悔莫及,深痛自己看走了眼。

1929年,徐帅受命开创鄂豫边区根据地,满腹韬略终于有了用武之地,很快露出了让他的黄埔同学心惊胆战的军事指挥才能。这期间,他与程训宣结婚,两人恩恩爱爱,在红色阵营里大展才华,比翼齐飞,把那个黑暗的角落搅得天翻地覆。但程训宣大胆泼辣,快言快语,敢说敢为,曾当面怒斥那些不懂军事的头面人物瞎指挥,1932年在张国焘制造的"白雀园肃反"中遇害,年仅21岁。徐帅听到消息,泪流满面,为自己身居要职却救不下爱妻一命而痛心疾首。但是,为了红军的团结,为了积蓄推翻旧世界的战斗力量,他只得痛苦地吞咽这枚苦果。从此程训宣成了他心里总在流血的伤疤,再不愿和别人谈论感情了。1935年,他带领声势浩大的红四方面军开始长征,手下有个上千人的女子团,不少官兵主动向他示爱,他却冷峭地封闭自己的心灵。到1946年,他才找到终身伴侣,与也是老资格的黄杰阿姨结婚。

红一、四方面军会师后,中央决定由红四方面军一部组成西路军,渡河执行宁夏战役计划,命他任总指挥,于1936年11月率部西征。当部队深入人烟稀少的祁连山下、河西走廊,遭到装备精良、善于骑射、兵力数倍于我的马步芳、马鸿逵部队的围追堵截、残酷杀戮。在4个月惨烈的搏杀中,西路军虽歼敌2.5万人,给敌人以重创,但那支浩然西去的队伍也几乎全军覆没。真是血流成河,尸骨遍野啊!作为西路军总指挥,徐帅伤心欲绝,凭着一幅贴身藏着的地图,孤身回延安向党中央汇报。1937年4月29日,他蓬头垢面,满脸胡须,披着一件脏兮兮的西北放羊人的羊皮袄，在一个名叫小屯的村庄，被中央派去接应的红军第四军参谋长耿飚发现。他悲唤一声"耿飚"，眼泪便流了下来。耿飚后来回忆，他看到落难的徐帅时，都不敢相信自己的眼睛，感到他比实际年龄整整老了20岁！几天后，毛泽东在延安的窑洞里约见他，安慰说："留得青山在，不怕没柴烧。你能回来就好，有鸡就有蛋。"

但是，作为西路军的总指挥，徐帅怎么甘心丢了一整座青山，只留下他这根独立的干柴呢？虽然宁夏战役的决策是中央做出的；当时他那支刚在长征中三过草地的队伍，又疲惫至极，根本不适宜执行渡河西征那样的重大军事行动，何况是明摆着的以卵击石。可他还是痛彻肺腑，感到自己成了孤家寡人，脸上无光。最让他伤心的是，留在那片苍凉大地上的冤魂，那些淋淋漓漓的血和累累白骨，是他带去的队伍，他情同手足的官兵。正因为这样，虽然徐帅以后重振山河，打了许多著名的大仗和胜仗，但这段不堪回首的历史，却成了他心里永远的苦，永远的疼。也正因为这样，当他到了垂暮之年，还在不断地反躬自责，说西路军的失败，使他长期愧悔交加，余痛在心。

从这个角度看，徐帅的一生确实命苦，简直苦不堪言。但从那个年代走过来的人，谁不命苦呢？谁不是九死一生，命悬一线？因为他们参加革命，几乎每时每刻都面临生死，几乎每个人都在拼命、赌命、追命、夺命。古人说一将功成万骨枯，可你看那些活下来的将帅，在他们的身上，哪个不是伤痕累累？在他们心里，哪个没有那种永远痛失战友，痛失亲人，痛失兄弟姐妹的愧疚？而他们如此付出，都为了我们这些后辈，为了日后像树木和青草那样一茬茬长出来的儿女，能活得像个人样，活出自己的尊严！

因此，他们活着或死去，都有资格成为我们光荣的父辈，我们伟大的父亲。我们真应该为有这样的父亲和父辈，感到骄傲。

徐帅感动我们的，不仅有他饱受苦难而变得无比隐忍的父亲般的胸怀，还有他像父亲那样朴素的情操，像父亲那样甘于贫寒、克勤克俭的品德。即使天下太平了，他成了人人敬仰的元帅，仍觉得自己是个普通人，普通的父亲，不需要包括儿女在内的任何人感恩戴德，让他享受荣华富贵。你只有站在他面前，站在所有这些老前辈老革命面前，才能懂得，为什么"艰苦"和"朴素"总是连在一起，组成一个他们常挂在嘴上的词，一个我们说过千万遍也并不见得明白其深意的词。

在徐帅故居同时也是他生平事迹展览馆，面对他晚年的一张照片，讲解员指着他上衣领子上的一块补丁说，徐帅这件衣服的衣领早就穿破了，可他舍不得扔，自己一次次缝缝补补，又穿在身上。怕人们不相信，小姑娘从陈列柜里拿出这件衣服，翻开衣领递给大家看。人们自然大为惊奇：元帅自己缝补衣服，这本来就是件稀罕的事，想不到徐帅的针针线线，竟缝得那么均匀，那么密实。

如果人们深入一些，想到更久远发生的事情，就不止是啧啧称奇了。想想吧，徐帅的爱妻程训宣早在鄂豫皖苏区肃反时，就被张国焘残酷杀害了，后来他经历的长征和八年抗战，都是单身过来的，什么时候衣服破了不是自己补，干粮袋漏了不是自己缝？那时候，与他同级别的领袖和将领，差不多都有妻子，虽说因环境所迫，不能常相守，常关照，但相互惦念，相互牵挂，还是可以做到的。唯有他形单影只，既做千军万马的统帅，又得自己缝补浆洗。他还用他那双指挥千军万马的手，学会了织毛衣。在战争年代，他身上穿的毛衣，都是亲手织的。

一个方面军的总指挥，一个有资格成为共和国元帅的人，在敌人围剿的山林里，在雪山草地，在硝烟弥漫的战斗间隙，守着一盏油灯，一针一线地补衣服、织毛衣，你看见哪国的军队有过？

当然，这在徐帅看来，绝不是一件凄苦的事，也不是一件丢人的事，而是他的一种习惯，一种对待生活的态度，一种在艰苦环境中自我生存的能力，最终是一种深入骨髓的品质和精神。古人又说了，一屋不扫，何以扫天下？徐帅要做的，就是这样的人。

其实徐帅那一代人，都是这样。比如我父亲，他年少时跟着我爷爷学过裁缝，有不错的缝纫手艺，需要缝补的时候常自己动手。在战争年代，这些后来成为元帅的人，披肝沥胆，出生入死，艰苦朴素，视金钱为身外之物。革命胜利了，哪怕手中有了支配金山银山的权力，也依然保持当年的本色。说到底，他们这样做，不是不会享受，也不是喜欢过从前那种苦日子，是因为他们从骨子里忠诚自己的信仰，忠诚自己选择的事业。你想，他们在苦难中前赴后继，用生命和鲜血换来的江山，自己能不珍惜吗？

从徐帅故居出来，一群乡亲忽然涌上来，把我团团围住。每张脸都在开心地笑着，像迎接亲人。有几个白发苍苍的大娘，拉住我的手，久久不放，用很重的方言不断地在说着什么……我眼含泪花，急忙和她们合影留念。但我没有说破我不是徐帅的亲生女儿。我想，多年以来，徐帅本来就把我当他的闺女看待，我为什么要说破呢？

永远乐呵地想你：
——回忆父亲黄宗洛

· 黄海波

家里人都叫他老爹，土土的、憨憨的老爷子。

或许没有人比老爹更希望成功，也或许没有人比老爹更不在意成功，就这样痴痴癫癫乐乐呵呵地过了一辈子。从他走后铺天盖地的媒体缅怀报道来看，他成功了。但都是关于他如何配合别人成功的故事，且封他为"龙套大师"，他成功了吗？不知道，反正他自己应该也无所谓，自己乐呵别人乐呵就行了。

父亲的演艺之路开始得纯属偶然，跟着他大哥三姐的步伐，不管三七二十一就去演戏了，不料竟在舞台上蹦跶了一辈子。就像他后来的人生充满着随意性，似乎一切都随缘。不过，对每一桩有缘走进自己生活的事，他都采取了两种态度，一是乐观地对待，二是认真地对待。在这两方面，他却从不惜力。

记忆中，在家的父亲话不多，对于我们是否淘气调皮，成绩是好是坏，几乎是完全不在意的。这一方面是因为有母亲在管着我们，另一方面，则是因为对这些，他真的觉得无所谓。平日不说话，但他一开口，如果没有些怪怪的笑点就不正常，不是学当时扮演角色的方言，就是插科打诨妙趣一下，要不就是完全意想不到的无厘头。这或许和他身处的环境有关。我记得，那时人艺所有叔叔大爷阿姨们见面就是互相逗，都跟说相声似的，喜欢乐呵。我和哥哥海涛现在的说话习惯都深受老爷子影响。

父亲对我们两个孩子没有通常所谓的"教育方法"，主要是聚会和出游——只要有机会就带我和哥哥出门，到了一个地方"爱怎么玩就怎么玩"。

我因此曾经在英若诚家里把一整杯饮料洒在了郭振清的腿上，这个著名的正派男演员对我笑笑说"小子，这回我记住你了"；在东北的青纱帐小村，和赵丽蓉大妈用唐山话逗过贫嘴；在天津人民饭店，悄悄溜进浴室，躲在正泡在浴缸里裸浴的一名知名老演员身后大喊吓人。那时看到著名演员，去要签名会被人笑掉大牙，因为第一，演员那时不算啥；第二，大家也都觉得自己不算啥，随便逗随意玩。

有机会就带我们出去，其实是老爹和老娘的共识。受益于老爹的这般开明，初中的时候，有一年暑假陪《茶馆》剧组去北戴河、山海关、秦皇岛等地巡回演出，甚是欢乐。记得全剧组分男女住在剧场上面的两个大房间，大通铺挂上蚊帐，集体生活其乐融融。那天几个年轻的演员（如今也都知名了）约好早上去鸽子窝海滩看日出，早上6点多叫我，我居然困得没起来，他们就毅然出发了。过了10分钟一哨人又回来了，拉着脸说太阳从路中间出来了，把我给笑得不困了。还有一次在山海关，忽然下起雨，温度骤降，只带了单衣的众人在领导的同意下开箱分衣，把茶馆的戏服给大家分了取暖。于是清晨的山海关大街上，左边是巡捕乙，右边是匪兵甲在游荡……

我好吃好喝的"毛病"，就是在那时留下的。那天是自由活动时间，一位剧组的叔叔从外面回来，"啪"往桌上摔了个大猪蹄、一瓶老白干儿，竟自大嚼。虽然对小孩来说知道那白酒苦，但是那架势也馋死我了，从此落下了一看见猪蹄膀就想闹口白酒的毛病。话剧一般都是晚上演出，白天没事时，剧场还会放电影，"茶馆"前面拉个大白银幕就开始放映。我到家没事，就跑到台后看免费电影，只不过看到的影像都是反的。老爹的"自由放任"让我拥有快乐童年的同时，也见了无数的世面。如此自由奔放开心的生活恐怕是现在的孩子暑期所没有的。

出门在外对我来说永远是其乐无穷的，回到家里也乐子不少。

话剧演员有个铁定的生活规律，晚睡晚起——夜里10—11点下戏，早上9点以后才起床。在我那时候看来，这是个多么令人向往的工作时间啊，关键是有夜宵吃。"夜宵"在我童年的记忆里是个很美妙的词语，因为那意味在深夜最饿时，你可以陪着爸爸妈妈吃好吃的东西，有时是一碗面，有时则是一块小桃酥或鸡蛋糕。当时我最喜欢的是上海的亲友带来的一种叫"松糕"的、用黏米和豆沙果脯做的米糕，加上椰蓉月饼，要当众表演节目才能得到一块。父母散戏的夜晚也是我们的享乐之夜。

老爷子常把角色带回家里来，虽然总有些不适应，但是乐趣也不少。随着他扮演不同角色，变来变去的口音，让家里不断出现各地的方言：演松二爷，家里自然可以开始养鸟；演宫廷斗鸡，又会多一纸箱的小鸡仔；演绍兴师爷，家里的茴香豆和加饭酒自然是少不了；而演太监，家里人看着他拿兰花指吃点心，自然吃不了几块，剩下的都是俺和俺哥的——倒让我们这群小孩得了不少"实惠"。

对老爹的记忆，颇为沮丧的是最近这些年。我因工作关系，在香港已经长住了十年，只有每年两次假期或是利用出差机会回京探望两位老人。每次和他聊天，因体力原因，他的话也不太多了，只有和他对台词、歌曲、叫卖，才能让他兴奋起来……回香港前和他告别，他总是低头不说话，也不拦我。我知道他不愿我走，却依旧是那样淡淡的，无所求的……真对不住，老爹！

我和我哥从小十分努力、争强好胜，而老爹在我们眼中则是一个凡事忍让、十分随意的人，从来不追名逐利，一切随遇而安。我们有时候会希望父亲是个更强硬的人，但现在回想起来，忽然意识到，其实父亲内心的坚毅是不可想象的，是超越了世俗概念的，就像在他的心目中，早已没有什么大角色、小角色之分，没有了如今大家在意的收入或待遇……

有些人一生都和别人攀比，有些人却一生只和自己比，谦卑中追求自我的完善，认真中追求自己的乐观，所以才总会乐呵。

老爹，我们会永远乐呵地想你。

牡丹之歌

· 焦祖尧

吕梁山有多少峰峦，多少塬垴，多少沟谷？在贺家庄的西塬垴、狐则垴中间，一抔黄土下躺着你马牡丹！

1985年6月19日你走了，那一年你才34岁！

两个月后我去贺家庄，我永远忘不了在那几天里灵魂受到的震撼。

烈焰飞腾的大火从窑洞里窜出来！

当时你正要去找你的小儿子三宝。每天下地都要背着他去的，三宝才3岁多一点呀！

院里院外却不见三宝的影子。你忽然看见武俊元一边跑一边喊：窑里着火啦！你跟着武俊元拼命跑，转过墙角，便见左边那孔窑里蹿出火苗，同时听到了孩子的哭声。

这间土窑里堆着麦秸和谷草。你一眼就看见三个孩子在窑里的火中哭喊，其中就有你的三宝！你发疯一样冲过去，木栅栏和风扇隔着你和你的孩子。孩子们是从下面钻进去，可你钻不进去！

你和武俊元使劲扳倒了木栅栏，风扇还在窑门口挡着。你不知哪来的力气，竟跨过风扇，扑进了火海！

"妈！妈！妈！"三宝发现你了。

"婶！婶！婶！"4岁的武二新发现你了。

"大娘！大娘！大娘！"3岁的杨二花在哭喊。

你伸手就能抓住你的三宝，没想到你却抓住了4岁的武二新，抱起他扑向窑门口，递给被风扇挡在窑外的武俊元。

化纤衣服见火就着,你已经是一个火人。"妈!妈……"三宝的哭声渐渐低下去了。

你终于又扑到孩子们身边。这次你却抓住了二花。

"妈!"三宝的声音微弱了。你喊:"等一等,三宝!"

你又扑进火海。你的三宝在哪里?三宝已经不出声了。

不知道你在火里是怎么摸到三宝的。婆婆看见你时,你正脸向外背朝里蜷缩在窑角里,怀里紧紧抱着你的三宝!

人们推倒了风扇,抓住你的裤带,把你拉到窑外。你拼命睁开眼来,看到了身旁已经烧得焦黑了的三宝。

你被送到了孝义县医院,人家说治不了,又转到汾阳医院。

医院的抢救措施都用上了。大面积烧伤合并肾功能衰竭,入院后第十天,你还是走了。

……

从小就没了妈,世事你懂得很早。没有什么能代替母亲的爱,你从小心里有一种爱的饥渴。后来你慢慢懂得,人活着并不单单为了吃饱穿暖,人们需要被别人关心同时也应关心别人。

你牡丹能干什么?你只上过几天小学,连报纸上的文章也念不下来。丈夫庆明也是个没嘴葫芦,就知道受苦。夫妻都想把日子往好里过,庆明到小煤窑下井,就想给你买一台缝纫机,再圈孔新窑。你嫁过来18年,连面镜子也没给自己买过,梳头就对着窗上的玻璃。玻璃上还贴着雷锋的头像,报纸上剪下来的;这人总给别人做好事,是你心目中的偶像。

你牡丹能干什么呢?给邻居武大婶挑水吗?武大婶孤身一人,吃水要从山沟里挑,要爬二三十度的坡,你给她挑水有年头了。有时身上不舒服,你就叫大宝和你抬。

你牡丹能干什么?从粪坑里把留柱家的猪救出来吗?夏天的毒日头把粪坑蒸得臭气熏天,留柱家一只猪跌进去了,妇女们捂着鼻子又叫又喊。你风风火火跑去,抓住猪耳朵把猪拽了上来。那畜生被你抓住耳朵,身子使劲挣扎,把粪便甩了你一身。你怕凉水把猪激坏,又叫弟媳打温水冲洗猪身上的粪便。

你牡丹能干什么?帮助苦命的润香闯过人生的断崖吗?润香的丈夫黑夜走路,跌到山沟里摔死了。润香还怎么活?跟着男人一起走吧!你守在她身边，几天几夜没有合眼，先是陪她一起哭，再掏心掏肺地劝她，不能把孩子扔在世上，要挺起腰板活下去。正愁麦子没人种哩，你和庆明就给她种上了。谷穗割下来，摊在窑顶上晒。半夜下雨了，你跑去叫醒了她；等她跑出窑洞，你抱着自家的席子和塑料布已经上了窑顶；等她上了窑顶，你已经给她把谷穗都苫好了。润香腰板挺起来了，说世上还有牡丹这样的好人，我为啥要离开？

……

你躺在这儿已经27年了，牡丹！

你可知道，当年贺家庄给你开追悼会，全村老小失声痛哭！有人说，如果孩子能受到学龄前教育，也有玩具和玩乐的地方，就不会跑到堆放麦秸的旧窑里去玩火，一根小小的火柴导致两人丧命的悲剧就不会发生。不是"老天杀人不留情"，是"贫穷杀人不留情"！贺家庄人要向贫困宣战，他们在你灵堂前的震天哭声，就是他们发出的奋斗檄文！

贺家庄后来的变化，你泉下有知，一定都看到了，你一定感到欣慰吧！

"啊，牡丹，百花丛中最鲜艳。

啊，牡丹，众香国里最壮观……"

这支歌是唱给你的吗？牡丹。

他终身为爱情而歌唱

· 梁 衡

南国冬日，冒着凛冽的海风，我来到福建惠安，看一个给全世界留下了永远的爱，自己却没有得到爱的人。3年前，我到川藏交界的康定，无意中知道那首著名的《康定情歌》的发现整理者是一位叫吴文季的人，原籍福建惠安。以后就总惦记着这件事，今天终于有缘到访他的故居和墓地。

在抗日战争时期，吴文季一腔热血投奔抗日，在武汉参加了"战时干部训练团"，后又辗转重庆，考入中央音乐学院。学院停课期间，为生计他应聘到驻扎在康定地区的青年军教歌。这使他有机会到民间采风。康定地处汉藏文化的交接带，既有汉文化的敦厚，又有藏文化的豪放，尤其是音乐取杂交优势，更显个性。大渡河畔有一座跑马山，那是汉藏同胞，特别是青年男女节日里跑马对歌的地方，吴文季就是在这里采得这首情歌溜溜调的。随着抗战胜利学校内迁，这首歌也被带回南京。先是经加工配器在学院的联欢会上演出，引起轰动。当时的中国女高音歌唱家喻宜萱就将它带到巴黎的国际音乐节，于是这首歌就走遍世界。那是多么浓烈的爱情旋律啊，"世间溜溜的女子，任我溜溜地爱哟，世间溜溜的男子任你溜溜地求呦！"从西部高原吹来的清风夹着草香，裹着这歌，这情，飘过原野，洒向广袤的大地。

那天晚上我就宿在康定城里。这是一座高山峡谷中的小城，抗战时曾作过西康省的省会。因地处中国内地通往西藏直至印度的咽喉要道，是当时一个重要的对外商埠。晚饭后在街上散步，随处可见历史的遗痕。老房子，商店里的旧家具，地摊上的老画片，还有藏区常见的石头、骨头项链，小刀具等。许多外地游客在街上悠闲地转悠着，怀旧、淘宝。市中心修了一个休闲广场，华灯初上，喇叭里播放着《康定情歌》，还有那首有名的《康巴汉子》："康巴汉子呦……胸膛是野性和爱的草原，任随女人恨我，自由飞翔……"河水穿城而过，拍打着堤岸，晚风轻扬，百姓就在广场上和着这歌的旋律、浪的节拍翩翩起舞。那坦荡的爱浓烈的情，我现在想来心中还咚咚作响。《康定情歌》已被刻在大渡河边的石碑上，已登上各种演唱会，通过现代传媒手段传遍全球，甚至被卫星送上太空。但是，很少有人问一问，它的作者是谁？

当我在大渡河边惊喜地知道了这首民歌的发现整理者时，立即就想探寻他的身世。几年来我到处搜求有关资料，而这却将自己推入到一种悲凉的空茫。

南京解放后，吴文季在1949年5月参加解放军，先后在二野文工团、西南军区文工团、总政文工团工作，曾任男高音独唱演员，领唱过《英雄战胜大渡河》等著名的歌曲。但因为有参加过"战干团"和曾到国民党部队教歌这一段经历，被认为不宜在总政文工团工作，于1953年遣送回乡。天真的他以为下放劳动一两年就可返回北京。以至于他走时连行李都没有带全，一批宝贵的创作乐谱也寄存在朋友处。没有想到竟是一去不归。

那天，我从惠安县城出发，找到洛阳镇，又在镇上找到一条小巷。这巷小得仅容一人紧身通过，然后是一处破败的民房。房分前后室，我用脚量了一下，前室只有三步深，墙上挂着他的一张遗像，供少数知情而又知音的人前来瞻仰。地上则散乱地堆着一些他当年用过的农具。后室只能放下一张床，是他劳累一天之后，挑灯写歌的地方。吴回乡后，孤无所依，就吃住在兄嫂家，每日出工，参加集体劳动，业余帮镇上的中学辅导文艺节目。一时使该校节目水平大涨，居然出省演出。后来又安排他到地方歌舞团工作，还创作并排练了反映当地女子爱情的歌剧《阿兰》。他盼着北京有令召还，但日复一日，不见音讯。他哪里知道外面的政治气候正日紧一日，1962年北戴河会议大讲阶级斗争，1964年"四清"运动又开始清理阶级队伍。就这样，直到1966年他不幸病逝，也没有等到召回令，时年48岁。

参观完旧居，访过他的兄嫂，我坚持要去看看他的墓。村里人说，从来没有外地人，更没有北京来的人去看，路不好走。我的心里一紧，就更想去会一会那颗孤独的灵魂。开车不能了，我们就步行从一条蜿蜒的小路爬上一个山包，再左行，又是一条更窄的路。因为走的人少，两边长满一人多高的野草，一种大朵的黄花夹在其中。我问这叫什么花，领路的村民说："叫臭菊，到处是，很贱的一种花，常用来沤肥的。"我心里又是一紧，更多了一分惆怅。大家在齐人深的野草和臭菊中觅路，谁也不说话，好像回到一个洪荒的中世纪。

转过一个小坡，爬上一个山坳，终于出现一座孤坟。浅浅的土堆，前面有一块石碑，上书吴文季之墓，并有一行字："他一生坎坷，却始终为自由而歌唱"。我想表达一点心意，就地采了一大把各色的野花，中间裹了一大朵正怒放的臭菊，献在他的墓前，深深地鞠了一躬。然后坐在坟前，听头上的风轻轻吹过，两旁松柏肃然，世界很静。我想陪这个土堆里的人坐一会儿，他绝不会想到有这样一个远方的陌生人来与他心灵对话。他整理那首情歌是在1944年左右，到现在已经67年，那是他精神世界中最明媚、灿烂的时刻，他的死，并孤寂地躺在这里是1966年，也已半个世纪。他长眠后的岁月，回忆最多的一定是在康定的日子。那强壮的康巴汉子、多情的藏族姑娘，那激烈的赛马、跳舞、歌唱、狂欢的场面。这是他一生中最美好的一瞬。音乐史上的许多名曲都来自民间的采风，并伴有音乐家的传奇故事，它如大漠戈壁长风送来的驼铃，久久地摇荡着人们的心灵。吴文季的西康采风，很类似音乐家王洛宾的青海湖边采风。康定的藏族姑娘应该比青海的藏族姑娘更热辣奔放一些。王洛宾与卓玛曾有一鞭情，有相拥于马背，飞驰过草原，陶醉于绿草蓝天的浪漫，因而产生了那首名曲《在那遥远的地方》。我们也有理由猜想，在《康定情歌》后面，在鼓声咚咚，彩旗飘飘的跑马山上，或许也另有一个浪漫的故事。"世间溜溜的男子任你溜溜地求哟"，难道吴家这样英俊的大哥就没有哪位姑娘在赛马时轻轻地抽他一鞭？那时他才24岁啊。

我在墓边坐着，南国的冬天并不凋零，放眼望去，大地还是一样的葱绿。近处仍是没人深的野草和大朵的臭菊，远处有一座小山，陪同的人说不出具体的名字，倒讲了一个曾在山那边发生的著名的"陈三五娘"故事。啊，我知道《陈三五娘》是在闽南一带流传甚广的传统剧目，后来还拍成了电影。大意是穷文人陈三，在元宵灯会上与富家女子黄五娘邂逅相遇，互相爱慕。黄父却贪财爱势，将五娘允婚他人。陈三便和五娘私奔，终于找到了自己的幸福，这是一个闽版的《梁祝》。但我不知故事的原型却是在这里。讲故事者说，他们私奔的路线就是从那个山后转过来，一直朝这边，朝吴的墓地走来。吴文季在这里长大，又酷爱民间音乐，他一定看过这出戏。也许，他在这凄冷的墓里，还在一遍一遍地回味着这个故事。私奔是爱情题材中常有的主题，从司马相如与卓文君到《陈三五娘》，传唱不衰。但天上无云何有雨，地上无土怎长苗？当你处于一个不敢爱或不敢被人爱的环境或条件下时，你与谁私奔，又奔向何处呢？

吴文季所留资料甚少。他在总政文工团大约是有一位女友的。离京时，他的衣物、书籍、特别是一些乐谱资料还寄存在她处。但自从下放后，对方的回信就渐写渐少，最后终于音断讯绝。这大约是我们知道的他一生中唯一享受过的一丝的爱，像早春里吹过的一缕暖风，然后又复归消失。

山上的风大，不可久留，我起身下山，对地方上的朋友说："墓碑上的那句话应改为：他终身为爱情而歌唱，却没有得到过爱。"

守望铁道：

·刘建镍

线路工

他们的脸上布满阳光、风霜、雨雪的痕迹；他们的沧桑中有不屈的刚强。

大地是他们工作的操纵平台。铁路有多长，他们劳作的地点就有多长。粗笨重大的道砟、钢轨、枕木不断向他们的双手索取着精细。

风雨烈日中，他们少则三五个，多则百十人把腰身弯成一把弓、立成一棵松，在铁道上汇聚起力量，不断地撬动、调整钢轨与枕木、道砟的关系，让其始终保持亲密。

过去，就是铁路诞生于大地不久，直到后来的后来，他们仅凭一把道尺和累积的经验，昼夜寻找着道砟、钢轨、枕木、螺栓之间的不良关系，一旦发现，立即用粗糙的大手、厚实的肩膀、如注的汗水，以至鲜血，再次把它们变为亲密。

而今，他们手中的道尺用得少了，快速的检测车辆和精密的测量仪器，很快就能侦探出深藏在道砟、钢轨、枕木、螺栓里的裂变因子。于是，大型的、小型的机械化作业车威武而来，伸出钢铁手掌快速地抚平、筑牢，再把平直、亲密、安稳层层铺上。

大型机械化作业车是根除铁道"重病"的大师，并非线路工随意使用的道镐。每日，他们像辛勤的蜜蜂，用粗糙的大手细致地侍候着绵延的铁道。

线路工的听觉和视觉异常敏锐，只要列车在铁道上奔驰，他们便静静聆听，车轮与钢轨的轰鸣中是否有不和谐的音符。待列车的身影掠过，他们便十万火急地去除掉那可能颠覆列车的阴谋。这一刻，他们累得气喘，却又一次把平安植入了铁道的身躯。看一眼闪亮的钢轨，留下一个微笑，他们又去寻找和根除铁道的病害。

暴雨、冰雪、洪水、泥石流、溜坍、落石……都是铁道的大敌，它们随着季节的变换而轮番攻击铁道、列车。此时，线路工日夜捍卫着铁道的平安；铁道若遭损毁，他们迅捷地成为其起死回生的天神。

看守工

孤身一人在深山峡谷，看山、看水、看滑坡、看泥石流、看石头……在满山翠绿、空气湿热的雨季和冷酷的冬季，是欣赏风景？不是，夜晚也需瞪着双眼，时时紧盯着山水泥石的一举一动，尤其是对铁路的态度。这就是山区铁路看守工的责任。

铁道从看守工的脚边蜿蜒着穿越高山深涧、汹涌河流，列车在钢轨上轰隆往来，山水也为之颤抖。

石头在峭壁涯畔虎视眈眈，滑坡在小草下日夜密谋，泥石流在散乱的土石中蠢动，河水在浑黄里咆哮狂躁……它们是殴打、侵害、扼杀铁道与列车的暴徒和凶手。

看守工用锐利的目光、警惕的心灵铸成特殊仪器，分秒不息地扫描监视着这些"暴徒"和"凶手"的狰狞表情与险恶内心。它们时常神鬼不觉地在暴雨、狂风中挥舞魔掌，疯狂地用死亡和灾难猛烈击打铁道、火车。此时，高度戒备的看守工急如星火地用电波向奔驰的列车发出警报，呼来与之搏斗的救援大军。看守工发出的电波与列车司机、车站值班员的电波一会合，灾难的咽喉就被套上了有力的绞索。

铁道与阳光、星光、月光在静谧中辉映成大山中的别样景色。

铁道是莽莽群山中最宽阔、平坦、坚固的道路，而直插云天的大山又让铁道很小。不过，列车日夜演奏的雄壮、轻快的美妙乐曲，却让大山陶醉、山民幸福起舞、欢笑。

看守工的生活从不像列车的行进那样规律，就连与家人的团聚也只能像守望大山一样。铁道、列车在他们的守望中平安，他们的小家却常有不安和困难，又无法顾及。他们的青春之花在守望中默默地开放，直到凋零。

他们明白，铁路和穿梭的客货列车需要他们的守望，一种不容丝毫松懈的守望。他们就这样守望，年复一年，日复一日……

父亲的渡口

· 刘江波

每次到丽江出差,我都要在石鼓镇西面的高坡上登临远眺。看金沙江怎样集美丽和凶险于一身,自北向南穿越崇山峻岭奔腾而下。看它如何迷恋玉龙雪山的雄奇和哈巴雪山的秀美,在石鼓镇蓦然回首,拐了一个大大的V字逶迤东去。

记得2000年夏天,我第一次到石鼓镇,同行的朋友说,好像红军到过石鼓镇,大姐若不信,可以去看看。我还真不信,就拉上朋友,驱车溯江而上。

从石鼓镇向北行至木瓜寨,果然见路旁有个半尺高的小石碑,上写某年某月红二、六军团由此渡江。难道,红二、六军团比中央红军走得还远?我急忙打电话,向远在北京的老父亲求证。

父亲确实到过石鼓镇。1936年4月,他,18岁的司号长,身负重伤,被用担架抬进古镇。在一座戏台子上,贺龙、萧克做战前动员,准备强渡金沙江,而后向北,与朱德、张国焘率领的红四方面军会合。"我们红六军团,"老人家在电话那头说:"在草丛里找到一条小船,渡口叫木取独,在木瓜寨上游,对岸有个村子,你去找找,看在不在?"

一个80多岁的老人,清晰地记得60年多前的战争细节,这令我十分惊讶。那是国民党军队穷追猛打的日子,每一天都面临生死抉择,可幸存者的生命却是多么顽强!而我,第一次沿金沙江行走,竟然与父亲对上了脚印!这是冥冥之中上苍的引领,还是大爱无形的召唤,催我回来?

我拔腿就朝木瓜寨上游奔去,心里只有一个念头,一定要找到木取独!

在江边一个狭小的缓坡上,当地老乡说,喏,到了。

这就是木取独？放眼望去，不过一处浅滩、一丛衰草，任你有再丰富的想象力，也无法将它们与煊赫历史的渡口相联系，更不要说对岸的小村和草丛里的小船。我顿时感到心无所依，甚至涌起莫名的惶恐：父亲的渡口，丢了！

我的红军！那堂堂之阵、万人渡江的气势还在我的心中激荡流转，那翻江倒海、战马嘶鸣的呼啸还在我的耳边轰隆作响，可眼前，哪里还有让人胆壮心雄的恢弘场面？遗迹无存，硝烟散尽，只有暖暖的太阳烤着江面，金灿灿的南瓜花蹭着面颊，白花花的漩涡一个撵着一个，卷起哗啦啦的涌浪。

我的红军！你苦难悲壮的旅程已经抵达终点，你青春激扬的队伍曾经无与伦比地勇敢，可为什么我找不到你的渡口、你的小村和那条小船？草木枯荣，岁月如流，只有你浩然之气化作的涓涓细流，无声无息漫过我的心田，助我逃离一切虚假的现代文明，在远离尘嚣的田野上苦苦寻觅生命的原点。

当时，我并没有意识到，从双脚踏上金沙江岸边的那一刻起，这寻寻觅觅，注定将会成为我刻骨铭心的人生旅程。

在老乡的帮助下，我找到一位纳西族老奶奶。1934年，老人12岁，家里住过一名红军小伤员。一天，一位红军师长跑来她家，雇了她家的白马，把伤员抱上马，三人疾行，终于在木瓜寨追上渡江的队伍。临别时师长说，谢谢你，牵白马的小唔妹！还脱下身上的褂褂送给她。这褂褂，后来陈列在石鼓镇红军纪念馆里，直到朽成碎片。

这故事让我感到慰藉。但根据父亲回忆，他是在木取独渡江的。看来，被师长抱上马的红军小伤员，不是我父亲。带着寻根的执着，我们在离木取独不远的村子里，幸运地找到一位老爷爷，也是纳西族。坐在老宅前一株繁茂的楸树下，我与老人有一段"树下对话"。

我：老人家，听说您家住过红军？

老人：是呢，就住我家柴房。

纳西人家的柴房，楼上堆柴，楼下养猪。我们攀上腐朽的楼板，在布满蛛网的木板缝隙间且探且寻，渴望着贴近红军的气息。然后，欲罢不能地轻脚下楼，不忍打扰曾经酣睡未起的士兵，昏暗的柴房里，留下了我们脚板的巨大回声。

老人：红军铺的是明子，盖的也是明子。

同行的朋友解释道，明子就是纳西人家烧火做饭用的松叶。

我：红军啥模样？

老人：红军说话不高声。

我：红军说啥了？

老人：红军问，"老板，在哪里挑水？"

我：是讲"老板"，还是"老表"？

我执拗地追问。因为，湖南籍士兵常把老乡叫"老板"，而江西籍的，则称"老表"。老人肯定的神情带给我孤注一掷的期望，我盼望问话的士兵是江西籍，没准就是我父亲！想着想着，就分了神。此时此刻，老人之于我，像亲人一样切近。

老人：红军挑水回来扫院子，我妈妈主动给红军洗衣服，班长拿出两块光洋放到她手里，妈妈不要，手藏在围裙后面，班长拉住妈妈的手，让她的手指握住光洋，妈妈的眼泪就落下来了。国民党军队的飞机也到过这里，擦着我家楸树尖尖飞，江边丢下炸弹，吓得鸡也叫狗也叫。红军就是咱家的娃儿，咋会对老百姓耍威风呢！

……

这是第一次沿金沙江行走，归来时我带回几块鹅卵石，捧在手里对着阳光凝视，上面星星点点的亮光仿佛是红军的眼睛在微笑。于是，我记忆的屏幕上定格了一幅画：红军渡江上岸，湿漉漉的军装落满沙砾，像披着一层金色的纱幔。他们踏着炸弹卷起的火球和烟尘走来，如同慢镜头，但，没有声音。

哦不，无声镜头里分明伴着高昂的音符——红军说话不高声——这是红军对人民的谦卑，对平等的遵从，对天道人格的顶礼膜拜。红军讲的话，极朴素，极平实，却像金石一样镌刻在父亲的渡口，留下黄钟大吕般的气韵。

从红二、六军团强渡金沙江到今天，已过去了 70 多年。那朽成碎片的褂褂，是不是仍在散发暖人的气息？那住柴房、盖明子的士兵是不是已经远离我们的情怀？不对老百姓高声说话的那支队伍，是不是依然走在突围的路上？

为了践行全心全意为人民服务的宗旨，无数共产党员在人生的渡口流血牺牲无私奉献，抽象的信仰因此而充盈、丰满，展示出人性的光芒。而今，我们真的不能懈怠。

倔老头

· 秦锦屏

一窗灯火不熄。这倔老头儿，点灯熬夜又在干啥？

我轻轻推门而入。他袖着手，胳膊肘下摊着书本，高度近视镜悬在鼻梁上，花白的脑袋一磕一磕，我轻轻抽出书……他赫然惊醒："咿，别动，我在看呢！"

"还看，都几点了！"

"三天不学习，赶不上刘少奇！了解社会，才能服务社会！"

我嗤地笑了。轻轻掩了房门，又回身探头叮嘱："老爸，早点睡啊，身体是革命的本钱！听话！"他嘿嘿嘿笑起来，肩头耸动着……我猜，此刻他眼窝里会蓄满泪水，接着会掏出手绢抹去泪痕，端端正正坐直，读书，学习，直至天色微明，体力不支地蜷在藤椅中睡着……父亲70多了，爱哭，爱笑，也爱发脾气，爱唠叨："这辈子，啥都有了，要是能入党，那就无憾了！……"

父亲是个有故事的人。几十年前的地理课堂上，老师说，同学们，我们在东半球，美帝国主义在西半球，东在上，西在下，因此帝国主义在我们脚下……班上一个男生举手发言说：老师，那咱为啥不像打井一样，打个地洞，把东西两边挖通，将那些生活在帝国主义铁蹄下，身处水深火热中的老百姓都解救出来？老师拍拍男生的肩膀说：虽然打通地洞是不可能的，但这个小朋友很聪明，善于开动脑筋，同学们要向他学习！

数年后，一个人妖颠倒的年代，当年课堂上发言的男生被"揭发"了！揭发者不是别人，正是表扬过他的地理老师，说他小小年纪时就有"里通外国"的贼心！齐刷刷站出来给老师作证的，是当年立志向小男生学习的同学们。

彼时，刚出校门的父亲风华正茂斗志昂扬，遭此"突袭"险些一蹶不振。他终于没倒下，因为他坚信：组织上会有个公正的判断！

漫长的十余年，父亲全部生活内容仅三件事：一、深挖思想根源，深刻自省。二、不认罪，向组织提出申诉，要求那位已获提拔的地理老师向他道歉，要求组织为他召开"恢复荣誉平反大会"，并请当年的同学参会见证。三、坚持信仰，坚持写入党申请书。

父亲终于盼来光明，获得了平反，但入党的心愿未能实现，他因此自查自省，总结自己的缺点是知识老化，思想觉悟不高，太看重个人得失。从此，父亲成日泡图书馆、逛书店，大包大包地买书，如饥似渴地学习新知识。已退休多年的他知道QQ、微博，关心奥运会火炬传递，关心GDP的波动。他读过的报纸，永远有红色波浪线加蝇头小字的评论。他还颇费周折找到当年的地理老师，诚恳地站在他面前，自责心胸狭窄，不该对组织提出要求让老师给学生道歉，同时又说，坚持真理是党的一贯作风，谁也不能搞特殊……老师的家人颇为尴尬，然而地理老师浑然不觉，他很老了，手脚不听使唤，每天只会坐在轮椅里发呆，根本不认得面前这个小老头儿是谁。

父亲热衷于做好人好事，但饱受争议。他曾脱下自己的棉衣送给衣不遮体的流浪者；将刚买的羊肉泡馍倾盆倒给乞丐，然后饿着肚子从县城走回家……有人嚼舌说父亲想入党都想疯了，愤怒的弟弟差点上去打一架。后来，连我们都觉得父亲顽固、一根筋。他曾死死拉住一个要扑向火车的轻生女，撕扯半天后，火车开走了，活蹦乱跳的女子猛然掉转头，朝着父亲的手臂狠狠咬下去……父亲带着两排带血的牙印回了家，也将各种嘲笑议论带了回来。有人同情他，说他遭遇了现实版"农夫和蛇"。有人说父亲年纪虽老，却有一颗不安分的心，想出名。还有人挤眉弄眼地说，父亲舍命相救的女子是他的小蜜，两人因情变，一个要卧轨，一个要保命……我们愤怒而无奈地承受着人们的猜测和议论。

面对这一切，父亲始终沉默着。他依旧气定神闲地去图书馆，去书城，去积极发现那些需要"援助"的人，有时甚至跋山涉水找上门去给人家"送温暖"。因慷慨大方，父亲的钱包"瘦身"很快，做子女的总担心他冻着饿着，争相弥补他的亏空，倒使他越发积极了。

终于，我老妈爆发了："死老头子，你争表现，不能拉着娃娃们给你垫背！有本事你不吃不喝去裸捐啊，娃们还得生活呢！你出门去看看，哪家娃住的楼不比你儿子的楼高！"

父亲脚一跺，摔门走人。

父亲失踪了。我们一面积极寻找，一面紧急召开家庭会议。家人一致认为父亲的终极目标是——感动群众，感动组织，入党。为助他完成心愿，我们开动脑筋，想出了一条锦囊妙计。

找见父亲时，他狭小的出租屋里，还收留着一个无家可归的跛足老头儿，父亲正匍匐在厨案上替他写诉状，力争为老头儿讨回一点赡养费。任我们磨破嘴皮，父亲就是梗着脖子不愿归家，说是"从此不连累你们了"。无奈，我们只得提前说出那条锦囊妙计：其实您没必要使"苦肉计"争表现，这年头要吸引人注意很容易，找几个媒体，整一份人老心红的报道放到网上炒一炒……再说，你已经是退休的人了！

"胡扯！"父亲嘴唇哆嗦，晶亮的泪珠子挂在他沧桑的胡楂上：我只问你们三句话。第一，形式上入党和精神上入党的区别是啥？第二，一个人实实在在，把写在入党申请书上的决心，落实在实际行动中，错了吗？第三，人的寿命有限，年龄到了就该退休，几时听说过人的信仰会退休？

说完，父亲背手、扬长而去，将我们扔在他那间狭小黑暗的小屋里。

二姐的日子

·尚书华

二姐年龄大了,已 70 有余。却不老,眼睛明亮,身板溜直,看上去,倒比前些年精神了许多。

那天侄女的女儿出嫁,二姐在大女儿陪同下特意从百里外赶来参加婚礼。散场时大家正挽留着让二姐多住些天,二姐的孙媳妇悄然打来一辆出租车,交司机 120 元钱,嘱他把奶奶、姑姑安全送回家。二姐从容上车,冲大伙悦然一笑,挥手告别。这一刻,在场的兄弟姊妹无不感叹:二姐的日子过好了!

二姐过去的日子苦。母亲活着时常说,她就是苦命,怀孕刚满 7 个月就生下来了。奶不够吃,长得弱小干瘦,没指望她能活,她却命大活过来了。稍大一些又顽皮得胜过男孩,生性坚忍倔强,摔摔打打,磕磕碰碰,惹是生非,常让邻居大人孩子们找上门来,为此没少挨父母的打,说不清吃了多少苦头。别说,这些坎坷的经历倒是极早锻炼了她,十四五岁家里家外她已经是一个顶用的劳力了。最让她自豪的是 15 岁那年,她上山打柴,曾背过 140 斤杏条,是爷爷亲自用杆秤给她称的。如今聊起这些,她依旧神采飞扬,一脸骄傲。

二姐 17 岁嫁了人。用她的话说,是奶奶见她过于疯泼,留在家里不知会惹出啥事,于是早早许了人家。姐夫是一个回乡青年。那是大跃进的年代,两人怀揣着一个艰苦创业的梦想,来到一处离家数十公里远的穷山沟落户养蜂。结果,由于缺乏技术,经验不足,3 年时间下来,蜂群死个精光。无奈,两人只好向土地刨食当起了农民。孩子一个接一个生,日子一年比一年难熬。那时姐夫在生产队养牛,晚上熬夜,白天睡觉,家里家外的活儿全靠二姐一个人。念小学放暑假的时候，我几乎年年都跟母亲去二姐家，母亲是为了帮二姐把一年来破旧的被褥拆洗一遍；我是图那里有山有水，可以抓鱼摸虾痛快玩。记得二姐给过我一个任务，让我把一年两个学期写过作业的本子全部积存下来，暑假时捎给她，她用这些废纸卷烟抽。那时太穷，买不起烟纸，每次见我拿来这些废作业本高兴得像什么似的。不知她何时学会了抽烟，抽那种有劲且呛人的"蛤蟆头"旱烟。一次回娘家，我见爷爷递给她一支卷烟，她不接。我当时想，她一定是怕爷爷嫌她学会了抽烟，不敢当爷爷面抽，故不接。然而爷爷早就知道她学会了抽烟，说：抽吧，累了抽烟能解乏的。二姐仍没接，怯声嘟哝一句：这烟没劲。噢——我恍然大悟，原来二姐已抽惯了那有劲呛人的旱烟了。

　　20年的乡下生活让二姐变成了一位有6个孩子的妈妈。这期间，姐夫被调到一家窑厂做义工，离家9里路，每天早出晚归，家中、地里的活一点指望不上，再重再累的活都是二姐一个人承担。她冬天拉爬犁上山打柴，春天种地，夏天铲地，秋天收割，推磨，烙煎饼，打猪食草，做饭，缝衣，供孩子上学……本来就有些男人性格的二姐被苦日子磨砺得更像男人。

　　当二姐38岁的时候，命运有了一次转机，举家迁到百里之外一个矿区，离开了那片苦熬了20年的土地。搬家的那天，姐夫押着那些装满破旧家什的货车先行，二姐带着6个孩子来娘家站站脚，告个别。当时正赶上我在家，只见家门忽地敞开，二姐老母鸡领着一群小鸡般拥入进来，孩子们脸上个个布满光彩，流露出掩饰不住的兴奋和喜悦。他们从来没离开过那个山沟沟，连火车也没见过，听说要跟妈妈一起坐火车去新家，高兴得连续几夜都没睡好觉。我张罗着要动手做饭，二姐说：不用了，时间紧，别误了火车，有啥剩饭吃口就行。说着自己打开碗柜，找出几块窝头，半盆凉地瓜，一碟咸菜，领着孩子们狼吞虎咽起来……

　　来到矿区，二姐一家寄住在姐夫哥哥家。全家人同心协力，日夜奋战，捡砖头、打土坯，在亲属的帮助下，短短的时间里盖起了四间简易房，从此新的生活稳定下来。二姐开始下矿井挑煤，一挑一百四五十斤，赶斜井，深度百米有余，步步登高，身流汗，腿发颤。有体力的壮汉，每天不过40来挑，二姐挑过50多挑。她用赚来的钱供孩子上学、成家，一心想把日子过好。

　　转眼30多年又过去了。二姐的孩子都早已成了家，最小女儿的孩子也上了大学。二姐仍住在当年那处简易房里，没事一个人常去井口拾些煤块背回来，日子久了，已攒成一个不小的煤堆。那老房子由于地下煤层都已挖空，地面很多地方出现塌陷，房子像被撕裂般多处有了很大的缝隙，看上去，既不遮风，也不避寒，坍塌隐患令人生畏。每年春节去看二姐，我最担心的就是问她，这房子何时能修修？二姐总是宽慰地告诉我说：快了，政府已来调查丈量了好多次，说是要在别的地方给我们盖新房，只要不超原房面积不用咱们拿一分钱呢。她说这些时脸上充满甜甜的期望。我只好附和：那好，那好。可心里在想，就算这事有谱，谁知等到猴年马月？好消息来得出乎我意料，第二年秋季的一天，二姐突然打来电话，兴奋地告诉我她搬进新房了。我听了心头一热，这是真的？简直比我自己搬进新家还要高兴。

  今年春节去给二姐拜年，在她那宽敞明亮的新楼里，四世同堂聚集了20多人，儿孙绕膝，酒菜飘香。我这不胜酒力的舅舅，架不住外甥们一拨拨敬酒，轮番轰炸，还没待孙子辈儿的上场，我已是酒高人兴，满脸通红了。这时，二姐把我扯到一边，从一个老式的小木匣里拿出一张卡对我说：还有好事告诉你，我开劳保工资了。我一怔：这怎么可能，你没正式参加过工作。二姐说，政府讲理，说她在矿井挑煤那几年属矿区家属队，按大集体工人享受劳保待遇，每月开600多元。二姐说这些时眼睛一直闪着亮光，欣喜中隐透着一份感激。

  前不久，随孩子移居国外多年的大姐回老家省亲，在二姐家住了些时日。临别前，二姐照样把孩子们召集回来，准备了一桌丰盛的饭菜，为大姐、姐夫辞行。席间，欢声笑语，浓浓亲情，深深感染了年近八旬的大姐夫，他侧过脸，无不羡慕地由衷对我说：你二姐这日子，才叫真正的幸福晚年生活……

让子弹再飞：

· 万伯翱

去年 11 月参加全国作代会时，在北京饭店碰见 97 岁的四川老作家马识途。他是那次参会作家中最年长的，身体硬朗，被众多作家簇拥着。我忙跑过去致礼，还怕他听不清楚，又附耳上去大声介绍了一句。他脸上露出惊喜，川音颇重地答道："是啊！认得认得！许久没得见了，我们是老朋友了呀……"

识途老是位很特殊的大作家，生于四川穷僻之乡，少年即负笈出山，寻求革命真理，游学京津沪后，考入"中央大学"，期以报国。1938 年他参加了"一二·九"学生运动，走上了革命道路。而且他学历甚高，1945 年毕业于西南联大中文系，曾师从朱自清、沈从文、闻一多等，是党内科班出身的老干部和作家。新中国成立后，为建设大西南，他又被任命为省建设厅长，也任过中共中央西南局宣传部副部长、省文联主席、省作协主席等职。实践证明，不管干哪行他都行，且从未停止过文学创作活动。他的妙笔擅长创作小说、纪实文学、散文、杂文、诗词等各种文学形式，真乃巴蜀政坛、文坛奇人奇才。有媒体称："马老是巴蜀继郭沫若、巴金、何其芳之后最具影响的当代作家……"

2010 年，由姜文、葛优、周润发等影星出演，创下 6 亿元票房纪录的电影《让子弹飞》，就是改编自马老《夜谭十记》中的《盗官记》！真是"百年铁枝绽新梅，寒花幽香传海外"。更使蜀人自豪的是，导演姜文还专门制作了"川语版"，蜀人蜀地蜀语更添佳话，当然又创下巴蜀票房新高了。

今年3月初，渝地新柳如烟，迎春花含苞待放，我应邀参加《雷锋》长篇小说首发式。趁开会之前的一段时间，我去位于四川成都市指挥街的马府拜访。马老上世纪80年代落实政策分得的一套房子，当时尚属不错，如今已显得暗淡，少些阳光，没有大厅，房间小而又到处是书，略显拥挤了。

据说今年以来马老已极少见客，只是他和万家还有点特殊的渊源，才乐意雅聚家中叙叙家常。上世纪50年代中期，家父万里首任共和国城建部部长，马老任四川省建设厅厅长，到访过我们家的小四合院。时间已过去半个多世纪，马老却还"识途"——"北京市东城区演乐胡同39号"——这次他一口气说出了这个老北京门牌号。我说你真是父亲的老战友老朋友啊，他却十分谦虚地纠正说："不！不！万里同志是我的老上级、老领导！"实际上家父十分敬重这位身兼作家和厅长的双料朋友。我和弟弟都记得，当年他一给父亲送来或寄来签赠作品，父亲结束了一天紧张的工作后，就会床头"秉烛"读他优美的文章。

这次他又亲笔签名，赠给我父亲和我几卷新出的文集和最新的散文作品，还拿出他的书法作品相赠。他告诉我，不到十岁，他父母就令他苦练笔墨，已结下了几十年不解之缘。他终成书法行家里手，已多次举办个人书法展，出版了书法集，所得润格全部资助贫困家庭学生。2004年我在成都签售新书《四十春秋》，得他相赠工架稳重、苍劲有力的手书李守常先烈名句："铁肩担道义，妙笔著文章。"这次又不让我空手，从书房取出四尺素宣相赠："子规夜半还啼血，不信东风唤不回"，署名：98翁马识途。回京后，我托人到荣宝斋装裱以便悬挂高堂时常拜读。

1941年，马老的爱妻在湖北被反动派杀害，娇女也丢失（1960年才找到），"文革"中因又是"走资派"又是"反动作家"，被强戴几尺高、有带刺铁丝串起的竹帽，鲜血淋漓。历经磨难，他不但顶过来，活下去，而且如今又近百岁大寿。问他长寿秘笈在哪里？他笑着回答："举得起，放得下，清心寡欲，高度乐观！"现在他仍每天坚持写书习字、散步，在阳台上蹬练健身车。真是一棵遒劲奇特的不老松，风霜后更见其风节，真是革命人永远是年轻！

看到他家客厅墙上作家们雅聚后留下的书法作品，落款都是当代大家。那是1983年春，巴金回川，张秀熟（时年88岁，早年任过省委书记）、巴金

（时年78岁）、艾芜（时年78岁）、沙汀（时年78岁），五老相聚，如今四老都先后西去不归，只有最年轻的、当时68岁的马识途健在，年近百寿身体健朗还任中华诗词学会副会长。

用马老去年亲笔写给姜文的诗来结束这篇小文吧：

子弹飞来呈异彩，
街头巷尾说姜文。
芙蓉镇里显头角，
纽约剧中铸铁魂。
联袂明星添大气，
多娇丽娘浥清芬。
层楼更上谋新片，
艺苑何人不识君！

唱吧，二妮

· 王巨才

中午 11 点半，正准备开饭，接到延安来的电话：

"打开电视！中央 3 台。"

"咋啦？"

"快开吧，打开就知道了。"

噢，是二妮，王二妮。

宽敞的演播大厅，"王二妮民歌演唱音乐会"看似已进入高潮，观众席欢呼迭起，气氛兴奋热烈。

舞台上的二妮，漂亮多了。一对坦荡的大眼睛，经过化妆，睫毛显得长了，顾盼之际平添几分妩媚。那条粗壮的大辫子从右肩绕过，随随便便搭在胸前，散披的刘海漫不经意垂到额头，加上一身绿底红花式样时尚的短袖裤褂，使这丫头一下子变得更俊俏，更大方，更显成熟了。

自然，那微微上翘略显调皮的鼻头，那轻轻咧开憨态可掬的嘴巴，那脸上总不消失的天真笑意不会改变。朴实的乡音、清晰的口齿以及与主持人机敏得体的应答也一如从前。而纯朴自然的演唱则明显比以往老练得多也自信得多。《赶牲灵》、《走西口》、《绣荷包》、《东方红》、《翻身道情》……十几个曲子唱下来，没一处闪失，每一曲都引爆全场。歌是老的，清亮甜润的嗓音和娴熟自如的发挥，张弛有度的节奏把握和充沛丰饶的情感投入，凸显的则完全是她自己的风格。她和京剧名家孟广禄合演的《白毛女》选段，肥厚的棉袄棉裤，地道的村姑模样，活灵活现地把喜儿漫天风雪中"等待爹爹快回来"的着急、"见到爹爹心欢喜"的亲昵、扎上红头绳的欢欣娇羞，表现得细腻入微、惟妙惟肖。在观众如痴如醉的喝彩声中,我看见王昆老师——这位70年前最早饰演喜儿的著名艺术家,始终专注地审度着舞台上的一招一式,目光满含由衷的赞许和亲切的爱意。

这女子亮格哇哇一副好嗓子,天生唱歌的料!在陕北,常能听到老乡们这样夸奖二妮。我自然是赞同的。但有时一想,又觉得并不尽然,似乎还少点什么。

最早见到二妮,是十多年以前,我刚到北京的时候。一次,几位老乡在亮马河附近的五洲火锅城小聚,酒酣耳热,有人提议应由哪位吼几声信天游,给大家助兴。推来推去,没人应承,有的勉强来几句,不是忘词,就是跑调,终不成欢。一旁的饭店老板李天北于是走过来说,要听陕北民歌,有两位安塞来的歌手,蛮专业的,要不给咱请来?众人立即叫好。

20分钟后,歌手如约而至。一位是小伙子,姓李,白羊肚手巾红腰带,伴奏,也能唱。另一位便是二妮,半袖的蓝花粉衫,衣服质地一般,但很合身。这女孩看去也就十来岁,性格活泼,举止得体,她向大家问过好,寒暄了几句乡情,便随着电子琴的伴奏亮开歌喉。一曲如泣如诉的《兰花花》和一曲如怨如慕的《泪蛋蛋抛在沙蒿蒿林》,立刻把大家镇住了,周围的嘈杂戛然而止。人们纷纷离开饭桌围拢过来,偌大的餐厅变成了临时演播厅,四面八方回响的尽是二妮甜美的歌声。

真不知道如何形容那歌声。"响遏行云"太滥,"余音绕梁"过俗,"凤鸣高冈"嫌虚,搜尽枯肠,唯"天籁"二字差可近之。陕北是民歌的海洋,一年四季,满山遍洼,随时随地能听到"不断头"的信天游,而像这样清脆悠扬、荡气回肠、有巨大穿透力震撼力的演唱,还真不多见。听她的歌,嘹亮处,你会想到塞北大漠平沙莽莽的开阔,高原晴空白云悠悠的辽远;婉转处,你会想到山间溪流跌入涧底的清响,雨中燕子穿飞柳荫的欢快;深沉处,你会想到嘉岭山头千年宝塔的雄浑,清凉寺里万古钟磬的苍凉;轻盈处,你会想到微风摇动树梢的羞怯,月光铺洒大地的温柔。那声音的确是快活的、灵动的,有生命、有色彩、有滋味的。有荞麦花盛开的灿烂,有红高粱熟透的热烈,有土窑洞里天长日久的质朴,有母亲衣襟上梦中犹在的乳香。有鸡叫狗咬的生动,烟熏火燎的踏实,要死要活的浪漫。有自然的精魂,生活的原色,人性的本真,命运的斑痕。

让我惊异的,是这女孩子的胆量。小小年纪,远离父母,闯荡京城,这在我对陕北的乡村记忆中，几乎是不可思议的。且不说离乡远走，在早年，谁家女孩子只身一人去县城赶个集，也常让家长不放心，而人稠广众之下抛头露面说说笑笑甚至被认为是有失体面的事情。见我如是絮叨，同座的老乡提醒说，那还是你落后了，不看而今进城的农民有多少？两亿！老板李天北也插话：这娃胆头子大，也能受罪（吃苦），上进。天北是靖边人，离二妮老家不远，他介绍说，别看她在山沟沟长大，从小爱唱爱跳，逢年过节，常随秧歌队走乡串村，后来招到陕北民间艺术团，凭一股顽强的勇气和韧劲，先后夺得十多项地区和省级大奖，很不简单，想来还真让人佩服。

　　一株迎风绽放芬芳幽远的山丹丹！回家路上，脑海里不时闪现这种随处落地生根，生命力极强，其枝舒展，其花艳丽，深受民间喜爱的山野植物的动人风姿。

　　再看到二妮，是在中央电视台的"星光大道"上。那场群雄奋争的角逐，她从周赛、月赛一路冲杀到总决赛，终因强手如林，未能获得预期名次，令不少观众为她惋惜、抱屈。出乎意料的，是这孩子在挫折面前表现的那份坚强、那份淡定，她向观众和评委感谢说，我带着我自己和家乡父老的愿望来到这里，虽然比赛失利，但那么多的专家前辈给了宝贵的指点，那么多人支持我喜欢我的歌，我能给祖辈和乡亲交待了，名次，真的不很重要。言辞恳切，让人感动。主持人毕福剑说她虽败犹荣，属无冕之王，固然出于安慰，但也确实反映了观众的心声，立即赢得如雷掌声。

　　再后来，梦想剧场，春节晚会，各种纪念性演出与全国性比赛，通过电视转播，经常看到二妮的身影，作为老乡，自然为她高兴，与人谈起，也颇有几分自豪。

　　那天的专场音乐会，一直转播到下午1点。主持人介绍，最近一年，是王二妮成长道路上很不平凡的时段，她拜歌坛前辈王昆为师，被收为门下弟子；与中国歌剧舞剧院签约，成为专业演员；出版首张民歌专辑；举办首场个人音乐会。四喜临门，好音频传。纯朴如昔的二妮，则以一曲一往情深的《爱陕北》，答谢社会的关爱，抒发自己的心迹：

　　　　一方土，一方水，养育了我祖辈。山丹丹，红艳艳，开得是那样美。信天游，唱不完，黄土地情和爱。东方红，红满天，万里春风吹……我用我的歌声唱陕北，唱不完家乡的山和水。宝塔放光辉，腰鼓敲得像春雷，光芒万丈照陕北。啊陕北，我爱陕北！

好一个"用我的歌声唱陕北"！好一个知情知理的王二妮！"树高千尺忘不了根"。当此满身荣耀赞誉盈耳之时，难得你如此明白，如此清醒，懂得从哪里来，到何处去。听你真心实意的表达，我禁不住想对你说：

唱吧，二妮。父母给了你好嗓子，生活给了你矫健的翅膀，社会给了你大显身手的舞台，天高地阔，前程无限。切莫留恋眼前风景，趁着这风和日丽的大好时光，朝着更高远的目标，锐意精进，振羽奋飞吧。

唱吧，二妮。莫道上山便无难，一山放过一山拦。学无止境，艺途多艰，要紧的是坚定信念，坚守志向，不为名利所累，不为迷津所惑，永远怀着感恩之心，以你充满泥土味和真情实感的演唱，回报养育你的黄土地和爱你的广大观众。

唱吧，二妮。牢记家乡父老的嘱托与期待。牢记王昆老师给你的二尺红头绳，一件土布褂。牢记她亲切而真诚的叮咛：不要盲目追求所谓"国际化"，永远记住，唱民歌，要有自己的特点，要有味道……

唱吧，二妮！

一个叫乌宁朝格图的兵

· 武 歆

在我久远的少年印象中,内蒙古大草原是与"浪漫"等同的地方。蓝天、白云、羊群,还有牧马人高高举起的那飘逸的套马杆,假如再加上德德玛《美丽的草原我的家》那悠远灵动的歌声,大草原几乎就是人间天堂。虽然年少的我也知道草原上的暴风雪非常可怕,能够冻坏小英雄龙梅和玉荣的腿脚,但还是永远铭记住了草原的浪漫。少年的认知,往往带着美好的偏执。

可是多少年之后的今天,我没有想到,一个叫乌宁朝格图的士兵,让我明白了大草原是有春夏秋冬的,有明媚、有宁静,也有狂放、也有伤感,更有广阔的思索。而这所有的问题,都是因为我来到了内蒙古边防前沿,从二连浩特开始,向东,走向锡林郭勒盟;再向东,走近兴安盟;向北,拥抱满洲里。要是没有这次边防行走,我永远都不会知道在锡林郭勒盟还有一个叫"满都宝力格"的镇,也就不会结识了一个叫乌宁朝格图的兵,更不会从精神上真正认识广漠的内蒙古大草原。

乌宁朝格图,是我认识草原精神的一个节点。

这是一位身高1米85、体重90公斤的蒙古族壮汉,他在这个小镇的边防派出所已经服役13年。13年,不算短了,但他不是军官,他是兵,四级士官,或者更准确地说,是一个技术娴熟的汽车兵。

其实,在走近乌宁朝格图之前,我已经在这个边防派出所听到了许多关于他的戍边传奇。比如他在草原的深夜,通过汽车灯照射而带来的动物眼睛的反光,据此能够准确分辨出来三里地以外草丛中隐藏着何种动物。正是他这种对反光的敏锐捕捉,使他曾经在一个暴雨之夜,在瞬间的闪电过后,迅捷地发现了目标，勇敢地制服了两个比他身体更加粗壮的越境者；他还曾经在暴雨之时，在无法想象的泥浆和洪水中，驾驶着汽车，带领战友们，硬是经过了12个小时的艰苦奔波，帮助陶森淖尔嘎查的牧民，神奇般地找回了走失的1600只羊和200多匹马……那天，我听到了许多关于这个汽车兵的神奇传说。

但是这个传奇人物所在的边防小镇，却是那样普通，甚至不可思议。因为这个只有十几人的边防派出所，竟然管辖着5000平方公里的土地。这片土地，并不是我少年时代想象的那样浪漫、平和，它也有咆哮、也有令人惊骇的性格。比如一到雨季，道路泥泞不堪，有时步行甚至比行车还要顺畅一些。到了冬季，尽管道路没有了泥泞，但却有冰冻和冰滑，而且一旦刮起"白毛风"，草原立刻变得凶险，随时都会有野外迷路和冻死、冻伤的危险。变幻莫测的大草原，已经完全颠覆了我少年时代那想象中的浪漫。

但，我却认识了另一种浪漫——自我牺牲精神的生命浪漫。当然，我说的是乌宁朝格图。

蒙古族壮汉乌宁朝格图，看上去彪悍、威武，好像是一个没有任何困难、生命顺畅的人。但是交流起来，却发现他是一个羞涩、内敛的人。一说话，脸就红，总好像愧对别人。

在那个草原午后的交谈中，我说到了家庭，说到了孩子。他突然不说话了，眼睛有些发红，随后问我抽烟吗？我说我不会抽。他说他想抽支烟。随后，双手有些颤抖地点上一支烟，立即沉重地吸起来。那一刻，我好像发觉窗外的阳光，忽然沉暗了下来。我感到有片灰云飘在他的头顶上。原来，几年前，他在执行一次任务时从马背上摔下来，把小腿肌肉和后背摔伤，当时他根本没当回事。后来也就好了，他也没有在意，但是没有想到，由于结婚几年来一直没有生育，经过夫妻双方检查，竟然是因为他那次摔伤而导致输精管堵塞，医生断言，恐怕他再也不能生育了。后来去了许多医院，都没有更好的治疗办法。

看得出来，他的家庭生活缺少一丝欢快，有一种无法言明的隐隐的怅然。我能想象出来，多年没有孩子的这个蒙古族家庭，两个都是33岁的青年夫妻，在隔上几个月才能见上一面的家庭生活中，他们可能更多的是沉默。

乌宁朝格图低声对我说他对不起妻子。说这话的时候，他像个做错事的孩子，满脸涨得通红。那一刻，我感觉他是一个真实的人，一个敢于承担痛苦的人，更是一个不躲避的男人。我在内蒙古边防的走访中，有一个切身的感受，家庭、孩子对一个边防军人来说，是很重要的精神支撑。可是，乌宁朝格图……

乌宁朝格图是一个普通的汽车兵，真的普通，他没有立过功，一次都没有过，也没有过轰轰烈烈的惊人事迹，他只是在用自己威武庞大的身躯，化作一个精细的银针，慢慢刺绣着关于戍守祖国疆域的一幅画作。

离开满都宝力格那天，我没有看到乌宁朝格图，听说他出车了。他已经跑了100多万公里，从来没有出过差错。相信他会一路顺畅。

我在前往阿尔山的颠簸的边防公路上，突然心中升起了万分的遗憾：我想我怎么就没有陪他抽一支烟呢？当我和他同时点上一支烟时，可能我会给他更多的理解。

我，还要再去草原，再去看望乌宁朝格图——哪怕只是陪他抽上一支烟。

一声九一八,双泪落君前

·阎 纲

"九一八,九一八,从那个悲惨的时候……流浪,流浪!"

"九一八"这天,没有忘记张寒晖。

"九一八事变"后,张寒晖和家父阎志霄同在陕西省民教馆从事抗日演出活动。张寒晖常上我家做客,他不胖不瘦,不高不低,眼镜里透出的目光既斯文又谦和,喜欢逗小孩玩,我和哥哥叫他"张叔叔",他却纠正说:"我是你们的大朋友!"

抗战爆发前的1936年,张寒晖被省民教馆的刘尚达(新中国成立后任西安市文联主席)二次邀回西安,从事救亡宣传。西安有史以来第一个正规的话剧组织"西京实验剧团"成立,父亲和张寒晖都是发起人,张任导演,刘任团长。接着,又组建了其后有着相当影响的大型剧团"西京铁血剧团",父亲任团长。在竹笆市阿房宫电影院,我们曾经观看过两个剧团合演的独幕剧《不识字的母亲》、《一片爱国心》等,接着,铁血剧团冲破当局武力禁演,假易俗社舞台如期上演多幕话剧《黑地狱》。

一天中午,父亲和张寒晖出门有事,让哥哥跟我也去。张叔叔一路领着我俩,边走边教我们念诗:"锄禾日当午,汗滴禾下土。谁知盘中餐,粒粒皆辛苦。"一字一句地讲解诗意,极为耐心,表情丰富。

"西安事变"那天,人心惶惶,我正在南大街文献巷家门口吃甑糕,邻居一名国民党官员大惊失色,藏到顶棚上不敢下来。第二天,张寒晖同几位友好来到我家,一进房门,就把我抱了抱,喜不自禁地问:"娃呀,我给你教歌!会唱《松花江上》吗?就是'我的家在东北松花江上……'"接下来,压低嗓门吟唱起来。哥哥和着他唱，一气儿将全曲大声唱完。

"西安事变"前夕，《松花江上》已经秘密传唱开来，哥哥的音乐课教过《渔光曲》、《毕业歌》、《大路歌》和《松花江上》，但老师光踏风琴教歌，不介绍歌儿的名字，也不知道词曲作者是谁（为怕暴露地下党的身份，《松花江上》一直佚名）。张叔叔亲昵地拍了拍哥哥的小脑门连声夸奖道："唱得好！唱得准！"

叔叔们走后，父亲说："刚才唱的歌，就是你张叔叔编的，也就是人人爱唱的《松花江上》！"父亲还特意告诉母亲说，"西安事变"前的一天，在易俗露天剧场的"怡情见志轩"里，他们开会商讨曹禺《雷雨》的排演问题，当场推举张寒晖担任导演。《雷雨》上演，大街小巷贴满海报。母亲领着我们兄弟俩到竹笆市阿房宫电影院观看首场演出，我很不耐烦，连声抱怨"不热闹！不热闹！"正要散会时，张寒晖说：诸位留步，最近，我谱了个歌子，想让诸位听听，提个看法。接着，他低声唱了这支新歌，也就是流亡离家的《松花江上》。父亲说，这支歌非常感人，在座的人眼睛都湿了。

父亲还介绍说，《松花江上》是张叔叔1936年底36岁时，在西安二中教书时写成的。他除了上课改作业外，没黑没明的，心思全用到写歌儿上。可是他小小的屋里，什么乐器都没有。问他的歌为什么一听就想家、一唱就想哭？他说：我是学家乡婆婆娘们哭男人、哭儿女、哭坟呢！人越伤心越想报仇。

"西安事变"之前，《松花江上》就在东北军中飞快地传播，那是千千万万流亡者的哀泣，凄婉不忍卒声。《松花江上》后来成为当局禁唱的歌曲之一。"双十二"事变，周恩来在会见被捉的蒋介石之余，途经新城的"讲武堂"，亲自指挥民众高唱悲歌，说："一支《松花江上》，叫伤心人断肠。"

张寒晖给我们哥俩教唱《松花江上》不几天，便参加了东北军，任东北军抗日学生军政治部宣传科游艺股股长兼"一二·一二剧团"团长。学兵队编入政治宣传队，分赴各队将《松花江上》传遍东北军各军各师，飞向长城内外、大河上下，直到苏联、美国的广播电台。

张寒晖1941年8月到延安，任陕甘宁边区文化协会秘书长、戏剧委员会委员等职。"抢救失足者运动"中被错整，《松花江上》被诬为"散布悲观情绪"、"为敌人作宣传"的"汉奸""坏歌"，1946年3月11日张寒晖因肺水肿恶化逝世，终年46岁，长眠于宝塔山麓。文化大革命中，《松花江上》被列为禁歌，斥之为充满眼泪、呻吟、苦闷和失望，是"30年代的资产阶级文艺"。"左祸"祸国啊！

　　人民热爱自己的音乐家，凡爱国民众未有不习此歌者。"松花江水去潺潺，一曲哀歌动地天。"共唱此歌，不禁潸然泪下。即便是那天晚上，在纪念抗战胜利60周年的大型晚会上，当"我的家……"三字出口，一唱百和，肠断心碎；一声"九一八"，双泪落君前。当"爹娘啊，爹娘啊，什么时候才能欢聚在一堂"响彻人民大会堂时，大家的情绪达到最高潮，中华儿女的怒吼震撼人心！

　　今年9月18日，是"九一八事变"81周年——妖雾又重来，我钓鱼岛定将巍然屹立，泰山石敢当！

丹青难写是精神

·杨晓光

北宋元丰年间的一个早春,寒风凛冽,残雪未消,万物萧条。位于金陵城郊的半山园显得格外冷清。宅院墙角处,几枝梅花却在热烈地开放。这清纯、洁静、傲雪的梅花,此刻正深深地触动着一个人的心弦。"墙角数枝梅,凌寒独自开。遥知不是雪,为有暗香来。"吟诵出这不朽名句的,就是这半山园的主人,中国历史上著名的熙宁变法的主角——王安石。

千年后的一个早春,我来到半山园,寻访先生的行踪。岁月的磨洗,这里已物是人非。只见院门紧闭,院墙因白色而更显清冷。唯有几枝怒放的梅花,浮着暗香,独守着千秋的过往。院门外,矗立着一尊王安石的塑像,宽阔的前额,方正的脸庞,深邃的目光,透出一股智慧和力量。定格在半山园中的你,手握书卷,眺望远方,眉宇间显出几分忧愤,几分激昂。

往事越千年。王安石那波澜壮阔的一生,宛若身后滚滚长江的波涛,在我们面前浩荡铺陈开来:

北宋庆历七年春,刚满27岁的你以大理评事知浙江鄞县,成为建县以来最年轻的县官。

地处宁绍平原的鄞县,东临大海,河网密布,土地肥沃,本是鱼米之乡。然而,由于官府腐败、豪强盘剥,民生凋敝,百姓困苦。"一民之生重天下",在你眼里,民生比天还要重。带着对民生的深深敬畏,带着对百姓的深厚感情,带着悲天悯人的社会责任,你开始了励精图治。

把兴修水利视为头等大事。由72条溪流汇合而成的东钱湖,灌溉着沿湖50多万亩农田。因长年无人疏浚,泥沙淤积,葑菱丛生,农民饱受干旱之苦。你组织发动十余万百姓,"重清东钱湖界,起堤堰,决陂塘",方圆80余里的东钱湖恢复了上下天光、一碧万顷的景象。至今,"荆公堤"、"穿山契"、"小斗门",这一个个历经千年的遗迹,仍在默默地诉说着你的治水功劳,品评着你的德行节操。

北宋王朝到了第六代皇帝宋神宗赵顼手里,已走过百余年路程。长期的内忧外患,财政"日益困穷",政治"日益衰坏","百年之积,惟存空簿"。年仅20岁的宋神宗接手的,是一个千疮百孔、危机四伏的烂摊子。这位"思除历世之弊,务振非常之功"的年轻皇帝,渴求得到一位"能横身为国家当事"的贤才。

熙宁元年四月的一天,春风拂柳,阳光明媚。皇宫里,神宗皇帝与身为翰林学士的你有了一次关于治国的问答。言犹未尽,你又奏《本朝百年无事札子》。那次长谈,君臣相见恨晚。神宗一次又一次阅读你的奏章,感慨治国之道,大都在此奏章矣。载入史册的这次"越次入对",轰动朝野。就这样,你被时势推上了北宋王朝的最高政治舞台。后世闻名的王安石变法由此轰轰烈烈拉开序幕。

变风俗,立法度,是你擎起的第一面变法大旗。"小人道消,则礼义廉耻之俗成",你要在全社会形成一种敬仰君子、唾弃小人的氛围。你大刀阔斧,雷厉风行,改革不公平、不合理的特权制度,并以远见卓识理财政,图发展。"因天下之力以生天下之财,取天下之财以供天下之费。"在你主持下,涉及政治、经济、文化、军事等一系列法律陆续颁布出台。"市易法"平物价,抑兼并;"免役法"把农民从劳役中解脱出来,促进生产发展,增加政府收入……

你主持的变法,冲破了思想的樊篱、挑战了既定的格局,也就无可避免地遭到了保守势力的强烈反对。有人骂你奸佞,有人对你弹劾,有人把华山的崩塌诬作是对变法的报应。面对铺天盖地的攻击、漫骂、侮辱和威胁,你自岿然不动,始终满怀着坚定的信念和顽强的意志。你喊出:"天变不足畏,祖宗不足法,人言不足恤。"可以想象,在弥漫着因循守旧思想的时代,这需要多大的勇气和胆识!

变法抑制了豪强兼并,减轻了农民负担,增加了国家收入,"中外府库无不充衍"。熙宁年间一个除旧迎新的佳节,面对新法带来的新景象,你迎着朝阳,心潮澎湃,高诵"千门万户曈曈日,总把新桃换旧符"。只有此时此刻,也许，你的内心才能感受到些许的安慰！

你自己襟怀坦白，即便担任宰相，位极人臣，仍保持着"在上不骄"、勤政廉洁的作风。妻弟千里迢迢来到京城，你招待他的只是两枚烧饼，一碟卤肉，一碗青菜豆腐汤。妻弟误会，赌气把吃剩的烧饼扔在桌上，你不声不响地将烧饼吃完。下属送你一方上好砚台。你问"好于何处？"答道："呵之能得水。"你严拒："一块砚石，能呵出几多水？纵得一担水，又能值几何？"

元丰七年的春季，你害了一场重病。病愈之后，你觉得半山园也是累赘，只在江宁城内的秦淮河畔租了几间小屋。七月的金陵，酷热难耐。"火腾为虐不可摧，屋窄无所逃吾骸"。你就是在如此简陋的住所里度过了生命的最后时光。有人感叹，"元丰末，公以前宰相奉祠，居处之陋乃至此，今之崇饰第宅者，视此得无愧乎！"

"糟粕所传非粹美，丹青难写是精神。"你在无奈中发出这样沉重的感慨。你惆怅于自己一颗拳拳之心在当世得不到理解，也忧虑着自己的变法之志和洁白人格会被后人诋毁和误解。然而，你应该感到欣慰，岁月的流水，洗刷掉了你头上的污名，后世的人们终究得以站在公正的立场为你还原真相，并以历史的尺度给予公正的评价。清初思想家颜元更说，你所行法皆属良法，后多踵行。近代著名思想家梁启超说你"所设之事功，适应于时代之要求，而救其弊，其良法美意，往往传诸今日，莫之能废"，诚哉斯言。

丹青难写是精神！这种精神的热度，是你对百姓的浓烈情感，对国家的热血忠诚；这种精神的硬度，是你强国富民的坚定信念，是为了国家赴汤蹈火，"虽千万人，吾往矣"的勇气；这种精神的高度，是你清正廉洁、德操自守的品质。

"墙角数枝梅，凌寒独自开。"看，那半山园的梅花又一度迎风怒放。这梅花，香在墙角，香在千古，香在百姓的心间……

诗人江湖老

· 虞金星

正是橘花飘香的时候,62 岁的戴复古又要出门了。这是南宋理宗绍定二年(公元 1229 年)的春天。乡邻们或许已经见怪不怪了,这位白发苍苍的老先生,这辈子大部分时间都在外漂泊。他们不知道,这位已经大名鼎鼎的诗人,这回,又要出门多久?上一回,他一出门,再回来时,已经过去了 20 年。只在家里待了不到两年,他又打点行装,准备人生中第三次漫游了。

漫游,几乎成了戴复古一生的主题。今天的我们知道,这最后一回漫游结束,戴老先生再回黄岩,又已是 8 年之后,年至耄耋。算上第一次——而立之后的 10 年漫游,前 70 年里,他竟有一半时间漂泊江湖。世间有说"人生七十古来稀",或许古时高寿也未必那么稀见,但"资深"到 70 岁还在路上,确乎是难得有的。

其实,他最初想的,或许和古时的大多数读书人没什么区别。第一次漫游,他来到京城临安,欲求仕进施展抱负,却终于失望离开。戴复古所处的,正是金国内乱无力南侵、南宋朝廷偏又过惯了"直把杭州作汴州"、安于行在生活的时代。南北僵持对峙的氛围里,他离开临安,北上淮河边境,试图从军入幕也无果,却亲见民生苦难,战乱残破。两相对照,他最终决意绝于仕途,走上了他的父亲曾一生坚持的路。后来,他有《沁园春》一阕自述经历:"一曲狂歌,有百余言,说尽一生。费十年灯火,读书读史,四方奔走,求利求名。蹭蹬归来,闭门独坐,赢得穷吟诗句清。夫诗者,皆吾侬平日,愁叹之声。空余豪气峥嵘。安得良田二顷耕。向临邛涤器,可怜司马,成都卖卜,谁识君平。分则宜然,吾何敢怨,蝼蚁逍遥戴粒行。开怀抱,有青梅荐酒，绿树啼莺。"

戴复古的父亲东皋子戴敏，一生不求科举进身，只以诗为乐。戴复古尚不知事时，戴敏病逝，临终前感叹，自己病已深重，独子却尚幼，一生所钟无人可传。等到戴复古长成，搜求父亲遗作，果然已仅剩残篇。戴复古的诗歌生涯，正出发于这种遗憾。

看起来，戴复古似乎只是文学史中又一个"诗穷而后工"的故事。但江湖，给了诗人比他人更广阔的艺术世界。醉心江湖，诗在脚下。比戴复古年轻30多岁的后辈吴子良后来记述，戴复古近40年游历登览，东到吴浙，西到襄汉，北到淮，南到越，"凡乔岳巨浸，灵洞珍苑，空迥绝特之观，荒怪古僻之踪，可以拓诗之景、助诗之奇者，周遭何啻数千万里"。吴的意思是，戴复古一生所见，可以入诗、成诗的，想来已难以计数。确实，这位诗人一生南来北往，走东闯西，所见识的，远远超出了同时代的许多人。《台州府志》因此称这位文苑传人物"游历既广，闻见益多，学益高深而奥密"。

笃意诗事，在比戴复古还早30年的南宋参知政事楼钥看来，几乎就是个自放于江湖的举动。他说，"近时文士多而诗人少"，因为文章可以"发身"求进，诗写得再好，也不过"屠龙之技"，所以，"苟非深得其趣，谁能好之"？江湖抵万书，诗人戴复古由此成就。少孤失学，戴复古自述"胸中无千百字书"，对写诗来说，恰如商贾缺少资本。江湖游历，却使他有诗情从胸中流出，笔下无古书而有真意。傍晚见夕阳在山肩西垂，他吟出"夕阳山外山"，对之以"尘世梦中梦"，总有为赋新词强说愁的意味，直到行经村野，见到雨后春水泛滥，才生出"春水渡旁渡"之句。

江湖是山水，更是人情。淮水畔，他见山河破碎，远望北地，写下《频酌淮河水》："有客游濠梁，频酌淮河水。东南水多咸，不如此水美。春风吹绿波，郁郁中原气。莫向北岸汲，中有英雄泪！"这股"郁郁中原气"，使他卓然于晚宋诗人，以诗名扬东南半壁，成为江湖诗派的佼佼者。

七十尚在江湖路，戴复古从江湖来，在江湖老，以江湖名。

珍惜生命

·袁 鹰

阎荷远行于新世纪之初，时光荏苒，匆匆已是十有二年。当年人们向她的遗体告别时，在她胸前放了 38 朵荷花。38 岁，刚刚走近中年，若按西谚"人生四十开始"，她的锦绣年华刚刚起步，一切刚刚开始，她已戛然而止，该是多么巨大而沉重的哀伤。南唐李璟词云："菡萏香销翠叶残，西风愁起绿波间。还与韶光共憔悴，不堪看。"她留下挚爱亲朋的刻骨思念，更留一个真诚、善良、美好的灵魂。

在她生前，我只有机会在《文艺报》举行的小型活动中见过几面，平时接触并不算多，却留下一个恬静而热情的深刻印象。以后，每次读到阎纲《我吻女儿的前额》那篇至情名文，总禁不住潸然泪落，仿佛又回到她的病床前，看她一面强制自己忍受着恶疾带来的难以忍受的折磨，同渐渐袭来的死亡搏斗，一面还以镇静的笑容安慰来探视的亲友，说点轻松的话。在生命垂危的时刻，她依然想着别人，为别人送去一点欢笑。她临终时留下的遗言："大家对我这么好，我无力回报。我奉献给大家的只有一句话：珍惜生命。"话说得简洁，朴实，一如她的为人，却具有千钧重量，沉甸甸地压在我们的心上，让人们永远记住，时时冷静地反思。如今，不懂得珍惜生命——珍惜自己的生命，珍惜别人的生命——人实在太多太多了。

在被浮躁、虚夸、伪善搅得渐渐远离真诚朴实的世界，在被争名逐利、权钱交易、互相吹捧以至于尔虞我诈的污浊风气渐渐浸蚀了人际关系的社会，一朵洁净的荷花，一个出污泥而不染的灵魂，显得更加可贵难得。我们同阎荷一样，总是怀着真诚的心，愿世界更加美好，天空依旧湛蓝，也渴望真诚，渴望和谐，渴望对生命的珍爱，对人的尊重。为此也愿意献出自己的心血和精力，去实现和追求。就我个人而言，来日无多，精力渐衰，步履蹒跚，但只要一息尚存，总要为实现这个愿望走下去，不能懈怠，不能止步。因为，耳边总会时时响着一个虽然远去、却永不微弱的声音：珍惜生命！

　　珍惜生命！

2012年立冬

巴金与个旧

·张昆华

巴金在百年人生中，4次到过云南。但要谈论"巴金与云南"，首先得说巴金与个旧。个旧，自从法国人修通了滇越铁路之后，人们都知道那是全中国最大的锡城。然而个旧这地名却是彝族话，意为种苦荞的地方。百年前殖民者源源不断地从彝族的苦荞地下开采出矿石，冶炼成白银一样的锡锭又滔滔不竭地流向欧美各国。这是千千万万"砂丁"也就是矿工用汗水、鲜血和生命换来的金属长河，因而个旧这锡城又被称为"死城"。

巴金是写锡城写"死城"的第一位作家。那是80年前的1932年春天，巴金刚写完长篇小说《春天里的秋天》，有编辑向他约稿。巴金在上海根据留学日本的云南好友黄子方给他讲述的零星故事，于5、6月间快速地写作了中篇小说《砂丁》，旋即分两期发表于《申报月刊》。9月，巴金赴青岛，在沈从文任教的青岛大学宿舍里为《砂丁》写了序言，10月由上海开明书店出版发行。

巴金在序言中写道："说《砂丁》是匆忙中的产物，并不是一句夸张的话。而且说我所有的文章都是在匆忙中写成的，也不是一句夸张的话。但是我仍旧爱这篇小说，就像爱我的其他的作品。因为它和我的别的作品一样，里面也有我的同情，我的眼泪，我的悲哀，我的愤怒，我的绝望。是的，我的绝望，我承认，但这并不是一切。"

当年28岁的青年作家巴金，由此而与个旧开始了难解的文学情缘。巴金后来回忆《砂丁》的创作时，这样写道："我没有到过那个城市，不曾接触过那些人物，不了解那里的生活环境……也没有任何具体的材料，就凭着两三个简单的故事,搭起中篇小说的架子,开始写起了银姐和升义的会面……"所以巴金从听讲到写作到出版《砂丁》,一直有亲临个旧访问的心愿,以便把"匆忙中写成的"小说修改得更丰满、更厚重、更感动人。然而时光从未等人,从1932年春天直到1960年春天,跨越过漫长的28年之后,巴金才终于有机会到达个旧,深入到矿山、矿工之中,生活了6天。这是巴金对云南的第四次也是最后一次造访。此后由于运动不断,巴金屡遭种种磨难,始终未能把《砂丁》深入加工重新写成长篇小说。巴金逝世前两年,在庆贺巴金百岁诞辰的活动中,在巴金曾经留下足迹的个旧金湖北岸的文化广场上,在锡城矿工和各民族群众的欢呼、掌声中,巴金在云南的第一座铜雕塑像落成了!从那以后,在巴金的塑像前,当夕阳照射着老阴山一个个废旧的矿洞或一片片种满苦荞的坡地,常常会有老矿工或青年学生捧着巴金1932年春天写作的《砂丁》,诵读着开篇的句子:"黄昏。一条窄小的土路在灰白的暮色中伸出来……"或是默念着小说最后的结尾:"那个时候是会到来的,但是她和她所爱的人以及那无数砂丁的骨头早已在坟墓里腐烂了。"

巴金1960年3月对个旧的访问,虽然匆匆,却使个旧获得了巴金珍贵而长久的爱。巴金记得个旧"春天的风轻轻地揩去我脸上的尘土,从不远处送过来鼓声和人们的笑语,山坡上高高低低一幢一幢土红色和灰色的楼房,人们告诉我它们都是工人的宿舍。我不由得想起小说里没有窗户的阴冷潮湿的'伙房'。过去那两座光秃秃的山——老阴山和老阳山不仅绿树成荫,而且修建了不少美丽的楼房。我住的宾馆是在过去的乱坟堆中间建筑起来的。再也找不到乱坟堆,也看不到死城了。我来到一个充满生活力的兴旺的城市……"刚回到上海,巴金在3月25日便写了散文《个旧的春天》,在他主编的《收获》杂志发表;5月11日在杭州的西子湖畔想念着滇南个旧的金湖又写了另一篇散文《忆个旧》由《上海文学》发表。巴金在文中说:"我的心还留在个旧。"

真是此情绵绵无绝期。离别个旧20年之后,应《个旧文艺》之约,巴金在1980年11月写作了《关于〈砂丁〉》一文,发表于香港《文汇报》副刊;后征得巴金同意改题为《我与个旧》发表于《个旧文艺》。巴金深情而真诚地写道:"我跟锡城分别后,一晃就是二十年。我得到了'第二次的解放',锡城经过十年浩劫也得到了新生……"

值得个旧、值得云南、值得中国现当代文学研究者铭记的事，还有1985年应《个旧市文化志》编辑写信请求，巴金将1932年上海开明书店出版的第一版《砂丁》仅存的孤本，在扉页亲笔写下"赠个旧市文化局"，并签名盖章遥寄个旧珍存！《砂丁》终于回到故乡，并以它当年初生时的文学光芒而燃烧成不熄的经典火炬，世世代代闪耀在个旧矿工和各民族群众的心中！

回顾《砂丁》艰难跋涉的历史行程，我从中发现巴金特有的一种执著认真的创作精神，我把它称之为"巴金文学精神"！在今天和今后，这种"巴金文学精神"都会给我们很大的鼓舞。

到此方英杰：

· 郑休白

在中国历史上，文人很少能与"英雄"连在一起，尤其是女性文人。秋瑾算一个例外。

好入名山游的李白，感时花溅泪的杜甫，把酒问青天的苏东坡，登楼望远的范仲淹……虽都有匡时济世之才，却舞不动剑，挥不动刀，所有的豪气都仄进了诗韵，一腔热血也都凝练成丽句。而秋瑾就不同了。有人说，秋瑾有三魂——诗魂、酒魂、剑魂。诗魂成就了秋瑾的才气，酒魂成就了秋瑾的胆气，剑魂成就了秋瑾的豪气。

秋瑾善诗。她的诗，雄阔豪迈，凛冽峭厉，具剑气，藏酒烈："休言女子非英物，夜夜龙泉壁上鸣。"秋瑾善剑。她的剑蛇青色、绿龟鳞，"盘旋起舞，光耀一室"。秋瑾善饮。"不惜千金买宝刀，貂裘换酒也堪豪。一腔热血勤珍重，洒去犹能化碧涛。"酒性张扬着盖世的豪迈，刀光剑影中，有天马行空般的诗情。

但我总觉得秋瑾的三魂离不开绍兴这块土地。秋瑾故居，位于绍兴城南和畅堂，北靠塔山，西濒鉴湖。秋瑾在这里只住了4年，但这4年，承载着秋瑾生命中最重要的意义，直至英勇就义的生命终结。

塔山离秋瑾家很近，出灶间往后就是了。登塔山之巅，可眺望全城。当年勾践十年生聚，十年教训，就在塔山上观象测天。2300多年后，秋瑾来了。塔山的早上，空气很好，景致很美，但秋瑾没有逸兴观赏满山的鸟语花香，甚至连坐下来拍拍身上尘土的闲情都没有。她屏气站定，利剑出鞘，风驰电掣，棍棒挥舞，震山裂石，耳边回响的正是乡人王思任那句话："吾越乃报仇雪耻之乡，非藏污垢纳之所。"

夕阳西下，身穿白色长衫，脚蹬黑色皮鞋，秋瑾纵马往来于和畅堂和大通学堂之间，马蹄疾疾，把绍兴城内一片死寂的幽巷长弄远远地抛在后面。在乡邻们一片惊异和麻木的目光中，秋瑾却在心底大喊："痛同胞之醉梦犹昏，悲祖国之陆沉谁挽；日暮穷途，徒下新亭之泪；残山剩水，谁招志士之魂？"

和畅堂里，秋瑾与徐锡麟、陶成章、王金发等把酒论世，共商革命大计："不需三尺孤坟，中国已无干净土；好持一杯鲁酒，他年共唱摆仑歌，虽死犹生，牺牲尽我责任……"一身豪气在酒劲的助威下，也愈加恣意汪洋。她一会儿高歌"侠骨棱嶒傲九州，不信太刚刚则折"；一会儿感慨"俗子胸襟谁识我？英雄末路当磨折"；一会儿呐喊"拼将十万头颅血，须把乾坤力挽回"；一会儿浩叹"死生一事付鸿毛，人生到此方英杰"。

而即便是死，秋瑾也没有离开剑般的犀利、酒般的豪迈一步。

1000多年前的花蕊夫人早就痛骂过："君王城上竖降旗，妾在深宫那得知？二十万人齐解甲，宁无一个是男儿！"900年后，秋瑾又接着诘问："肮脏尘寰，问几个男儿英哲？算只有蛾眉时闻杰出。"秋瑾生活的时代，人们已经极度痛感中国的弱化，因此涌现出一批豪侠刚烈女士，以夸张的男性化生活姿态向传统社会挑战。秋瑾身为女性，但她时时反抗命运加给自己的性别身份。她恨苍天"苦将侬，强派作蛾眉，殊未屑！"她说，"身不得男儿列，心却比男儿烈"，用骑马、击剑、饮酒这些男性化的行为方式，消解着千年枷锁。

从闺瑾、玉姑、璇卿，到鉴湖女侠、竞雄、汉侠女儿；从手捧杜甫、辛弃疾、文天祥诗句吟哦不已，到跋山涉水见会党头目，商反清大计；从参加光复会、同盟会，到创办《中国女报》、"锐进学社"；从离母别儿赴日留学，到一腔热血归国起义；从"佳句不辞千遍读"，到"为国牺牲敢惜身"，这是被简约了的秋瑾一生轨迹。在这条轨迹上，我们同样可以看到那串从柔至刚的清晰脚印。在这条轨迹上，诗剑酒始终是她忠实的伴行者。

1907年7月14日，深夜的绍兴古城笼罩在一片阴雨中。府山西南麓山阴县女监内，忍受酷刑的秋瑾醒来了。她向逼供者要来一碗绍兴酒，饮完大呼"拿笔来"，提笔就在那张让她招供的纸上写下："秋雨秋风愁煞人"。写毕，"掷笔于地"。这是一个何等雄壮的历史造型，没有拖泥带水，没有扭捏作态，只一个"掷"字，便划出了一条泾渭分明的是非线。

从府山南端山麓"风雨亭"到古越丁字街头的古轩亭口，身披长枷、脚戴镣铐的秋瑾昂首挺胸地走来了。那稳健的脚步穿过黑漆漆的府横长街，刺耳的脚镣撞地声由远及近，手握长刀的刽子手们小心翼翼地跟在后面。此时，整座古城却仍在沉睡，沉睡在一片迷茫中，沉睡在一片麻木中。

轩亭口流下的血，最终成了一道刺破麻木的闪电。

如今，和畅堂早已惠风和畅，风雨亭也早已没有了凄风苦雨。但每当夜幕降临，我踽踽独行在古城时，似总能听见秋瑾那铿锵的声音穿行在刀光剑影中，回旋于古城上空，经久不散。此时，从轩亭口到府山，再从府山绕道鉴湖，已是万家灯火。

莫 提 娘

· 周 涛

　　我是我母亲的第一个儿子。她19岁和我父亲结婚，12年后，31岁生下了我。按说，她对我这样一个难得的"宝贝"应该极其宠爱才正常，可我并没有感受到任何超常的宠爱，她的爱才是真正的母爱，平稳、宽容、持久、恒温。她从没有那些夸张的什么"爱"呀，"宝贝"呀，拥抱呀，亲吻呀之类的表示，但我知道，她的爱地久天长。我长大些之后，我的优点从没听到她当面夸奖过，她大概视为理所当然。我的缺点也从没有让她痛心疾首、喋喋不休，她显然认为我慢慢会改。只有小时候我打了人家的小孩或骂了人，她会动怒，咬着嘴拿扫床的笤帚疙瘩打我屁股一通。

　　我母亲出身于榆社县城一个乡绅家庭，有一点旧式的书香门第那个意思。我姥爷写一手好毛笔字，据说全县第一；他还颇有文学修养，母亲说他出版过一部长篇小说，好像叫个什么《钟情录梦》，可惜世无存本。母亲上过小学，在那时候就算有文化的女子了。她1942年参加了革命，当过女兵队长，很快入了党。她似乎比我父亲更通人情世故，更多一点政治敏感性，心里更明白。这可能和她幼年失母，在继母家庭长大有关。我父亲父母双全，小地主家庭生活较优裕，多多少少有点地主少爷的性格，再加上农村的封闭性，走上社会就不容易适应。

　　我母亲生我大弟弟是1950年，在北京的一个天主教会办的什么医院。那时我4岁。我记得我父亲带我乘一辆西式马车去的，相当于现在的出租车。医院是个欧式大铁门，正对着是一座教堂，左边是医院。我们走进去，我母亲躺在一个欧式铁床上，盖着白被子。她看起来状态不错，很安详。我那个鬼弟弟是不是抱出来让我们看过,我没印象,印象深的是当时到了午饭时间,护士送来一盘蛋炒饭,母亲说不饿,让我吃了吧。我把一大盘全吃了,觉得香极了,太好吃了,好像过上了上等人的生活,这件事导致我终身都爱吃蛋炒饭。

十年后,1960年,在乌鲁木齐,那是三年自然灾害的头一年。有天吃饭,我吃了一个馒头,没饱,我还要吃一个,母亲说"咱们不吃了好吧",我觉得奇怪,她从来让我们多吃点,今天怎么一改常态了?我看见她眼神里有一丝愧疚,还有一种坚定。后来我才知道什么都定量了,饿死人了,但她不告诉你面临困难时期。

我父母都是山西人,人说山西人抠,不能说完全没道理。我父母可能也有些抠,但抠的不一样,我父亲是对外人抠,对自己家人极大方;我母亲是对自己家人抠,对自己更抠,但对别人大方。我父亲对子女,花钱从不计较,60年代呀,要自行车买自行车,要将校靴买将校靴。有一次看街上橱窗里摆着带鞋的冰刀,他对我说"给你买一双吧",我一看价钱,几十块钱呀,一个月伙食费都不够,我说"算了吧,太贵了。"他说"贵怕什么,只要你喜欢。"

我母亲不一样,她知道我喜欢吃鸡蛋,有一次在东后街一个饭馆里,她要了十个煮鸡蛋,亲手给我剥皮,看我吃,还说"这次让你吃个够!"我一口气全吃了,她说"怎么样,饱了没有?"我说"离饱还差的远呢!"她说"还能吃几个?"我说"还得再吃十个也不一定饱。"我妈一听,拍了一下桌子,"那算啦,不吃了。"

还有一次她给我要了半只烧鸡,我全吃了,不够,又是问还能吃多少?我说还能吃半只,我妈又一次说"算了"。每次都中途而废,她不管饱。

记得我上高中时喜欢上文学,有一次偶然和母亲说起以后干什么,我告诉她我想当作家,我妈听了以后的反应是"当那个干什么?"我看她反应冷淡,就问她"那你希望我干什么?"她沉吟片刻说了这么一句话,"我就希望你以后工作能……当个秘书。"我当时听了大吃一惊,秘书?这不是对我的指望太低了吗?我当时很不理解,几十年以后渐渐深入社会了,我才明白我娘的深谋远虑。她是个干部科长,她那时就明白秘书的价值和前程,她哪里仅仅是希望我当秘书呀,她是想让我从秘书起步踏上仕途,她希望我当个大干部呢。我母亲那时就看出来作家诗人不是什么好角色,费力不讨好,谁也管不了，还要受人管，弄不好还要打成右派，劳动改造饿肚子。哪个母亲不希望儿子出人头地荣华富贵呢？在中国，有终极关怀的人毕竟极少，传统文化的基本特征就是现实关怀。

我母亲虽然不认为当诗人作家有什么好，但她眼看着我一步步走上那条路而且越走越远，从没有反对过一句，她不会用自己的意愿强扭你，她顺其自然。她虽然望子成龙，也不怕你混得猪狗不如，她个子小，但心大。"混成什么样都是我儿子"，她豁得出来，也输得起。她跟着我父亲从太行山到石家庄，从长辛店到北京，从军队到外国语学院，从乌鲁木齐到吉木萨尔，越走越远，越混越惨，她从无怨言，从无退缩。对比当时有些女人那种势利眼，得意时趾高气扬，稍有挫败马上另择高枝，我母亲是有人格力量的。她有中华传统文明中很珍贵的东西，那就是德的分量。她是一个有道德操守的人。

我母亲的生活方式也与众不同，跟我父亲更是完全相反。她完全是传统北方妇女的生活方式，她一生勤劳，但是粗拉。生火做饭，养鸡喂猪，她做的羊肉馅饼香死人了，每次她自己都捞不到吃，她满头大汗心甘情愿；她养什么活什么，养的猪比狗还讨人喜欢，养的鸡飞到屋檐下挂的篮子里下蛋，像投篮一样准，从不落空。她老了以后从不锻炼，连甩甩胳臂动动腿也没见她做过。冬天她干脆不出门，窝在家里，生存方式很不健康。她说"老的不敢见人了"，结果她活了八十八岁，只掉过一颗牙。每年天暖了，她出来了，满头白发的小老太太，她还活着，机关院子里的人见了她情不自禁鼓起掌来！这是大家自发地为一个值得尊敬的生命鼓掌！

我父亲完全不同，他坚持锻炼几十年，已经有瘾了，不锻炼过不去，光早晨起来就炼两小时，不管到哪儿，从不中断。我父亲这么炼，活了八十九岁。所以锻炼不锻炼，并不决定寿命，只是一种习惯，一种心情，或动或静，全凭自愿。谁要以为坚持锻炼就一定能延年益寿，恐怕也只能是一厢情愿，谁知道老天爷认不认账。

到了2003年，我母亲住院了。她一辈子除了生孩子，基本上没住过院，在我印象里，她似乎就没生过什么病，最多就是"身上不舒服了"，过两天自己就好了。她是个有病不求医的人，也没什么养身之道，只有一条，"不敢病，病了谁顾这个家"。到了八十八岁高龄了，她倒是敢病了，一病就没出医院。她大概是知道期限到了，躺在病榻上握着我的手说，"我还不想死"。她还牵挂着这个家，牵挂着儿孙。这个老人一天福也没享过，但她平凡、朴素而又充实，她没有什么太远大的人生目标，但她作为一个母亲，是完美的、伟大的，母亲就是她的人生目标，她实现了，而且满分。她生了四个儿子一个女儿。

2003年2月19日，她离开了我们。

她的名字也和她的时代、身世一致，我的母亲叫张淑英。

2011年清明节，我们兄弟四家去扫墓，我父亲2008年3月20日也去世了，他俩合葬在一块墓碑下。这两个从太行山走出来的人，卷入时代洪流，投身革命，四海为家，最终竟在远离故土数千公里外的天山脚下安息了。呜呼，幸耶？悲耶？幸耶悲耶也都没什么意义了，"亲戚或余悲，他人亦已歌。死去何所道，托体同山阿"。陶渊明的时代还可以"托体"，今天的人，只有骨灰。

在墓碑背后，刻着我为她俩撰写的碑文，母亲先葬，写在上面：

　　　　自幼失母　母仪儿孙
　　　　书香家庭　投身革命
　　　　身材瘦小　历尽风云
　　　　华北西北　四海生根

给父亲写的刻在下面：

　　　　以直道行坎坷　独见厚朴
　　　　惟倔强对艰险　可谓敦忠

可能概括不了她俩的人生，仅仅表达一点我们的认识。那天回来后，愈觉自父母离世后，无遮无靠了，天地虚空了，自己便突兀地独立在这人生间，伤怀陡起，写了一首小诗《莫提娘》，抄录下来，作为结语：

　　　　莫提娘，
　　　　提娘泪盈眶。
　　　　我娘怀我整十月，

等来哭声第一响，
从此心拉长。
莫提娘，
提娘必心伤。
娘是大树遮风雨，
儿是小鸟飞四方。
儿大不由娘。
莫提娘，
提娘两茫茫。
儿是娘心尖上肉，
娘是儿心一点钢，
男儿须自强。
莫提娘，
清明扫墓忙。
娘在九泉望着儿，
儿在人间想着娘，
白发意徬徨。

闭上眼睛看世界

丹青难写是精神

从心里走过

那时我们正年轻

人性山水

动物朋友：
（散文四重奏） 鲍尔吉·原野

牧 归

在伊胡塔草原那边，夏天发了水。水退了，在地面盈留寸余。远望过去，草原如藏着一千面小镜子，躲躲闪闪地发亮，绿草尖就从镜子里伸出头来。马呢，三五成群地散布其间。马真是艺术家，白马红马或铁青马仿佛知道自己的颜色，穿插组合；又通点缀的道理，衬着绿草蓝天，构图饱满而和谐。

这里也有湖泊，即"淖尔"。黑天鹅曲颈而游，突然加速，伸长脖子起飞，翅膀扑拉扑拉，很费力，水迹涟涟的脚蹼将离湖面。我想，飞啥？这么麻烦，慢慢游不是挺好吗？

湖里鱼多，牧民的孩子挽着裤脚，用破筐头一捞就上来几条。他们没有网和鱼竿。我姐笑话他们，说这方法多笨。我暗喜，感谢老天爷仍然让我的同胞这么笨，用筐和脸盆捞鱼。我非鱼，亦知鱼之乐。

这些是我女儿鲍尔金娜从老家回来告诉我的。

在我大伯家，有一只刚出生7天的小羊羔。它走路尚不利索，偏喜欢跳高。走着走着，"嘣"地来个空中动作，前腿跪着，歪头，然后摔倒了。小羊羔身上洁白干净，嘴巴粉红，眼神天真温驯。有趣的事在于，它每天追随鲍尔金娜身后。她坐在矮墙上，它则站在旁边。她往远处看，它也往远处看。鲍尔金娜怜惜它，又觉得它好笑。

小羊羔每天下午4点钟停止玩耍，站在矮墙上"咩咩"地叫。它的母亲随羊群从很远的草地上就要牧归了。天越晚,小羊羔叫得越急切。

这时,火烧云在西天逶迤奔走,草地上的镜子金光陆离。地平线终于出现白茫茫的蠕动的羊群,它们一只挨一只低着头努力往家里走。那个高高的骑在马上的剪影,是吾堂兄朝格巴特尔。

羊群快到家的时候,母羊从99只羊的群中窜出,小羊羔几乎同时向母羊跑去。

我女儿孤独地站在当院,观看母羊和小羊羔拼命往一起跑的情景。

母子见面的情景,那种高兴的样子,使人感动。可惜它们不会拥抱,不然会紧紧抱在一起。

小羊羔长出像葡萄似的两只小角。那天,它在组合柜的落地镜里看到自己,以为是敌人,后退几步,冲上去抵镜子。大镜子哗啦碎了,小羊羔吓得没影儿了。这组合柜是吾侄保命("保命"乃人名——作者注)为秋天结婚准备的。保命对此似不经意,他家很穷,拼命劳作仅糊口而已。但镜子乃小羊羔无知抵碎的,他们都不言语。

我嫂子灯笼("灯笼"也是人名,朝格巴特尔的老婆)对小羊羔和鲍尔金娜的默契,夸张其事地表示惊讶。在牧区,这种惊讶往往暗含着某种佛教的因缘的揣度。譬如说,小羊羔和鲍尔金娜前生曾是姐妹或战友。

鲍尔金娜每天傍晚都观察母羊和小羊羔奔走相见的场面。这无疑是一课,用禅宗的话说是"一悟"。子思母或母思子是人人皆知的道理,但这道理在身外的异类中演示,特别是在苍茫的草地上演示,则是一种令人怅然的美。

尾巴像令箭

我来草原,已入9月。本应该翠绿无边的草原褐黄无边,是土的本色。不少牧民早上醒来,一看窗外眼泪就下来了——土地跟冬天一样,这哪是夏天啊!

我住在苏木(乡镇)招待所。院子里栽种的西瓜、茄子和白菜绿得抢眼,跟夏天一样。院子里有机电井。

头一天早上,我让骂声吵醒。一个女人骂:你个臭不要脸的王三,臭流氓!趴窗看,做饭的妇女手指着天空骂,脸涨红,用围裙擦嘴角的白沫。她姓田。

奇怪,这么偏僻的地方,一清早就有人上苏木耍流氓来啦?也可能贼偷了厨房的东西，跳墙跑了。

早饭是奶茶和肉包子，有切得整齐的咸菜条。女厨师忙着上茶、端包子，我想问王三的事没好意思张口，兴许是他们两口子吵架呢。

吃完饭，到菜园溜达。红砖尖角砌的畦子里，白菜舒卷肥硕。畦子外边的青草快枯死了，闭眼睛等咽气呢。从开春到9月份，这儿没下过雨。菜畦子里的青椒、柿子长得都好，扑扑拉拉的。跟青草比，菜就是国家干部，人到这儿都想当菜种上。

再看，畦子里晾着打开的西瓜，白瓤就开了，不好吃扔掉。也有红瓤扔的。在乡下，败家子才这么干。

苏木的院子大，赶上两个足球场那么宽绰。红砖墙围着一排天蓝色彩钢瓦屋顶的房子。出太阳前，几百只雨燕在彩钢瓦上空兜圈子，落下，全站檐上，脑袋对着院子，好像特听话。墙边种一排向日葵，近前瞧瞧，花盘的瓜子少了挺多，露半拉白脸。

傍晚，我在屋里点燃艾草，准备熏蚊子。窗外又有女人骂："有种的出来，看我怎么收拾你？臭养汉老婆王三，你个挨刀的货！"

王三是女的？当然女的也可以叫王三。我有个女同学就叫周三。再趴窗看，院子里没人。这一阵儿，苏木干部到各村抗旱，不来上班。我尽视野扫视从大门到菜地到办公室到简易厕所的大院之内，没人啊？只有一排喜鹊站在高压线上。王三躲哪去了？也许这个女厨师有妄想症，独自说话。我耐不住好奇心，出了门。女厨师见我，羞涩而灵巧地转回自己房间。她40岁出头，还会羞涩几年。

大片的火烧云在西天布阵，预示明日又是无雨的响晴天。喜鹊像跳水一样从电线上钻下来，在墙根奔走。苏木大铁门已经关上了。王三看来挺阴险，不现形，却没停止骚扰活动。

第二天我起得早，沿公路跑步回来，见女厨师用铁锹头端两只死喜鹊往外走。

我问咋回事？

我药死的。

你咋还药喜鹊呢，多不吉利？

要什么吉利？这帮家伙把葵花、西瓜、柿子都祸害得不像样了。

噢，喜鹊干的坏事。

她把死喜鹊扔到公路边的垃圾堆上，说，可惜没药死王三这个坏种。她拿铁锹头往高压线瓷壶上指，那儿站一个大喜鹊。

王三是喜鹊啊？

对，我给它起的名。它是这帮坏喜鹊的头子，指挥喜鹊往下冲、上墙、祸害瓜菜。都旱这样了，还祸害东西，真不要脸。

王三认识你不？

认识。你说它不要脸到了什么程度？把我洗晒的衣服叼下来，拿爪子踹、拉屎。它跟我记仇了，报复我，还站窗台上隔着玻璃朝我瞪眼睛。它们嗑瓜子不吃仁，光嗑，这叫啥玩意儿？

没过两天，女厨师撒在墙根用农药泡过的菜被一只溜达进院的牧民的羊吃了，羊死了。女厨师用工资赔了羊，被辞退回家。

这个院子只剩下我和王三。它与我对视几天之后飞进院子，甚至到我身边散步。我对它说，你害死了你的同事，害死了羊，害得女厨师下岗了。

王三像沉思，尾巴翘起来如令箭一般。它翅膀上的黑羽并非纯黑，有宝石的浅蓝色泽。

我忘了问女厨师，为什么管它叫王三呢？我怎么看都看不出这只喜鹊哪一点像王三。

交颈伫立

从东村回来的路上，我突然看到夕阳中的胡四台村像油画一般典雅。

那些破烂的房屋全都穿上了镀金的衣服，静悄悄地站在白杨树边，温柔或许还可以说成羞怯。村边的湖泊热烈地盛满西天的堂皇，连鸭子也不敢下去嬉戏了。这条在绿草中露出难看的白色的公路，也变成暖色，像爬满橙色的小甲虫。平时遭人讥笑的土屋也显出了艺术情调，屋檐探出的椽木如镀上一层铜色，屋顶的青草左右摇晃，像为羊圈里仅有的两只羊表演土风舞。此时正宜有一支四重奏乐队，坐在村口演奏一支雅致深婉的曲子。

在余晖下面，白杨树不再是那个朴素的、穿着补丁衣服的牧羊人，而变成深情脉脉的少妇，丰盛的枝叶如眼波烁烁，树身如滚烫的面庞。在黄昏中，村里的屋舍草木都成了准备外出约会的盛装的情人。湖泊要和蓝紫色的晚霞约会，杨树和被鬃发遮住眼睛的白马约会，色·拉西家里那头白肚皮的小毛驴要和谁约会呢？它总站在栅栏里向公路那边遥望，每当开过一台拖拉机，它的耳朵就像劈叉一样变成平的。

岗根·哈日阿像雕像一样站在门口，这是我堂兄为了比赛而买的一匹洋马。它的高脚丰臀和微翘的尾巴，使它的动作像舞蹈一样轻佻。岗根·哈日阿从不套车干活儿，尽最大的力量高昂着头，削尖的血管密布的耳朵精巧警觉。它的眼睛如纯黑的水晶，雅净而无尘。我觉得，马比其它动物都更像雕塑，好像保持着从汉朝时的姿势，身上的每一块肌肉都凸现分明，使人忍不住想摸一摸它宽厚的脖颈。在晚风里，马转过头来的身态，最让人心动，未剪的鬃发在风中纷披，它的聪慧的眼里似有无限心事。

如果马会开口说话，吐露的必是诗一般的柔情，关于河流、草地和郭日郭山那面的马们的爱情。我曾经看过两匹马在夕阳的草场上漫游、吃草，然后交颈伫立，蜜汁一样的暮色流淌在它们饱满的肢体上。

鼻子上有天堂

我每天跑步经过市场，亲切接见红塑料大盆里的黄褐色的螃蟹、待宰的公鸡、胡萝卜和大蒜，有一窝小狗吸引了我。

小狗挤在柳条编的大扁筐里，它们把下巴放在兄弟姐妹们的脊背上，像鲜黄带黑斑的粘豆包黏在了一起，黑斑是豆馅挤到了皮外面。我不知道还有哪些生灵比这些小狗睡得更香，它们的黑鼻子和花鼻子以及没有皱纹的脸上写着温暖、香甜。

小狗在市场上睡觉，自己不知道来这里要被卖掉。它们压根听不懂"卖"这个词。卖，是人类的发明，动物们从来没卖过其它东西。狗没有卖过猫，猫没卖过麻雀，麻雀没卖过驼背的甲壳虫。动物和昆虫也没卖过感情、眼泪和金融衍生品。小狗太困了，不知是什么让它们这么困。边上铁笼里的公鸡在刀下发出啼鸣，仿佛申诉打鸣的公鸡不应该被宰。而宰鸡的男人背剪公鸡双翅，横刀抹鸡脖子，放血，那一圈土地颜色深黑。笼子里的鸡慌慌张张地啄米，不知看没看到同类赴刑的一幕、多幕。

小狗睡着，仿佛鼻子上有一个天堂。科学家说，哺乳类动物都要睡眠，那么感谢上帝让它们睡眠。睡吧，在睡眠中编织你们的梦境，哪管梦见自己变成拿刀抹那个男人脖子的公鸡。

家里养了小猫后，我差不多一下子理解了所有小狗的表情。原来怕狗，如耗子那么大的狗都让我恐惧。后来知道，小狗在街上怔怔地看人，它们几乎认为所有人都是好人，这是从狗的眼神里发出的信号。狗的眼神纯真、信任，热切地盼望你与它打滚、追逐或互相咬鼻子。狗不知道主人因为它有病而把它抛到街头；狗不知道主人搂着它叫它儿子的时候连自己亲爹都不管；狗不知道世上有狗医院、狗香波、狗照相馆。人发明了"狗"这个词之后自己当人去了。

人在教科书上说人是高级动物，为了佐证这一点，说人有思想、有情感、有爱心。人间的历史书包括法国史、丝绸史、医药史以及一切史，却见不到人编出一部人类残暴史和欺骗史。人管自己叫人已够恭维，管自己叫动物也没什么不可以，然而管自己叫高级动物有点说冒了，没有得到所有动物们的同意。如果仅仅以屠杀动物或吃动物就管自己叫高级动物，那么狼早就高级了。

小狗在泥土那么黑的筐里睡觉，像彼此搭伴泅渡一条河，梦的河。狗像展览脸上幼稚的斑点，像证明筐有催眠的魔法。而它们的母亲，在一个未知的地方落寞地想它们，一群没有名字、无处寻找的儿女，用眼神问每一个过路的人。

山中天籁

· 卞毓方

　　山当中，身材最为高大骨骼最为粗犷的，绝对是石头山。那些形容山的词语，随便抓上一把，比如什么嵯峨、峻峭、奇峰罗列、怪石嶙峋、重峦叠嶂等等，望文生义，一目了然，都是缘于石族的。

　　诗人说："山，刺破青天锷未残。"这是何等凌虚摩霄！你仰起头，眯缝了眼，左看，右看，上看，下看——但是呢，如果整座山都是奇岩怪石，光秃秃的，寸草不生，峥嵘是峥嵘了，崇赫是崇赫了，看久，看累，难免感觉逼人的压迫，刺目的蛮荒；这就需要绿。

　　绿色是一种保护色，对于眼眸，它能吸收大量的紫外线，耗散炫目的耀光。造物于是在山坡上布满植物，蒙茸的草，蓊蔚的树，郁郁葱葱，莽莽苍苍。人望上去，一派浓绿、深翠或浅碧、嫩青，心头油然而生春意，溢满愉悦。

　　问题是，漫山漫坡都是绿、绿、绿，景色未免单调乏味——人心是最难餍足的啊！造物有情，令旗一展，在高海拔的部位，撤去绿绒地毯，露出史前的不毛巨石，犹如书法中的飞白，绘画中的留白，使绿色与灰白、黛褐、赤红相间，形成冷色与暖色搭配，阴柔与阳刚互济。

　　这下好了吧？不，游人千里万里到此，面对绿海绿涛里突兀的峰巅坡脊，欣赏之余又略感遗憾……遗憾什么？你尚未开口，眉心微蹙，造物已然心领神会，但见巨手一挥，由山头向下蔓延，举凡有缝隙有裂罅处，皆狂欢般蹿起一蓬又一蓬不规则的小草小花，缀之以孤高自傲的虬松蟠柏，旁及不登大雅之堂的藤葛苔藓……刻板僵硬如太古的石颜，顿时掀髯莞尔，扬眉吟哦，翩然出尘——活了！活脱脱的点石成精！

难怪诗人与青山"相看两不厌"！难怪画家要"搜尽奇峰打草稿"！却原来，宇宙的生命精神，第一即是美学。

这里说的是一座山峰。如果是两座、三座、若干座呢，又得讲究个前拥后簇，高矮参差，错而得位，乱而存序。"横看成岭侧成峰，远近高低各不同"。哈，一座美不胜收的大山就这样横空出世，笑傲人寰。

树枝头，一只鸟儿飞过，无声，有影。你等待蝉噪，等待鸟鸣。蝉未噪，是心弦在撩拨；鸟未鸣，是诗情在发酵。记起南梁诗人王籍的名句："蝉噪林逾静，鸟鸣山更幽。"好个"林逾静"，好个"山更幽"，王籍生平不得志，事迹湮没无闻，却因了这两句诗——就两句，数来数去只有十个字！——开宗立派，引领风骚，名驻诗史。真是一字千金、一本万利。说到底，好诗也如同好山，不愁无人激赏。

远远的一朵闲云飞来。到得跟前，瞬间扩散成雾，幻化弥漫，蒸腾涌动，遮去眼前的石径、林莽、幽潭，山腰的云梯、峭壁、亭阁，只露出若浮若沉的峰尖，如岛，如鲸，如山寨版的海市蜃楼。美有千娇百媚，美亦有千奇百怪，雾为上苍的道具，一半的美都从云雾中来。

恍惚间有一粒雨，落在额头。愕然间，又一粒雨，一粒，巧巧落在唇边。我笑了：是云在行雨。云也笑了：从缝隙送过来一束阳光，金晃晃的，耀得眼睛睁不开。赶紧戴上墨镜，再抬头，阳光也笑了。我分明看到一影彩虹，恍若"美的惊叹号"。

雾渐渐散去，山道上过来一位挑夫，竹制的扁担横在右肩，一根差不多长的木棍搁在左肩，压在扁担下，向前伸出，与扁担成丁字状，左小臂搭在木棍上——想必是用来平衡双肩重量的吧。这种借力的方法，我是第一次见到。走近了，走近了，是一位30来岁的壮汉，有着岩石一般的崚嶒骨架，挑的是粮食、水果、青菜，蓝布的坎肩为汗浸透，低着头鼓着劲，额角、脖颈、胳膊皆毕露着青筋。挑夫把担子放下，抽出木棍，一头杵在地上，一头顶着扁担，那高度，正好供他可以半站着歇息，不用大幅度弯腰。

"买根拐杖吧。"挑夫大声说，不像是兜售，倒像是谁粗心失察，疏忽了登山的装备。

左右无人，冲的是我。扭头，瞥见他装载果蔬的竹篮边插着两根藤杖。

瞧我年老？嘿，偏不买。实用功能，对我近于零；买回去作纪念吧，又岂不沾了负面的暗示。我摆摆手：不要！

仍旧仰了头——这回凝视的不是峰尖，而是刚刚从云雾中探出脑瓜的一株巨松。

这株松真是华贵英拔到极致！看哪，在纠蟠纠结的铁根之上，在离地半人高处，一干蘖生出五枝，相拥相抱，戮力向上，状如一把撑开的巨伞，不，一座绿色的通天塔。所有的枝柯都不胜地心引力，展开来，展开来，微微向大地倾斜，所有的松针又都和地心引力较劲，挺身矫首，戟指昊昊苍穹。啊，它们是如何从脚下贫瘠的岩层汲取乳汁，又是如何从头顶的日月星辰窃得天机？难以揣想，不可方物。这煌煌意象令我迷醉，就是这样，哪——就是这样，我把自己遗弃在原地，直到日色转暝，薄寒袭肘，同伴从云海山巅玩了一转回来，仍旧仰了脖颈，且屏住气，像一根心怀虔敬的松针，为天庭瑰丽、神奇的乐章所吸引，全神贯注，洗耳聆听，目光亦随之越过树梢、云层（看得见的或看不见的），努力向上，向上……

守 白：

·柴福善

　　岁月无情，顶上华发或如脸上皱纹，不知不觉间就出现了，一茎两茎三茎，慢慢不可细数，简直与日俱增，根本不以自己的意志为转移。每每对镜，虽不至于"高堂明镜悲白发"，却也慨叹"朝如青丝暮成雪"了，尽管并非一朝一暮所雪。

　　多情应笑我未老先衰，举目四望，穿梭往来的男女长幼，皆亮莹莹一头乌发，着实令我好生羡慕，更怨时光不公，为何竟让众人皆黑我独白？恨不得喝令时光倒流，还我青春再少！自知许多事可以从头再来，唯人生不可，没有演练彩排的过程，简直容不得你去想是轰轰烈烈，抑或平平淡淡，匆匆里就过去了。孰料友人朝我意味深长地一笑：这有何难！随手撩起头顶梳拢齐整的乌发，露出齐茬茬白发根。原来如此，诸多乌发敢情为焗染所致，而非本来面目。一语点醒梦中人，毅然走进理发店，出来华发尽消，精神抖擞，一时间仿佛真的焕发了蓬勃青春！

　　陌生人相见，常随口夸我不仅发密，而且乌黑。毕竟四五十岁之人，大多该花白了，甚至稀疏得谢顶了。闻人赞许，暗里不免生发几分得意。只是得意不久，感觉焗染后，总隐隐痛痒，三五天不曾消失。询问，原来染发剂中含铅，含量有多有少，不然难以染色。即使染发剂包装明确标示"纯天然"、"不含铅"等字样，也是自欺与欺人。忽然记起台湾诗人余光中所吟诗句："染发剂有毒，休得自误"。诗为心声，这当是诗人真诚劝诫之语。

　　年轻时读过也就过了，不以为然。此时将诗从记忆深处钩沉而起，方觉平常诗句却意味非常，似先生隔着海峡示我。便进而思之：即是有毒，我为甚还染呢？圣人言三十而立，四十而不惑。想我已然迈过了五十门槛，按理不仅应该不惑，而且应该知天命了，应该自己能够掌握自己命运了，为什么还一味地人云亦云步人后尘随波逐流，而不能独立思考呢？其实，焗染终究为给人看，有如女子为悦己者容。为给人看而一时满足自己的虚荣，不顾及自身痛痒甚至健康，似乎太得不偿失了。说到底，虚荣又值几文，健康才是真金！我为什么不能抛却虚荣，而以真面目示人？

经一而再再而三三而四地反复思忖，我终于下定天大的决心，鼓起地大的勇气，毅然跨越横亘自己心底的那道无形障碍，大大方方磊磊落落地以华发之貌，置身于大庭广众之下。初觉拘谨，进而放松，再而释然了。一时间，感觉天地并未因此而薄我，大家一样地随着地球自转，当空太阳照出与大家一样的身影。想起老子"知白守黑"之语，我且不念其有何深意，只是俗而化之："知白守白"。守白，何尝不是守住自己的纯真，守住自己的纯朴，守住自己的纯一。当今社会，过于浮躁喧嚣，欲守住一点本真的东西，实在太难了！难也要守，从此我不再为焗染所累，也不再在意世俗目光，坦然面对迎面而来的长短镜头，坦然面对转瞬变幻的大千世界，心灵顿时得以自由，精神顿时得以解脱，浑身顿时得以轻松。

当然，诸多朋友也曾善意相劝，一笑代谢。要知已然迈出这一步，就不再彷徨，不再犹豫，更不会回头，只管昂首挺胸义无反顾坚定不移地守下去。哪怕有一天白得纯净白得完全白得彻底，白得实实与众不同，那也不打紧，就像黑是一种美一样，坚信白也是一种美，而且是一种不遮不掩不妆不饰不虚不假不造不作真真实实轻轻松松纯纯粹粹自自然然尤其是健健康康的美，何乐而不为？

无 声

·陈奕纯

无声，是一种最高境界的孤独。

山水万物，有大美丽，但游历于这中间，如果想找出你最养眼的一物，恐怕是得花费一番脑筋的。这一物，往往被我们熟视无睹，往往和我们擦肩而过，而这一物，恰恰可能正是你要找的一种小美丽。半生飘零中，我不知到过多少高山大河写生，收获了数不尽的幸福和快乐，所以，我特别关注那些郁郁葱葱中的小细节、那些呼之欲出的小美丽、那些被我们忽略掉的小孤独。

穿行在巍峨迤逦的大巴山南麓，一种寒气逼人的静直袭肺腑，潮湿的无声感开始在心底展开，而无声里的大无，是虚无，是竹。更准确一点说，是大竹的竹、五峰山的竹。

山上迎接我们的，是漫山遍野舞着、站着、拉着、喊着、笑着的竹子，都青衣翠衫，宛如山里的妞，宛如"棒棒军"，也不管下不下雨，不顾漂不漂亮，全都跑出来欢迎我们了。这一幕，亲切，温暖，久违，我们一下子感动了！竹，以一种山里人的大胸襟向我们伸出了手，以一种山里人的大粗犷给我们倒满了酒，以一种山里人的大气魄将我们一个个灌醉，这一刻，身心不知居之何处！

雨不紧不慢。打开一把伞，捡了一条歪歪扭扭的山路，顺着湿漉漉的石阶爬了上去。越往上爬，竹子越多，视角也慢慢从仰视变成了平视、俯视，乃至于后来，都有些鸟瞰了。竹的阵势，越来越大了，他们三五成群、四下散开，他们不拘小节、不卑不亢，雨"哗啦哗啦"地打在他们的头上、身上，还傻乎乎摇曳、偷笑，仔细一听，其实什么声音也没有。在偌大的竹海里，很多声音聚集在一处，杂乱无章，很难有具象感觉。竹林幽深，竹叶遮天，一丛丛、一棵棵，从来都是一副雄心勃勃的样子，这里面，我不知道他们哪一个是男的、哪一个是女的、哪一个是老的、哪一个是少的，他们的心态都很阳光、积极向上，他们都是"励志哥"、"心灵鸡汤妹"，我想在他们的生活当中，是从来不知道忧愁、烦恼的。

山下伸出了一条水泥路，沿山势而上，连接竹海内外。水泥路的上下左右，挂满了歪歪扭扭的小小的山路，宛如一个浑身挂满电线的超人，在绿浪翻滚的大山中穿越、飞翔。山上有山，高峰不断，但谁不想"一览众山小"呢？激情之下，我甩开众人，随便捡了一条小路就朝上爬去，潜意识里，路的尽头就该是五峰山的最高处了。一时间，我紧紧盯住前面那些湿漉漉的石阶，一鼓作气地往前爬，耳边所有的声音仿佛都不存在了，眼里所有的景物仿佛都蒸发掉了，爬到山顶去！那里的世界将更加壮美！这样想着，脚步也不知不觉地加快，汗水和着雨水往下乱淌，索性合上了伞，只身朝前头爬去。

果真，我到达了山顶，但这顶，并不是最高的顶，也许此行中，最高的顶不会遇见。不过，这样也好，今天我不是收获很多小美丽、小幸福了吗？人生当中，有舍才有得，有泪才有笑，有苦才有甘，有恨才有爱，换一个角度看人生，你会发现每一个地方、每一个时刻都是最美的风景。倚了一棵碗口粗的竹子，我的心情慢慢平静下来，举头看天，雨水从青嫩的叶尖或竹间落下，打在我身上，凉凉的，冰冰的，一滑，便打湿了我的眼睛。我的瞳仁开始聚焦在这一棵竹子上，聚焦在这一片青翠中。雨开始下大了，一阵紧跟着一阵，和着瘦瘦的山风，化作云雾散开了，那情形，不叫一粒、一颗，也不叫一滴，而是一股股、一抹抹的空气，把你一点点融化，直到把你变成一滴小小的、小小的雨水。

突然之间，世界上所有的声音都不见了，天地混沌一片，空荡荡的竹海里，只剩下我孤独的一个人。世界变得很小很小，小得宛如一颗心，在无声中漫游。此刻，一片竹海的无声让人失忆，岁月在无声流淌……

转身望望，有人行来，想必他应该是另一种心境吧！

所 谓 爱：

·池 莉

先从植物说起。

我生来爱花草，一直渴望拥有却一直无有。直至进大学，才得一个机会：我有钱了！作为上世纪70年代末进校的工农兵大学生，我忽然知道自己每月享有政府发放的18元津贴。领到津贴，即刻奔去买花。扛回盆花，放在宿舍廊前。每天清晨，起床开门，就与我的花草见面，并时常情不自禁，对它们喃喃夸赞。从来没有养花经验的我，意外顺利地把花草养得精神抖擞健壮娇艳。学期末，年终评比，同学背靠背，我的成绩单上赫然出现了严重缺点。班主任写道"同学普遍反映你在宿舍养花弄草，小资情调严重，要警惕玩物丧志，脱离集体，影响进步"。当然，事实上已经影响了我的进步：大会小会，学校负责人与班主任，讲话时候都会提到"某些个别同学小资情调严重"，我的个人先进没有评上，奖金也没了，据说还有可能在个人档案上记一笔，将来毕业分配就惨了。我幡然梦醒，好不自责：一贯夹着尾巴做人的我，怎么一时糊涂如此大意，不是时时刻刻和广大同学在一起，而是与两盆花草亲密相处。顿时，花草在我眼中变异了，它们也就是两盆路边花草而已，无足轻重。每天清晨的面对，尴尬又心酸：我实不忍丢弃它们却也不敢再去抚弄喜爱。只是某些深夜，见四下无人，我会偷偷摸摸慌慌张张去浇一点水。奇怪状况发生了：花草逐渐萎靡，慢慢死去。

10年以后，婚姻给我带来了一间住房。又一次机会来了！首先就是奔去买花草。房间有一扇窗户，窗户外面焊了一只花架。当我终于把一盆盆花草妥当摆放，抱肘端详，只觉得当头尽是灿烂阳光、和煦微风，事就成了：

10年来潜藏内心的歉意与缺憾，终得平复。自此至今20多年，我与我的花草亲密生活在一起。常绿植物总是那么葳蕤青葱，花卉总是那么茂盛鲜艳。我并不专业，也不偏好名贵品种或流行时尚，就是一些适合街巷人家的普通植物，我养什么，什么都旺。前些年躲外地写长篇，一呆几个月，每坐火车就是十几个小时，我都随身带着我书桌前的一盆兰草。不为什么，唯是我爱。爱就是几十年来南征北战东西出差赶写稿子通宵彻夜，也不可能忘掉花草的浇水、上肥、松土和换盆。所谓爱，花草有知，我坚信。

再来看看人的生命。

从前我憎恶自己生命。出生不久，因年轻父母忙于革命工作无暇照料婴儿，我被送到外地的外公家。按风俗，未满月婴儿身带血光，又是外戚，不可大门进，只能悄然入后屋。人世对我就是这样一个冷漠开端，随后更是一连串冷酷政治运动。每次运动我倒霉的父亲都会让我无法躲避地沦为时代弃儿。"为什么还不死？"成为我对自己经常性的嘲讽。终于我24岁病倒，腹部肿瘤，层层包裹慢慢长大，是积郁多年对自己生命的厌弃。主刀教授并不认为我能够支撑几年。

爱的启蒙是从我怀孕生子开始的。母爱仿佛一道强烈的光芒自天庭降临我身。我会好好吃东西了。我会笑了。我会不由自主调整自己，交朋结友，努力打开这个世界对我的封锁之窗。孩子一出生，我简直是那么无条件地心甘情愿，没日没夜做所有事情：抱啊、摇啊、抚摸啊、跑医院啊、喂奶把尿、缝补浆洗。爱是这样的具体。具体到孩子的每一口、每一步、每一夜、每一天、每一年。在年复一年的过程中，蓦然，我发现了自身。我蒙昧已久。我明白很晚。40岁以后才有意识。45岁以后才明确反省。50岁以后才看清自己生命所来，才尝试与自己从前对生命的厌弃之感进行和解。奇怪状况再次发生：首先我还是没死。其次我缠身40多年的怪病自然消失。我身体变得比年轻时候更健康。近年我身高还增长了3厘米。

我坚信，爱是一种神秘的强大力量。爱可以在暗中移动和改变物质。如果持之以恒，爱会使事物发生根本性转变：向着好的方向，向着成事的程序，生机勃勃地循序渐进。爱不是抽象感情。爱不是主观宣称。爱是一种具体。爱是做，不是说。爱会具体到个人行为的每一个举手投足之中。爱是不肯依附于大话、空话和形式主义的，只有可能被大话、空话和形式主义借用爱的名义。借用爱的名义坑蒙拐骗者大有人在，但是爱本身是如此警醒警觉，连草率与忽略,都非真爱。比如我,对自己母语的爱,是爱到写每一个字都不愿意含糊,看每一个字也不愿意含糊。因此,去年底,我在伦敦英国国家博物馆,一看见中文介绍册,当下就被狠狠刺痛。我们介绍册翻译为"大英博物馆",而大厅出售的其他各语种介绍册,大都客观翻译为"英国国家博物馆"。此类图册解说文字,应有基本的客观性,应有国家无论大小的平等性,应有种族的不可歧视性。这是原则,也是爱,是每一个中国人对自己应有的爱。爱就是这么具体和敏感,具体到一个字,敏感到一个字。"大英"也许是清朝遗留的自卑自贱,但是这个百年前的原因很难解释今天。就这本册子来说,它经过了翻译、审稿、印刷、校对、出版、发行,长年累月展示在英国伦敦国家博物馆,该有多少中国眼睛从这里扫过去。所以很遗憾,我很难不怀疑我们是否在真正有效地爱自己,这怀疑仍然包括我,我仍然在摸索。

流淌心底的眷恋

· 崔明秋

我无法把一条江折叠起来，带着它去远行。只有执著的江水在我的梦里痴情地流淌……那条江从小城宁安的南边流过，从我的家门前流过，它被赋予一个美丽的名字——牡丹江。这样一个美丽的名字曾引出多少人的遐想和向往。牡丹江，其实是由满语"穆丹乌拉"演变而来，"穆丹"在满语中的意思是弯曲，"穆丹乌拉"就是弯曲的江。后来，人们为了称呼方便，就把"穆丹乌拉"叫做了牡丹江。

小城依偎着江水，青山环抱，宁静而素朴，历史在长满青苔的青砖黑瓦中诉说着沧桑与神秘。也许，在古老的时间的源头，这里就是我命定的故乡，我注定要在这里出生，饮着江水慢慢长大。长大后，我又学着前人的样子背着对于江的记忆远离了故乡，踏上了漂泊之路。故乡是人生中出走的起点，梦想与爱情都在别处。可是，故乡终究是一块抹不去的胎记，江水是流淌在内心深处的眷恋。

一条江的源头被岁月遗忘，一座城市的兴起被历史模糊。我不知道先人们是经过了多少苦难与艰辛走到了这里，远远地听到江水流淌，这大自然雄浑的乐音唤起了隐匿心中久远的期望。饮一口江水，漂泊的疲惫融化在江的目光中。从此，一代又一代人的坚忍与血泪在这片土地上挥洒，经过岁月打磨，世事变迁，终于有了今天这一切。也许只有在江的记忆中才有那古老的身影背负着夕阳的悲壮！

江，一路弯曲着，它向往着远方的大海。岁月与历史都发出了喘息声，而江水依旧流淌着它最初的执著与坚定，无私地润泽着大地。善良纯朴的人们，与江水厮守，在默默劳作中触摸到了江的细碎的心跳和闪光的信仰。这里有火山爆发形成的大面积玄武岩"石板地"，石板上的土壤经过亿万年的岩石风化和腐殖沉积，矿物质、有机物质、微量元素的含量极为丰富。人们在这里种植大面积的水稻，引来江水灌溉。水，从江里流进稻田，又从稻田流回江里，一路发出响亮的歌唱。一棵棵稻秧被勤劳的手插入水中，成为大地上的诗行……享誉中外的响水大米就是由这活水灌溉而成。暮色中，炊烟瘦成一根琴弦，新炊的雾气缭绕农舍，那是故乡的味道，氤氲着岁月生香……

离开，也许是为了回归，而回归的行囊里装满的是和江一样弯曲的命运和升起的希望。江是一种呼唤，江是一种催促，江也是一种隐喻。岁月揉皱了多少人的容颜，大青石上捣衣的少女也已鬓发霜白。在江畔散步的老人也许已不是昨天的那位……江是含蓄的，它隐忍着流淌成大地上的一道伤口，也成为一道风景，在风中发出声响。江赋予我们太多，而我们又能为它做些什么呢？

我常常回忆起从前在江边漫步的情景，傍晚时分，夕阳染红了江水，引得多情的柳枝在微风中婀娜着，小城在江的浸润中充满着诗情画意。然后，人们枕着它的涛声入眠……我在一粒砂的渺小中寻找，我在一块石头的表情里凝眸。何时能再回到那条江边，掬一捧江水，让它再次沁入心脾……

花　语

· 丁吉槐

白玉兰

你张开洁白的花瓣托起嫩嫩的花蕊，你支起碗口大的花朵，汇聚成一座小小的雪白的山峰，你散发出的芳香瞬间熏醉了小院。

蜜蜂飞来为你歌唱，胡蜂飞来欣赏你的花蕊，蝴蝶怎么不飞来给你伴舞呢？她到哪里去了？

或许迎春花正在开放，只可惜她没住在这所小院，你硕大的花朵费力却欢快地轻轻摇动，是否已经感觉到她的呼唤？

或许木瓜海棠开的花将来能跟你比美，然而，此时此刻，她怎么依然沉默不语？或许她也有点儿着急，你看，那高高的枝头上，是否已经现出点点猩红的花蕾？

那一畦畦菠菜倒是嫩绿惹眼，静静地卧在你的脚下，恰好衬托出你的高洁和美丽。

当满院花开之时，你早就脱落了你的花衣，伸展出你的嫩嫩的大大的绿叶，为他们助阵。

你不图什么名利，也不想争什么第一。你想开花就开花，你想长叶就长叶，你想结果就结果。

白玉兰啊，你就是你。

紫丁香

你躲在一个背阴处的角落里，

灿烂的阳光被前面的墙壁遮了去，只有等到太阳西斜，乌云四散，你才能分享阳光给予的乐趣。

温暖的春风让另一面的墙壁挡了去，只有春雨淅淅沥沥地沐浴着你的时候，你才能收到春天已经来临的讯息。

然而，有一天，小院忽然飘起缕缕清香。花香陶醉了过路的街坊，纷纷打听，却弄不清来由。

啊，躲藏在角落里的那棵丁香树，翠绿的肥肥的叶片，簇拥着一簇簇紫色的丁香花，似捧着一个个紫色的火炬，火炬上绽开着一朵朵小花，小花似一个个小小的喇叭，正冲着天空，慷慨地释放。

默默无闻的紫丁香啊，你躲在背阴处的角落里，然而，无论看得见你，或者看不见你，也无论关注你，或者不去关注你，人们却实实在在地记住了你。

木瓜海棠

你的芳名，许多人并不知晓；你的果实，许多人不能不知道。

红红的花瓣，黄黄的花蕊，一朵挨一朵，使劲地挤在一起，紧紧贴在灰黑的铁一样的树干上。树干曲曲弯弯，遒劲有力，有的直指向上，有的向外斜插，将整个树支撑出个大圆。红花爬满枝干，组成了一支支红红的花串，花串汇聚在一起，整棵树就成了一个大大的鲜艳的花球。

"海棠院里寻春色，日炙荐红满院香"，黄庭坚说。"碧鸡海棠天下绝，枝枝似染猩猩血"，陆游说。"月朦胧，鸟朦胧，帘卷海棠红"，朱自清说。

不过，你知道吗？你凸显了你的花，却埋没了你的叶呢。

叶片掩映在红红的花朵里。

其实，你的叶片也十分奇特。

呈椭圆形的叶子，一寸多长，叶柄附近为绿色，越往叶尖绿色越淡，渐渐变成红褐色，根根叶脉清晰可见，叶片很薄，几乎透明，油亮油亮的。你见过鸣蝉吗？那不是鸣蝉的一片亮翅吗？

你记住了你的花和叶，却忘记了你的果呢。

果实掩映在茂密的叶片里。绿绿的，圆滚滚的，呈棒槌形。刚刚形成的木瓜，只有一枚花生米大小，过不几天，就长到小手指粗细。顶端，花瓣脱去，还留有红红的印迹，也留下黄黄的干了的花蕊。根部，突然收拢回来，瓜柄牢牢抓在树干上。一朵花，一个瓜，无数朵花，无数个瓜，爬满了树干。

花落了，树干上结满大大小小的精美的木瓜，木瓜长到鸭蛋大小，秋风吹来，它们渐渐由绿变黄，配以苍绿厚朴的叶片，那也是一幅难得美妙图画。

木瓜海棠哟，你意下如何？

听，剧院的钟声铃声

· 郭启宏

远远望去，一座庞大的建筑，没有围墙，没有石狮子，只横陈着一方巨石，若披襟，如坦腹，在高楼林立的大都会，在繁盛的闹市区，肯定是别具特色的一道风景。这就是北京人民艺术剧院。

当我迎台阶拾级而上，置身于熟悉的大厅，总会油然而生更在亲切之上的神圣感。我无数次来到这里，却总如同初瞻乍见，无数次怀着赤子之心诚惶诚恐仰望，无数次检身自省唯恐愧对。我的作品在这里上演，我在这里看到更多的演出。仔细一想，除了这里，我很少到其他场所看话剧。是习惯？是偏爱？有一点可以肯定，我沉迷于艺术，我讨厌商业炒作。

悠悠然，钟声传来。一记，沉寂了交头接耳；两记，肇始了端坐敛神；三记，进入了屏声静息，整个剧场寂寂然，听得见银针落地声。呀，这是戏剧的期待！随着戏剧的流程，便有了戏剧的发现，又有了期待与发现的更迭，更有了危机、冲突、必需场面、高潮、突转……钟声把我们带入戏剧的世界，一个没有俗世纷扰的艺术的世界，一个彰显人性瑰丽的世界！不知不觉中，山呼海啸般的掌声唤醒了我，戏剧结束了，却又让我继续着戏剧的美好，我的灵魂似乎也净化了。观众的掌声交汇着崇高心灵的混响，当此际，黄金陡然失色，权势变得卑微，能感知的是精神的大境界。

钟声悠悠，回响在这里，好奇怪，又回响在千里之外。不久前，上海大剧院演出北京人艺的五部话剧。幕启之际，忽然响起悠扬而熟悉的钟声，一记，两记，三记……原来聪明机变的上海人，把首都剧场的钟声引到上海大剧院。他们说，人艺的钟声有一种魔力，叫演员进入角色，叫观众进入戏剧。

因为第一场演出剧目是《知己》，作为编剧我有幸临其境，闻其声，如故人语暖，如亲眷情长，一时间充盈着温馨的氛围，感动得几欲落泪。我又想起正在后台候场的艺术家，想起他们的劳作，他们的情怀，他们的精神。此刻，他们同样谛听着熟悉的钟声，他们一定和我一样，心中升腾起神圣的艺术感悟。

到过首都剧场的人，对钟声的体验大致与我相似。然而君知否？还有一种声音，非观众所能尽知，那就是铃声，清脆而急促，是人艺排演场的铃声。

据老一辈人艺人介绍，上世纪50年代初，故宫处理一批库存，人艺人挑了几样东西，有舞台的幕布，有练功房的镜子，还有一只按铃，按铃派作何用？置诸排演场，为导演所专用，是焦菊隐等"四大导演"的手中物。遥想当年，按铃一声脆响，排演场肃穆起来，没有窃窃私语声，没有嘎嘎皮鞋响，当然也没有手机、iPad游戏声！"戏比天大"四个字不是挂在墙上，而是刻在演职人员心里。戏剧走出作家平面的文本，渐渐演绎成演员立体的形象，何等奇妙！

为了若斯奇妙，我喜欢坐在导演身旁，默默注视着，思考着。我对导演说，我愿作个哑兵，不插一句话。我无意"偷艺"，只是希望在从平面到立体的演绎中获取舞台感，这将有益于编剧的感悟。于是，在导演的铃声里，我得到了艺术的"特权"，我与导演、演员共呼吸、同梦想，极尽悲与欢的洗礼、形与神的张扬。这只按铃已经脱俗，而成神圣的具象，使我们面对艺术，有如剑悬头上，教我们兢兢业业，诚惶诚恐，不敢有丝毫松弛、懈怠和亵渎；也可以比作西西弗斯之石，是命运施加的惩罚，也是对命运的反抗，无法登顶的艺术如同推石上山败绩的叠加，而戏剧人荒谬的幸福感恰恰产生于负重推举之际虚幻的雄豪，所谓"荡胸生层云"，"一览众山小"！

事实上，当年的按铃早已消失在"文革"的烟尘里，现在的按铃是件"复制品"。无妨，月之恒今日之升，忽忽过了三十多年，复制品也成了文物！世上多少物事，大凡经得起时间淘洗的，便腐朽也能化为神奇。我曾经好奇地审视着这只按铃，虽曰替代，却无刻舟寻剑的憨傻，倒有薪尽火传的真诚。铃声一响、再响、三响，排演、休歇、排演，大大方方，从从容容。戏剧从排演厅转入大剧场，铃声让位给钟声，否，铃声升华为钟声。

人艺的排演场，铃声清脆而急促；人艺的剧场，钟声有三记，悠扬，绵长，沉宏而飘逸……

痴 草

· 寇胜茂

对于草,我总有挥之不去的情结——那是自小就得下的"病",至今治愈不了。

少时家贫,不得不养一只羊、一头猪、几只鸡,割草便成了我最大的"营生"与乐趣。从3岁起,连路都走不稳的我,就知道挎笼磨镰了。稍长,便与一群穷伙伴上南塬、下河滩,往水丰草美的地方赶。有时,找着一块好草地,还要"封锁消息",怕别人知道了偷着割去,也有为圈地占草与伙伴吵架甚至打闹的时候,但心里都不搁事,今天恼了明天又好上。傍晚回家,只要背上一笼满满当当的草,再看着妈妈微笑的脸,心里有一种说不出的甜,割草就这样成了生活里重要的场景。

那时的渭河,水还比较充沛,滩上的树高大而挺拔,虽然只是普通的杨、柳、槐等,但那场面与气势却是我至今最壮阔的回忆。遇到好年景,河边的草茂密又庞杂,真有点碧草连天绿无涯的味道。到了夏秋时节,花儿紫黄,蜂蝶嗡嗡,漫过我们脖子的草地简直成了乐园。乏了,就势躺在柔软的草上,像投进妈妈的怀抱,听鸟叫蝉鸣,看云走霞飞。

也有割不到草的时候。饥馑的年代,好像什么都缺。将不多的草蓬了又蓬,让它虚虚地罩在笼里,或者干脆在笼底放些树枝,上面盖上薄薄一层草,迟磨到天黑,进村后先闪进羊圈猪舍,胡乱地撒上几根,才敢进屋。到了冬天,草更难找,只能在向阳的坡头、崖下、河边,遇上一些耐寒的植物,干枯的枝干下还有那么一小丛绿。

割草还有讲究,对于枝干粗大韧硬的,比如"狼尾巴",应用钝镰,带有砍削的劲头才能奏效。柔软或贴地长的，比如"趴地龙"，要用快镰，刃越利越好，一镰撸下去、偎着进、转几圈、不歇气，就能放倒一大片。有些草，比如"猫耳草"，根须很浅，实在不宜用镰，只要用手一拔、再向后一甩，泥土就全掉了。姿势上要得法，拔草应先弯后直，割草宜微屈前倾，大多时候要右腿盘坐在地上，左腿半屈，膝盖向上，以掌握前进的方向并平衡肢体。镰刀要用长把的，开镰时先用左手攥紧草的上部，再翻转着一缠绕，右手快速的使用"连刀法"，才能取得最佳的效果。割草也让我知道，无论干什么事只要认真，就能把握特点和规律。有时生了气，也去割草，一看到绿色的海洋，闻着浅淡的草香，就把啥都忘了。

  后来上了大学，离开了草和割草的伙伴，但对草的钟爱不减而甚。每看见它，总有一股莫名的冲动。妻笑我："人家是花痴，而你却爱草，怪……"女儿说："我爸的驼背，是从小割草背笼落下的病根。"我至今仍记得《汉语词典》里"艹"部的字有530多个，从简单的"艺"、"艾"到笔画在17个以上的"蘸"、"蘼"……没事总翻一遍，看都是什么意思。唐诗宋词中，有关草的我能背上30多首，从简单的"离离原上草"到比较哀伤的"一身乌色更招馋"……草就这样，况味一言难尽，却滋养了我的人生和思想。

  有时候也想，水是草的泪，不然它们为何都扎根地下；树是草之最，因为它们都向往蓝天白云。读书时看惠特曼的《草叶集》，欣赏"我要到林畔的河岸，脱去伪装，吮吸草的真味"；看鲁迅写"吃的是草，挤出的是牛奶、血"，我就血往上涌、脊背汗热……几十年前，我第一次听到《小草之歌》，是在一个风雨之夜，我走出门去，跑了古城的几十条大街小巷，彻夜不归地寻草。我知道，从那一刻起，我这一生就是草命了，光水哺育、装扮大地，随遇而安、无名来去，又不惧风雨……

重温河流

· 赖赛飞

　　山谷间的溪流是一段段奔放的旋律，平原乡野的小河则宜于入画，而且是静物的写生。河在肥沃的土地上缓缓流淌，不可察觉，两岸是茂盛的庄稼，时有微风吹来发出簌簌声响，深陷其中的河面却波平如镜。顺着河岸走，观察河流随意地拐弯、分汊、汇拢，仿佛看见一脉宁静的气息在自主蜿蜒。河流形成的渊源已不可考，脱不了人力所为，只是年代一旦久远，设计的痕迹被拭去，同样显现出自然主义的风格，不可思议，却一如既往的和谐。

　　乡村河流的概貌，站到高处才能纵览。仍不辨其所始所终，然而低回不已，勾勒出优美流畅的曲线，一股回肠荡气的感觉，只有在沙滩上写意差可比拟：手指轻轻划过，富有弹性的沙面立刻出现凹陷，沙粒纷纷向两侧翻涌，堆成柔软的沙障。这便是田野的小河岸，长满多汁的空心莲子草和野水芹，摇晃着红蓼的累累子实以及马兰的雪青色小圆花。三三两两的树丛在两岸如锦的花草上方点染出大团大团绿色浓雾，疏朗的地方犹如雾霭拆开，透出远方的蓝天白云，阳光跟着从中穿过闪闪烁烁。

　　我记起来，在自己村庄的小河边，从前还有较大的鸟类在高处筑巢，褐色的，随随便便搁在枝丫间，望上去一团糟。风吹过，摇摇欲坠，使人提心吊胆，唯恐覆巢之下无有完卵。可喜的是绝少掉下来。雨前尤其是雨后，鹁鸪在上鸣叫，"咕咕——咕咕——"，从胸腹部发出来，温软，濡湿，守在新生命身旁的母性才有的呓语，充满模糊的激动和满足。

　　此时此刻，树丛也是水淋淋的，虽然雨过天晴。一只狗从下方走过，风忽而摇落一蓬大而密的水滴，砸得它一溜烟蹿出，晃晃自己，地上留下长串水汪汪的花瓣状爪印。农田菜地的作物，显然比雨前更加饱满茂盛，积聚在上面的水珠，不断地滚落，迎着太阳折射出熠熠光芒，也使自个儿绿得似要滴出来。

很多次，我独自沉浸在雨意犹浓的鹁鸪声中，心中渴望母爱，软弱无力，好似刚从大缸里偷吃了一瓢还在酝酿的江米酒。一粒粒胀大的糯米形体完全，啜进嘴里软软的却没有骨头，味道甜蜜而忧伤，不知不觉醉倒缸脚。不过当时换成了门槛，长久跌坐在上面，一遍遍看着湿漉漉的万物，感受世界的重生，在每一次雨后。

新鲜的气息汹涌而来，饱含泥土的腥味。

一方水土养一方人，这一带的人除了种植，还不忘利用河流从事珍珠养殖。在车上就能看见公路边的小河里布满了绿绿白白的浮子。珍珠孕育于天意，曾经弥足珍贵。"还君明珠双泪垂"，负载着真挚的感情。以前采海珠的姑娘潜入冰冷的深海，在幽暗的礁石缝里将它寻寻觅觅，充满艰辛与危险。现在，并不深邃的乡村小河里，居然养出了大量的珍珠。

我家也养过珍珠，产珠的蚌密密麻麻悬挂在网兜里，被人用借腹生子的办法，塞满了珠坯。偶然的痛苦变成了必然，它看上去三缄其口。与人相比，珍珠蚌更加满腔块垒，而且无从借水浇灭。怀抱着痛苦长大，终有一日打开来，一肚子的珠玑。

然而珍珠只是河流的小小隐痛，大多数时候，静默的河流仍有其无限鲜活的快乐，这便是水下明明如画的水草。

小河淌水，水在流动，很温和，几乎叫人忽略。但河中的水草枝叶向着一个方向披靡，定睛看，透过薄薄的水体，能见证它们是在微微飘动。

这是一脉活水，它在原野上用最轻柔的方式漫步，不打算惊醒一花一草。

靠近岸边的水草中间，有时能看见栖止的虾，伸着纤长的触须，依着水草轻轻摇曳，似乎已进入梦乡。河鲫鱼在更深更远处，那里水草茂密，轻易不现身，但忍不住要吐泡泡"玩"，圆滚滚的气泡摇摇地上来一个，又一个，大泡下是大鱼，小泡下是小鱼。也有可能是只老甲鱼，拖着厚重的裙边，在幽幽的底泥里起身，准备悄悄爬上来。河岸边缀满了肥美的螺，令行动迟缓的它无限向往并且充满激情。

流淌在乡村流淌在我门前屋后的河流，曾经都是这样的。现在，重温旧梦。

苍茫云水已远去

·李 瑛

亲爱的读者，这里，让我把这本诗集送给你，我是把我所经历的八十多载沧桑岁月送给你，把我在如此漫长、复杂生活中的感悟和体验、浪漫与纯真送给你，它蕴含着我对往昔生活的观察、社会的思考，对种种经历际遇、人生事态的追问，以及我对大自然、艺术和美的理解。尽管可能是十分肤浅甚至可笑的，但我希望你们愿意倾听我的诉说，并和我交流。由于我所处的时代是一段极不平凡的岁月，它或会带给你们一些启迪和思索，因而也许就并非毫无意义了。

我1926年12月生在辽宁锦州，不久就被送回到河北东部丰润县一个凋敝的小村我的老家去，鸡鸣午夜，犬吠荒冢，度过了整整十年贫寒农家的苦难童年；读高小和中学的八年，是在附近唐山这座小城度过的，当时正值日本发动侵略战争，大片国土沦丧，我在此经历了八年悲愤屈辱的日子；好不容易盼来了抗战胜利，我考入北京大学，那四年又恰逢四年的解放战争，我是在边读书、边打工、边从事进步学生运动的紧张慌乱和激奋中度过的。在这20多个年头里，我既感受了旧社会农村的阶级压迫，又饱尝了异族侵略的亡国的痛苦，也经历了反抗暴政、追求解放的沸腾岁月的洗礼，这一切，都给我留下了终生刻骨铭心的记忆。

1949年初，北京解放，我大学毕业，便立即怀着"将革命进行到底"的决心，响应号召参军南下，有幸赶上了个推翻旧王朝的战争的尾巴；之后，又几次派赴朝鲜战场工作和采访，战后回到祖国，刚要过渴望已久的安定生活，又接连遭受了阵阵风雨，三次下放，直到十年浩劫结束，我已年届五十，大半生的黄金岁月就在这样难以想象的动荡中匆匆远去了，直到1978年迎来改革开放的历史新时期，才得以有了较为宽松的工作环境和正常的生活秩序。如今，发生在我身边的那些或困惑迷惘、或兴奋狂喜的一切，常使我浮想联翩、挥之不去。

我常想起和我一起从那个伤痕累累的年代走过来的亲人和朋友，有许多都已在不知不觉中怆然作古，即使有些人仍然健在，也都已白发满头、步履蹒跚了。

我常想起我这一生，除了兢兢业业地完成了自己的本职工作之外，还有什么呢？对国家，对社会，对家庭，在享受着一己人生小小的欢爱生活之外，我做了些什么、还能做些什么呢？我这一生，跌跌撞撞地走过来，哪些是正确的，哪些是错误的，回首望去，雪泥鸿爪，只留下一条深深浅浅的脚印，除此之外还有什么呢？恐怕只有太多的遗憾、愧悔和痛苦。差堪告慰的是，业余写下了一些记载心路历程的小诗，它们或许给我带来些许安慰和温暖。

我是从1942年16岁读中学时开始写诗的，从那之后，诗始终陪伴着我，我们一起睁大眼睛认真地生活，一起倾听，一起寻找，一起追求和成长。这之间，它折磨过我，伤害过我，也安慰过我，激励过我。几十年来在尽可能的情况下，我始终在业余坚持了对诗的探索和实践，直到今天。我爱诗并敬畏它，正像我尊重生活并敬畏它一样，这本书里的150首短诗就是其中的一部分。

这里，有在大时代的背景下，我对艰辛苦涩童年生活的回忆，有在迷茫与觉醒中向往光明、追求真理的青年奋进的身影，有在我逐渐进入老年时，观念、性格、习惯以及无论在生理上、心理上都已大大不同于前的对家国情怀的沉思，对社会世态、人间冷暖的体察，以及对万物生死轮替的毁灭性的变化、运动，这个世界本原的理解，那些血肉相连的亲人，那些肝胆相照的战友，甚至在梦中也总是一再记起。

我厌恶身边那些文明中的野蛮、掠夺和杀戮，我鄙视世俗中的欺诈、嫉妒和倾轧，我崇奉前人，更热爱来者，我惊喜于大自然为我们创造的这个世界这样神奇而美丽……

这里，我把我过去所写的那些抒情短诗收集起来，编在一起，它们不是写在同一时期，却都是各自独立的，它们记录了我从出生到年老整个生命的历史，展现了我一生的生活道路和艺术道路，具有明显的自传色彩，因而不妨请读者把它当成一个人的一本短诗形式的自传来读吧。

  对于诗，几十年来，我始终遵循自己的诗学主张和美学原则进行创作。我重视继承我国历代文化积淀的优秀传统，也不懈地研究和汲取西方艺术的精华，尝试探索，开拓创新。我的视野和心灵是开放的。我是用思想和心血来写作的。我致力于挖掘自己灵魂深层的一面，又希求表现出那些与人类关系最紧密的单纯、最本质的共性的一面，使诗既具美学价值又具生命价值，既具有浓郁的情感韵致，又闪烁着灿烂的思想光芒，力求传达出诗的思辨之深和诗艺之美。

  既然他们都是抒情短章，当然便不会像一部小说或影剧那样有一个完整的故事结构和曲折的情节，它们或者更像是一些情感的片段、思绪的碎影或心灵的跃动。但无论什么内容、什么主题，欢乐或痛苦，都是从我心底流出的真实的声音。抒情诗的要素，第一就是要求真情实感，完全排斥小说影剧的编织和虚构。它忠实地呈现了我的心灵世界，忠实地折射出时代的光影。

  人生像一条河，不舍昼夜的河水滔滔逝去了，只河床和两岸留了下来，至多也许还有些苔痕水迹，我的漫长一生中的许许多多的记忆和梦，还能从远去的苍茫云水中打捞出一些什么呢？

石榴落了一地

· 刘庆邦

我老家院子里有一棵石榴树，是我祖父亲手栽下的。祖父已下世50多年，石榴树至少也有50多岁了吧。几十年来，我家的房子已先后翻盖过三次，每次翻盖都不在原来的位置，不是往后坐，就是往西移。不动的是那棵石榴树，它始终坚守在原来的地方。石榴树成了我们兄弟姐妹对老家记忆的坐标，以坐标为依据，我们才能回忆起原来的房子门口在哪里，窗户在哪里。当然，石榴树带给我们的回忆还很多，恐怕比夏天开的花朵和秋天结的果子还要多。

自从母亲2003年初春去世后，我们家的房子就成了空房子，院子里的花草树木再也无人管理。好在石榴树是皮实的，有着很强的自理能力，它无须别人为它浇水，施肥，打药，一切顺乎自然，该发芽时发芽，该开花时开花，该结果时结果，什么都不耽误。我们家的石榴被称为铜皮子石榴。所谓铜皮子，是指石榴成熟后皮子呈铜黄色，还有一些泛红，胭脂红。而且，石榴的皮子比较薄，薄得似乎能看出石榴籽儿凸起的颗粒。把石榴掰开来看，里面的石榴籽儿满满当当，晶莹得像红宝石一样，真是喜人。我们家的石榴汁液饱满，甜而不酸，还未入口，已让人满口生津。小时候吃我们家的石榴，我从来不吐核儿，都是连核儿一块儿嚼碎了吃。石榴核儿的香，是一种特殊的内敛的清香，只有连核儿一块儿吃，才能品味到这种清香。

母亲知道我爱吃石榴，老人家在世时，每年把石榴摘下，都会挑几颗最大的留下来，包在棉花里，或埋在小麦芡子里，等我回家去吃。有一年，母亲从老家来北京，还特地给我捎了两颗石榴。石榴是耐放的果实，母亲捎给我的石榴，皮子虽说有些干了，但里面的石榴籽儿还是一咬一兜水，让人吃在嘴里，甜在心里。

院子的大门常年锁着，石榴成熟了，一直没人采摘，会是什么样子呢？2011年秋后的一天，我回到老家，掏出钥匙打开院子的大门，一进院子，就把忠于职守的石榴树看到了。那天下着秋雨，雨下得还不小，平房顶上探出的两根排水管下面形成了两道水柱，流得哗哗的。我没有马上进屋，站在雨地里，注目对石榴树看了一会儿。石榴树似乎也认出了我，仿佛在对我说：你回来了！我说：是的，我回来了！想到我以前回家，都是母亲跟我打招呼，而现在迎接我的只有这棵石榴树，我的双眼一下子涌满了泪水。我看到了，整棵石榴树被秋雨淋得湿漉漉的，像是沾满了游子的眼泪。石榴树的叶子差不多落完了，只有很少的几片叶子在雨点的拍打下簌簌抖动。石榴树的枝条无拘无束地伸展着，枝条上挂着一串串水晶样的水珠。我同时看到了，一些石榴还在树上挂着，只是石榴的皮子张开着，石榴已变成了一只只空壳。那些变成空壳的石榴让我联想起一种盛开的花朵，像什么花朵呢？对了，像玉兰花，玉兰花开放时，花朵才会这样大。不用说，这些空壳都是小鸟儿们造成的。有一些石榴成熟时会裂开，这为小鸟儿吃石榴籽儿提供了方便。就算大多数石榴不裂开，小鸟儿尖利的喙把石榴啄开也不是什么难事。不难想象，小鸟儿们互相转告了石榴成熟的信息，就争先恐后地飞到我们家院子里来了。它们当中有喜鹊、斑鸠、麻雀，还有一些不知名的小鸟儿。众鸟儿欢快地叫着，且吃且舞，如同举行一场盛大的宴会。它们对无人看管的石榴不是很爱惜，吃得不是很节约。有的把一颗石榴吃了一半，就不吃了。有的踩在石榴上玩耍，把石榴蹬得落在地上，就不管了。

往石榴树下看，落在地上的石榴更多，可以说是落了一地。石榴的皮都敞开着，可见都被小鸟儿吃过。那些铺陈在地上的石榴不是同一时间落下来的，因为有的石榴皮已经发黑，有的还新鲜着。所有新鲜的石榴皮里，都嵌有一些石榴籽儿。在雨水的浸泡下，那些玉红色的石榴籽儿没有马上变白变糟，在成窝儿的雨水的凸透作用下，似乎被放大了璀璨的效果。可以设想，这些石榴如及时采摘，恐怕装满两三竹篮不成问题。因无人采摘，只能任它们落在地上。在我为落地的石榴惋惜之时，又有一只喜鹊翩然飞来，落在石榴树上。喜鹊大概发现石榴树的主人回来了，似乎有些意外，并有些不好意思，把树枝一蹬，展翅飞走了。

第二天上午，雨停了。我拿起铁锨，开始清理落在地上的石榴。落在地上的不仅有石榴，还有枯叶。那些枯叶有大片的桐树叶、杨树叶，还有小片的椿树叶、槐树叶、竹叶和石榴叶等，至少积累有两三层。最下面的树叶已经发黑，腐烂；中间层的叶片尚且完整；最上面的石榴叶还是金黄的颜色。我家院子的地面没有用水泥打地坪，而是用一块块整砖铺成的。让我没想到的是，道道砖缝里竟长出了不少野菜，那些新生的野菜叶片肥肥的，碧绿碧绿的，跟几乎零落成泥的枯叶形成鲜明对照。那些厚厚的、软软的东西很好清理，我用铁锨贴着地面一铲，就铲起满满一锨。如把这些包括石榴、枯叶和野菜在内的东西集中在一起，会堆起不小的一堆。我把这些东西堆到哪里去呢？我想了想，就把它们堆在石榴树的根部吧。它们会变成腐殖土，会变成肥料，对保护石榴树的根是有利的。

我只在家里住了两天，就辞别石榴树，锁上院子的门，离开了老家。我确信，到了明年，石榴树会照常发芽，照常开花，照常结果。不管有没有人欣赏它，它光彩烁烁的红花仍然会开满一树。不管有没有人采摘石榴，它照样会结得硕果累累，压弯枝头。

风从海上来：

· 刘水清

　　风从海上来，从青岛的海，即墨的海，海阳的海，施施然刮来。从康有为、老舍、萧红在青岛住过的红瓦房顶上刮来，她漫过在黄海罗列的几个眉清目秀的岛子，慢慢刮上岸来。

　　风来时，北国的后屋檐下的积雪尚未全化，化冻的小径依旧泥泞。风在波平如镜的黄海皱起鱼鳞般的涟漪，海中的渔船个个就像醉汉一样在不停地摇晃，宛如春梦。

　　风把岭上的树刮得兴高采烈，神采飞扬，把柳树那一头乱发，吹得无所适从，一会俯首称臣，一会飞扬跋扈。风从岭上把麦苗像熨斗一样熨平，板板的麦田一望无垠，向着一个方向稍息立正，像一泓泓春水一样，一个漩涡透着一个漩涡，冷绿之中透着水绿。

　　风是多情的，面朝大海，春暖花开，她一会调皮地撩开正在锄地的农人那披了一冬的一角棉衣，逼迫汗津津的老农不得不把棉衣脱下，坐到田畔上小憩。过滤嘴香烟点起时，风把烟头吹得一会猩红，一会暗淡。农人的眼纹细密，眉目舒展。他默默地看着山麓下一群臃肿的黄牛，那些黄牛在蓝天白云下在习习风中云卷云舒，自由徜徉，不时抬起头来仰天长啸一声，响如春雷。

　　春天来了，在风的引诱下，从海上来了，夹杂着一丝丝淡淡的鱼腥味。太阳笑蔼蔼，春天有些声音，就像一头兽在丛林中窜来窜去，似乎哪里都在响。仔细谛听，这些声音，都是风制造的，风传播的。造船的叮当，汽笛的轰鸣，渔民抬网下海的号子，仿佛都比冬天来的清远辽阔，媚软悦耳，就连站在高高招虎山上的打樵人，都能听得到。

风刮着街门响，谁家刚过门的新媳妇，端着一撂衣服下河洗衣了。

河岸边蹲一列洗衣服的女人。她们都在侧着耳朵听着捂了一冬正在发酵的各式各样的传说。那些传说经风播种子一样从上游播到下游。

娘儿们在河边一字排开，说不完的知心话，掏不完的心窝子。风把她们的脸轻轻搽上了胭脂，一个个就像刚下蛋的母鸡，眉梢眼角都传着情带着俏，嘴一撇，我那口子，又上山养牛去了，把我和孩子撂在家里不管了。你那口子还好，每天都能下山看你，我那口子呢，养着一条船，洋里就是他的家，七八条汉子，没有个把月不回来一趟。

河边的女人都在谈论着自家男人，谋篇布局着未来，憧憬着未来，仿佛家家都有一个小九九，家家都有一个开门红，喜日子就像芝麻开花节节高。看看这些女人甘之如饴的笑靥吧，她们大胆谈论男人的笑声，惊动了正在一棵歪脖柳树上谈情说爱的花喜鹊，她们的喜悦由不用一钱买的春风挥洒着，比响晴湛蓝的春天还明亮还通透。这喜悦也传染了田畦中小憩的老农，他匆忙拿起锄来，又开始春天的耕耘。

山中有一种莫名的无可言状的隐隐约约的绿，这绿仿佛从海上泛上来，用春风灵巧的手指悄悄濡染着每一个角角落落。这些颜色，你可逐渐从嫩柳鹅黄的腰肢，燕子轻剪春水的倩影，羊羔比草还嫩的轻吟浅叫，山娃翻过山野狂奔学校的呐喊中一一找到。

穿透如烟

· 刘馨忆

推土机开走之后，傍晚的邛水河安静下来，河里落日的余晖更淡了。一小群麻鸭和几只大白鹅爬上岸来，抖掉身上的水珠，咕咕叫着，绕开我，自顾自地回家去。还有几丝云彩的天空映着河水，流动的波光中闪着秋后的凉意。对岸舒缓起伏的山在逆光中，有一种别样的深悠和静谧。我站在琴茹姐姐的背后，等她淘洗最后一篮花生。"哗哗"的水声里，带泥的花生在篮里相互碰撞，水流漫过，泥水晕染而去，篮里的花生露出饱满洁净的壳来……

"这是最后一批花生，你带些走。"琴茹姐姐一边洗一边说。每次去琴茹姐姐家，她总是热切地让我带走些农家自产的果实，她一边收拾，一边还总是说"瞧你们在城里过的是啥日子呢？可怜的。吃的哪样东西没有打农药？哪样肉不是饲料堆出来的？哪里有我这些自然生长的东西养人呢。"在琴茹姐姐质朴浓厚的关爱里，我春天带走蔬菜，夏天带走禽蛋，秋天来带瓜果。索取着琴茹姐姐太多的爱，却不知如何来报答她。站在琴茹姐姐身后，时时会有一种恍惚，就像母亲还在某处，并不曾离去。

琴茹姐姐的家就在河边不远，有一条沙土小路穿过篱笆墙拦着的菜园，直达琴茹姐姐家的侧门。洗完花生，我们就从这小路回家去。我和琴茹姐姐各自挎着一个大篮子，寂寂地走在沙土路上。沙土路软软的，走上去几乎没有声音。她家的狗远远地就摇着尾巴，迎着我们一路小跑过来。小路两边的篱笆墙上、她家被推倒一半的围墙上，爬满壮实的瓜藤，南瓜尖上毛扎扎的触须正尽力向外延伸，寻找着抓手；肥厚的叶子密密地挤着，满墙都是深深的碧绿，金色的喇叭状花朵灿烂地开着。虽然入秋有一阵子了，琴茹姐姐家的南瓜花事显然还正浓。走在路上，不时会碰到南瓜尖上极有粘度的长长触须。

在城市的扩建中，有一条即将开工的滨江大道要从琴茹姐姐家旁边通过。村里大多数要拆迁的房子已经被推倒了，在砖块瓦砾中，风带来了种子，又长出了不少植物。筹建中的滨江公园也快开工了，邻居们大都已搬走，住进了安置的楼房，成了新的城市人。地里的农活不用再干，家禽家畜自然也不能再饲养，年轻人欢天喜地而去，有点年纪的人心里却开始空落起来。不时有人返回来，并没有特别的事要做，只是在或已推倒或还站立的老屋前站一会儿，到曾经的地里去走一走，然后到最后的住户琴茹姐姐家来坐一坐，说说话。

每来一个人，琴茹姐姐心里就欢喜一阵；走了，却又多了一份心事。琴茹姐姐家也要搬了，已经到了最后的期限，却还不知道要把养了十几年的狗送到哪里，而那一小群麻鸭产蛋产得正欢，她真舍不得让它们成为别人的桌上菜。那南瓜也一朵朵地开着花，藤上从大到小排列着一个个南瓜。有的深绿里泛黄，快成老南瓜了；有的还只是拳头大；有的嫩得连花蒂都还没掉。要是等到了冬天，藤枯叶干的时候，经过霜打过，南瓜黄里透着红，再摘下来，可以放到次年的冬天，南瓜的那个甜可以甜到心坎里。

我从豁开的围墙走出去，在空坝里溜达。这个临水的村子依然美丽，原来是房子的地方长满了南瓜和草本植物。过沟越坎，偶尔碰到一棵小树苗，一堆矮灌木，再攀缘而上，把琴茹姐姐家旁边一大片瓦砾地覆盖得严严实实，荷叶一样高高举着圆圆的叶子，把一些小树压得弯了腰。

要是邻居还没搬走，是不会允许瓜藤这样疯长的。南瓜尖常常在夏秋之季被掐掉，让瓜藤憋着劲长南瓜。所以小时候我常吃的一道美味，就是母亲做的上汤南瓜尖或小米椒炒南瓜尖。母亲还把南瓜花一并掐了，嫩嫩的南瓜尖与黄色的花朵炒在一起，油汪碧亮的，诱人得很。一走到家门前的那条青石板铺成的小路，就能嗅到炒南瓜尖的清香。路的两边也是篱笆墙，墙上爬满了扁豆和南瓜，星光般的紫色花和黄灿灿的花朵满墙飞舞。

看着眼前这一片开满花的南瓜，美味的记忆和诱惑立刻被唤醒。我不由伸出手掐起了南瓜尖。我一直不明白为什么南瓜花也掐来炒了，花是要结南瓜的。我一边掐，一边仔细地一朵朵辨识，发现有一些花是只开花不结瓜的，它们与结了瓜的花蕊结构并不一样，惊讶之余也敬佩自然界的神奇和缜密。琴茹姐姐在院墙的豁口处叫我，我捧着一大把南瓜尖，要求琴茹姐姐炒一个童年的菜吃。

  天色暗下来，寂静的村子里秋虫唧唧，似乎有淡淡的雾气升起，河面上隐约有一层轻烟。透过这朦胧，突然觉得，生活就像这河，本就在不止息地流淌着。今日告别了这如烟的老家，人们一定会发现，前面还有清晰、明亮的生活等着。那时候，他们不能割舍的，又会是什么呢？

天 香

· 刘醒龙

　　一座山从云缝里落下来，是否因为在天边浪荡太久，像那总是忘了家的男人，突然怀念藏在肋骨间的温柔？
　　一条河从山那边窜过来，抑或缘于野地风情太多，像那时常向往旷世姻缘的女子，终于明白一块石头的浪漫？
　　山与水的汇合，没有不是天设地造的。
　　在怡情的二郎小城，山野雄壮，水纯长远，黑夜里天空星月对照，大白天地上花露互映。每一草，每一木，或落叶飘然，或嫩芽初上，来得自然，去得自然，欲走还留的前后顾盼同样自然。
　　小雨打湿青瓦人家，晨曦润透石径小街。都十二月了，北方冰雪的气息，早已悬在高高的后山上，只需心里轻轻一个哆嗦，就会崩塌而下。小街用一棵树来表达自身的散漫和不经意，毫不理睬南边的前山，挡住了在更南边驻足不前的温情。
　　一棵树的情怀，不必说春时夏日秋季，即便是瑟瑟隆冬，也能尽量长久地留下这身后岁月的清清扬扬，袅袅婷婷。细小的岩燕，贴着树梢飘然而过，也要惊心一动，被那翅膀下的玲珑风，摇摇晃晃好一阵。当一匹驮马或者一头耕牛重重地走近，树叶树枝和裸露在地表外的树根，全都怔住了！深感惊诧的反而是鼻息轰隆的壮牛，以及将尾巴上下左右摇摆不定的马儿。
　　山水有情处，天地对饮时。一棵树为什么要将那尊沧桑青石独拥怀中？若非美人暗自饮了半盏，趁那男人半立之际，碎步上前，将云水般的腰肢与胸脯，悄然粘贴身后，临街诉说心中苦情，有谁敢如此放肆？乾坤颠倒，阴阳转折，将万种柔情之躯暂且化为一段金刚木，做了亿万年才炼就强硬之石的依靠！一如江湖汉子走失了雄心，望灯火而迷茫，将离家最近的青石街，当成天涯不归之路，饮尽了腰间酒囊，与数年沉重一起凝结街头，在渴求中得幸久违之柔情，再铸琴心剑胆。

树已微醺，石也微醺。

微醺的还有那泉，那水，那云，那雾……

所谓赤水，正是那种醉到骨头，还将一份红颜招摇于市。只是做了一条河，便一步三摇，撞上高入云端的绝壁，再三弯九绕，好不容易找到大岭雄峰的某个断裂之缝，抱头闭眼撞将进去，倾情一泄。有轰鸣，但无浑浊，很清静，却不寂寥。狂放过后是沉潜，激越之下有灵动。在天性的挥霍之下，桃花源一样的平淡无奇，忽然有了古盐道，以及古盐道上车马舟楫载来的醉生梦死，萧萧骊歌。

所谓郎泉，无外乎将人生陶醉，暂借给潜藏在亿万年的岩层中，那些无从打扰的比普通水还要普通之水。这样的泉水，看得见红茅草和白茅草的根须，年复一年，竭尽所能地向最深处，送去一颗颗针鼻大小的水滴。只是不知这些年，又有了多少草根的汗珠！相同道理，这泉水少不了清瘦黄花，冷艳梅花在爱恋与伤情中，反复落下的泪珠。任谁都会记得其中多少，只是无人愿意再忆伤情抑或残梦重温。在有诗性的白垩纪窖藏过，再苦的东西，也会香醇动人。

流眉懒画，吟眸半醒。

临水泛觞，与天同醉。

似轻薄低浅的云，竟然千万年不离不弃！

分明貌合神离的雾，却这般千万年有情有义！

云在最高的山顶苔藓上挂着，雾在最低的河谷沙粒上歇着。一缕轻烟，上拉着云，下牵着雾，一时间淡淡地掩蔽所有山水草木，仿佛是那把盏交杯之性情羞涩。还是一缕轻烟，上挥舞着云，下鞭挞着雾，顷刻间酽酽然翻滚全部悬崖深壑，宛若那鸿门舞剑之酒肉虎狼。淡淡的是淡淡的醇香，酽酽的是酽酽的醇香。淡淡之时，一朵梅花张开两片花瓣，如同云的翅膀，酽酽之时，两朵梅花张开一片花瓣，仿佛雾的羽翼。偶尔，还能听到一块石头尖叫着，从梅的花蕾花瓣堆成山，也高攀不上的地方跳出来，夸张了一通，然后半梦半醒地躺在野地里。让人实难相信，世上真有不胜酒力的石头？

是往日珊瑚石，还是今日珊瑚花？映着幽幽意，从山那边古典地穿越过来，又穿越到山那边的二郎小城。

是一只岩燕，还是一群岩燕？带着剪剪风，从云缝里丝绸般落下来，又落在云缝里的二郎小城中。

山水酿青郎，云雾藏红花。山和水的殊途同归，云与雾的天作之合，注定要成就一场人间美妙。舒展如云，神秘像雾，醇厚比山，绵长似水。谁能解得这使人心醉的万种风情、一样天香？

有柳依然：

· 孟德明

但凡熟悉的事物，很容易为我们忽视；但凡身边的事物，往往还未被我们珍惜。多年后，每每踏上这个村子的土地，我的嘴边总会涌出这样的语句——待我走出村子，读过些书本，增长几岁年龄后，我便渐渐地知道，这个生我养我的僻静村子并不孤单，它与一个个村子，像星星样洒落在冀中大地，构成平原独具的景致。

我坚信，在时间里，沿着村头那些柳树的足迹往上探寻，总能找到它与各种柳的汇合处。这样的感觉最初是由《诗经》的文字打开，以后便日渐清晰起来。我很是感念这部书，是它让我孤寂的心得以安稳，让我漂泊的思绪有了依靠。多年来，我一直在翻阅它，与它对语。我总能在阅读里看到祖先劳作的身影，倾听到他们交流的语言。我走近了他们，也渐渐地认清了自我。翻看历史的书页，我们都是有些来头的，会为此而自足自信。我首先想到了早于村子生存在这里的柳，多少年来，柳，始终忠诚地围绕着村子。我想沿着柳的走向逆行，感知从前我们共同的时光。

尽管处在冀中平原上，说来，以前我们这个村子也算偏僻的。人们去8里外的镇子上，要七拐八转，还要绕过一条很宽的渠，这渠无水或者冬天还好，一有水波漂荡，就得绕上更远的道了。最艰难的还是村上的路，这里处于永定河故道流域，据说从前是泄洪区，上游连年的泥沙夹带在河水中冲淤，一年年将沙土都汇集在这里，层层叠叠，使这里原本多为淀塘水草的地势逐渐被垫高连片了。故而这里都是很窄很软的沙土路，步行得费些脚力，骑车时轮子又会让厚厚淤积的沙土纠缠不休地绊着不肯前行。也因为这些，幼年的我很少走出村子。常常地，我总是沿着村子周围的柳树走下去，我喜欢久久地仰望着柳树的树尖发呆的状态。我感觉村子几近孤岛，我无法知晓外面的世界，只能用不太真切的想象来作填充，外面的一切，对我来说很是充满魅力。更多的时候，我会抬起头，看那柳树树梢与蓝天白云交接处，树叶的碧绿与天空的湛蓝得到很好的交融，这该是给予一个孩子最好的引领想象的方式。一度，我也是怨愤这些柳树的，我责问它们为什么要长在这样偏远的土地上，一如我的不太长远的脚步，在随处的小路上走着，悄然无声。

　　走出村子多年后，在岁月里，在经历中，我渐渐感觉了村庄的魅力。那天，我回家乡，看望至今还坚持生活于那片土地的父母。未进村子，远远地我就见到了厮守村口的几棵柳树。我赶紧停下车，在妻儿的疑虑中走了过去，我要在这里停留一会儿。此时，村子里是寂静的，我沿着柳树走下去，踩在松软泥土上的脚步发出窸窣声，这声音只有我与土地能够听到。还有的，就是我的心跳，它在撞击我的不泯情怀。在岁月的磨砺下，柳树终究是有些苍老了，有的树皮斑驳，有的树干出现了黑黢黢的大洞，就有鸟儿出没。然而，总有一些嫩枝吐绿，即使那看似树干干枯的树，也依然有几枝柳条绽出青翠的叶子。有叶萌生绿意，树便不朽。它们依然随春萌绿，随秋飘叶，它依然那样厮守着季节。

　　其实，让岁月洗淋着的又何止是柳树，自然还有人。我一步一步地走在树边，真的还能听到往日儿时的笑声吗？有，依稀是那淡化了的时日；无，则是逝去了便已不同的身影。

　　就是这样的村子，也有不安静的时候，有对于树木生长的扰乱。记得当年村上为迎合上边倡导的运动，便乱砍滥伐树木，说是向林子要口粮。一时间一些人纷纷拿起了斧头，寒光闪闪地挥舞着砍向柳树的根部，久远的"坎坎伐檀"声已再不是悦耳的号子，惊扰的是人们多年的生活秩序与依赖，他们叹息着，望着柳树被剥开的部位木屑飞舞，流着血痕。庆幸的是，它的根脉没断，这就是不息的生命形式。村子也如它身边的柳感知着时世的变化，待消停些了，人们看到，它们在渠埂处，在小路边依旧存活着，便有了今天依然的柳树郁郁滴翠。

　　有泥土的地方就会有繁盛，就会有生生不息的人群。小村不寂寞，我们会在《诗经》里找到它的根脉，延传至今的柳依然生长在村边。在季节里，柳是翠绿的，应和着"有菀者柳"的柔媚；也如《古诗十九首》的柳郁郁在园中，又鲜活地应和着唐代贺知章的诗句，才见春光便"万条垂下绿丝绦"。自然，村子也是有故事的，它也如《诗经》里那采薇的女子，懂得抒发缱绻情思。村子上若有个后生走出去，将要离开村子，寻找外面的世界，一准会牵动哪个女子的心弦，她会站在村头，久久地沉默与凝望，双手抚弄着柳枝，演绎着"杨柳依依"的一幕。

　　眼下，我的心早已回到村子，想去看看柳树装扮的村景。

从心里走过

· 裘山山

第一次感受到文字的神奇，是在少年时代。记得是12岁那年的夏天，有一天我突然很想去游泳，可是妈妈规定不能一个人去，要有伴儿。去约我们班一个女生偏偏不在家，她妈妈告诉我，她下午要去舅舅家，可能去不了。我抱着一线希望给她留了个纸条，大意是说，这么热的天，一头扎进凉凉的泳池里多好啊，听着知了在树上叫，比赛谁憋气的时间长，痛痛快快地玩儿一下午……刚吃过午饭，女同学就带着泳衣兴冲冲来找我。我喜出望外，说你不是要去舅舅家吗？她说，我看了你写的纸条马上就动心了，明天再去舅舅家。

这是我第一次体会到文字的神奇。原来文字是可以改变人想法的。

后来上了大学，又做了文学编辑，日日与文字纠缠，并开始写作，越是接近文字便越是敬畏。虽然常常感到"词不达意"，恨自己没有"力透纸背"的功力，写不出那种振聋发聩直击灵魂的大作，但有一点我始终坚持着，就是诚恳的写作态度，不哗众取宠，不故弄玄虚，也不为赋新诗强说愁。因为我相信，老老实实地写，用心写，那文字，总会与某一颗心相遇。

忘了是哪一年，我写了一篇随笔《城里的树》，对城里人不但不爱护自己的树，还把乡村大树移进城里的做法深感不满。当然写过便放下了。不想前年去部队采访，一位曾与我同在机关工作的少将对我说，你知道吗，那一年胡主任看了你写的《城里的树》，马上打电话把我叫去（他当时是管理处长），他说，你看看，作家都写文章批评我们了，说我们不爱惜树，你们还不赶快改正？

胡主任说的是这段文字：

在我上班的路上，有一棵树，是香樟。它的脚下不知何时被人们抹上了水泥，可能是为了平整路面。但抹水泥的人竟一直把水泥抹到了它的脚底下，紧贴着树干，一点空隙也不给它留，好像它是根电杆。每次我从那里过，都感到呼吸困难，很想拿把镐头把它脚下的水泥凿开，让它脚下的泥土能见到阳光，能吸收水分。不过让我钦佩的是，这棵香樟树竟然没有被憋死，一年四季都绿在路上。也许它知道它是那条路上唯一的树，责任重大。每每看到它，我都内疚不安，我帮不了它，却享受着它的绿荫。

让我意外的是，这位胡主任从来不是个细腻柔情的人，作为一位曾经驻守西藏边关几十年的军人，他刚硬甚至有些粗暴。但却被这么一篇小小的文章打动。这位当年的管理处长接了指示，立即派人去找到那棵树，把那树下的水泥凿开，给它以通畅的呼吸和雨露。而我因为搬出了大院，没再去关注这棵树。时隔多年听到这个故事，心里半是欣慰半是惊异。原来这篇小文章，竟救了一棵树。

同样发生在我们政治部的，还有另一件有意思的事。大约四年前，我写了一篇《会议合影》，对时下所有会议都要合影这样一个做法感到不满，觉得它既劳民伤财又毫无意义。在文章里我对此事冷嘲热讽一番。文章发出后被我们政治部吴主任看到了，让我意外的是，他不但没恼，反而很欣赏。也许他虽贵为将军，也与我有同样体会？

三年之后他调走了，机关欢送他，照例要合影。当大家站到架子上等更大的领导来合影时，吴主任笑说，你们先下来吧，站在上面又累又晒，裘山山早就替你们发过牢骚了。有同事把这事告诉我，我很开心。只有千把字的小文又发挥作用了。虽然作用很小，但至少，它替很多人说了心里话。敢于说出不满，也许是改变不满的开始。

但有些读者与我作品之间的故事，不但不能让我欣慰，反会让我紧张不安。一个女友看了我的《拉萨童话》而决定去盲童学校做志愿者，一位军校生因为看了《我在天堂等你》而选择进藏，等等。我怕他们在作出决定后后悔，在遇到挫折后后悔，或者现实让他们失望他们却无力回头。每每这种时候我就扪心自问，在写这些作品时，是否真诚？回答是肯定的。我的每一部每一篇作品，都是以诚恳之态度写出。遂心安。

每一位作家都能说出很多自己的作品与读者之间的故事。我不知道他们是怎样的感受。在我，每每得知有人因为我的作品受到启发，我都会在感受到文字的神奇的同时，更加敬畏文字，或者说，更加谨慎地对待文字。

如今，网络的普及，QQ、论坛、短信以及微博的兴盛，让文字的表达变得越来越便捷了。只要认识个三两千字，都可以用文字来表达自己的心情和看法，并借助媒体平台传播开来，或者与人沟通。文字不再是少数人的表达工具。这时你会发现，不管写作者是专业人士还是非专业人士，能真正被人们喜爱乃至能四下里流传的，依然是那些真诚的文字。

于是我再次告诫自己，永远都不要肆意挥霍你认识的那些字，永远都不要随意处置你熟悉的那些字，永远都先让文字从心里过一遍，再问世。

向晚雅静：

·汤世杰

果真是天眼犀利天机锐敏，无时不能洞察俗世之人刚刚萌动的那点凡念？要不那几天怎么我刚刚想到些事，就频频有人事接踵而至，仿佛是受上苍指派，特来为我那点浅薄心思做个佐证？先是想起一年前在长江口看到的那片湿地，及几位师长朋友，心中已自翻腾；随后看到几则《白鹿原》拍电影的消息，一时兴起，顺手便给忠实发了个短信。不一会儿忠实打电话来，隔着千山万水聊了几句电影，他说，不知你最近怎么样，我现在反正是哪里都不去，就在家呆着，读读书，写写字，想想事。我一惊，说呵呵我也是啊！料想那时的忠实或就像白鹿原上的一位老者，任指间那支他几不离手的咸阳雪茄化作缕缕青烟飘散，只顾望着莽莽苍苍的原上想心思吧？至此，早就在脑子里翻来覆去想着的"向晚雅静"一语终于圆润成果，差可与师友一起共享品尝。很想跟忠实聊聊去年夏天在长江口看到那片湿地时，一阵恍惚后便悄然遁入的那种沉实的雅静，终怕电话打得太长，只好不舍地挂断，心绪却再也停不下来。

那个夏日，或许注定我会在长江口亲睹一条大江历经几千公里奔行汇入大海时无声的壮阔。说起来，老友金雨时当初邀我去上海看世博会怎么都只是个由头，见面叙谈叙谈多年情谊，得空再去拜望几位师长朋友倒是真。情义如酒，藏久弥香。相识多年，从壮阔三峡初聚同享江天月夜，到云雾庐山再会共赴苍茫云水，直到半载京郊小住看满山红叶，几日香格里拉同游赏梅里神峰，一缕相知与牵挂串起的 20 余年岁月既转瞬即逝，又分分秒秒尽在眼前。他知我心。头天到，翌日上午便应我之意，让人送我去看望钱谷融先生，回来后又问我还想去哪里。那一问还把我给问住了。久在边地终成山人，总嫌红尘太深闹市太喧美食太腻美人太媚，找个地方静静地说会儿话，领略领略师长友人的襟怀风采就好。可雨时的神情分明在问：来趟上海当真哪里都不去？骤然想起去时在飞机上随手翻过一本杂志，三两幅照片几小行文字，说的是长江入海口有片东滩湿地，目光一下就盯在那里：打小在长江边戏水玩沙长大，从三峡口江花帆影叠映的懵懂少年，到金沙江边水激浪遏奔涌的多思成年，直到风静水平闲散的澹泊壮年，无时不想前往探访长江源头，或去长江口一睹大江入海时苍茫的雄阔，阴差阳错，总难成行，又总不甘。不改的痴心，或会让好梦成真？便告，方便的话去去东滩湿地看看吧，听说在崇明岛。雨时一愣：听倒是听说过，怎么去我得打听打听——不瞒你说，我也没去过。

难为雨时，不日便成行。清早从市区出发，眼前一幢幢耸立云天的高楼飞驰而过，我方向莫辨。穿过江底隧道，渐至车少人稀；进入崇明岛，先去崇明森林公园逛了一圈——看惯了高原的苍茫老林，人工营造的森林公园绿得发亮，于我仍像小孩儿玩过家家；然后便直奔东滩。沪上7月酷暑燠热，倒有阵阵幽绿与清风扑面而来。终于到了，一辆电瓶车带我们穿行于无尽的苇丛荷塘，几分钟后，便悠然可见一片田野风光。及至一座仿古木构观景台伫立眼前，拾级而上，世界便突然变得阔大松弛，清亮通透，连呼吸也在瞬间变得自由舒展。苇浪连天碧，荷箭映地红！红红绿绿间，大片大片的水域清明如镜，照得见朵朵浮云。极目处不见任何人工建筑物。大海在远处，涛声亦在远处。偶有一群白鹭或是白鹳不知从哪里腾空跃起，舒缓盘旋，尔后又翩然远去，让湿地那片巨大、寂静的空间陡然变得灵动、盎然，生机勃勃！想想，那是中国最长最长的大江长江的出口，长江三角洲的尽头。那样壮阔的湿地景色，多年前我曾有幸在多瑙河三角洲见识过一次，这次却是在上海，在崇明，在东滩。

所谓"三角洲"，无非大江大河入海前最后的行程，怎么说那都是生命的尽头，再往前，就不是江、河，而是大海了。当一条浩荡大江瞬间遁形于无，成就那片阔大的湿地时，它自身到底是在还是不在？那与另一个问题一样，让我从多瑙河三角洲一直纠结到如今：奔腾如许的一条大江尚且如此，渺小如人者又如何？生命的归宿何在，晚景又该是何等情状？其时寂静无边。时空无限。倘将眼前那片三角洲湿地，当作一位历经山高水寒，从青藏高原步步行来，早已阅尽人间风雨的耄耋老人，此刻他是在江口海边安然歇息，还是在静默中沉思？直面东滩的寂静，怎能想象长江在虎跳峡的跌宕与喧腾，理会它在三峡里的湍急与浩荡？曾经的冲杀突围、千回百转、奔涌喧腾、一泻千里都成过往，激越后的沉淀一如沉思，水波不兴，悄无声息；一听是寂静，再听也是寂静，却越发清亮越发透彻。细听，也正因了那寂静，不惟仍能隐约听见它平匀沉稳的呼吸，也能听见铺天盖地的芦苇、水草轻吟般的拔节，甚而水鸟的振翅、鱼虫的潜游……

这么说来，大江直到那时或也并非一无作为。先自携万里江山百代盛衰林林总总地沉积成那片沙洲，尔后更将身子整个儿地敞开，自然地袒露于天地之间，昼接阳光，夜披月辉，以它无语的丰沃、无声的慷慨滋润万物，任凭草生草长，鸟飞鸟落。生命最后的供奉，恰在那样的雅静无为中进行；湿地既是一片自然景观，又是一道人文精神境界：拦截污浊，蓄水固土，涵养水质，减少流失，保护生态，难怪有"大地之肾"之誉！甚至，几乎所有的三角洲，都孕育出了这个星球上最为灿烂的文明：古埃及文明孕育于尼罗河三角洲，印度文明与恒河三角洲密切相关……倘说相对于我们广袤的国土，那样的湿地不是太多而是太少，上海有一片正是幸运：一个大都市，哪能只有光鲜的新天地喧闹的南京路？也该有可让人休憩怡悦的景致，有叫人想吟咏《渔歌子》的所在；那么，人世间的"湿地"恐怕就更少也更珍贵。而我，则有幸见识过几处那样的风景。

多年前与钱谷融先生相识，后也曾在昆明两度见过先生，一晃十多年，开门时钱先生竟还能说出内子的名字，让我大为惊讶。终于得见众多学人描述过的那间狭窄又宽阔的书房，到处是书，我只能侧身从书的山梁谷间穿过，落座于一个四周都是书的旧沙发。环顾四周，料想也只有钱先生自己才能从那样的拥挤、零乱与芜杂中，找到他心中秘存的阅读秩序，寻到与他思索对应的历史佐证——或许那就是人世间的一片"湿地"？人已90开外，依然精神矍铄，交谈间不时有燧光石火闪现，映亮我的思绪。先生的"述而不作"早成学界佳话，晚年他很少为所带学生正经讲课，无非师生共聚于那间书房，品茶闲聊而已。还别说时下流行的什么上电视讲四书五经，托人评个什么奖当个评委之类的现代"作为"，就连他数十年思索的成果，也是经弟子们一再催促方才编就。其实也非全然不"作"，而是少"作"，一"作"便石破天惊。上世纪50年代，一篇《论"文学是人学"》在文界引发轩然大波；钱先生自嘲那全出于他的"疏懒",其实该是早就深悟文化须"养",文人该"散淡"、该"闲"之理:齐白石终生梦想"作个闲人",张充和也有一方清人赵穆所制"作个闲人"的印章,"襟怀无著处,寻梦到梅花"。

也想起白桦先生,听说那几天他小恙住院,想去看他却未能成行。前几年他到滇南重访他拾得山间铃响的旧时马帮地,聊天时我问他如今忙些什么,他说这些年凡老友相聚,我祝酒时都说:祝你不再写长篇!遥想当年,白桦先生以他的青春与才华,倚马千言,奉献出多少脍炙人口的佳作!而人生有时,术业无止,当老之将至,给自己一个合适定位最是要紧。曹孟德所谓"老骥伏枥,志在千里"固然壮美,可老了老了依然闲不住,以为天下惟我有才,奔跑蹿跳,到了也就落个心劳力拙,空疏俗滥而已。毕竟一人一时代,任谁都不必逞强斗能,做点自己想做也能做的事,为生命添点静雅方是正经。

其实雅静并非无为,甚至"懒惰"。比如雨时兄,先前做小说、传记做得风生水起,如今到一家独立研究院做点建筑文化研究,倒蛮对路,也蛮有意思。关键或在能否舍弃奢欲。庄子谓"其耆欲深者,其天机浅。""天机"对应的正是"心机"。心机太盛甚或心机算尽者,天机自被堵死。人生晚来之美,美在忠于内心,天机由是或反倒更深。即便才高八斗,自信有能力穿行在宇宙无边无际的黑暗空间者,仍该双膝跪下,祈求"天机"之不弃。领衔雨时兄做事的那家研究院的张永岳先生,也曾有过在学界与市场叱咤风云的日子,如今年近六旬,虽慕名来求者众,也只静心带三两学生,做点学问,日子过得静雅、舒心,却愈发有深度。初到上海当晚,小聚后回到住处,初识方几个时辰的张永岳先生,竟发给我一条短信:"没有独立的健全的知识分子人格,便不能……"人格即心境与操守。有此则无论身在何处,天机依然。恰如新世纪音乐家雅尼所说,灵感与地点无关:"你不必在高山之巅俯瞰风景,也无需在草地上久坐。"他甚至"最钟情于黑暗":"我有很多作品都是在地下室完成的。那里没有窗户,很暗,也很静。灵感总能到来。"小说家麦家也说:"人最好是平平静静的,不为所动,内心有一个真正爱的东西。"所谓真爱,当既不是名也不是利,而是一种境界。"一个作家在他的书中必须像上帝在宇宙中,既无处不在又无迹可寻。"福楼拜如是说。其实也不止作家,不止在书中,人生向晚都该如此,就像那片湿地。

记得站在东滩湿地那个观景台上时，有风徐徐吹来，说不清那是来自红尘鼎沸的上海，还是波涛翻涌的海上，人被吹得清明舒爽。大自然总给人以启示。或许我在钱谷融先生的书房里，在白桦先生的话语中，在雨时供职的那个独立研究院里，在张永岳先生发给我的那个短信中，在陈忠实打来的电话里体会到的清雅、宁静与温润，就像那天我曾身在其中的那片巨大湿地，绝不只是一道景观，更是一种品格，一种生命的存在方式。记得返回时眼见东滩湿地已渐在身后，但由苍绿、清新、阔大的东滩湿地引发的思索却如连天苇浪，至今仍在我脑子里翻腾起伏，波漾回旋，如同一群精灵般的白鹭……

瓦：

· 王剑冰

瓦是屋子上面的田地，一垄一垄，长满了我的怀想，离开好久了，怀想还在上面摇曳着。

我不能进入瓦的内部，不知道瓦为什么是那种颜色。在中原，最黄最黄的土烧成的瓦，也还是瓦的颜色。

瓦完成了我们的先人对于土与火的最本质的认知。

当你对瓦有了依赖的时候，你便对它有了敬畏。在高处看，瓦是一本打开的书。我拆过瓦，屋顶搭下来的长板上，瓦像流水一样滑落，手不敢怠慢，一块块像码字样将它们码在一起。

屋子一直在漏。雨从瓦的缝上淌下来，娘要上到屋子上面去，娘说，我上去看看，肯定是瓦的事。雨下了一个星期了，城外已成泽国，人们涌到城里，挤满了街道的屋檐和学校走廊，后来学校也停课了，水漫进了院子。我说娘你要小心。娘哗哗地踏着积水走到房基角，从一个墙头上到房上去。我站在屋子里，看到一片瓦在移动，又一片瓦动过之后，屋子里的"雨"停止了，那一刻我感到了瓦的力量。

鳞是鱼的瓦，甲是兵的瓦，云是天的瓦，娘是我们家的瓦。

风撞在瓦上，跌跌撞撞地发出怪怪的声音。那是风与瓦语言上的障碍。风改变不了瓦的方向，风只能改变自己。瓦的翅膀在晚间巨大的空间飞翔。

屋不嫌瓦丑，屋子实在支撑不住了，将瓦卸下，做好下面的东西再将卸下的瓦盖上去。瓦是最慢的事物，从第一片瓦盖上屋顶起，瓦就一直保持了它的形态，到机器瓦的出现，已经过去了两千年时光。

我一直不知道由土而成为瓦，是物理变化还是化学变化，叫做瓦的物质，竟然那么坚硬，能够抵挡上百年岁月。瓦最终从颓朽的屋顶上滑落，在地上落成一抔土，那土便又回到田地去，重新培养一株小苗。瓦的意义合并着物理和化学双重的意义。

在人们走入钢筋水泥的生活前，瓦坚持了很久，瓦最终受到了史无前例的伤害。

一个孤寡老人走了，仅有的财产是茅屋旁的一堆瓦，那是他多年的积蓄，每捡回一片较为完整的瓦，他都要摆放在那里，他对瓦有着什么情结或是寄望？他走了，那堆瓦还在那里等着他，瓦知道老人的心思。

邻家在瓦上焙鸡胗，瓦的温度在上升，鸡胗的香味浮上来，钻进我的嗅觉，我的胃里发出阵阵声响，鸡胗越发黄了起来，而瓦却没有改变颜色。瓦的忍耐力很强。

下雨了，我顶着一片瓦跑回家去，雨在地上冒起了泡泡，那片瓦给了我巨大的信心，我快速地跑着，我的头上起了白烟，闪电闪在身后。

瓦藏在草中。一坡萎顿又复生的草，一片不再完整的瓦，不知道谁将它遗失，它一定承受过很长的岁月，没有可去处，不在这里又会去哪里呢？草里埋着各种形态的瓦。这是一个废墟。我看到了瓦下面的时光、欢乐甚至痛苦。

一片瓦在湖上飞。水上起了波澜，波澜变成花朵，瓦沉在花朵下面，等待重新开花。

一条狗衔着一片瓦跑过来。不知道狗对这片瓦有什么情愫，难道它认得这瓦或这瓦的主人？

我不知道瓦的发音是如何出现的。瓦——，我感到那般亲切。好久听不到这种亲切了，或以后愈加听不到这种亲切了。

春天的消息

· 王金保

春的消息，是草根按捺不住，最先透露给人们的。山坡洼里，山石，土，野草们，浑身都暖洋洋的。

土，已经醒过来了，松活一下身子，打开所有的毛孔，嗅着那久违的气息。那些血液一般珍贵的水分也不再矜持，期待着新生命来亲近它们。一阵踢踏的脚步，踩在土地的痒处，是一位勤劳的乡亲，扛着镐头，走进田塍。一只狗，摇摇尾巴，往前撒欢似的跑几步，又停下来凝望。

野花紫色的花瓣伸展开，露出嫩黄的蕊，点亮着山野。一丛丛，一簇簇，让人不由得生出好多欢喜。采上几朵，珍爱地插到花瓶里，摆到案头，春天就到家了。

春天的消息藏不住，一点风吹草动，像赶赴盛会，花啊草啊树啊，都攒足了劲儿地活跃起来。偏偏又下了一场小雨。

风，早就柔柔的，细品一下，是否掺和了花草的气息？不经意地一抬头，街边的垂柳，那枝条也柔柔的，在风里窈窕着。那筋脉红润润的，那柳芽胀鼓鼓的，满怀着心事，酝酿着绽放。广场上的风筝似乎总在嗔怨那条细线的束缚，这么好的天，能够和白云一起自由游弋该多好！可孩子们不懂它的心思，只顾跑着跳着笑着，一张张红脸蛋也花儿似的。老人们刚换掉棉衣，三三两两有说有唠，伸展伸展手臂，活动活动筋骨。同样是这个广场，在春天里却呈现着不一样的风致。

乡村和山野，无边的风月，对喜欢踏青游春的人们永远是无尽的魅惑。

清澈的溪水边，崖畔上，山腰间，淡紫的，粉红的，丛丛的野杜鹃开得热烈，宛若仙子无意间遗落的红绡。

　　这里有个叫花院的地方，开满春花。满山满谷满院子的梨花、杏花、桃花！这里是纯洁如玉的白，大朵大朵的白，一片醉人的香雪海！那里又是妩媚动心的红，一串串一团团的红，千树万树织锦绣！浓郁的花香中，又有香喷喷的山野菜、农家饭的味道，那是热情的乡亲在招待远方的宾朋。

　　建设工地上，机器马达声又兴奋地响起来，仿佛攒足了力气；高空塔吊伸展长长的手臂，似乎有揽尽春色的野心；高高的脚手架上，南方来的钢筋工小伙，身上宛如还披着油菜花的梦语，手搭凉棚，家，实际上并不遥远！

　　大田的农事有条不紊。赶紧播种吧，好日子是从耕田稼穑开始的。

　　属于我们的春天，总会如期而至的！听，鸟儿也在催促我们，布谷，布谷！

柠条赞

· 王书东

晋西北，常见一种灌木柠条。山坡、溪间、路旁，到处生长，矮只齐膝，高则过人，叶片灰绿、枝条带刺、花朵淡黄、荚果暗红。或独树一帜，或成群结队，蓬聚的冠状形态，远看似立在地上的绿色灯笼。四月花开，七月花谢，豆荚入秋长大，一成熟便噼噼啪啪裂开，饱满的籽粒撒在地上，任风翻动，遇土扎根。

身躯没有白杨的挺拔，叶冠没有青松的苍翠，籽粒没有水果的鲜美，蝶花也没有如兰菊登堂入室的际遇。然而，在晋西北，乃至在整个大西北，它却是贫瘠、苦涩、干旱中最顽强的生命。是它那漫山遍野的郁郁葱葱，泼洒出了一块块雄浑壮阔的绿洲，渲染出了一道道奔腾豪放的风景线。这风景线，确切一点，应该说是生命线。在多旱、水土流失又严重的黄土高原，它是生命的守护者，曾与这里的父老同守贫瘠，与这里的乡亲共度艰苦。

来晋西北工作后，从新鲜好奇，到习以为常，进而刮目相看，我对柠条所感愈加深切。春天，那一丛丛、一排排，满坡的柠条，好似给黄土高坡铺了一层硕大无边的绿毡，抵挡着风沙的侵袭。夏天，那一串串金黄色小镰刀似的蓓蕾，怒放成蝴蝶似的花朵，摇曳着浓雾般的幽香，漫山遍野，沁人心脾。秋天，一串串"豆角"挂满枝头如弯月，怀抱果实，吟唱风骨。寒冬来临，柠条带刺的叶虽细虽小，却依然绿意盎然。

柠条在贫瘠荒凉的晋西北，写出了一行行诗。体高不过1米，可却有条又长又盛又韧的根，深深扎于黄土，可达6米。主根侧根，形成一张张开的网，总长可超百米。那网，是以柔克刚、聚集生气的网。柠条生长时，先埋头扎根，后蓬勃向上，继而舒枝展叶。即便枝繁叶茂、卓立原野时，仍然继续把根深扎。它似乎懂得，深深扎根，才是张扬生命的根本。无论陡峭的高坡，还是干涸的沙梁，无论人工栽植，还是飞播营造，它都能落地生根，越长越旺。零下30多摄氏度严寒，依然茁壮；零上40多摄氏度酷暑，依然葳蕤。这种顽强而旺盛的生命力，不正是当地人的写照吗？

群生的柠条抱团聚族，根连根，手拉手，可以成林，可以成海。一旦连片成带，肆虐的荒漠也无可奈何，只能乖乖后退。即便是孤丛独立，也抗寒搏暑，极力蓬勃。但它与农无争，与林无争，与牧无争，与人无争。它把肥田美土让给人类耕作生息，自己却站在地埂山头遮寒挡尘，改土蓄水。它把庄严的地方让给了松柏，把显俏的地方让给了花卉，自己却选择了艰苦，蓄积能量拓展空间。这种艰苦奋斗创造生活的品格，不正是我们心驰神往的吗？

柠条籽可榨油酿酒，花可养蜂酿蜜，枝可造纸压板，根茎又可入药；它还是优良的绿色能源，热值相当于标准煤的70%；更为重要的是，柠条还算得上是营养丰富的牧草，封禁3年之后，即可四季放牧，1亩柠条能让1只羊过上"小康"生活。如果硬要说柠条还有所索取的话，那似乎也只是要求人们每过几年便革除它的陈枝旧叶，否则，便会退化枯萎。当农民挥起锋利的镢头，为它除旧，来年春暖花开时，新生的枝条便更加茂盛，更加鲜嫩，更加动人。如此循环，百岁柠条，竟能青春——这是另一种涅槃。

柠条，这种不起眼的灌木，以其坚韧和顽强，穿越烟尘，在贫瘠的山岗上，泼绿吐翠。诗人用华辞丽句歌咏生命，画师用丹青妙笔赞叹春天，我不是诗人，也不是画师，我是黄土地的儿子，是一个奔波在路上的普通人，只能用最质朴的情感、最笨拙的语言赞美柠条。

我赞美柠条，因为柠条的身上寄托着晋西北的希望。我想，应该是这样：当支离破碎的黄土地变成柠条世界、绿色海洋时，晋西北以种植业为主的传统型、温饱型经济结构，将变成以林草业、畜牧业为主的生态型、小康型经济结构。支撑这种结构的，定是越割越旺的柠条和越来越多的羊群，而照亮这条可持续发展道路的，定是生态文明的火炬。

大地青未了

· 朱以撒

车在齐鲁大地上奔跑，让坐在车里的人看到了开阔和辽远。又是一年农历的七八月了，这个充满强烈阳光的时段，成片成片的绿色植物，充分地享用着阳光给予的生长能量，拔节展叶，果实渐渐趋于硕大。在我长居的地理位置，目光常被山岭阻隔，不能尽其目力。而这里开阔辽远，目力延展无休，一直到远方幻化般地朦胧。

"青纱帐"，这个只能属于北方原野上的优美的词，在孩童时我是无法体会的，估计我的语文老师也缺乏亲见，不能确切地描述青纱帐为何物，只是含糊地一笔带过。很多年后，我远行，才把这个充满诗意的词和实物联系起来。当时的小学教科书里，青纱帐是与战争揉在一起的，不过，我向来不喜欢过于载道的文字。一个人、一批人隐没于青纱帐里，如同几滴水落入大海，难以被找寻出来。而在青纱帐里的人们，却可以倚仗这一屏障，使对手感到莫大的威胁，危险随时都会发生。总是会到农历七八月，青纱帐显示了它的厚实和绵密，无边的绿意，如波涛一样的起伏，无数的虫豸伏于其中，跃动其上，趁着秋兴未浓，过一段天堂般的日子。玉米是青纱帐最主要的成分，此时腰间已经别上了一枚或者两枚饱满的"手雷"，让人见了，生怕在暴晒中弹将而出。

我喜欢看到这种生长的状态。此时土壤内充满热量，而植根于其中的各种植物也充分地吮吸着土壤中的营养，如果静夜中倾听，一定可以听到长大的声响。生长之物多是以站姿出现的，以不停向上的高度来证明生长的力量，如果是同一批下种的植物，它们的生长态大体相近，同样的姿态，同样的色调，如果有一两株尤其高大者，那只能说是其中的精品。

可惜已非少年时，不然会脱下鞋子，在青纱帐里领略一下被枝叶拂动的趣味。人藏在青纱帐里，不让外人发现，一定是有隐衷的。土地如此开阔，如果不是一片接一片的青纱帐，一个人的行踪很容易被人发现。那些心怀秘密的人，正是凭借茂密的青纱帐，使秘密被青色覆盖，完好保存。现在面对青纱帐，更多的是欣赏它的姿态、色泽，尤其是风过，交错中发出"沙沙沙"的声响，像是最亲昵的絮语。

我喜欢见到地面上那些高过人的植物，高粱、玉米、甘蔗，需要我略微抬头看它们。在初生的时候并没有什么差别，没想到后来势不可挡，齐刷刷地上来了，当风有声，摇曳有致，是很好入画的。稼穑者中大多没有戴眼镜者，青绿给了双目良好的保护，如果有戴眼镜者，可能是这伙人中的账房先生了。开门见绿，这本身就是一件很清爽的事，很多希望就在这种色调上，驱散愁苦。此时，田畴上没有一个农人的影子，前期的农作已经完成，现在净等它们成熟。这些植物已经有了很明确的走向，不是那种需要引导、让人不安的时段，没有什么可以阻挡这种趋势。

当然，这么下去，青纱帐就会转为黄纱帐了，就像一个在世事中成熟的中年人，内容厚重起来，外在也转为朴实。

我们面对青纱帐时，迷恋着这种延伸的幅度，没有人探询一亩地能收多少。

那些匍匐于地的红薯秧子，不能算是青纱帐的组成部分，傍地而走，难以站立，藏不住人群，藏不住这些人群携带的秘密。谁也不清楚它们在地下的长势，外表来看永远是不动声色的，忽一日却见秧子越过了田埂，延伸到另一块地界上了。它们的果实藏于泥土之中，在土层未刨开时，难有定论。这一类植物对我来说带有一种谜语的性质，从谜面是猜不出结果的，就好像一枚硬壳的果实，必须把外壳打开，才能得到谜底。谜底有时让人惊喜，超出了猜谜人的意料，有时则让人失望，谜底与谜面相差太远。

而生长于上的高粱、玉米，果实则是敞开的，可视可抚，不存悬念。植物的这两种果实生长方式是很奇特的，尤其是长于地下者。我见到一个农人刨到一个硕大的红薯，忽然他大叫起来，里边已被田鼠啃啮殆尽，只是一个连着根、藤的外壳。生长中存在多少的变幻莫测啊，就像一个人，他的外表增长了，又高又大，而他的内心却纠结起来，不像外表这么舒展，越发难以表里相符了。

当田野又一次的平静下来,我们看到的就是一片空空荡荡了。这一茬的生长周期已经结束,下一茬的生长远未开始,这无疑是土地最为轻松的时刻。表现这一时刻最成功的当推米勒,他笔下的《拾穗者》、《晚祷的钟声》就展示了这种空旷中的安宁、寂寥和深远。画面上人不多,三两个人,在土黄色的田野上,粗劣的服饰、粗糙的皮肤,和质朴的土地浑然一体。她们不是来欣赏田野的空旷的,而是来劳作的,试图从收获过的土地上再找寻一点果实。

像《晚祷的钟声》,表现的农耕生活似乎艰辛,又透露出亮色,背景广大,人却踏实自信。土地是踏实之源,让人不舍离去。天时明显的不早了,晚霞烧透了天边,脚下的土地也变得幽深厚重起来。这时,远处的教堂钟楼上隐约传来了晚祷的钟声,这对年轻夫妇这么自然地扔下农具应和着钟声,相对而立面对脚下的大地,在安宁中虔诚祈祷,感恩土地的生生不息。每个人都会相信,在这么宁静的旷野,她们的祈祷能打动土地,能飞升而上为神所知。

我喜欢阅读这类与土地有关的艺术品,土地与土地相连,没有边界,每一棵植物都可以找到自己落脚的地方,毫无顾忌地汲取土地中的养分,日不私照,对于挺立的、爬伏的,热量充足。冬日逼近,再细心一点,不要让遗粒留在寒风中。

待到晚霞收起它最后一抹嫣红,再回家吧。

闭上眼睛看世界

丹青难写是精神

从心里走过

那时我们正年轻

人性山水

台湖寻梦

· 班清河

30年来，我心里一直存在着一个愿望，回台湖看看。年复一年，始终没有成行，年复一年，积压在心里也越来越重。

台湖，京郊通州的一个镇，1973年3月我插队在这里，虽然在台湖务农只有两年的时间，可这两年在我大半生的经历中却有深深的烙印，有无法磨灭的记忆，那里有我永远的梦。

欢迎知青大会结束后，台湖一队的老秦头抬着我的行李箱（用木板钉成的木箱）放在一架老牛车上，吆喝着，吱吱呀呀不紧不慢地把我拉进他的家。炕是热的，柴锅里贴的玉米饼子和馇子粥是热的，咸菜也散发着香味。家是那么简陋，也很破旧，除了炕头上的两个大箱子和箱子上摞着叠放不是很整齐的几条被子，屋子里几乎没有任何家具，可我没有觉得屋子空旷，那几把树杈钉的木凳，炕桌上一堆花生、瓜子，还有大枣，炕桌旁的烟叶盘，把屋子撑得满满的。晚上满屋烟雾腾腾，说笑声、打闹声进出火爆，乡情亲情透着淳朴，透着田野的芳香，也掺杂着柴火和牛粪气味。

那年三夏（夏收、夏种、夏耕）我累昏了，从早上4点天蒙蒙亮就下地收麦子，运到场院用简易脱麦机脱麦粒，直干到晚11点队长还没有收工的意思，累得直不起腰，还要挺着干，像傻子、像疯子一样干，干呐，心里纯净得像水，我们要在广阔的天地，用双手，用初步机械化的生产方式去建设新农村，我憧憬着那一排排的新瓦房，一台台崭新的拖拉机，一片片茂盛的白杨林，还有每天每顿的白米饭、大馒头和肉炒菜。

那年的秋收季节，我们在场院打场脱粒，已经是深夜了，在轰鸣的脱粒机旁，高队长家的大丫悄悄拉住我，塞给我两个热乎乎的煮鸡蛋，饥肠辘辘的我，顿时感到一股暖流涌向全身的每一根神经，我感受到了爱，感受到了被人尊重与关怀的幸福，这个情景就像木刻一样，清晰地印刻在我的脑海，那时，如果需要我用生命来回报这块土地和土地上的人们，我想我会毫不犹豫。

记得那年晚秋的一个夜晚，我一个人在田间给萌出的冬小麦苗浇水，伴着地头机井房的马达声，随着哗哗的渠水，抬头望着满天的繁星，我心胸豁然开朗，夜那样静，月光像银色的瀑布与田埂里的流水交相融泻，天地成为一幅和谐柔美的图画，此时我感动极了，竟扑在地上大哭起来，那是大自然赋予我心灵的颤动。

尽管那时的我们还带着孩童的调皮，去没有成熟的玉米地掰青棒子烧烤吃，把邻居大婶家下蛋的母鸡围捕后炖一锅美味，大婶会跳骂我们半天，但过几天又会招呼我们去她家吃饭。

台湖，光听名字就够美的，林中的道路、整齐的农田、一池连一池的苇塘，傍晚，一丝丝、一缕缕的炊烟缭绕整个村落，人们是那样的安详宁静。邻里非常和睦，哪家要盖新房，乡亲们都去帮工，一两天就把房盖起来，相互帮助是一条不成文的乡规。

我在台湖仅仅务农了两年，因为国家经济发展需要，我被招工去了铁路局，后来又调到作家协会工作，整整30余年没有回到我魂牵梦萦的台湖，台湖已然成为我的梦、我的牵挂、我的追寻。近年来听说台湖建了一个亚洲最大的图书城，28万平方米的现代化建筑，我心里很是振奋、激动。我的台湖，你已经进入现代化大都市的视野，那座图书城建在台湖什么地方？一别30余年后，我又见到了你。京沈高速台湖出口往南不到两公里，一座蔚为壮观的现代化的钢结构玻璃幕墙装饰的大厦耸立在大路边，从京城出发不到30分钟完成了我30年的思念路程。接待我们的是牛铁英，台湖村党支部书记，他父亲牛文祥是我们插队时的大队党支书，我最敬佩的老劳模。前两年去世了，儿子接了班，一见就知道铁英是个能干、有朝气、事业心强的好小伙。铁英告诉我知青村先变成纺织厂后来又改造成了画家村，现在有200多个画家在此创作、展览和拍卖他们的作品。以知青为主的第五生产队，现在建起了赫赫有名的通州生态园，镇政府也盖起了新大楼。

不知是不舍还是因为多年的牵挂，我还是围着村子转了一圈，村子道路宽阔，商铺一个接一个，房子全是新盖的大瓦房，那种半砖半土坯的院落没了踪影，再也找不到当年的模样和韵味了。这次回台湖，潜意识中仿佛去寻觅什么，我想，那标志性的亚洲最大的图书城，那第五生产队规模宏大的现代绿色生态种植园，那容纳200多位各地著名画家的画家城，不足以说明台湖的深刻变迁吗？现代化使这个京郊的乡镇早已脱离了贫困，象征艺术最高表现形式的中国画院，能够在农民的土地上由农民进入市场管理经营，脱离耕作的农民以新的生产方式依然在这块土地上展现着他们的风采，这不正是我们这代人和我们上辈几代人为之奋斗而梦寐以求的吗？我还有什么缺憾呢？是老秦头家那样的淳厚民风？是寒冷中大丫塞给我热乎乎鸡蛋的情景？是房东大婶的跳骂？还是那一池连一池的芦苇塘，那一丝一缕的炊烟，那原生态的自然环境和乡亲们宽松悠闲的神情？

　　台湖，我的第二故乡，我永远的梦！

一浪更比一浪高

· 陈佐洱

过去的一年中，多少个这样的白天黑夜，只要自己静心埋进层层叠叠泛黄了的故纸堆里，或者端坐在蓝天白云图案的电脑屏幕前，思绪就会像只振翅的鸟儿，飞向上世纪90年代难以忘怀的峥嵘岁月。那时的"蓝天白云"间轰鸣着香港回归祖国的脚步声，最后一程的坚定步伐里有我一份微薄、但是竭尽忠诚的绵力……

香港回归，是中华民族的一件大事。我有幸参与了其中，在一个横断面里，一条主线中，充当过执行人之一。"天之厚我可谓至矣"，这段经历"苟不记之笔墨，未免有辜彼苍之厚"。于是，我怀着一颗近乎虔诚的心，面对电脑键盘，努力回忆、叙述上述这段历史真实，回忆关于香港过渡期的中英谈判历史——它的春夏秋冬、风云变幻、斑斓色彩和喜怒哀乐。

这，是一段不应该忘记的历史。但对过去历史的回忆和研究，虽然展示向后看，但目的还是为了向前看，向前进。香港问题解决之后，中英关系不断发展。2007年4月，我访问英国，受到热情欢迎。曾任中英联合联络小组英方首席代表的戴维斯为我主持演讲。会见时任英国贸易投资及外交事务国务大臣伊恩·麦卡特尼时，这位工会领袖出身的大臣说："我听说，你曾是我们英国最头疼、但又是达成协议最多的谈判对手。"说完向脑后挥了挥手。"那段历史是我们两国共同写下的。"我转过话题，笑笑说，"我刚从北京来，那里的春天正风和日丽，花红柳绿；现在看到伦敦的春天也如此。十分高兴！"

书写完了。这本书，是我对交接香港过程中一小段历史的交代。岁月赋予的使命和感知局限总是相辅相成的，书中难免会有偏颇。好在这不是"正史"，只是我个人的所经所历所思所感。

2011年5月28日，一个阳光明媚的早晨，我和全国政协港澳台侨委员会的同事们应邀赴港，出席辛亥革命100周年纪念活动。中午，我们抵达机场，驱车前往中环"新大陆"上的四季酒店。所谓"新大陆"，是我对香港回归后中环北段继续向维多利亚港填海延伸地域的昵称。历经14年沧海桑田的这块新陆地上，已经耸立起当今世界一流的建筑群——香港国际金融中心、四季酒店以及地铁、巴士、轮渡的集散中心等等。

车到酒店，有人打开车门。一位50岁上下、精瘦干练的制服男士笑吟吟地招呼我们下车。忽然，他礼貌地问："您是陈先生吗？10多年前我在九龙的丽晶酒店服务，也为您开过车门，那次是您一家人来酒店吃饭……"

31日，离店的前一日上午，我和我的同事们走出酒店大门，正在候车，只见他快步走来。

"陈先生，明天我没有班，不能送行。"他有些腼腆地从上衣口袋里掏出一张酒店的硬纸便笺，递给我说，"这个，给您留作纪念！"

我接过来细看，是5行端正的竖写字：

陈先生留念：

"长江后浪推前浪，
　一浪更比一浪高。"

酒店员工梁国鸿劣笔
二〇一一年五月三十日香港

我周身热血涌动，紧握他的手。离开香港已经13年，离开国务院港澳事务办公室也已整3年，居然还有一位香港的普通市民朋友关注着我的行踪，因为"长江后浪推前浪，一浪更比一浪高"这两句话，是我2008年3月最后一次以国务院港澳事务办公室常务副主任的身份出席两会，在人民大会堂回答记者提问时说的。我钦佩梁先生的记忆，他一定读了当时的报纸，今天重新把这两句话抄录回赠给我。我感谢梁先生的关爱。他是在表示对我的认同、肯定、嘉许？抑或大而广之，对香港、对国家辉煌前程的赞美？我把梁先生用透明塑料纸仔细包裹的这张墨宝贴胸放入衬衫袋里。在我后半生的诸多体验中，它真比一枚勋章还珍贵。

　　梁先生抄录的这两句话，是我离开服务了 20 年的国务院港澳事务办公室前夕对祖国的"一国两制"事业、对老少同事们的由衷祝福和寄语；当时，在这两句话前面我还说了的一句是："一代人做一代人应该做的事。"

　　据说，香港中环原来临海的地方，是现在德辅道中的有轨电车路。一代代勤劳、智慧、奋发有为的香港人移山填海，陆续拓展出了后来的告士打道、天星码头、大会堂和交易广场……它们都曾一度各领风骚，都有过碧波拍岸、接连海天的无敌靓景；然而随着时间推移，于今又都相继让位给了前面横空出世的中环"新大陆"上的新地标群。香港这座国际经济中心城市不断重塑着自己的现代化风貌，也不断重塑着自己勤劳、顽强、智慧的居民形象，一代人做一代人应该做的事，每一代人的使命和局限都各有不同，事情永远做不完——社会就是这样发展的，历史就是这样写成的。

　　长江后浪推前浪，一浪更比一浪高。香港回归祖国过渡期的中英谈判是"长江"中的一个浪头。1997 年 7 月 1 日历史揭开新篇章，"一国两制"科学构想终于成为中国特色社会主义伟大实践的重要组成。投入祖国怀抱的香港，从此以一浪更高过一浪的气派奔腾向前，奔向波澜壮阔的大海大洋。

开秧门：

· 成新平

  大地转绿，田水回暖。白衣港万物竞秀，一派生机。清晨，淡淡的雾霭飘荡于山岭、屋舍、树梢和田园，蒙蒙细雨滋润着大地，在鼓噪的蛙鸣声中，爹尖着嗓门喊："开秧门了，快起床哟！"
  开秧门是稻作文化的一种仪式，第一天插秧称为"开秧门"。天没亮，爹就从街上称来两斤猪肉，杀了一只雄鸡，摆到禾场正中，焚香点烛，燃放鞭炮，祭拜"天地老爷"，祈求农家风调雨顺年年丰收。此时天已大亮，蛙停止了鼓噪，燕子掠过田原在寻觅害虫。全家大早吃着好饭好菜，喝着米酒，爹称为"开秧酒"。吃罢早饭，从农舍陆陆续续闯出几队人马，一个个打着赤脚，穿着蓑衣，戴着斗笠，冒着斜风细雨，手执一把干稻草，跳到田里扯起秧来……秧田如绿色地毯在眼前铺展，嫩绿秧苗随风起伏，毛茸茸的嫩叶上还挂着晶莹的雨珠，青翠欲滴。
  "哎哟，好冷——"我咬牙跳下田，打了个寒战。"就你是龙汤洗的，身体珍贵呀，我们是沟水洗的，也是爹娘生的，大清早哪有不冷的！城里人还穿着鞋袜呢。"爹边扯秧边说着，他扯出来的秧整整齐齐，经过哗哗的泥水漂洗，用稻草吊上，扔到田里，如给小孩扎头发般轻巧熟练。"要当好农民，首先必须学会吃苦。"
  秧田中的水是冰凉的，双脚站进浮泥中，经过冷水长久的浸泡渐渐麻木了，好在一直不停地忙碌，全身渐渐有了暖意。"蚂蟥听水响。"两条蚂蟥叮上了我的脚杆，不声不响从我体内吸取了血，其中一条被喂得光亮透明，另一条没喂饱的从我眼皮底下溜走了。我捉住这条贪婪的"吸血鬼"，用根小竹棍将它"穿肠剖肚"插到田埂上，不讲半点仁慈。爹对我开着玩笑："蚂蟥如果见好就收，就不会被你捉住，做人也是一样，不能太贪心，不然就是蚂蟥这般下场。"

"春天春天，时时发癫。"刚扯满一担秧，太阳便钻出了云层，照到人身上，脱掉蓑衣取下斗笠还有些闷热。我们闪着腰，铆足劲，从泥水中将秧苗挑起。雨过天晴的田埂有些光滑，用十个脚趾用劲"咬"紧窄窄的田埂路，才不至于摔倒。刚刚被牛耕耙过的水田如镜，波光潋滟，倒映着周边绿树环绕的村庄和天上飘荡的白云，如同一幅美丽的田园山水画。把秧挑至田中，一个个均匀地抛到田里，一幅老的画卷被打破，一幅新的画卷又形成……

"开秧门啰……"这嘹亮悠长的声音不知从哪位汉子口中传了出来，唤醒了满垄稻田，吹皱了一池春水。顿时，风变暖了，云变轻了，布谷鸟叫得更加卖力了——个个插禾，个个插禾！

一场声势浩大的春插开始了，爹在水田中插上第一棵秧苗后，全家男女老少一字排开，每人插六蔸禾倒退，不准直腰，更不准胳膊肘搭在脚膝盖上，否则会影响春插的速度和质量。二姐插得快，像鸡啄米似的一马当先；我插得慢，被他们远远抛在身后。有时，为了追上他们，我将秧苗横插入田中，被爹发现："这种'烟壶蔸'半个月返不了青，重来！"我越插越慢，越插腰越酸腿越软。爹一个劲地鼓励我："做任何事不能投机取巧，一是一，二是二，坚持就是胜利！"

"春田日插日，夏田时争时。"秧苗插到哪里，哪里便呈现一片绿色。其实，此时在村与村、组与组、户与户之间，正在上演一场无声的春插竞赛，开秧门，开启的是农家一年的希望与期盼，谁人也不甘落后！

晌午时分，妈提来了一袋油炸红薯片、炒花生和爆米花，用这种特殊方式来庆贺"开秧门"。我们洗洗手，挺直腰杆，坐到田埂上享受"胜利果实"，释放着劳动者的喜悦与快乐。这时，从不远处传来了山歌声。鸽子从天空飞过，洒下一路哨音，仿佛在为山歌深情伴奏。

"插完早稻过五一"。连续坚持了一个星期，我们硬着头皮，顶着风雨，迎着太阳，像绣女般匍匐田里不直腰，咬着牙，鼓足劲，坚持坚持再坚持，硬是让十几亩稻田披上了一层绿色。

当个农民不容易。如果当好了一个农民，就没什么苦不能吃，没什么难关不能闯，没什么事业不能坚持！开秧门，开启的是农民种五谷的辛劳与坚韧。

难忘冬泳

·费伟伟

与人交往，最尴尬的是明明见过不久，但拿起电话，那端热情洋溢：我是谁谁呀，你不记得了……噢，哈哈哈。嘴上哈哈，脑子使劲转，但是该死，实在想不起是谁了。

离校十几年，某一天，电话响了，"我是老丁啊，还记得我吗？"

十几年过去了，可纵然是几个十几年过去又有啥，我怎么会忘掉老丁——丁全武呢，因为和老丁连在一起的，是我在山东大学时最刻骨铭心的一段经历——冬泳。

"文明其精神，野蛮其体魄。"据说是青年毛泽东的名言。我们奉为圭臬。每天早晨跑操，虽然骂骂咧咧，但多数人都坚持着。下午四五点，运动场上更是人头攒动。

我选择了一项觉得适合"野蛮"自己的项目：游泳。可每天坚持也确实不易，因为我们在新校，游泳池在老校，新校到老校不近，得走半小时。看我和老丁积极，几位泳友便邀我俩加盟，一起向学校申请搞"冬泳"。

我点了点头。

但是，这个承诺能不能守住呢？

西风越来越紧，通往老校的路上，新校的冬泳爱好者们也像枝头黄叶一样渐渐飘零，最后只剩我和老丁。冬天来临，寒流初至，冰雪遍野……每天，我们两个互相鼓励、互相支撑，顶着割面的寒风往老校走，相伴跳进刺骨的冰水。

总是吃完午饭就去，那是一天里最暖和的时光。到游泳池先清泳道，把泳池四壁的冰敲开，因为天天敲，所以冰结不厚，浅水区一侧敲开五六米宽，大致够两个人并排游，然后到深水区把那整块覆盖泳池的大冰往浅水区推。这样，深水区那端的水里一来不会有太多碎冰，二来冰体较整齐，不会划伤人。这项工作做完，身体便稍稍有点热，再绕泳池跑几圈，做点准备。考验是从冲到自来水龙头下湿身开始的，水温比体温低很多，每次水冲下来身子都会禁不住一抖，但这个环节必不可少，因为池水温度更低，直接下去肯定抽筋。

每次冬泳其实游得并不多，我的最高纪录是在25米的泳道上游两个来回，那一天必是阳光灿烂，肚里有点油水；多数时候只游一个来回，甚至这头跳下，到那头赶紧上来，25米。

和其他队员相比，我的表现不算好，甚至不如老丁。老丁长我几岁，老嚷嚷不能输我。我游50米，他绝不游25米。可至少我个头比他稍高些，蛙泳比他的狗刨快些，在冰水里泡的时间就少一点。所以很多时候觉得坚持不住了，看一眼老丁就又有了信心。

其实，最考验人的，不是在游泳池，而是游完后。泳池毕竟只是几分钟，可游完后呢，那是上世纪80年代，衣服勉强御寒，宿舍没有暖气，回去最多喝口热水暖暖腮帮子，脸上惨无颜色，嘴唇紫半天，鼻涕没点感觉就砸地了，常常成为宿舍里取笑的乐子。往往要吃过晚饭，身子才觉暖回来。算了，别游了。同学都这么劝，自己也会忍不住这么想。

但是，第二天吃完中饭，我和老丁又出发了。感觉每天出发，对自己都是一次挑战，甚至有点感冒都没停，也不敢停，真的是怕一停，便再也鼓不起那份勇气了。

大学四年，从大一到大三，我坚持游了三个冬天。

"肯定也体会到冬泳的好处吧。"多年后说起这段经历，总有这样一问。

有一个好处是当时就感觉到的，便是胃口大开。从鱼米之乡的太湖之滨到山东，饮食的巨大反差对我是个大考验。很多山东同学吃上白面馒头就幸福得像过年。头一次放寒假，同宿舍的刘乃亮往家捎的就是满满一书包食堂的白面馒头。可我是吃大米长大的，不要说窝头，黑面馒头，即便白面馒头也觉得难咽。刚入学那阵，一个小组围一桌，一筐馒头一盆菜，馒头一端上来，我情不自禁就伸手去捏，捏捏这，捏捏那，挑个捏着软和些的，好咽一点。后来组里团支部活动，搞批评与自我批评，有人批评我的就是这一条：

馒头还捏来捏去挑着吃，小资产阶级。

没游泳前，我中饭最多吃一个馒头。进入冬泳，我每顿吃两个，最多的时候能吃仨。所以冬泳后，原先偏瘦的我胖了。科学的解释是，因为需要抵御冰水，所以皮下脂肪增厚。

但冬泳最锻炼一个人的不在体魄，而是意志，是那份困难中的坚持，那种对一个承诺的坚守。

冬泳赋予我的那份优质皮下脂肪早已消失了，现在肚腩也显著，不过是运动太少的山寨货，但冬泳磨练出的那份敢于挑战自己、勇于坚持坚守，我想已融入血液。

多年来的工作中，一次次地，我选择了挑战，挑战自己。就像大学时那样，一夜风雪，齐鲁冰封，朔风呼啸中，我和老丁对望一眼，毅然决然地，向老校出发。

那时，我们正年轻

·韩石山

1963年春天，我读高中一年级，学校在山西运城，叫康杰中学，是当年晋南最好的学校。那些年，高考升学率极低，这所学校却是个例外，平常年份也能达到80%。教学质量高只是一个原因，另一个很重要的原因，是它的招生政策，所有学生，全都是用"掐尖子"的办法，从周围七八个县掐来的。

进入这样的学校，等于一条腿已跨入大学的校门，但是，我们的学习，一点也不轻松。不是考上大学，而是要考个好的大学。早起晚睡是常事，连吃饭排队，也要在手心或手背上，写几个俄语单词，一边默默地往前移动，一边"勒儿、勒儿"地小声念着。

就是在这样紧张学习的时候，报上发表了毛主席"向雷锋同志学习"的题词。接着，周总理、朱老总等其他党和国家领导人的题词，也出来了。全国的气氛，一下子高涨起来。康中自然也不会例外。先是政治老师兼班主任在课堂上讲，后是团支部开会动员，一个一个的"学雷锋小组"也随之建立。我不是团员，学习还说得过去，遇上这些事，总是迟了一步。一天，听同桌同学说，班上几个人组织了个电工小组，去运城郊区一个村子帮农民安电灯，他也去了。

他是团员，我问全是团员吗，说也不全是。

怎么不叫上我呢？嘴上没说，心里总觉得受了歧视。

一想就想到了自己的出身。我的家庭成分不好，父亲虽是干部，爷爷的成分不好，家庭成分是随爷爷的，也就不好了。出身不好的学生，格外敏感，人家或许是无意，自己想的就多了。好吧，你们不叫上我，我就不能自己去学雷锋吗？看看吧，我做的还要比你们更彻底，更响亮。这词儿不怎么准确，可当年就是这么想的。

　　做什么呢？

　　当然是帮助农民干活。

　　什么活儿？

　　当然是最脏最累的活儿。

　　运城周遭，全是农村。出校门不远，就是一个叫原王庄的村子。下个星期天一早，换上一条旧裤子，一双旧鞋，便去了原王庄。那时还是生产队管理，上工了，村里静悄悄的。有的人家的门虚掩着，总不好推开门问人家有什么脏活累活吧？

　　踅摸到村外，见前面一个中年农民，挑着一副茅桶，一看就知道是去掏粪的。紧蹽几步赶上去，问去哪儿掏粪，说了个地方，就在前面不远处。我说，我跟你一起去行吗？那汉子有些奇怪地看看我，问是哪儿的，我说是康中的学生。他说，你做不了这个事，我说我家在农村，回到村里做过。那汉子还是不同意，我也不离开，就这么跟着他到了一个砖砌的大厕所跟前。

　　看我是实心实意要帮他的忙，那汉子不再说什么，算是默许了。

　　这一带是城乡接合部，这个大厕所，原来像是某个工厂的，工厂废弃了，粪池里沉积的粪便，近似干涸。这样的情形，那汉子大概也没有想到，看他挑了茅桶来，是想挑上一担就回去的。可也能看得出来，有这样的粪源，实在是喜出望外。生产队里，积肥是能挣工分的。怎么办呢，那汉子略一思忖，便返回去，拿了铁锨和镢头来。

　　粪池有一人高。粪便近似干涸，上下还是有所不同。上面是一层硬壳，下面的就是胶状物了。一锨下去，臭味便冲了上来。最难对付的是下层的胶状物，有的能铲住，有的铲不住，掉下来会溅起粪点子。不到一个时辰，我已是满头大汗，裤腿卷起来了，小腿上全是粪点子，鞋面已看不出原来的颜色。大约干了两三个钟头，总算将池里的粪便全部铲了出来。

　　看看日头，已经西斜，那汉子说，回吧。

　　我也没说什么，就离开了。

　　一到学校，去宿舍拿上脸盆毛巾就往外走。

　　校园里有自流井，井水像小溪一样，绕校园流了半圈。星期天，源头那儿，水泥渠边，有同学在洗衣服，知道自己一身臭气，不好意思去那边。再就是怕遇上认识的同学，问做什么去了，总不能说，我是学雷锋去了吧。学雷锋是不能给人说的，一说就不是学雷锋了。便拐到僻静处，站在水里，将两脚两腿，洗了搓，搓了洗。衣服，当然换过了。就这样，整个下午，还觉得身上臭臭的。

　　不能忘了的是，晚自习时间（星期天上晚自习），我把这天帮农民挖粪的事儿，详细地写在日记里。

　　一连好几天，心里都挺美气的，心想，你们学雷锋去安电灯不叫我，我做的事情一点也不比你们差。甚至想到，如果有一天，政治老师兼班主检查日记，说不定会发现我的这件好事的。

　　遗憾的是，直到学期末，班主任都没有收缴日记。

最后的驴

·和 谷

驴比人贵。这不是骂人话,是说老家方圆几十里的最后一头驴值钱了。

时下老家村里用工,每劳力每天80元,而要雇一头驴使唤,每天得掏150到200元。老三租种的几十亩核桃苗子,今年的价钱不错,一枝苗卖到四元钱,一架子车的苗子如果当柴火能值几块钱,有生命根芽的苗子却能卖到几千元。空出的地,又想种核桃,泡了种子,雇了人点种,还得雇一头驴来揭犁沟。邻村一个老头,养了这头驴多年了,平时用驴车卖炭,也没少挣钱,农忙时揭种耙糖,省了雇用机械的费用。有人雇驴,也是好收入。

牛马驴骡,曾经是农民的朋友,一个村统计人口和劳力,同时少不了统计牲畜的种类和头数,是一起作为生产力资源计算的。牲畜吃草料,牲畜粪作肥料,用不着烧秸秆影响飞机航道和污染空气,化肥也可以节省了。人与植物与动物的关联,在互惠的自然循环中得以延续。老死病死的牲畜皮毛又可作皮绳皮鞭使用,在这一点上,人类是有点残忍。如今老家没了牲畜,多了汽车和电脑,老年人总说,那些"出气长毛"的活物怎么转眼间就没影了,多少感到了村庄和田地的寂寞。

近些年来,老家的机械化取代了千年传统农耕的方式,牲畜退出了田园的舞台,有的沦为城市宴席上的菜肴,"九九加一九,耕牛遍地走"的农谚也淡然落幕。而油价上涨,机械、化肥、用工成本攀升,一亩地麦子、玉米的收益已经微乎其微。历史不可以倒退,庄稼人在进城打工的同时忘不了侍弄土地,昔日落霞中人欢马叫的风景难免让人怀恋。土地,田园,总是自己的家,得把根留住。

别说城里的孩子没见过牛马驴骡,如今连老家乡下的孩子也稀奇于农耕时代的这些英雄的物种了。我在回归田园的生活中,收拢了被遗弃在老庄基破窑里的农具,有石槽、碾盘、碌碡、驮架、尖杈、弯钩、轭头、拥脖、夹板、笼嘴、罩笼、鞍子、鞭子等等,留取一点陈旧的记忆,收藏一点走得还不远的乡村风物的遗存。与它们配套的活物,却一去不复返了。它们曾经陪伴我们的祖辈,那些勤劳、善良、美丽而有韧性的庄稼人,度过那么多欢乐而悲怆的岁月,而在我们这一辈人身上却化蛹为蝶,告别了那个漫长的人畜为伍的时代。透过这些保留着人与畜体温的旧物件,可以揣摸到先人的叮嘱,关于耕读传家,关于种瓜得瓜、种豆得豆,关于家和万事兴等等庄稼人的生存哲学和道德理想。

那天,我路过老三种核桃苗子的地边,看见墒情很好,太阳暖暖的,是一派人欢驴叫的耕作景象。一头驴在叫,周围几十里是没有它的同类应答的。这孤独的嘶鸣,令人动容。过去乡人说,最难听的声音是什么?刮锅、锉锯、驴叫唤。在乡村巷道停满车辆致使噪音烦人的环境中,几声清脆昂扬的驴叫,却是这片土原上最舒心的音乐。

人们久违了牲畜的歌唱,都侧耳聆听,这最后的驴对于夏收季节的亲切问候。

感谢你，雷锋

· 贾宏图

我轻轻地、轻轻地走进抚顺雷锋纪念馆那绿树环抱的广场，来到了雷锋塑像前。

雷锋还是那个样子，他高高地站在花岗岩的平台上，向前迈着大步，身背冲锋枪，怀揣毛主席的著作。50年了，他从来没有停下自己的脚步。他还是那样青春勃发，可我已经老了。

我们把用鲜花和崇敬的心编织的花圈，轻轻地放在他的墓前，追念这位永恒的英雄、我们的老朋友。如果不是路途遥远，我应该在北大荒的原野里采一束鲜花放在雷锋的身边，那红色的是达子香，那金黄色的是百合，那白色的是芍药。我是代表北大荒的老知青来的。雷锋是我们须臾不能离开的老朋友、好战友——是他陪伴着我们、引领着我们走出那苍茫的暴风雪，走过那荒凉泥泞的"鬼沼"。如今，那片土地已成了"中华大粮仓"和中国农业现代化的最亮丽的"窗口"之一。

我是在上世纪60年代的一个"五四"加入共青团的，我在日记本扉页上，贴上了雷锋的照片，并且郑重地写下雷锋的那句经典的名言："我要把有限的生命，投入到无限的为人民服务之中去"。1968年那个难忘的春天，我带着《雷锋的故事》和《雷锋日记》两本书，意气风发地从哈尔滨下乡到黑龙江畔的兵团农场。这之后，陆续有来自北京、上海、天津、杭州、哈尔滨等大城市的中学生来到了黑龙江省的建设兵团、国营农场林场和边远的农村下乡。多数知青都是带着《雷锋的故事》和《雷锋日记》那两本书来到了北大荒，正是这两本小书，陪着我们度过了那最严寒的年代。

"屯垦戍边"和"保卫边疆、建设边疆"的口号是豪迈的，但我们面对的环境和从事的劳动是极其艰苦和艰辛的。冬天的漫天风雪、滴水成冰，夏天不断的蚊虫侵扰，让常人难以忍受。夏锄时，面对几天也铲不到头的田垄，我们禁不住双腿打颤；秋收时，尖硬的豆荚刺得我双手鲜血淋漓；冬季刨水利，双手的虎口裂出了血口子。这一切，我们都忍受了，因为雷锋和我们在一起。最艰难的时候，我们默念着他的励志格言；夜深时，我们流着眼泪读着他的日记，仿佛看见了光明。雷锋是温暖的，他像冬季里的一把火，烧去我们心里的怯懦和委屈；雷锋又是智慧的，他教我们如何渡过人生的难关，教我们如何驱走黑暗迎来光明。他教我们"对待同志要像春天般的温暖"，我们知青们互相帮助，"抱团取暖"，结果谁也不觉冷了；他教我们为人民服务，我们诚心诚意地为老乡做好事，结果他们把我们当成了自己的孩子，让我们在边寨苦寒中享受了人间真情的温暖，同时也发现了自己的价值。

　　我至今还保留着妻子（当年还是女朋友）给我的信，她兴奋地向我表述给老乡做好事得到的快乐。她下乡后被分配到贫穷的13连当家属连指导员，在热情的挨家走访中，看到的是房屋破烂，人畜混居，肮脏不堪。那脸也不洗的妇女敞怀奶着孩子，炕上鸡在啄食，地下鸭在拉屎。于是，她组织家属开展"新生活运动"，先是树立相对干净的一位妇女为样板：人禽分离，再清理地面，再用报纸糊墙，最后把窗子擦亮，在桌子上摆上插着野花的罐头瓶。接着她领其他的妇女来参观，以她家为样板，各家来个改天换地。"运动"又深入到她教每个家属洗脸、刷牙、化妆、穿衣服，晚上请知青教她们识字。这下子，"13连"火了。最高兴的是她们的男人，他们发现自己"屋里人"香了，美了，有文化了。当时，女朋友在信中说："雷锋让我从无用的人变成了有用的人，让我快乐了！让我幸福了！"她改变了别人，别人也改变了她——脸黑了，手粗了，放下了孤傲清高，变得开朗大度了。从此，她给我的信中总是洋溢着笑声，而没有带来一片阴暗的云彩。返城后，她在哈尔滨团市委工作时，和同事们创造了由团中央向全国推广的"学雷锋送温暖小组"，那可能是中国最早的青年志愿者活动。现在退休了的她，经常给孙子讲雷锋的故事，还领着他到公园拾垃圾，跟着他们活动的还有我——孙子的爷爷。

　　40多年过去了，当年的知青也陆续进入了老年。我常想，为什么一个22岁的年轻战士的事迹和思想，能鼓舞和激励成千上万的青年人坚持理想信念，勇敢面对苦难生活的考验，度过人生最艰难的阶段，成了无愧祖国和人民的一代人？我想，可能因为雷锋很普通，普通的就像我们的兄弟姐妹；可能因为雷锋很平凡，他没有惊天动地之举，所做都是举手之劳的平凡小事。正因为他的普通和平凡，才让我们信服他，亲近他，愿意像他一样的生活和工作。在百姓的眼里，他就是一个好人、善人、真人；在我们的眼里，他像一个经历苦难的"阳光男孩儿"，是那样地热爱火热的新生活，那样强烈地全身心地投入到祖国的建设中，他的所有感人的表现，都出自真诚，而不是"作秀"；他所说的对青年一代可当励志格言的话，都是他在自己的人生实践中流淌出来的真心话。其实，雷锋还是酷爱读书写作的文学青年，所以才能给我们留下那么多有文采有思想的文字——这也许是他能吸引当年的知青和当今年轻人的一个重要原因吧。

　　现在的年轻人是幸福的，不会再面临"上山下乡"那样的人生苦难。但是在新的社会转型期，他们也会遭遇新的纠结、苦恼和苦闷。他们还会像我们那一代人那样把雷锋当做学习的榜样、精神的导师吗？精神的滑坡，也会让我们的民族面临灾难。我不禁想起作家王巨才的一句话："现在我们还要像重读经典一样学习雷锋精神，那是慰藉人们心灵、提升整个民族思想道德素质的'祖传秘方'。"

　　"谢谢你，雷锋！"

　　在雷锋的墓前，我深深鞠躬，心里默念着这句话。

社区逍遥游

·林 希

最近，一好友开车，带我在天津旧居民区走了一天，品尝了天津地道早点午餐，去了社区人山人海的地摊市场，接触了老天津居民，看到了普通天津百姓的生活状况，毫无拘束地和天津老乡们说了一天家常话。这一天，看到了老百姓真实的生活状况，和草根社区民众一起度过了一天充实的生活。回到家里，打开电脑记下这一天的种种见闻，无以为题，姑且命之为《草根社区一日游》吧。

旅游让你开阔视野，尽情享受人生，带你走进你向往的生活层面，体验贵族生活。只有这次草根社区一日游，实实在在地带我往底层走，尽管天津经过市容改造，旧城区已经没有丝毫旧时迹象，但走进已经高楼林立的旧居民区，接触原住民，你依然可以体验到旧日天津的生活风貌，再经过好友牵线，找到他的老朋友，老邻居，大家一起说说"老事"，再坐进地道天津味的小饭铺，大家无拘无束地说一阵老话，你真的就忘掉"今夕是何年"了。

草根社区一日游，是从吃早点开始的，从我们居住的新区出来，汽车东绕西拐，驶进一片旧楼区，看居民楼的样子，这片建筑至少也有五六十年历史了，再看车窗外的行人，时髦的帅哥美女可能都上班去了，大街上多是些老年居民，老人们的穿着也很是老旧，衣服也不算干净，走路的样子更算不得精神抖擞，立即，你就回到了老天津老邻居当中，那种文化人的潇洒悠闲，这里是绝对看不到了。

小小早点铺，据好友介绍，现在应该是天津头一份地道锅巴菜了，门面很小，桌椅也不讲究，进得门来，他让我去占座，不能客气，自己坐下再拉过两把凳子，三个人的地方占下来了。及至他端来锅巴菜，的确香气扑鼻，绝对小时候上学进早点铺吃的那种锅巴菜香味。头一宗，"锅巴"地道，绝对绿豆水磨，"卤"也地道，"小料"更全，他赞不绝口地对我说，外乡人卖的锅巴菜，已经不知道什么是"小料"了。我是义齿，吃饭极慢，我才开始吃，他那一碗早下肚了，还吃了一根油条，一个饼子，看他吃后得意非凡的神色，似是对我说，今天不带你来这个地方，将会是你终生最大的遗憾吧。

  早点后，好友说带我去居民区市场，这个市场绝对上世纪 50 年代风貌，一律小地摊，而且一律现金交易，不能刷卡，到处讨价还价，讨价还价的幅度高达 50%。他告诉我，在这里买东西，砍价别不好意思，生意不成仁义在，他更提醒我，进了市场别充"大尾巴鹰"，你那种买东西不问价的毛病，到了这里是要被人笑话的。

  小市场风光无限，转了一圈，意犹未尽，好友又带我去了花鸟市场。大开眼界，绝对大花园，奇花异草无奇不有，其中一些珍品，据说价钱已经达到天文数字了。花市，世界各地都有。这是一处面向普通百姓的花鸟市场，市场称不上豪华，那种在国外见到过的"瘆人"气氛，这里是没有的，地面凹凸不平，许多家店铺门外湿湿巴巴，通道极狭窄，对面过来人，你要侧身让他先过去。这里绝对不是高消费的市场，生意却非常红火。买花鸟的顾客，穿着也不考究，大多属于低收入群体，他们选购花鸟，一角钱一角钱地砍价，对于想买的东西绝对苛刻挑剔。你可以想象，这些人一旦得到他们喜爱的花鸟，将会给他们带来何等的快乐。

  在这类花鸟市场，走来走去的人们神色专注，有人正在和老板讨价还价，目光中充满着对于他们中意花鸟的无限喜爱。这样的购物人将他们钟爱的花鸟迎回家中，不难想象他们会如何珍爱这些花鸟了。有人终于和老板谈成交易，看着他们得到珍爱花鸟的神色，才体会到普通百姓真正的生活乐趣。

  草根社区一日游的高潮，自然还是吃饭，只是这一餐不同于任何旅游活动的午餐。好友一日游的午餐选在一家小饭铺，老实说，卫生不算好，气氛更不安静。才走上小饭铺台阶，里面就传出用餐人的说笑声，走进小饭铺，几张餐桌显得十分拥挤，要在就餐人中间穿过，还得不时地说"对不起"。好在这里的用餐人脾气都好，不等你说话，觉得自己碍事的人看见你过来，早早就站起来恭候你的大驾了。

  午餐吃了什么并不重要，6 个人，吃过结账，没超过 300 元，但是绝对地道。据介绍，那盘"牛髁骨"，天津只此一家，比蹄筋还烂糊，厨房师傅说了，"不烂，您老把盘子扣我脸上。"而且味道绝佳。吃得真是过瘾，凡有外地作家到天津来，他一定请朋友来这里享受天津美食，吃过的作家，无不称绝。

最最令人感到温暖的，是好友请来的几位朋友，年龄都在六十开外了，大多是企业退休职工，其中只有一位相声演员，大家都说他现在状态最好，大家的退休金，全都一样，只有这位相声演员，收入最高，现在天津相声最火，一个晚上要赶三两场，演出费再低，一天拿三个"份儿钱"，也很令人羡慕了。

和这些朋友坐在一起，没有抱怨，没有牢骚，席间没有人评论美国大选，也没有人询问欧洲债务，你一句我一句热热闹闹，说的都是家常话，老伴身体如何，新居舒适与否，什么地方的爆三样地道，什么地方的油条炸得好。原来的什么地方现在改成了什么地方，原来的老邻居现在迁到了什么地方，谁家的儿媳妇孝顺，谁家的老人如今"蹶摆"（受儿媳妇气）了。吃着说着，饭铺老板过来劝大家"回客"："我们已经打烊了。"

草根社区一日游，过得充实，感到温暖，回到家里我想，如此草根社区的深度旅游，才让你真正接触到草根社区居民，体验到草根社区的真实生活乐趣，许多旅游爱好者，走的地方多了，看烦了名胜美景，住厌了星级宾馆，吃腻了美味佳肴，倒是民间的真实生活景象，才更为诱惑。

忘不掉的馒头

·柳　萌

这会儿不再讲"忆苦思甜"了。可每每听到或者看到类似毒食品染色馒头的消息，我还是不由自主地想起，上世纪60年代，那些关于吃的往事，关于馒头的故事。它们就像刻在石碑上的字，今生今世都难从记忆中移走。

上世纪50年代末，我因言获罪，被送北大荒劳改。初到时农场伙食不错，肉食不多主食管够，一米长的柳条笸箩，装着热气腾腾的馒头，看上一眼都觉得可爱，闻着那纯净的面香，即使吃惯大米的南方人，都要抢先拿走一两个馒头，等吃完习惯的白米饭，再来仔细地品尝馒头。至于北方人就更甭说了，用筷子头儿往笸箩里扎几下，几个白净暄腾的馒头，像串糖葫芦似的串在一起，高高兴兴地举着走开，有的人为拿馒头忘记打菜，只好用馒头蘸点剩余的菜汤儿吃，脸上挂着的依然是舒心的微笑，还满意地说："有这大白馒头，怎么吃也香呵。"

但馒头管够的日子，持续了也就是一年，便成了我们经常思念的食品，因为只有在改善生活时，每人能分一个馒头解馋。改善生活的日子自然就成了节日。某一天馒头真的来了，你看吧，每个人眉宇间都会闪出亮光，有的人轻哼着小曲儿歌儿，有的人敲打着碗筷说笑，就连性格内向腼腆的人，都会跟着傻傻地瞎嘿嘿。排队好容易领到馒头了，其实，只有一个二两重的馒头，放在碗里捧着边看边走路，好像怕馒头长腿跑了。吃的时候更是小心翼翼，不慎掉点馒头渣儿，都要轻轻地捡起放嘴里。在农场睡的是通铺，十多个人一字顺着排开，人挨着人被连着被，一人翻身惊动十人，谁干些什么事情就更没跑。有天半夜两个邻铺的人，突然坐起来又吵又骂。众人不知发生了什么事情，点起小油灯问究竟，原来是，一位胃不好留了半个馒头，另一位半夜饿了给偷吃了。这怎么得了，于是，这"馒头事件"就成了大问题，上纲上线到"抗拒改造"，让偷窃者足足检查交代多次，彻底来了次"灵魂深处爆发革命"，才勉勉强强地过了关。倘若此公今天还健在，看到染色馒头之类新闻，不知他会作何感想。对黑心商人是骂是责，恐怕都是情理之中的事。

数日一个馒头的日子，过了就是半年多点儿吧，就到了全民挨饿的日子，连个馒头影子都不见了，馒头成了梦中情人、精神餐品。再其后，对馒头连想都不敢想了；每天四两带壳的高粱果腹。在繁重超时的劳动里，不时有生命消失或生病，哪还敢有对馒头的奢望呢？处于危难时刻的我们，保住命比什么都重要。好在那时北大荒自然生态好得很，漫山遍野的花草，江河湖泊的鱼虾，以及田野里饿得乱窜的虫鼠，凡是可以吃的野生东西，都让我们用来填充辘辘饥肠了。就这样好歹挨过饥饿的三年时光。

待我劳改回来，母亲见到我时，一边端详一边抹泪，过了半晌才说话："这人怎么都走样儿啦，过去白白胖胖的一个人，这会儿又黑又瘦，饿得连骨头都露出来了。"父亲用话岔开，母亲才从怜爱中走出，赶紧去给我做饭。

那是个用票证购物的年代。吃饭更是按人口定量供应。拿出家中仅有的一点白面，母亲蒸了几个馒头，弟弟妹妹每人一个，给我碗里放了两个，母亲说："老大受苦了，饿得面黄肌瘦，好容易回家来了，补补身子吧。"我狼吞虎咽地很快吃下，没有饱的感觉，心里却很满足。这是挨饿两年多之后，我第一次吃到馒头，当时认为，馒头是天下第一美食。

就是在那时，我被再次发配内蒙古劳动。每年回家探亲，临行前母亲给我带东西，总是少不了几个馒头，说是让我在路上吃。有一年休完探亲假，母亲依依不舍地说："这日子过得怎么这么快，12天说过就过去了，再来又得等明年春节了。"可能是想慰藉对我的思念吧，这次，母亲用攒下的几斤面票，特意蒸了十来个糖馒头。我离家动身前一天，她给我装在帆布旅行包里。看着这些香喷喷的糖馒头，我的心里，倒是有种苦涩滋味儿袭上心头。我想，我个人命运不济倒也罢了，竟然还要让母亲为我操心，生活竟然如此严酷、冷漠。

从天津站到北京站，换乘去内蒙古的火车，候车时我躺在长椅上，惟恐装馒头的提包丢失，用后伸的两手护着枕在头下。躺着躺着竟然睡着了，醒来觉得头底发空,翻身一看,原来鼓鼓胀胀的手提包,变成了像放过气的瘪气球,拉开拉链儿再一看,别的东西一样未少,十来个糖馒头只剩两个。再仔细检点手提包,旁边有条长长横划,馒头就是从这刀痕处,硬被一个个掏走的。我无奈地抱着手提包,踏上远去边疆的旅程……

其实这都是陈年往事,至今已经过去 50 多年,可是,说起来仍然有点感伤。对照着温饱的现在,竟然出现"问题"馒头,不免百感交集。那时能够吃上馒头,似乎比解除痛苦的劳改更为迫切盼望。一位难兄饿不可支,偷吃了半个馒头,被折腾得死去活来。另一位陌生旅人,同样因为难忍饥饿,偷吃了我的馒头,却并未对我伤害。在当时那种境况里,这完全可以理解和原谅。饥饿让一些人失去尊严,却没有失去为人的良善,至少没有心起伤害的念头。

如今,物质丰富了,善意却变少了,我们不禁要问:这到底为什么,是谁在造孽呵?这是道德的沦丧,抑或是生活无知?

问天天不语,因为天被遮住了脸面;问地地不言,因为地被弄得百孔千疮;问水水哭泣,因为水被搅得不再平静。那好,那就问问人类吧,是你,是我,还是他,在干着违反天意的蠢事?我现在要大声疾呼:人们哪,你涂抹它洁净的身体,你毁掉它高贵的声誉,不觉得害羞吗?

谁能预测未来的某一天,你不会像我当年那样,为得到一个馒头吃,像企盼过年似的等待改善生活呢?

山中年馍:

· 乔忠延

云丘山,一个多么富有诗意的名字。挺拔高耸的山峰上缭绕着五彩祥云,该是何等美妙啊!

这并非哪个诗人想象出来的理想乐园,而是真有其地。它在吕梁山的最南端,西边的峡谷里是巨龙蜿蜒的黄河,东边、南边的原野上舒展摇曳着黄河的支流汾河,滋养在这水魂里的山脉岂能不灵秀?这山脉早已沉隐在我们的情感世界。传说,后稷出生时被遗弃却大难不死的那座山就是云丘山,他教民稼穑也就从那里做起,最早的耕植技术即由此传播开去。

古往今来的文明极像山间的清泉,总会跌宕而出,蜿蜒着流往远方。云丘山亦然。灵秀的山水是农人生存的根脉,也是养育他们的家园。他们接过了先祖的犁、耧、耙、耱,也接过了前辈的风俗礼仪。当"民以食为天"成为他们的生命旋律之后,几千年来,他们的日子几乎没有一步不践行在这无形的轨道上。即使在今天,要打开他们的往昔也不算难,仅饮食而言,就是一幅"仓廪实则知礼节"的鲜活画卷。

过年是食物最丰盛的时节,就让我们走进农家屋舍看看他们为此预置的吃食吧!在这个最为隆重的节日里,无论是城里人还是乡下人都会歇息下来,欢度佳节。不过,过年对于农人来说有着比城里人更为喜庆的意义。他们没有周末,年节是一年里唯一的假日,因而珍贵得一点点也不敢浪费。尤其是女人,一年到头从没有闲歇的空隙,过年总该轻松几日。但是,家里的老老少少也要张口吃饭啊,解决的办法便是早早蒸好年馍,到时稍稍一热,轻省而又快捷。年馍,很早就成了山乡人的"方便面"。但是,谁要是因此简单地看待年馍，那就辜负了五千年的文明积淀。年馍犹如一部发黄的古书典籍，没有一定的文化修养还真难读懂其丰富的内涵。

　　大年初一，敬献在灶檻上的是一个很大的花馍。这花馍名叫枣山，由一个个裹着红枣的白面卷层层加高，高成一座山，高高的顶端还挺立着一个昂首啼鸣的大公鸡。大公鸡，大吉大利；大红枣，早早高升，一年美好的愿景都寄寓在这枣山上头。枣山献的是灶神。灶神是玉皇大帝派往凡间的工作队员，一年四季居高临下注视着家人的一举一动。若是铺张浪费，抛米撒面，他就会如实向天廷汇报。来年这家说不定会遭受天火烧房子、槽头死骡子的横祸。谁不愿意过平安日子？所以，每日每时都勤恳、节俭。就这样还怕万一有个疏忽被灶神抓住小辫，因而，每当腊月二十三灶神上天时，还要给带上些炒豆和糖瓜。糖瓜又甜又粘，让灶神甜蜜的咋好意思说坏话，即使想说也粘得张不开嘴。炒豆是马料，是供给灶神坐骑的吃食。农人不仅尽心地巴结灶神，还要把人家的坐骑也打点好，伺候得是何等周到啊！如此一来，灶神就只能上天言好事、回宫降吉祥啦！大年初一的爆竹声一响，即把前往天宫汇报的灶神又迎到家里。迎进门当然不敢怠慢，那高高大大的枣山就是敬献给他老人家的第一份厚礼。

　　云丘山的年馍还有枣糕。枣山是敬祀灶神的，枣糕是敬奉老人的。枣糕形如磨盘，是一层面、一层枣合成的。面中裹枣，是要老人的日子甜甜蜜蜜；称之为糕，是要老辈人健康高寿。枣糕酷似磨盘是怀恋伏羲、女娲兄妹滚磨盘成婚的意思，是他们的成婚才繁衍出这众多的后人呵。谁会想到，一个不起眼的年馍上竟有如此深远的文化意蕴？

　　晚辈敬奉老人，老人疼爱儿孙。礼尚往来是云丘山人根深蒂固的习俗。收受了枣糕的老人回馈给晚辈的是花卷。别看花卷蒸着不复杂，白馍的层层纹理却像盛开的一朵花，这是象征年轻人风华正茂，愿他的前程像鲜花一样美好。倘若晚辈还是个孩童，那就多了一份讲究，馍的形状如同一个很大的玉佩，当中再缀上一朵牡丹花，是在夸孩子可爱得如花似玉。热情的赞誉、美好的祝愿不言而喻，年馍温暖着老老少少的心。一家人饭桌上吃的馍则叫卷子。年馍里头数卷子最好蒸，把发好的白面揉成圆圆的长条，剁开蒸熟即成。那形状顶圆底方，方可以站得端正，圆便于进退自如。该方则方，当圆则圆，方圆里面浓缩的是做人的规矩。这是勉励，更是自律，年馍哺育的不只是有形的肉身，还有无形的精神。

　　云丘山的年馍里有远去的历史、古老的信仰，更重要的是蕴涵了民族的道德礼仪。年馍使"民以食为天"隐含了仁爱、孝敬、长幼有序等道理，不仅让广众吃饱肚子、安定天下，而且将家庭纲常、社会伦理，由年馍悄悄潜进人们的血脉神魂，一种稳固的社会秩序、和谐的山乡生活，就这么在农人的炕头上构建着，传承着，从遥远的古代直至今天。

小镇"观礼台"

·田永元

当第一列高速列车从小镇通过的时候,小镇上的那些铁路人,似乎才真正意识到:眼前的小镇,再也不是当年被称为铁路地区的小镇了。

仿佛一夜间,那些陈旧的蒸汽和内燃机车都在眼前消逝了,那些挂满了烟垢和油渍的厂房隐没了。只有更加笔直的轨道,和半空满挂的输电线构成的一张巨大电网,成为人们感觉"现代化"的具体形象。呼之而来的高速机车拖着长长的货物,像子弹头的"和谐号"满载着南来北往的旅客,路过小镇,匆匆而来,又匆匆而去,仿佛在提醒着人们:尽管我们已经不能在小镇上停留,然而,那份对小镇的情谊还在心中"波动"。

不再有车停靠的小镇,还是温馨的,特别是清晨和黄昏的时候。当年专门停放机车的地方,如今变成了花团锦簇的休闲场地,当地人"戏谑"为"我们的观礼台"。观什么?来到这里的老人们,相互谈的最多的,就是眼前一闪而过的"高铁"。是的,一切都过去了,但他们依然不曾忘记。在"观礼台"上看看聊聊,几乎成了他们人生的一个仪式。几句话,你就可以判断出他们以往的身份,曾经的工作经历:

"看眼下这速度得有300,你看这线杆子的距离,还没查出一个数,过去了!"

"是呀,人家跑一个小时,够得上咱们那时跑上一小天了。"

这是一对当年开过蒸汽机车的老司机。内行人都知道,在这条线路上,蒸汽机车的时速不到50公里,而现在的高铁,是300公里!

"那时候,一列车四五十节,心里美的,拉的货能堆满半个小镇!"

"哈。那时算啥呀！现在列车要是在小镇停一下，一个小镇得塞满了！整整有一百节呀！"

不用说，这是两位干过车辆维修工作的。那时候一列车不过拉3000吨，现在一列至少拉6000吨！

有人告诉我，当年，小镇就是被火车"载"来的。纵贯南北的大干道和衔接东西的铁路在这里交叉成点。人们亲眼看着这里建出了编组站，建起了机务段，喷云吐雾的蒸汽车在这里繁忙着，最有意思的是，东西两侧各矗立起来的大煤塔，耸立在霞光里，像伸着两个煤腿憨笑着。一旁扬起的水鹤扭动着多彩的身姿，"刷刷"的，仿佛是天际飞来的一道道银练，把满腔激情倾于机车的水柜中（"水鹤"是铁路上给蒸汽机车加水的装置，状似鹤首，故得名）。随着一列列火车靠近和离去，一缕缕烟尘在小镇的天际绘画着，惬意地舒展着。然后，随着一声声清脆的汽笛声，"水足饭饱"的火车又带着豪气出发了。

据说，那时，只要进站的列车一声汽笛响，远远近近的家属们就知道，是"谁家的车"要进来了，就能听到女人忙颠颠为自己的男人预备好饭菜。这第一代的铁路司机们，往往在进站的时候，故意将笛声拉得特响，那声音里蕴含着自家的亲人、和睦的邻里们所能听懂的语言。那一瞬间，是人间最甜美的情调，最深情的心曲。

后来，高大的煤塔被拆掉了，水鹤也仿佛一下子凝固在那里，成了小镇的一座雕塑。小镇一下子冷清了不少，不知道是谁灵光闪现，在煤塔拆除的空隙地、逐渐扩大的场地上，栽下了第一棵槐树。随之，是更多的树，还有更多的花草，而且，年年都在扩大。这里最终成了小镇美丽的"观礼台"。

时间和铁路一道飞驰。小镇的许多人，陆续遗憾地离开了自己的火车头。接下来，小镇的天际间拉出了一条条输电线，建起了高速铁路。那种声音，瓮声瓮气的。高速机车上面的授电弓同接触网摩擦，闪出一道道好看的蓝光，像描绘着令人遐想的图案。在这电光不停的迸射和交织中，小镇的人们感觉到了铁路，这个他们一生为伴的庞然大物，开始有超出他们想象的变化。他们说不清，却感受得到，有什么在慢慢悄悄变换消隐，有什么又正在浮出水面。他们开始也许有点猝不及防，有点惶惑，慢慢地，也就理解了。心情顺畅了，他们又变得自信起来："瞧，这帮小子比我们跑得快多了。"那种洋溢在心头的感情，写在他们的脸上，也撒向小镇的天空。

整个的机务段在眼前消失了，整个的车站在眼前消失了，一排排的平房在眼前消失了。春笋般疯长出的一幢幢高楼大厦，似乎把这些老人想象的空间一下子都挤向了半空。机车的动力由蒸汽变成了大的交路，那些多余的车站和机务段，理所当然地走完了自己的路程，掀过了历史的一页。就如同他们中间的人，在不断地进来，也在不断地退出。然而，在他们的心目中，这个旧日车场的位置，却是任谁都不能代替。小镇上的这块"风水宝地"，逐年地扩大起来，四周种上了一种叫水腊的植物，簇拥着成为一道好看的天然篱笆。里面各式的花草错落有致地生长着，盛开着。

有一年，一位开发商看上了这"观礼台"，要在这里建房子。不知道是谁将这个消息透露了出来，老人们找上了这位开发商：没有你的时候就有了这里，你盖出多少楼来只会毁了这里。一位文绉绉的老司机说得更动人：这可是我们心里最后一块绿洲啊。"观礼台"最终保住了。

这个辽西的北方小镇，如今依然平静，伸展向前的轨道依然平直光亮。一列列长长的高速列车，路过这里，匆匆眨巴下眼睛，看着那些小镇"观礼台"上的人们。它们或许太快，没来得及看清，这些人的目光，有怀念，有希望，有感伤，更有骄傲；这些人的目光，和朝霞相融，在晴空舒展，在晚霞里驻扎，直伸向天际，和星辰交汇。

犁之魂

· 凸 凹

　　故乡的犁耕之事，多在春秋两季：在春季，叫开春墒；在秋季，叫打秋墒。其中，以打秋墒为最繁盛：收秋以后，上冻之前，土壤疏松，天气虽稍有凉意，也只是多穿件夹袄而已，人还不至于窝在屋中、不敢出门。春墒就不同，3、4月间，春风吹来，远暖而近寒，犁刀下去，顶冰挂凌，除了误了秋耕而不得不抢春墒的耕夫之外，老少妇幼，就不大出门，隔着厚厚的毛草窗纸，听隐约的牛鸣。

　　在山里，祖父的犁活是没有敌手的，虽然他的专职是放羊。他在犁活上的功夫，主要下在牛身上。未上犁之前，他把牛赶到草茂虫少的阳坡上，随牛们任性儿吃草，自己则躺倒了身子，懒懒地寐去。其实，他的耳翼是始终张开着的，专听牛咀嚼的声音：

　　"咕吱——咕吱——"单调缓慢而有节奏，牛就吃得好。

　　"咕咕吱——咕咕吱——"节奏突然疾了半拍，祖父便一跃而起，用鞭梢捎那牛的唇尖。牛就放慢了速度，回到原来的调子上去。

　　牛要上犁了，那牛被养得既不胖也不瘦，很适中的架骨，很坚韧的腱蹄；拉长套不嘘，拉连套不疲。这是祖父追求的境界。祖父对犁杖却不刻意追求，只要犁弓是枣木的，犁面上未被虫噬过，就扛在肩上，下地去。

　　犁地时，祖父总赤着一双脚板，专在翻出的新土上踩踏；外人以为那是他的习惯，并不太在意。其实，那是他犁活中最重要的部分：他凭翻出的新土在趾间龇过的感觉，掌握着犁尖的深度和牛走的快慢，这一招靠的是感觉的积累。于是，祖父的犁活便又快又妥帖，每到祖父做犁活的时候，周遭便围满了山里的老少。

祖父由此成了山里名望很高的人（自然还有他解放前老党员的名分），以他为榜样，村里人踏踏实实种庄稼，虽旱涝频仍，却不怨尤，也不懈怠，总是依农时而作，总没断了收成。

父亲高小毕业那年，正赶上村里改选。碍着祖父的威望，村人选父亲做支书。选举那天，是一个数九的冬日，当宣布父亲当选的时候，祖父却站出来说："大伙莫太宠他，先看看他的犁活，再最后决断不是更妥当么？"村人好一阵喊喳，但终究还是依了他。

父亲对祖父虽有些怨，却不敢吱出声来，就带着耿耿的心怀去准备犁杖。他用墨尺量了一截枣木，拟出最佳的弧度，用温火耐心地打犁杖的弓身。单这个小小的犁弓，父亲就打了整整两个白日，因为身后有祖父期待的眼神。

开春犁的日子还远，父亲就只得强捺了性子等待。在那枯燥烦闷的日子里，父亲常常在磨石上磨那犁铧，把铧面磨得滴锈不沾，日光晃在上面，熠熠如镜。祖父却喝斥父亲："把铧磨得忒薄，还吃得住力么？"父亲沉默着，并不与祖父争执。

终于到了顶凌下犁的季节，村人就簇着父亲去演练犁事。那犁刃犁在土中，传出嚓嚓的脆响，那冰凌还很厚呢！但父亲没有丝毫的犹豫，尽情地放牛朝前走。祖父从犁沟中抓起一把新墒，稍一用力，便攥成了泥团——春墒的水分忒重！但再看那犁尖，却仍熠熠地闪着光芒，并不曾沾上些许泥星。犁轻松地朝前走着，只留下极动听的嚓嚓的犁韵。

祖父不禁暗叹：好小子，他比我机巧得很哩！待开犁的那爿地刚犁完，未等众人开口，祖父便说："那支书，就让他当吧。"

父亲当支书后，总也忘不了那个春天的犁事，勤谨地干着该干的事体，终于在离任时，留下了一个好声名。

山里千年因袭，几乎没人真正走出去。所以，对我的走出大山，村人当作一件盛事——人们敲响牛皮老鼓，找出迎亲大轿，欲抬我出村。祖父让父亲搀着走到村口（其实他身体很健朗），把极动情的人群挡回去了。他怔怔地看着我，似有千重叮嘱，临了，竟对父亲说："找一挂犁来，让小子扶扶犁吧。"

父亲把犁套好，将牛鞭交给我："要扶好，你爷爷老了，可别扫了他的兴致。"于是，那牛鞭握在我的手中，就显得极沉重，心中惴惴的，久久不敢轻轻挥下去。牛走得很慢，但那犁我却怎么也扶不稳，身后的犁沟便极弯曲、极丑陋。我怯怯地朝祖父看去，准备被他训斥。但祖父送给我的，却是温厚、宽容、鼓励的目光。我便少了顾忌，用力挥起牛鞭，大胆地犁向前方……回头望，祖父挣脱了父亲的搀扶，独自站着，那瘦弱的身子，回复了他素日里执拗而挺拔的模样。

　　这时我明白了：我已不可能有父辈们那么精湛的犁艺了，他们也不希望我再背负那过于陈旧的因袭，他们要我继承的是那永远不死的犁之魂！

　　我感受到了他们的良苦用心，暗暗对自己说，出山远行，无论顺逆，无论显隐，都不能忘了来路——脚踏实地、本本分分地埋头走下去，不彷徨、不摇摆、不停顿，就是对父辈们最好的尊重了……

团泊洼三本书

·吴 昊

这三本书，跟了我半个多世纪了，它们使我伤痛、怀念和不安。

这三本书，都是从洼地带来的。其中一本是借，一本是送，一本是非借非送。

所谓洼地，是天津市静海县的团泊洼，靠海，一眼望不到边的白茫茫的盐碱地。1958 年，专政机关在这里建立了农场，接收河北省省直机关、解放军一些单位和国家公安部的近千名右派来这里劳动改造。

先说借的那本书。书名是《脂砚斋红楼梦辑评》，俞平伯辑，1958 年古典文学出版社出版，定价壹元陆角柒分。书的主人是于山。我和于山同是河北日报的右派。在书的版权页上于山这样写道：

> 无意中购得此书，为之雀跃者三。如能早遇见，当能免去我多少抄录校正之苦。
>
> 启宇
> 一九六三，一，十于天津旧书店

几句话，可见此书得来不易，主人是很喜欢这本书的；有一点，我得说明一下，于山本姓章，名启宇，上海人，新中国成立前参加工作，出于当时地下工作的需要，隐姓埋名，改为于山，其实于山二字，就是宇字分开写，于在上，山在下。经过 1960、1961、1962 几年的大饥荒和超强度的体力劳动，右派们的体质大不如前了，多数人得了浮肿病，上面提出"劳逸结合"，天一黑，就得躺下，第二天，太阳老高，才许起床。饿着肚子，躺在床上，睡不着，那个光景，太难挨了。人们为了打发饿极无聊的时间，于是，找出了一些书来看，于山看的是《石头记》，我看的是《红楼梦》。过去，我看过一些批判俞平伯的文章，对脂砚斋略知一二，所以就把于山的脂评借了来，有些"评"，还抄在了我的书上。后来，于山调回河北日报，我们分手，书没有还他。再后来，两人天各一方，各有各的难处，还书的事也就撂开了。"改正"后，我俩见过多次，在乌鲁木齐宾馆，在人民日报招待所，我们曾有过彻夜长谈，说起那本脂评，他说留着你老弟再批红楼时用吧！他笑，我也笑，又撂过去了。再后来，上个世纪末的某一天吧，接到了于山去世的消息，我头顶上，就像响了一声闷雷，怎么可能呢？我知道，他还有很多心愿未了，我们还有很多话没有说完，怎么连招呼也不打，就走了呢！我和曾任人民日报副总编辑的翟向东同志去石家庄为他送行，那天，北京大雾，我们的车，出了京城，路就封了，只好返回。回来路上，翟向东同志说："于山读了那么多书，都带走了。"甚是慨叹。我的心就像车外的雾一样，灰灰的，乱乱的。回来以后，我找出于山的脂评，对着书，深深地鞠了一躬。见书如见人，这些年，每当拿起或看见这本书，我总是止不住伤痛，心里喊着"于山"。

　　再说那本送的书。书名是《昌平山水记——京东考古录》，作者顾炎武，1962年北京出版社出版，定价贰角柒分。薄薄的，只有52页。书的主人叫李超，原解放军某部少尉军官，参加过抗美援朝战争。个子高高的，很帅气，一天到晚，笑眯眯，乐呵呵，这样的人，为什么会成右派呢？我和他没有深交，也没有深谈过，只是见面点头，到现在，我也不知道他是哪里人氏，更不知道，他离开洼地以后，去了何方？他的书是通过我的另一个朋友转给我的，原因无他，他听说我是昌平人，所以一定要送我。我当时，在书上写了这样一行话："1963年，于洼地得此书；李君因我为昌平人，故割爱。"这本薄薄的书，后来却帮了我的大忙。我曾关注北京的水问题，写过不少这方面的文章，不管是对北京水环境的认知，还是对北京未来水资源的困惑，很多方面，都得到了这位四百多年前伟大学者的启示。当年，顾炎武先生是骑着毛驴考察京郊山水的，不知如今，尚有何人肯下这种功夫，再写一本京郊山水志，警示人们：北京的明天，北京的未来，最值得忧虑的，是水，最不可大意的，是水，最需要提醒的，则是那些坐在高高的官位上把北京的水当成糖葫芦、大碗茶一样来清谈的官员了。世界上，几乎没有哪个国家的首都，像北京这样，面临着水危机。2013年，是顾炎武先生诞辰400周年，但愿北京，起码是昌平，能够纪念他，以唤醒人们的水意识！李超君，你在哪里？你那薄薄的书，对我来说，早已成了重重的厚礼。

最后说那本非借非送的。书名是《西厢记》，王实甫著，吴晓玲校注，人民文学出版社1958年出版，定价伍角柒分。书的主人是李国中。他和我一个组，我们两个人很少说话。我知道，他是军队来的大尉军官，参加过解放战争，在朝鲜战争中负过伤。1962年国庆节以后，我们去碱滩割苇草，暮秋天气，西风萧瑟，衰草枯黄，拖着浮肿的腿，摇摇晃晃，我们这些人就像没了生机的苇草一样，飘在人生的荒滩上，触景生情，我顺口吟出《西厢记》里的几句："艳阳天，黄花地，西风紧，北雁南飞。晓来谁染霜林醉？总是离人泪。"国中走在我后面，他紧赶一步，小声说："碧云天，碧云天。"我明白了，没说什么，因为时时都要提防身旁小耳朵，小舌头，小报告。收工回来后，他把他的《西厢记》递给我。国中以后和我不在一个组了，我们几乎见不到面，书，一直没给他。

为什么那么怕小报告呢？我和国中有过一段辛酸的经历。我曾在农场工业连呆过，整天与硫酸、盐酸打交道，没有工作服，没有劳保，衣服都烧坏了，于是就找些破布来补，黄一块，蓝一块，白一块，当时那种情势，什么尊严、脸面，都不在话下了。有一次，看着我这样子，他说："卧薪尝胆"。我看了他一眼，他也意识到自己失言了。小报告马上就打了上去，当天晚上队里就开批判会，先是揭发，再是本人检查，群众批判，最后让我说，众口一词，我能说什么，上纲上线，"反改造情绪，借题发挥"，"骨子里仇恨党和人民"，"如此下去，死路一条"……国中本来是"表现"较好的，有望摘帽子离场，自那以后，全完了，他成了队里的落后典型。这件事，虽然不是我的意愿，但是由我而起，我一直觉得愧对国中。事情过去快60年了，但每当看到国中的《西厢记》，我仍然感到愧疚和不安，"国中，你在哪里呀？"

劝业场记忆：

·肖复兴

近日看报说是劝业场在今年年底要恢复原貌，重张旧帜。这个消息，让我高兴。在北京前门地区，老的遗址不仅保存着历史的符号，也保存着这个街区的文化记忆，既属于地理的空间，也存活于人们的心间。如今，前门地区因为历史和现实的种种原因，如劝业场这样完整保留的遗存已经屈指可数，恢复它的原貌就更具有重要的价值和意义。

劝业场当年和王府井的东安市场、菜市口的首善第一楼、观音寺街的青云阁并列为京城四大商场，名气曾经冠盖京华。陈宗蕃先生在他的《燕都丛考》中说它"层楼洞开，百货骈列，真所谓五光十色，人目迷。"由于是西洋式建筑，有着那个时代西风东渐的痕迹。如今报纸说它建于清末1905年，是没错的，但有的报纸说它地下一层地上三层，则有误。其实，它地上是四层。这和劝业场的发展有关。虽然它建于清末，但那时主要是作为"京师劝工陈列所"，展览的作用大于商业。劝业场真正被正式命名并作为商场而发展，是上个世纪20年代到30年代的事情。

经历第一次大火之后，劝业场于1920年4月15日重新开张，劝业场的名字才正式叫响。短暂的辉煌之后，1927年，又经历一次大火，这一次到了11年之后的1938年才恢复了元气，从此有了一段为期长一些的稳定发展。也就是为发展起见，这时候才在原来三层的基础上加盖了一层，又在楼顶开辟了屋顶花园。在四层，主要是增加了一个叫"新罗天"的剧场。道教里三十六天最高一层，称之为大罗天，号称天玉清境，剧场取名新罗天蕴其美意，唐诗人王维曾有诗"大罗天上神仙客"，来这里看戏的人就应该都是神仙客了。新旧结合的立体舞台，画着刘海戏金蟾的背景。聘请当时在西长安街新开张不久的新新大戏院（新中国成立后更名为首都电影院）的经理万子和来打理。并将三楼进行了改造，东西各新辟了书场和魔术场，南部扩大为游艺场，中间一圈跑马廊前为茶座。在商业功能之外，增添了娱乐功能。提出"劝人勉力，振兴实业，提倡国货"的口号，应该也是那时候的事。同时，还从天津的义记公司购买了厢式电梯，每层安装了防火的消防器，开辟了天平门。这在当时都是新鲜的玩意儿，来看热闹的人络绎不绝，一直到新中国成立初期，我还看到天平门上闪着红灯的醒目的指示牌。

我从小就住西打磨厂，五分钟的路程，过前门大街往西，进西河沿，就到了劝业场的后门。所以，我是那里的常客，买东西是其次，主要是玩儿。放学之后，或是星期日，溜到那里，楼上楼下的疯跑，躲在大柱子后面、各个店铺里，和小伙伴们玩捉迷藏，那里是我的免费的游乐园。民国时期有竹枝词："放学归来正夕阳，青年仕女各情长，殷勤默数星期日，准备消闲劝业场。"虽然说的是大一些的学生，但和我们那时候的情景很相似。

记得那时候，游艺场和新罗天都还在，但由于兜里没钱，没进去看过戏或曲艺。听说游艺场曾经是架冬瓜演滑稽、郭筱霞说梅花大鼓、郝寿臣说相声、连阔如说评书的地方，现在看来个个都是了不起的角儿；新罗天白天是鸿巧兰等人演评戏，晚上刘宝全说京韵大鼓。鸿巧兰那时候和喜彩莲、小白玉霜号称京城评戏三大角儿，那时候的鸿巧兰正是风华绝代的好年华，要扮相有扮相，要嗓子有嗓子。刘宝全一人单挑整个舞台，和白天的大戏抗衡，更是足见当时他的魅力。可惜，我都未能赶上。在我和小伙伴们在它旁边疯跑的时候，滑稽演员韩兰根专门从上海来，在那里演出过《钦差大臣》的话剧。后来看到一个材料，说新罗天剧场能容纳 500 个观众，想这不就是今天红火的小剧场吗？

那时候，三层还有画像馆、照相馆、台球馆和乒乓球馆。记得 1952 年我生母去世的时候，我 5 岁，弟弟 2 岁，姐姐 17 岁，姐姐领着我和弟弟到这里照了一张相。记忆非常深刻，姐姐先带着我和弟弟到劝业场的楼下买了两双白力士球鞋，让我和弟弟穿上，然后上的三楼照相馆，让人家照一张全身的，为的是照上白鞋，算是给母亲戴孝。

那时候，我没去过地下，地上的一楼二楼都是卖东西的，前后分为三个大厅，一层的每个大厅里，都是中间围成一个圆形的柜台。楼上是围合式的，一楼的大厅便成为楼上的天井，四围是一圈跑马廊，廊的栏杆是铁艺镂空的那种，商铺又是敞开的，所以，无论你站在哪里，楼上楼下一目了然，熙熙攘攘，人影幢幢，有些像是过年逛庙会的感觉。小时候，特别觉得整个劝业场就像一只编制精致又巨大的鸟笼子，人们就像笼中的鸟来回地飞，琳琅满目的货物就像花枝缤纷地招摇。记得有一个星期天，警察带着一个流氓犯，站在二楼的廊栏前示众，那个被称作流氓的是个小伙子，弯腰低头，警察在宣读他的罪行。一楼所有的人都像鸭子一样仰着头观看，三楼二楼的人都把头探出栏杆观看。除了商贸餐饮和娱乐，劝业场还有了这样一种政治的功能，抹上了那个时代的特色。

劝业场前后两门，正门在廊坊头条，比较宽敞，但我觉得没有后门漂亮。后门立面是巴洛克式，下有弧形的台阶，上有爱奥尼亚式的希腊圆柱，顶上还有拱形阳台，欧式花瓶栏杆和雕花装饰，包子的褶似的，都集中在一起，小巧玲珑，有点儿像舞台上演莎士比亚古典剧的背景道具，尤其是夜晚灯光一打，迷离闪烁，加上从前门大街传来的市声如乐起伏飘荡，真是如梦如幻。

我觉得，新中国成立前后，是劝业场最发达的时期。那时候，首善第一楼没有了，青云阁沦落了，京城四大商场，便只剩下劝业场能够与东安市场抗衡，相比较，劝业场的体量没有东安市场大，但多了一点儿洋味儿。在我记忆中，劝业场一直到80年代初，虽然几经更名，还依然是红火的。那时候，我的孩子快要上小学了，我还专门到那里给他买过衣服之类的东西，其中还买了一双出口转内销的小皮鞋，羊皮，式样新颖，见到的人都问哪儿买的。我告诉他们在劝业场，劝业场便成了那时一个和现在的新世界一样挂在嘴边名头响亮的商场。那一阵，那里卖出口转内销和罗马尼亚进口东西很流行。

让记忆中和历史中的劝业场，在现实中重现，不会如梅开二度那样的简单。建筑的生命在于历史，同时也在于现实，希望重现的劝业场不要仅仅走商业开发的路，而要将其本身具有的文化意义提炼出来，展示出来。前年，青云阁重张旧帜，便只是在走一条单调的商业路，走得最后匆匆地关张了事。而眼前大栅栏的瑞蚨祥，也仅仅是商业老路惯性在走，走得也并不理想。希望在商业的功能之外，能更多着眼于劝业场的文化与历史的元素与内涵，让历史走进现实，让现实照亮历史，让劝业场在前门地区乃至整个老北京遗存中，彰显更大的功能。想起放翁的诗句："八千里外狂渔父，五百年前旧酒楼"。虽然劝业场的历史不到500年，才107年，但相信在今年年末它重新开张的时候，会有各地的旧雨新朋大老远地跑来观看它的姿容，毕竟这样的老玩意儿不多了。

每一个春天都是改革元年：

· 熊召政

又到了金秋十月，看到院子里的鸟不落树上，结满了玛瑙一样的小红果，忽然便生了乡情，眼前浮现出一重重岚气氤氲的云山。

我的故乡英山，是湖北最东的一个县。气势雄浑的大别山主峰天堂寨就在其境内，这里不但是中国四大发明之一的活字印刷术发明人毕昇的故里，也是湖北为数不多的红军县之一。大革命时期，这个不足17万人的小县，有名有姓的红军烈士就有7000多人。黄埔军校1至4期，英山籍的学员有48人，如果以县为单位来计算，这个数字为全国之最。这些学员大部分都参加了北伐战争、南昌起义以及大别山区的秋收暴动，并大都牺牲在各个不同的战场上。我的家族中，有一个黄埔四期的学生熊受暄，他81年前牺牲于河南白雀园，职务是红四方面军政治部主任。

在我的童年，滋养我心灵的是两种颜色：红色与绿色。红色指的是红军烈士鲜血浸染的土地，绿色指的是泉水澄澈山花纷披林木葱茏的家园。去年，当湖北省委提出战略规划要重建"红色大别山，绿色大别山，生态大别山"时，我的心中充满温暖，也生出感慨。

美国的罗威廉与日本的森正夫两位学者，都曾数次深入大别山鄂东地区实地调查。他们认为这个地区存在一个独特的文化现象：即不但产生大将军，也产生大学者。文与武，是人中的两极，应该是风马牛不相及的两类人，为什么他们都在同一片土地上诞生呢？这一现象放在全世界所有国家与地区来考量，也是绝无仅有的。

我3岁时，母亲教会我唱的第一首歌是《八月桂花遍地开》，这是上世纪

30 年代初在大别山苏区流行的红色歌曲，没想到成为我生命中的第一首儿歌。稍长，外祖父教我写毛笔字，最初写下的 4 个字是"耕读传家"。那个时候我才 5 岁，并不知道这 4 个字不仅仅是农耕时代最正确的选择，也是我的家乡代代延续的传统。多少年后，当我成为家乡乃至鄂东地区无数文人中的一个，当我明白手中这支笔的分量并能够用它来回报家乡服务时代的时候，我才意识到，我生命中文化的历程，在 3 岁时就已开始了。记得 1980 年，我因政治抒情诗《请举起森林一般的手，制止！》而获得全国首届新诗奖时，时任湖北省委书记的老一辈无产阶级革命家陈丕显同志接见我，语重心长地对我说："你的老家英山，我去过，是革命老区，山水又很秀丽，你老家 7000 名烈士换回你一支笔杆子，你要珍惜啊！"

陈丕显书记说这话的时候，中国的改革才刚刚起步。如今 30 多年过去了。走过珠三角、长三角、环渤海等发达地区，心中真有了"洞中方七日，世上已千年"的感觉。即便到了大西北、大西南的偏远山区，也能让人感到眼底山河已非旧日景象。这些年我到过很多历史故事发生的现场，也亲临不少正在创造史诗的工地。我由衷地感到，中国人载欣载奔，面对诸多社会问题不离不弃，拧成一股绳谋求发展，这种巨大的凝聚力，决定了中国改革的洪流将会澎湃向前。

曾几何时，看我的家乡会有一些惆怅，因为御改革之长风尽得其利者，一是有人才优势，二是有交通优势，三是有资源优势，而这三者我的家乡都没有，有的仅仅是英山。全国各地的偏远乡村多是人才的真空地带。一切的路都通向城市，一切的人才都向城市集中，这是世界性的不可逆转的规律。再说交通与资源，这两种优势英山也没有。所以在 30 年改革开放中，这个山区小县似乎被时代所忽略。前年，武汉至英山的高速公路终于建成通车，往日到省城需要半天的车程，现在一个多小时就够了。交通的改变，让这一方被清代大戏剧家李渔赞赏为"处处水从千涧落，家家人在数峰间"的中国最美乡村，才一下子凸显出它的价值。中国经济发展的高速列车持续奔驰了 20 多年后，一些有识之士就指出：以破坏生态、污染环境为特征的经济发展模式不应该提倡。针对这样一个严峻的现实，党中央提出科学发展观，这既是对过往经济增长方式的一个纠正，也是以一个负责任的态度，为中国的当下以及后代子孙留下一个可持续发展的空间。正是因为增长方式的转变，有着丰富的人文与旅游资源的英山，近些年才一下子获得了经济与社会协调发展的战略机遇。

今年春节,一个40岁的年轻人调入英山担任县委书记。他曾来拜访我,谈到了发展英山的打算,言语中流露出希望英山加快脚步尽快发展的心愿。我对他说:"改革并不是齐步走,因地而异、因时而异、因人而异是正常的。但对于一个有志于为老百姓谋求福祉的人来说,每一个春天都是改革元年的开始。"讲这句话的用意,原是我为了鼓励他,转而一想,这又何尝不是激励我自己?我们总是在讲养心,我认为养心的最高境界就是将生命归零的能力。昨日的生命,不管是顺境还是逆境,都不要带进新的一天。我们的未来每一天都应该是崭新的。对于在改革开放的路上走了30多个春夏秋冬的中国来说,每一个春天都应该是改革元年……

清 明 雨：

·徐 刚

　　记得儿时乡间有民谣谓：清明雨，雨清明，三个铜钿过清明。一年一度，清明回乡，为母亲扫墓毕，便去东滩的小麦地旁边的荒野踏青。看着这纷纷扬扬、细细碎碎的雨飘落在麦田，那些越冬的尺把长的青苗，顿时发出油亮，有细微的声音，每一根麦苗都以自己的方式——根毛的游走、叶子的颤动，显示着对春雨的感激和欢乐，人在其旁，能不为之心动？

　　从麦田走进油菜地，别担心这雨滴会摧折了油菜花。油菜开花时节，需要雨水，清明雨似的小雨，花朵会尽情地舒展，然后结出饱满的油菜子，然后榨出菜子油，清香的油。一阵小风小雨，花枝乱颤，蜜蜂乱飞之后，大片小块的油菜地里涌出的是浓得化不开的芳香。于是顿悟：花开时芳香是抖出来的，结实后芳香是榨出来的。还记得读高小时，从新安镇新平小学放学回家，新安镇那边多的是麦田，青碧如海；我家附近所多的是油菜地，金黄炫目，走在田埂路上，穿行于芳香馥郁中，芳香几可醉人。那时的蜜蜂要比现在多得多，一不小心就会撞到鼻子上。我至今还记得有几只蜜蜂，居然落在扁担上，优哉游哉，无疑，那扁担是香的，挑担的农夫也是香的，我芬芳的故土啊。

　　清明雨，不用打伞的雨。

　　我拒绝雨伞，只是因为习惯。儿时家贫，无论多大的雨，披一件母亲的围腰布，便光脚扑向雨中。如是清明雨，就连围腰布也不披了，尽管是毛毛细雨，走到孟姜庙三乐中学时也已淋湿。三乐中学有木结构雨花楼，只有读初三才能升到楼上。光脚从泥路上走来的同学，都会提一桶井水，把泥脚丫子冲洗干净，穿上书包里带好的布鞋，然后上楼。有时碰见孙廉贞老师，一边掏出手绢抹几下我又长又乱的头发，一边说："哪怕披一件旧衣服也好。"

清明雨，让记忆流淌出甘露的雨……

今年清明，我是为凤凰卫视主持完了《大地寻梦》之云南篇的节目，从西双版纳、普洱、陆良、昆明赶回故乡的。云南连续三年大旱，群山脚下那些本应绿意连绵的山花野草均已枯黄。在陆良，我们采访了"陆良八老"，八老之最老者为87岁的王家云，最年轻的是73岁的王小苗。这8位老人31年前正值青壮年时，开始在一座喀斯特地貌的荒山上种树，种华山松，因为华山松的松子落到地上，有雨水就可以长出新苗，又据八老的观察，新苗出土后40天的移植成活率最高达90%。最艰难的是在乱石丛中挖坑，挖足够大的坑，不记得挖坏了多少把锄头……这一座荒山现在是7400亩松树成荫、花香鸟语的花木林场。同时八老还累计承包造林13.6万亩。如今他们老了，只是偶尔步履蹒跚地走到了山下，抚摸着一棵华山松，徘徊久久。"贡献给国家了，留给子孙了，没有什么舍不得的，只是有点牵挂。""那山，那树，那小花小草也在牵挂着你们呢。"我对八老说。我们漫步林间，高矮不等的华山松下，已经生出了下层植被，有不知名的细小的山花点缀其间。还有群鸟争鸣，似是欢迎八老，又像是对天呼告：快点下雨！快点下雨！

走进82岁的王开和的家门，我们惊呆了。他们住的房子，是30年前盖的土坯房，隔成两间，一间煮饭，一间养鸡鸭。对面另有一间土坯房，是老两口的卧室，室中除了一台小的黑白电视外，家徒四壁，老伴与王开和同岁，小脚，着绣花鞋。我在摄像机前手足无措，不知道说什么好，这是奢华的年代呢？还是贫困的年代？八老之中最高文化程度是小学三年级，七个人一字不识，我面对的是文盲呢？还是集传统美德于一身的泱泱大者？想起了在花木林场的一个细节：王开和捡起林中的一个松果球，去年的松果，从一层一层已经干枯，却精美依旧地包裹着的萼片中，抠出一粒松子，告诉我这就是种子，华山松的种子，"牙口好，咬开里边是仁。"于是，我以如下一段话作为主持人语："陆良八老启发我，仁、义、礼、智、信中，仁的最早发现者，很可能是山林野老，他们并且目睹了核、仁与生的关系，然后才是孔子的归纳和传扬，所谓仁者人也，生生不息也，君子之道也。

也因此，我更愿意称陆良八老为陆良八君子。"将别，王开和看看天，"清明也不下雨啊！"

就这样，我从无雨的云南回到了崇明，次日便小雨连绵，多么好啊，故乡，你还有清明雨。因为自觉困顿，便在崇明多休息了几天，和几个小兄弟一起，几乎天天跑乡下，从东滩到西沙到港西到新海，望麦田青碧，闻菜花芬芳，看桃红灼灼，不时有小雨滴在我的头顶上流淌，那种沁人心脾的流淌，故乡的清明雨是想把我也流成一条河吗？忽然听见了鹁鸪叫："咕咕，咕"……

响谷棒

· 杨平位

川北山区有一种竹器让人难忘，约一米多长与人的身高不差上下，一半是竹节，一半是破开的篾片，居在山里的农家似乎家家都有。这叫响谷棒的物件在我的记忆里颇有几分趣味。

川中盛产翠竹，山野院落都被竹丛包裹，竹器就成为农具和生活用品。估计在连枷、打谷机使用之前，这里的人们就是用响谷棒打粮食的，只要响谷棒噼啪噼啪一阵作响，豆粒谷粒就四溅。

小时候，还看见过邻居用响谷棒教训自家孩子。往往是响谷棒还没有落下，小孩双脚就在地上乱跳，喊爹叫娘，嚎啕大哭，可见挨过响谷棒的小孩深知个中滋味。若有旁观者，通常要看家长的脸色，是真打还是假打。若脸色不对就顺手把小孩牵走，家长也不追赶。若是旁观的都不拉走这小孩，那这顿响谷棒就挨定了，说明这小孩真把家长气坏了。一般家长多数都是吓吓小孩，很少真打的。顽皮是小孩的天性，成人们不是特别生气也很少用到响谷棒。说来也很奇怪，通常挨过响谷棒的小孩调皮捣蛋、不勤快之类的毛病准好。谁家小孩听说"响谷棒要来了哟"，下河摸虾、上树掏鸟蛋的就会立刻终止，抹着小花脸早早跑回家。平常与乡友聊天，山村虽然闭塞，因为有了响谷棒，愚顽之人极少，养家糊口的小生活也还说得过去，一致认同乡村里的孩子都是在响谷棒中成长的。

记忆里，摇动中的响谷棒有些像风的呼叫，也有河水的声音，还有粮食倒入容器里的声音。那种声音是篾片碰撞之中夹杂着风的鸣响，我总是描摹不清那种奇特，可能与摇动的节奏、速度与朝向有关，总感觉它是吓唬能飞的，吓唬四脚跑的，是有些路数的东西。

　　响谷棒在地上拍打的声音更为神奇，传递出一种沉闷的情绪。乡村里养鸡养猪是常事，谁家地里的农作物一旦被牲口侵害，喊叫没有效果，但如果听到响谷棒拍在地上破碎的声响，就会看到真正的鸡飞狗跳、四处奔逃的场面，一群鸡惊慌失措地在庄稼地里，扇着翅膀急速奔跑，发出的叫声神态十分滑稽，大猪小猪笨拙的身影更为可笑。我想，那声音里一定隐藏有不被人们破解的音频符号，是那种只有动植物才能真正听懂、领悟而表现出的本能反应，也是自然万物中的神奇密码吧。

　　世界上带响声的东西不少，有的自然发声，有的人为发声，人们熟悉的翠竹制成了许许多多的竹器，响谷棒并不被许多人知晓。农家日子苦涩，但农人聪明能干，家居生活里很多农具、用品都是利用大山为资源，自己动手而造，适用朴实让人难忘。盛夏暑热，有感于世间百态，记忆起这件古老而有趣的农具。

接 地 气：

· 叶延滨

　　写下这个题目，是因为想到鞋子，也是因为读到蒋勋先生的一篇短文，说他有许多旧鞋子舍不得丢掉："因为它里面有记忆，它不只是一个物件。"好像一根火柴划燃了我的思绪。黄永玉先生最早让我忘不了他的，不是他的画，是他关于"婚姻"的一句话：鞋子舒服不舒服，只有脚指头知道。这话是按诗歌的待遇登在《诗刊》上的。三十多年前的事了，那时说这样的话真可以说是"早叫的公鸡"，一般让人有天亮了的感觉。其实，鞋子在人的"衣装"里，是最能有生存状态的物品，不仅婚姻，一个人活得是否"接地气"，生存状态如何，脚上的鞋最清楚。如果用鞋子作为参照系，回眸看去，也还有些意思。

　　能进入记忆的第一双鞋是小皮鞋。供给制的干部子弟学校发的。自己穿着并不觉得舒服，因为穿它，知道鞋能夹脚，能让脚打泡。但穿上它精神，与众不同，周末放学回家，街上的小孩会冲着我们唱："小皮鞋咯噔响，一听他爹是官长。"听到这样的童谣，心里美滋滋："怎么样，好看吧，气死你！"记得上世纪50年代有个"整风"，有人就在会上提意见，说这个学校是培养"八旗子弟"。小皮鞋惹麻烦了，省城里的"整风"把这所学校整掉了。

　　不久，我的母亲从省城下放到大凉山"锻炼"，一年后没有回城的音讯，下放变成了流放，我也离开省城到了大凉山去陪伴孤身在那里当老师的母亲。我在那里一所叫"川兴初中"的农村中学读书。像我这样从省城来的外地人，和农村孩子在一起时，经常要受欺负，直到我完全变得和他们一样，比方说穿草鞋。到了凉山，不要说穿皮鞋了，穿布鞋都是奢侈的事，何况同学都穿草鞋，只有家境好一点的女生才穿布鞋。在农村中学读书，天天在田坎上走路，布鞋几天就被泥水泡烂了，草鞋不怕泥水，在泥淖里粘满泥浆，走到沟边伸脚在水里抖动几下，"沧浪之水浊兮，可以濯吾足"，少年不知愁，读几句"天将降大任于斯人"之类的话，便穿着草鞋厮混在一群农村孩子中。正逢"三年饥荒"年月，上山给学校食堂割草，把操场挖成菜地种菜，到河沟里捉泥鳅，穿着草鞋走过饥饿年月，现在回想起来，大凉山的草鞋编得真好，用一种蔺草编鞋底，麻绳系鞋耳，极轻便也不磨脚，粘上泥浆，在水里涮几下就干净，省着穿，不走远道能穿一星期。记得艾芜先生《南行记》中有一个故事，说他流落昆明时身无半文，只有在路边摆出包袱里还有的一双草鞋卖……第一次读到这本书，我正穿着同样的草鞋，激动得热泪盈眶。

读高中是在凉山的西昌城里，进了城，要面子，穿草鞋的少，都弄一双解放鞋穿在脚上。胶底帆布面，结实。只是鞋臭，味大。我们是住校生，一间教室里睡二三十个学生，那味能熏死人。不知道空气指数里，鞋臭味怎么测定？好在大凉山名字里虽有个"凉"字，气候格外温暖，四季如春。高中三年，宿舍开门敞窗，从不关闭，因此也吸纳不少天地清新之气。

读大学是福气，三十岁遇上"恢复高考"的好事，考上了北京广播学院，那心情真如鲤鱼跳过了龙门。那时夏天流行塑料凉鞋。虽然商店里也有皮凉鞋卖，但当时实行凭北京"工业券"购买紧俏商品。"工业券"这玩意厉害，能保证首都市场繁荣，货架琳琅满目。不仅挡住外地出差者的钱包，北京人也不是有钱就个个能买到。塑料鞋便宜实惠，五六元钱一双，不要工业券，能穿一夏天。所以我的大学生活记忆是穿着塑料鞋走在滚烫的柏油马路上。

对于我们每个人来说，一双鞋，不可缺，接地气，也不可少。鞋真是生活的伴侣：穿皮鞋的小学，穿草鞋的初中，穿胶鞋的高中，穿塑料鞋的大学，它们各自都让我接了什么样的地气呢？

"因为它里面有记忆，它不只是一个物件。"这句话是蒋勋说的。

爱，穿越戈壁高原

· 喻季欣

"叶璐，这是一份迟到的生日礼物，它会走过千山万水到你手中。祝你生日快乐！"视频里，一个清瘦的男子，双手捧着一个精美礼盒，深情说道。紧接着，一个3岁女孩欢快地跳入画面，右手举着一块生日蛋糕："妈妈，祝你生日快乐！"话音未落，小女孩突然用左手揉起了眼睛，欢快瞬间变成了抽泣："妈妈，我想你！"

秀丽的叶璐再也忍不住内心的激动，热泪盈眶。我们站了起来，但没有人说话。意料之中的情景，却在每个人心中掀起波澜。

从新疆喀什到西藏林芝——一段3分钟的视频，辗转万里，抵达目的地；一份生日礼物，历时30天，穿越戈壁高原，串起一个美丽的故事……

拍下一段真情，模糊了我们的双眼

今年暑假，暨南大学新闻与传播学院组织"'我行我动'喀什、林芝深度采访行"社会实践活动，先后奔赴广东对口支援的新疆喀什和西藏林芝两个地区采访。7月3日上午，我们来到喀什地区疏附县人民医院采访广东省第六批援疆工作队队员、该院副院长徐波博士。因为同是来自广州，我们见到徐波感到格外亲切，采访非常顺利。

快离开时，徐波悄声问我："您能帮我带一样东西给我爱人吗？"我一时愕然。

"我爱人叶璐援藏在林芝，刚过生日，我给她准备了一份礼物，想请您转交给她。"

"但我们还有20多天才能到林芝呀!"

"如果邮寄,从新疆喀什到西藏林芝,差不多要两个月呢。"徐波轻声说。望着徐波不经意的回答,我不由一时语塞。接过徐波早已准备好的礼物,我突然觉得沉甸甸的。

作为医疗技术人员,援疆、援藏的时间为一年半。徐波是广州市第一人民医院普外科医生,去年2月来到疏附,现在即将返回广州。叶璐今年2月从广东省第二人民医院到林芝援藏,还有近一年的时间。夫妻俩已大半年没见面。夫妻同时援疆、援藏,并不多见。这份礼物,承载着怎样的牵挂和深情?

带着礼物回到驻地,我把这事告诉其他老师和同学,大家都被感动了,纷纷出主意:何不用我们手中的摄像机给徐医生拍一段视频,温暖他远方的爱人?

我立即把这个想法电话告诉徐波。他有些意外,但听得出也很激动。第二天下班后,徐波来了。从疏附县医院到我们驻地有30多公里,带着一身疲惫,徐波坐到摄像机前,却不知从何说起,拍了三次,都无法完整。

"对不起,我有些激动,想说的太多。"徐波有些歉意。

同学们便你一言我一句,和徐波聊起天来。

"您上次见到叶璐是什么时候?"

"半年前。"

"您爱人生日时您都送礼物吗?"

"没有啊,过去在一起,觉得很平常。"

"这次有什么不同呢?"

"太多歉意了。她第一次远离家门,三岁的女儿是她最大的牵挂,每次通电话说到女儿,她就有说不完的话。"徐波眼圈开始发红,"昨天你们说要给我录视频,我和女儿通了电话,女儿说要一起祝妈妈生日快乐。"

这段两分钟的视频,在对话中悄然完成,饱含了徐波对叶璐的深情。一段真情,同样模糊了我们的双眼。

一腔父爱,流淌在戈壁的大地

7月20日,徐波打电话告诉我他将返回广州,并准备回老家湖北孝感看女儿。我告诉他,已安排将赴林芝采访的王宝龙同学,随同他去拍摄他女儿的情况，到时把视频一起送给他爱人。

宝龙后来告诉我，一天的拍摄中，最让他感动的是徐波与女儿之间的感情变化。父女俩一年半才见了两次，三岁的女儿对父亲已经有些陌生，怎么也不肯喊爸爸，徐波给她礼物，带她去小店买最喜欢吃的甜饼，她都躲在一边。

"这一年多，楚楚都是和爷爷奶奶一起，和我们生疏了。她今年春节后患中耳炎，发烧5天没退，天天打针，现在看到我这医生爸爸都有点怕了。"徐波介绍。

徐波很喜欢孩子，也是个非常细心的人。在疏附县医院，有维吾尔族小朋友来看病时，徐波会先和他们玩一玩，甚至把准备好的玩具送给他们。他还资助了两个曾经在这看过病的贫困家庭的小学生读书，节假日经常带上文具去孩子家看望，和他们建立了很深的感情。这次离开疏附时，两个小朋友都甜甜地叫他"爸爸"。可是，今天面对自己的亲生女儿，徐波一直没听到喊"爸爸"的声音。

突然，楚楚说："我要妈妈。"徐波一听，心里有些发酸。他拨通了叶璐的电话。一听到妈妈的声音，楚楚开心了。不知妈妈用了什么办法，楚楚一会就对爸爸言听计从了，拉着爸爸的手，买了玩具，买了她喜欢吃的甜饼，不过还是不肯叫"爸爸"。

后来得知，叶璐在电话里对女儿说："爸爸完成任务回来了，不离开你了，你听爸爸的话，就能和爸爸一起回广州了。"

这一年多来，一家三口三个地方。叶璐援藏后，奶奶把楚楚带回了老家。楚楚一时无法适应，小病不断，天天闹着要爸爸妈妈。徐波只好在电话里吓唬楚楚："爸爸这里是戈壁，风沙大，妈妈那里是高原，缺氧，你来了，天天要打针的。"孩子把"天天要打针"的话记在了心上，从此一说起爸爸就哭："我不打针。"

突然，楚楚转过身来天真地问徐波："爸爸，妈妈说不要给我打针了，可以回广州了，是吗？"

徐波恍然大悟，紧紧地一把抱住女儿，在微笑中，泪花紧紧贴在楚楚的脸上。

共织一篇童话，升华起永恒

8月1日，我们抵达林芝。8月4日晚10时，叶璐做完一个手术后，终于如约来到我们的驻地。她一时不明就里，端坐着，随着视频里丈夫和女儿的出现，那一声声亲切话语传来，叶璐用双手久久地掩面。

我把徐波托带的生日礼物递给叶璐，她双手接过，颤声说着"谢谢"。"不，要谢谢你、你们一家，谢谢所有援藏、援疆的队员们。"我由衷地说，"你们无私奉献，付出太多。"

"广东援藏援疆已经17年了，我是刚来的，做的还微不足道。"叶璐平复一下心情，诚恳地说。

"你适应了这里高海拔缺氧的生活吗？"一位男同学问。

"林芝平均海拔3100多米，从医学角度说，确实对身体有影响。但我们在这里时间不长，大家都希望在短暂的时间里，用自己所长，做点有意义的事。'缺氧不缺精神，海拔高追求更高'，是我们援藏队员真实的精神面貌。"

"你下班后做些什么呢？"一位女同学问。

"高原不宜多运动，我们都尽量不外出。我平时在宿舍看书多，也喜欢摄影，偶尔会去拍拍风景。"叶璐说，"我还给女儿写日记，虽然照顾不了她，但我想把我的感受和她的变化记下来。我也经常收到徐波寄来的明信片，争取每次都回他信。"

"多久可以收到徐医生从喀什寄来的明信片？"

"大约两个月吧。"叶璐脸上泛红，"他差不多每个星期都会寄，但我现在最近收到的，是他六月份寄来的。"

"明信片成了你们的期盼？"

叶璐大方地点点头："我们把各自拍的照片做成明信片，每次看到心里都很甜。共同的事业追求和生活磨炼，确实考验了我们的婚姻爱情。"叶璐神情真切，"援藏援疆作为国家战略，我们都能参加，很幸运。人生虽然漫长，但这样的机会不多，我们都很珍惜。"

叶璐真情的表白，深深打动了我们。

鸿雁传书，在今天这样一个网络时代里，似是编织的童话，而这个童话真实地发生在徐波和叶璐这对援疆援藏夫妻的身上，是如此真切美丽。纵隔千山万水，虽要长久地等待，一张张明信片，成为他们最坚固的情感纽带。这份寄托，这片深情，穿越戈壁高原，跨越时空地域，把他们紧紧地连在一起，让爱永恒。

乡村挂红灯

● 朱谷忠

中国的老百姓在过年过节时，总喜欢在门前挂出一对红灯，以示喜庆和吉祥。这个风俗无论在北方还是南方，据说都已沿袭了几千年，由此可见华夏民族对红灯是情有独钟的。

我对红灯也一向怀有好感。我清楚地记得，小时候，只要看见自己家门前挂起了红灯，就知道要过年、过节了；不用说，放开肚皮吃一顿鱼呀肉呀是没问题的。遇到大人们慷慨时，还能多给一些零花钱去戏台前逛逛；夜间回来，走过各家门口，都可以享受到红灯丰盈的光照，即使是在阴霾、冷雨天里，若隐若现的红灯也能给人一种鲜活、温暖的感觉。长大以后，懂了些事，更觉得红灯能渲染一种亲切、和谐的气氛，连站在灯下说话的人，话语中也少了平时的那份窘迫，只有笑靥相对，诚挚友爱。有些胆大的人往往趁这个机会去约会情人，别人发现了也不会说闲话，全都显得宽容、自在又安然。再后来，参加过一些灯节，觉得红灯不但能体现人的喜气、热情，也能表达人对幸福、圆满的一种追求，所以每次回乡过年，别的事我一概不管，但挂红灯我是一定要亲自动手的。也许由于大家日子都好过了，我发现各家的红灯也越挂越高了。站在村里，看晚晴中亮起的一盏盏红灯，觉得像一串串最早熟的果子，夺目得叫人屏息。入夜，淡烟轻绕，光影摇曳，红灯渗出的光线，融融的，柔柔的，绵延漫溢，把楼房、村廓点缀得错落有致；清风吹过，飞红点点，更衬出一片嫣然的风韵，多看几眼，不知能消了心中多少积垢尘俗。

红灯高挂之日，也是人间种种故事衍生之时。古往今来，在红灯下闪烁而过的活剧，已多得令人无法细数；虽说，其中也有不少像泡沫一样荒谬、迅忽、短暂的人与事，一下就旋生旋灭了，但留下的一些，却也让人凝睇扪心，思之再三。聪明的文人，总是捕捉了这些时刻和情状，以游龙舞凤之文笔，演绎出种种荡气回肠的世态和人生；其中诸多剧目和著作，至今仍流传不衰。

　　话说回来，红灯却是中国人在良辰美景中一种不可或缺的装点。有史以来，它就在充分的文化意义上增强人生的快乐和希冀，并且特具一种诗意、风韵和美感。试看如今高楼大厦，霓虹灯固然万千明媚、迷人眼目，但逢到节日，还是垂挂出的红灯最能令人精神为之一爽。而在乡村，没有红灯几乎就构不成节日。因此，钟爱红灯已成了村民的一种天性，红灯也成了村民活泼生命力张扬的象征。我的老家有一个邻居老太太，快到八十岁的年龄了，双眼像洪水一样浑浊而苍茫。去年，她的儿孙们盖起了一幢新楼，竣工那天自然要在门口挂起两盏红灯。当晚，她家设宴招待帮过忙的亲朋好友。席间，大家举杯向老太太祝贺时，老太太端着酒杯却说了一句："咦？不对呀！"大家一怔，问老太太什么不对，老太太不回答，只唤来她的孙子问道："门口的红灯怎么不亮了？"孙子出去一看，跑回来说："红灯里的灯泡坏了，我爸正换呢。"大家听了啧啧叫奇，问老太太："你怎么知道外面红灯不亮呢？"老太太笑道："红灯一亮，我眼虽看不清，但心里却暖暖的；灯一灭，我心里就有点冷飕飕，所以才向你们问话。"你看，老太太对红灯的感应，是如此出神入化，难怪当时在场的人听了，都纷纷发出感慨。

　　事实上，乡村的人对红灯素来怀有一种崇敬的心情，比如上街买灯，回来时都要用小扁担挑着；挑回来后，也要小心地置放在高处，防止有人从灯上跨过。挂灯时，连竹梯也要事先扫得干干净净，而负责挂灯的人，一双手要洗了又洗，这才准许提灯上梯。挂好了，照例要放一串鞭炮。后来因为要防火，不让放鞭炮，挂好灯就唱喏一声"好呀"才算完事。到了正月里，虽说各种宫灯、纱灯、百花灯一起出笼，但唱主角的仍然是红灯。一般说，看戏、听乐、观舞、清吹、婚宴这些场面，都要有红灯压阵才行；因此，红灯几乎成了乡村人欢乐的象征、最美的景致。特别是正月十五的这天晚上，在我的故乡莆田还有一个传统节目，叫做"圈灯"，即每户出一个人，男女均可，自带一双红灯到晒谷场集中后，再浩浩荡荡从村里出发到田野绕一圈回来，祈求五谷丰登。其时，天上星月闪闪，地上红灯灼灼，辉光相映，璀璨缤纷，看得人眼花缭乱，一时连天上人间都分不清了呢。

闭上眼睛看世界

丹青难写是精神

从心里走过

那时我们正年轻

人性山水

峭壁之窗

·艾克拜尔·米吉提（哈萨克族）

当汽车越过山脊，顺沟而下时，以我通常的经验，也许就该走出山脉，进入平原了。前面出现了一个小小的拐点，似乎修有一座拱桥。或许那桥是一个观景台而已，抑或是为季节性河流而建的一座枯桥。起初并不经意，就在从拐点拐过的瞬间，在拱桥之外出现了一片幽蓝的水面。令我惊讶的是，在这高山之巅，居然修有这样一座浩渺无边的水库……

公路开始进入一个隧洞。远远看去，隧洞透着一种幽暗。也许，就是为了穿过一座山而已，尖利的石锋并没有被水泥抚平的痕迹，洞体也不十分开阔。左侧是山的巨大胴体，右侧的小山垭戛然而止。于是，在眼前出现了万仞峭壁，那种黄褐色的崖壁令人心悸。而方才的水面幻影般一霎退去，在空茫的浅蓝之外，遥遥看见另一座崖壁在合拢过来。巍巍太行山的气势瞬间展现，是那样的雄浑苍茫。

汽车钻入隧洞，这才发现，这完全是由人工一钎一镐凿出的山洞，没有丝毫的机械施工的痕迹，没有水泥穹顶，所有的石棱保持着凿痕留下的原初锐利。而令人称奇的是，在右侧每隔一段，袭着山体走向，凿有大小不等、长短不一的窗口，从那里透进的光亮形成了自然采光——在这绝电的山壁，阳光和智慧解决了这一问题。显然，也是泻料的出口，从山洞中凿出的碎石，就是从那里抛向崖底的。当然，也是最好的通风口，隧道内的机动车尾气会从那里自然排出。

这项工程是1985年由井底村村民开始动工，为改变世代由一条羊肠小道与外界相连的历史，改变自己被现代交通封闭隔绝的命运，在垂直悬崖绝壁离顶300米、距下500米拦腰处开凿而成。壁挂公路总长1526米，由39个窗口、33个连体洞构成，历时15年开凿不止，终于在2000年通车。2007年，山西省平顺县出资420万元予以拓宽，并铺设了沥青路面，形成了现在的规模。当汽车每驶过一个窗口、一个连体洞口时，远在对面的峭壁便骤然闪现着，遂又急遽退隐而去。峭壁与峭壁之间，当是空阔的太行山大峡谷，望一眼便令人触目惊心，忽生命悬一线的错觉。可以想见当初那些开凿者的艰辛与风险。更令人感佩的是，古老的愚公寓言，在这里灿然变为现实。他们用自己的双手辛勤劳动，与太行山分享着修通道路的快乐。

驶出山洞，壁挂公路与一条犹如巨蟒般盘叠的公路相衔。举目望去，近处是黄色的巨崖峭壁，而再往远处，山脊的植被将绵延伸向天边的一道道山梁幻化为一片钢蓝色，在阳光下闪烁。我的经验终于体现——汽车曲折而下，驶入一片平川。人们终于可以在这里平静地呼吸。

这里是千山万壑之间一片溪畔平川——太行山大峡谷尽头的神龙湾。平顺县东寺头乡神龙湾村与河南省交界，20多个自然村分布在莽莽群山的山腰与山谷之间。夏日里山谷中雾霭升腾，白云缠绕，两侧峰峦叠嶂，变化无常，因之又名"白云谷"。从这里，我们又开始了弃车徒步而行的新的旅程。秋日应当是北方的瘦水期，植被已然秋黄，树叶开始凋零，山岩很久未经雨水浸润变得干涩。然而，有一条清澈小溪在那里浅吟低唱，涓涓流淌。我们溯流而上，在一条条小小的沟壑之下，在一丛丛灌木之间，流淌着一些泪滴般的泉水，汇向溪流。我想，那是深蕴于太行山底的大山的情怀，以一个个泉眼释向人间。渐渐地，随着山势的提升，那溪流的气势也开始显现。有了一些养眼的跌水小瀑，夏日里溪水暴涨时的水痕清晰地印在巨石腰际。现在你全然可以平蹚进入昔日水流的领地。一道巨岩和一条悬空的瀑布挡住了去路。在莽莽苍苍的太行山深处，能够见到这样一条瀑布的确令人欣喜。一方水土养一方人，有了水就有了生机、就有了活路。我问导游，一会儿我们返程时还经过壁挂公路么？她说，不经过了。那还能看到壁挂公路么？她说，能，等一会儿您就看到了。

感谢这个旅游时代，可以把天堑变为通途。在瀑布的上方，是一条有90度直角的一线天，那溪流就是从这个直角湾流而出的。天公造物就是这样离奇，往往超出你的想象。随着人工焊接架设的扶梯拾级而上，钻出狭窄的天缝，是一片开阔的峡谷，溪水在谷底蓄成一汪浅池，阳光投在池底，水波形成一道道金色的光环，十分诱人。峡谷两侧陡坡突兀，陡坡之上是千仞绝壁。于是，我们沿着谷底小道漫步上山。那种山的肃穆威严，水的细腻潺湲，感染着心境。当我们攀到一个山底平台时，从谷底传来飘渺的山歌声，更给此行平添了飘逸。事实上，太行山人就是这样，一生唱着歌儿，以歌对话，以歌传情，以歌养心，以歌寻路而来。

当我们从沟底攀上太行山顶时，峭壁之上的山脊，展现着一种葱郁的柔美。我走过许多山脉，当山势达到某种高度时，那里的境界竟然相同。在太行山顶的观景台，我又一次看到了壁挂公路。只是从这里看去，在午后的阳光下，壁挂公路的窗口在峭壁上凝望，透着太行山人的坚毅、果敢和千年梦想得以实现的幸福。

慕士塔格峰

·白　涛（蒙古族）

还有比眼前的景色更寒冷更遥远的地方？

更高更寒冷的地方才是我们的游牧之乡。

只要有一股冰雪的水，一片洁白的云和一对远去的翅膀……

一

在我想着转场是不是为了躲避风寒之时，我远方的兄弟们正赶着成群的牛马羊骆驼朝我汹涌过来。山谷中相逢，河水在侧，我立刻被新鲜浓烈的腥膻所淹没！这腥膻让我呼吸急促，脖子有些发热。我看见整个天山和巴音布鲁克草原都在对我微笑！

3700米是雪线和达坂，向上是高寒，向下则渐次温暖。

二

假如时光倒流，我一定会是冰川雪海中一枚小小的砂砾，带着固定的体温，慢慢走过四季。

一半是云雾，一半是土地。那些被雪水卷涌打磨过的山石，记录了多少长短远近的跌宕往事。

从天而落的天河，海海漫漫，盘桓于宛转远去的群山。

我知道，无论我走到多么遥远的地方，只要顺着河流与山脉的走向，总能遇到我的游牧兄弟们奔腾的马群。

途中，我一个人，悄然隐入了一条神秘的峡谷。在最幽深枝杈的尽处，我与壁画传说中的仙人对卧于浅草滩上，阳光滋润，清泉涓涓。

三

海拔托起的不仅是鹰翅，还有我们蒙古人的心！

慕士塔格峰顶的流云是父亲在召唤吗？每一个人的父亲？每一个在它面前哭泣过的人的父亲？

在苏巴士达坂，我沐浴过老父亲雪峰般温暖的阳光。

遥望着慕士塔格，为什么有那么多的泪水被我含在眼眶！这冰山融化的泪水是否会跟着我回到东方故乡草原？

慕士塔格，冰雪中的父亲，沉浸在自己一生白色的记忆之中……

我被冰山巨大的影子左右包围，被父亲辽阔起伏的爱包围。我知道我虽然已近中年，却还在人生漫长的峡谷中浪游徘徊……我此生再难达到父亲的高度！把泪珠含住，我只想在泪眼中一遍又一遍遥想我的父亲。

这泪水却在山谷的风中落下！父亲，已随一朵流云远去了。

晨有鹰翅，夜有马蹄。

我当然知道，一个人，在远离了父亲的故乡之后，精神和筋骨都要接受寒冷和大风的洗礼！只希望在海拔转换之际，我脆弱的耳骨不再铮铮作响。

四

为什么离故乡越远越是有了一份思念，而越是接近荒漠的中心，却只能面对自己的影子？

穿越一生的荒漠要耗去多少黑夜和早晨？一个人的一生能抵达多远的异乡？

一个人，不论你走到哪里，到达多么偏远的地方，都要把异乡当作故乡！

粗粝黯淡的戈壁，为什么使我的内心反而变得温润轻柔，一如黄金般绵软的丝绸。

五

在一片阴郁而无语的梦想中，我渐渐远离了慕士塔格冰山之父与巴音布鲁克敖包圣山。我拱手遥祝兄弟姐妹们永世都不要再离开这片绝美草原。

为什么走这么遥远而艰难的路,要到这片曾经的梦中草原来?

每一回从草原回到住地,我总在琢磨,我的眼眶中是否又多了一种比黑白还要艳丽的色彩?那是雪山的倒影,还是草地的斑斓?是同血者的浸润,还是异乡人的熏染?

为什么是我不是别人,为什么我的感觉无人知晓?

天山、昆仑山为谁之骨,塔里木河、叶尔羌河是谁之乳?

六

一切的引领都源自慕士塔格,那是父亲一生站立的冰雪尖峰……

柳庄拜谒左宗棠

· 蔡勋建

雪好像学会了"遁地法",很快就潜入地下;春却像尚未完全孵化的小鸡还在硬壳一般的田野与草丛里挣扎。那天,我们一路追着北去的湘江,行色匆匆来到柳庄。

柳庄,湘江附近的一个仿古院落,左宗棠早年耕读的地方。湘阴人很自豪,在清代出了两个大人物,一个是郭嵩焘,一个是左宗棠,俩人都是清末重臣,名震华夏。

远处山野披褐、草木凋零,眼前池塘水瘦,庭院深深。一座院子面东北而立,院墙门楣大书"柳庄"二字,工整行楷,是左公手迹,但楹联"参差杨柳,丰富农庄"却是丰满繁体,富态隶书,疑为后人所书。黛青燕子瓦屋顶,白垩墙面,镂空红窗,古意浸染,但青红砖交替为墙而显出的驳杂则露出了"破绽",一看就知道不是左公之"原创"。

果不然,知情者说,柳庄是按清道光二十三年(公元1843年)的原貌修复,2004年3月才正式对外开放的。世上许多东西可以复制,惟时光不能。岁月倏忽,左公逝去127年矣,而旧居仿制方8年,怎么看也感受不到时光在柳庄留下多少剥蚀的痕迹。

为什么叫柳庄?我有两种解读:柳庄现在湖南湘阴县樟树镇巡山村,巡山村过去就叫柳家冲,柳家冲里建柳庄,合情合理。再是,左宗棠字季高,一字朴存,号湘上农人。柳庄是左宗棠出仕前的旧居,既为农夫,且"半耕半读",住柳庄也符合身份。然而我想说的是,左宗棠似乎很早就对"柳"情有独钟,在他"湘上农人"正房有一副楹联,颇值得研究:"士运穷时弥见节，柳枝到处可成荫"。柳树生命力极强，成活率极高，柳枝到处可插，到处可活，到处可成荫。由此可见，他喜欢柳树，推崇柳树，柳树在他心目中不仅是一种意象，更是一种精神标识。或许，还会有某种精神寄托。

　　认真说，柳庄里并没有多少柳树，后山上更多的是见劲节的楠竹。仔细寻找，院内还真有柳树两株，就两株，后人栽的，年轻得像毛头小伙子。紧傍柳树的院墙甬廊上，各种农具，应有尽有，简直像一个小型农具博物馆：墙上挂着犁耙、蓑衣、斗笠，地上放着风车、水车、扮桶、石磨……我仿佛感到左宗棠没走多远，依稀看到一个还很年轻、如柳一般柔韧的身影仍在这山前屋后躬耕陇亩，种稻植茶。

　　左宗棠是一介书生，但读书并不走运。他生于清嘉庆十七年（1812年），生性颖悟，少负大志。4岁时，随祖父在家中梧塘书塾读书，6岁开始攻读儒家经典，9岁学作八股文。道光六年（1826年）15岁时，他参加湘阴县试，名列第一。次年应长沙府试高中第二名。道光十二年，左宗棠以监生身份参加湖南乡试，取第十八名。之后六年，三次赴京会试，均名落孙山。三次不第，就等于当今学子没有高等学历文凭，可左宗棠与人不同，他博览群书，不仅攻读儒家经典，更多时候则是涉猎有关中国历史、地理、军事、经济、水利等内容的所谓"经世致用"的杂书，学以致用，格物致知，这些成为他后来带兵打仗、施政理财的宝贵财富。

　　朴存阁是左宗棠的居室，上有一联：身无半亩，心忧天下；读破万卷，神交古人。为左公23岁成婚时的新房自拟联。这是他的人格宣言，也是他的人生座右铭，此联让左宗棠经用终生。30年后，左公在福州寓所为儿女写家训时也以此联语馈赠，父子共勉。严格地说，"身无半亩"，不实在，这柳庄前就有他曾经置办的稻田茶园；"心忧天下"，左宗棠践行了。尽管他科场失意，却一直不弃报国之志。早期的迷惘与彷徨肯定也是有的，他在柳庄读书、种田、植茶14年，他自知"读书当为经世之学，科名特进身阶耳"，也不想去当那个为求功名把自己逼疯的范进，但他并非真正"绝意仕途"，拟"长为农夫没世"。我想他是在柳庄蓄势待发，等人"三顾"。1857年，左宗棠蛰伏至45岁才迁居长沙。在左宗棠的人生行旅与政治生涯中，柳庄，其实就是他在湘江边的一个码头，他在苦苦等待着一艘船。许多船驶过去了，都不是他要搭乘的船。一天，突然有一只"大船"远远地泊在长沙……

　　1849年，时年64岁的林则徐途经长沙，点名要见隐居柳庄的左宗棠，于诚惶诚恐中左宗棠面晤老英雄，平生所学毕生赍志尽付一夜长谈。林则徐对他信赖有加地说，将来东南洋夷，能御之者或有人；西定新疆，舍君莫属。并将自己在新疆整理的资料和绘制的地图悉数赠与。廉颇老将林则徐对左宗棠非但激赏而且深寄厚望，临别，还将自己的座右铭书赠："苟利国家生死以，岂因祸福避趋之。"翌年，林则徐回福建后身染重病，临终前竟命次子代写遗书，向咸丰皇帝极力举荐左宗棠人才难得。布衣左宗棠以落魄之身接受重托，自然受宠若惊，因此湘江边上留下一段"左林会晤"的人间佳话。巧合的是后来——1876年，左宗棠刚好是在他64岁那年征战新疆。他虽以老迈之身，但终不负林公所托，力排李鸿章等海防派重臣之议，抬棺西行，率领数万湖湘子弟金戈铁马，浴血奋战，将碧眼儿阿古柏们赶回老家。一年后，新疆全境收复，左宗棠让整个世界听到了东方睡狮的惊天怒吼。

我知道，柳庄不是左宗棠的出生地，是他梦想高飞的地方。左公的书房，极简陋极寻常，很难想象在这里将来能"梦想成真"：破旧的木柜蜷缩墙角，可能还是柳木制作的桌椅板凳，土得掉渣，桌上的马灯、墨砚、笔挂，都有着厚厚黑黑的包浆，但这的确是左公用过的原物。踱步陋室，我想到两个问题。其一，封疆大吏、清朝经世派主要代表人物陶澍为什么会那么喜欢他，就凭醴陵公馆那两句小联小诗吗？陶澍不但与左宗棠成为忘年之交，还结下儿女亲家，年龄悬殊不说，门第也相差甚远。其二，清廷重臣、民族英雄林则徐为何也那么赏识他，甚至说"一见倾倒，诧为绝世奇才"。我知道，布衣左宗棠曾在炮火连天的日子里"缒城而入"，终使太平军围攻长沙三月不下，我也知道左宗棠出佐过湘幕，且初露峥嵘，引起朝野关注，时人还有"天下不可一日无湖南，湖南不可一日无左宗棠"之惊天评语，可这都是林公逝世经年后才有的事……我看到了左公不多的几幅书法作品，无论是集句，抑或原创，仿佛雪藏有一种博大、深邃的宗教情怀。其中有一联，字也俊秀，语也蕴藉："能当大事时同仰，自极清修古与齐。"诗言志，歌咏言，谁能说士子出身的左宗棠不是胸有丘壑、志存高远呢？我看到了左宗棠的自信。

我的同行（xíng）们正忙着与湘阴的同行（háng）们交流，进行着走马观花的旅游考察，而我则在孤独地进行着近乎求马唐肆的寻找，一个理想主义者寻找一个中国符号的行藏，梦想在一个时空节点找到某些破译的"密码"……

离开柳庄，我特意再次走到院内新植还不太起眼的两株柳树前，拿出相机留下了它们的倩影。不用说，这是两株具有象征意义的"左公柳"。它让我再度想起了左宗棠两次率部西征，一边浩浩荡荡进军，一边沿途植柳。我仿佛看到西域新疆杨柳成行、绿荫满地，凡原湘军所到之处所植之道柳，皆"连绵不断，枝拂云霄"。它还让我想到而今长沙县的左宗棠墓地，两侧华表之联语："汉业唐规西陲永固；秦川陇道塞柳长青。"品读后人对左公推崇的赞语，似乎感到"塞柳长青"已然成为长在人们心中的一道风景。是自然景观，更是人文景观。据传后又有左公的老友杨昌浚即景赋诗："大将筹边尚未还，湖湘子弟满天山。新栽红柳三千里，引得春风度玉关。"这是对左老将军的热烈深情的礼赞！我想，如果让时光倒流，大唐边塞诗人王之涣看到这树读到这诗，不知又会作何感慨，他还会咏叹"春风不度玉门关"吗？

　　终于没能见到左宗棠，先生毕竟作古百余年矣，而且，今年11月还是他诞辰200周年。柳庄里，"左公柳"依旧寂然鹄立，仿若一袭青衫的左宗棠，气象蔼然，笑容可掬……

王村一夜

· 查　干（蒙古族）

在湘西王村，我度过了这样一个夜晚——不眠的又是诗意的，更是迷失了自我的夜晚。

酉水悠悠，在眼下淌着。烟水中的村落朦胧着，依山而居。那些墨顶白墙的吊脚楼群，好似离岸的渔家，提着红灯笼带一身水汽在走。而波光上的乌篷船，水虫似的在水面上玩着花样。涟漪，一层又一层地扩展开去，直直推向远方天际。

如此水乡又在傍晚时分，谁说这不是一幅泼墨大胆的山水画呢？而王村这一幅，则幽静中更带几分仙气。

房屋背后是一座被松柏青竹掩映的小山。公元940年的那一件历史遗物——溪州铜柱，就在那里。这，不得不让人去遐想，历史长河里那些帆影和棹声，渔歌和月色。

据说王村，昔为土司重镇。不料，一部电影《芙蓉镇》的拍摄，竟使她大出风头，盛名远播起来。

之后，就有了这既时尚又现代的又一名称——芙蓉镇。而强悍女子刘晓庆那一脸伶俐的笑和那晨间飘散的米豆腐清香，从此永远地留在了这里。再过百年千年，或许也会有人前来探访此地，而这里的人，也同样自豪地讲述这一段史话。

是啊，人之好奇和最易追昔的心波，总是会与年轮、时空同步增长的。也因为如此，那些属于历史的枝枝蔓蔓，才又日益地葳蕤不凋。

此刻，我独自凭眺于听涛山庄的飞檐之下，竟有些回归感。

如我半生旱鸭子的北国粗人，竟然神奇地回忆起这南国水乡的一些细微而具体的生活情节来，自觉惊讶。诸如渔网、乌篷船、鸬鹚等都在记忆的脑屏上一一映现并跳动起来。这，究竟是怎么回事？有什么东西在眼窝里打转，但我不敢使那物猝然落地，惟恐惊退了这夜的、前生的追忆。

的确，这一片土地与我，并不陌生。她的晨钟暮鼓，渔歌与号子以及她那些随风而动的蓝花头帕，都这般熟稔和亲近。

那些隔世的亲情、恋情、友情居然都深印在这窄窄的、长长的青石板的小路上，虽生满了苔藓，但仍在等我来造访、重拾、拂尘。

现在有一股探秘心态占据我的内里，怂恿着我，鼓励着我，我茫然地走下高高的石阶。

涛声在右，山影在左，我独自踽踽而行。

夜，沉静如潭。仿佛有那样一扇风雨浸蚀的古老柴门，在等着我去轻轻叩开，然而我有些不敢。在那里谁人在酣睡？与我，又有何干系？是族亲？还是渔友？贸然闯入不合礼数，只有半依临水栏杆，怅然站定，让水汽缓缓弥漫肺腑，让彻骨的寂寞与我同醒。

说来我自己也有些不敢相信，此刻的我究竟是谁？从何而来？又往哪里去？为何？在楚地湘天寻寻又觅觅？

我的英气骄气在此刻，竟荡然无存。这既陌生又倍感亲切的水乡之夜，使我这般的脆弱和无力。

这真是一纸难以猜透的谜语。自以为一生清醒的我，却在此夜迷失了自己。这是一种什么样的幻觉？又由谁来为我阐释这一切呢？

夜，静谧如禅。不远处传来鱼跳夜水的啪啪声，与此同时有一种幻觉出现，刚刚跳水的，仿佛不是鱼，而是从远水赶来的诗句，正要挪动脚步时，她幽幽、湿湿地爬上岸来，与我撞个满怀。

夜，使我寻到了什么？

夜，又使我失去了什么？

忽有一股落寞感，由心底涌起。是的，这一生还有一种东西，使我惶然怵然，那就是一种距离感。它遥远而又不可目测，就是心测也是枉然。想入不得入，想近不得近。而为何，这淼淼酉水边遽然消失了呢？终于，我有了认知和悟性，这或许就是一种——回归，抑或不是。

山风湿湿地掠过，一片银杏叶飘落下来，我弯腰，将其拾起，抽笔便涂写了两句:"秋日一片银杏叶,扇灭多少远地情?"就又随手送入酉水,由它漂了去。

什么叫灵呢?就是纯生命吧?

有人高论,缺憾有时比圆满更美。但愿。假使她把我此时的心境牵引到一个停泊处,我就信她是一句至理名言。

"秋风吹渭水,落叶满长安。"湘地秋风先于我,亦悲似壮地行进在夜的酉水边,在完成着她应有的使命。

不能不感激王村,伴我度过了这幽深而又迷失了自我的夜晚。

我要记下这淡淡的水也似的忧伤。记下这无果而返的青石板小路。记下这隔世的记忆瞬息地复活和哀然地离去。

王村,今夜你是纯情的,就如漂满酉水的落红一片。

夏天的李园

· 陈家恬

夏天的李园美不胜收。芙蓉李那长卵形的叶片，不拥挤，不涣散，疏密有致，光滑的表面，泛着浅浅的绿、淡淡的光，不像柑橘叶那样夸张，也不像青枣叶那样寒酸，淡雅而不造作，可人而不妖媚。若是丰年，整株李树所有的枝条都缀满李子，像一种叫巨峰的葡萄串，又不像葡萄串。因为，它更长，更密集，更丰硕，十颗、百颗、千颗、万颗……并列着，簇拥着，数也数不清。起初，像翡翠圆珠，一身光溜溜的，也不怕羞。渐渐长大，蒙上一层粉霜，有如爱美的姑娘，或涂脂，或抹粉，淡淡的，如烟，如雾，几多朦胧，几多妩媚。梭罗《野果》描写茅莓叶片粉霜的那一段，引用于此，也是恰当的："最妙的就是那层神奇面纱，那是大自然杰作的收笔，妙不可言，令人惊叹。只有挑开那层面纱，方可窥得真面目……"

是的，李子的成熟是从心开始的。即将成熟时，几近浓妆艳抹，更有黄斑点缀。果顶微凹，双肩平而微垂，颇具流线型，从梗沟至果尾有一条弧形缝合线，两边微微凸起——整个给人以流水肩、水蛇腰、百合臀的美感。熟透时，细看李子，就会发现它的尾部有些小红点，像小小青春痘，轻轻拭去粉霜，即刻闪出隐隐约约的色泽。那色泽是从浅绿色的极细嫩的肌肤里漾出来的，又仿佛从灯笼里透出来的那种红，隐约、含羞，像一个村姑遇着你的注视，在那低眉的瞬间，她的面颊泛起的红晕，惹人回眸。忍不住了，伸手摘下一颗，咬一口，伴随一声脆响，留在你嘴里的，是一种红，玫瑰般的红，红红的肉，红红的汁，红红的甜，如梦，如幻。若想洞察它的内心世界，那就斯文一些，先轻轻地咬一口，再用双手，轻轻一掰，它便敞开心扉，把核给你，利索地给你，干净地给你，不黏筋，不黏肉。那是它的心，一颗与众不同的芳心。

"四月八李子才变色，五月八李子正好塞（吃），六月八李子红似血。"若用永泰方言来念，那就更有韵味了。这是描述李子最通俗最直接的语言，只要记着，就不会错过任何一个与李子相约的佳期。

夏季李园的美，不仅在树上，还在树下。

结果多的李树，最好用木棍支撑起来，好比搀扶临盆的孕妇。一位老农说，1957年5月，他给1株李树挂了57根木棍。那年这株李树摘了800多斤李子，破了历史纪录，被写入县志。许多木棍挂着被压弯的李枝，李园像一片又一片笔直的密林，更像一座连一座别致的凉亭。那些木棍，约略小杯口粗，或长，或短，呈"丫"字形。密密匝匝的木棍，给李园增添了迷离的神韵。

摘李子前一个月，杂草已清除，地面已整平，除了通道，几乎找不到一个脚印。这一株李树与那一株李树，这一片李园与那一片李园，枝叶交错，只有强劲的阳光，才能穿透一些枝叶，扎在地上，弥漫着，仿佛片片碎银，不时跳动着。偶尔下一阵雨，经过厚密的枝叶，筛下来的雨滴，在地面绣出许多花纹，犹如湖面的涟漪。

李菇，从地面，从树头，从塍壁悄然冒出。大小不一，形态各异，尚未开伞的，犹如钉在地上的短棒；开伞的，菇伞如罗经，菇腿如手腕，浑身墨绿，近乎古铜色，泛着淡淡的油光——令人两眼发光，满怀喜悦。李菇可食，适合清炒，虽有土腥味，但柔软而清脆，口感不错。与李菇一同"冒出"的还有看护李子的帐篷。帐篷定做于福州，规格一致，形同船篷，由南港船运来。帐篷搭在李树下，东一座，西一顶，犹如竞相生长的李菇。白天，远远望去，那些帐篷俨然硕大的马蜂窝，有企图的人是不敢接近的。夜晚，帐篷里点起灯。那灯像流萤。李园仿佛变成流萤的世界。那帐篷像灯笼。李园仿佛成为大红灯笼高高挂的庭院。居住帐篷是惬意的——有满眼的丰收景象，有李子的芳香，有李树的体香，有艾草燃放的馨香，有轻拂而过的清风……拥有浪漫情怀的人，一定能在这里找到诗意栖居的感觉。

善于抓住商机的女人来了。她们提着竹篮，有香喷喷的油猪，有香喷喷的蛎饼。竹篮表面那一片薄薄的纱布，怎能盖得住拱动的诱惑？

油猪尚未走远，蛎饼刚刚离去，又有一阵悦耳的声音，从李丛那边钻过来,瓢羹敲击瓷碗的声音,由远而近,渐渐响亮。谁都知道,鼎边糊来了。

这响声刚刚被这片李园吸收进去,那一片李园又释放出更加激越的"铿铿铿"。哦,货郎担也来了。光饼,米糕,香酥酥的花生糖,还有软绵绵的麦芽糖……

大人多数能克制自己,忍一忍,也就过去了,用不着摘李子去换。其实也用不了多少李子,摘下三五颗,即可换两三块蛎饼,或两三只油猪,足以堵住泛滥的馋涎。再说,那些女人也乐意,她们自己爱吃李子,她们的小孩也爱吃。

小孩挡不住诱惑,老实的,就到自家或别人的李园,找些自然掉落的李子,去换他们爱吃的零食;调皮的,则趁人不备,摘一些李子,揣入胸口,蹭蹭而去,偷偷换些零食,躲于角落,悄悄地吃。

布达拉宫的觐见

· 陈世旭

我来自东南原野，水晶般的雪域，是我长久向往的圣地。昆仑山把我送上极地的台阶，唐古拉带我越过雄鹰飞不过的山口。跑过海一样的藏北草原，就投入拉萨无边的日光。

哦，拉萨，日光之城拉萨。仰脸是透明的湛蓝，满眼是哈达和经幡，转经和叩头的男女，让道路像河一样流淌。无数的寺庙，站立在雅鲁藏布江流域。峡谷和山岭，到处是古刹的光芒。法器和诵经的轰鸣，是高原永不止息的波涛。

具誓护法金刚，坐在十地法界。耸立中央的须弥上王，日月绕着旋转。

世上最高的山峰，是珠穆朗玛；世上最高的宫殿，是布达拉。高居在白云上面，一抬头就能看见。绛红的宫墙与岩石浑然一体，洁白的阶梯像大路一样宽阔。穿过无数间宫室，每一间都流溢着金银的华彩；经过无数座神像，每一座都贮满了稀世的珍宝。长明灯层层叠叠没有尽头，酥油花万紫千红如江南春意闹。绚丽斑斓的唐卡淹没了四面的山峦，威严煊赫的长号响彻云天外。

这一切都留不住我的脚步，这一切都不能让我凝神。

佛祖面前的仓央嘉措，才是我心中的莲花。

梵天的儿子，地上的天河，是雅鲁藏布江。仓央嘉措的一生，是雅鲁藏布江激流，切开喜马拉雅山无数雪峰，谁也无法阻拦：最陡的坡降惊心动魄，直立如金刚，顶天立地；最长的峡谷婉约婀娜，慵卧如软玉，万种风姿。

圣域最大的王，郁郁供养在神圣的囹圄；佛门最多情的僧侣，悄然走出巍峨的庄严。门隅是何等高贵，却埋头在嘈杂的街市。转世的灵童，记忆里尽是纯真。少年的喇嘛，迷失于女儿红。穿上俗人的衣服戴上长长的假发，去享受世俗的欢乐："住在布达拉宫/我是持明仓央嘉措/住在山下拉萨/我是浪子宕桑旺波"。

　　佛前的一朵莲花，来寻凡尘的情缘。

　　杜鹃从远方飞来，带来了萌动的气息。鸟与石会一见倾心，野鹅会同芦苇相恋。洁白的仙鹤，请把双翅借我。背后的恶龙有什么可怕，前边的甜果一定要摘到。

　　去年种下的秧苗，今岁已成禾束。相思的消瘦，一百个名医都救不了；绝顶的聪明，也和呆子一样。手写的黑字，水一冲就没了；心里的图画，怎么也擦不掉；常想活佛的面孔，从不展现眼前；没想情人的容颜，时时映在心中。遂了情人的心意，就断绝了与佛的缘分；要去深山修行，就违背了情人的期待。道行高深的喇嘛，请指一条明路：怎样回心转意，怎样不再失足？

　　心上人的福幡插在柳树旁，看柳树的阿哥不会拿石头打它。闭目在经殿香雾中，不为参悟，只为闻她的气息；摇动所有的经筒，不为超度，只为触她的指尖；升起风马，不为祈福，只为守候她的到来；垒起玛尼堆，不为修德，只为投下心湖的石子；磕长头匍匐在山路，不为朝圣，只为贴着她的呼吸；转山转水转佛塔哟，不为修来生，只为与她相遇。除非不相见，不相知，不相伴，不相惜，不相爱，不相对，不相误，不相许，不相依，不相遇。免得生死相思，只有相决绝。

　　月亮来到东山顶上，东山不声不响；玛接阿妈的面容早就浮在心上，心像羚羊一样狂奔。

　　和情人幽会，在山谷的密林深处。口渴的时候，池水不要喝干；热恋的时候，情话不要说完。香柏树梢的小鸟，说一句好听话就行了。信义的印记，嵌在各人心上。怀抱中的精灵，是天真烂漫的美人。缱绻的时光没有尽头，想不起究竟佛法。除非死别，活着永不分离！

　　帽子戴到头上，辫儿甩在背后。桑耶的白色雄鸡，忘记了啼叫。

　　黄昏出去，回来已是黎明。老黄狗和鹦鹉是同谋，雪地暴露了秘密。和十五的月色一样明了，足迹是无悔的誓约。

　　一个穷困喇嘛的后代，一个至尊至上的活佛，一个天生的情种，一个唯美的诗人，一个难以捉摸的谜，一个永不褪色的传奇。辗转，困顿，隔绝，血光交错，未知的宿命交付颠簸。躁动和暴怒，把兀鹰的羽毛弄乱了；茫然和忧愁，把柔弱的诗人弄憔悴了。有多么美好就有多么凄凉，匆促的旅途挤满了命运的吊诡。

春来花自发，秋至叶飘零，为什么总在悲伤的时候下雪？因为冬天就要过去。不经意的时候，人们会错过很多美丽。错过了今冬，明年该懂得珍惜。无常就是有常，执著如渊，执著如尘，执著如泪水，是滴入心中的破碎。冰化了，才发现缘没了。

苦行路，生无涯，挽歌喑哑，寂灭隐没，决然遁去无消息。趟过凡心不灭的水，度过世间罕有的劫。青海湖似有或无的琵琶音，是菩提的大悲咒。清净而生，清净而去，不负如来，亦不负真情，圆满了华彩灿烂的一生。

牵肠挂肚的卿卿我我总是昙花一现，每颗心生来就是孤单。留人间多少爱，迎浮世千重变。佛是过来人，人是未来佛。参透了生命的真谛，才会有凤凰的涅槃。水晶山上的雪水，党参叶尖的露珠，圣洁的智慧天女，拿甘露作曲子酿酒。谁发着圣誓喝下，谁就不会堕入恶途。

出世法的世界无比广大，莲花本是对生命的祝福。与欢喜人做快乐事，是前生今世的因果。特立独行传达了最温暖的慈悲，缠绵情歌净化了一代又一代心灵。韵律波澜起伏却又清静雅致，淡然印入世人的深心。

如此遥远又如此亲近的名字，遗世而独立。留在千年的高山流水，留在四季的花前月下，留在无数柔软的情怀。

一直留连在与他相会的希望中，这日子终于来到。

面对莲花，我无从言语，我的花篮空空如也。当金琴在晨光中调好，我来唱歌。在他的世界我无所作为，只能唱出苍白的歌声。

看不见他的脸，只听见他轻盈的步履。幽暗的宫殿，响着默祷的钟声。

花蕊绽放，风里有一种奇异的芳香。

我来吊济水：

· 戴 鹏

济水的忌日我不清楚。只知道1855年6月的某日，她慷慨让出自己的河道给了姐姐——黄河，由此结束了她荒古以来三隐三现、独归大海的靓丽身姿，终止了她吟唱千万年的澈韵清歌。

如今的济水，不过是黄河的一段支流。然而，又有多少人知晓，当年的济水竟是一条与长江、黄河、淮河齐名的大河洪川，一道横贯千里、直奔入海的名渎巨水，是与黄河并行的又一条母亲河！她名列"四渎"，流淌万载，世人敬仰。当今济南、济宁、济阳、济源的名称标注着她当年的足印，太乙池、荥泽、巨野泽、汶水、博兴延伸她昔日的走向。

徜徉在河南济源济渎庙东墙外的珍珠泉边，看着三股清泉从南、西、北方向涌出，而后注入东穴，无声而去，不禁感慨唏嘘。

一条大河怎么说隐没就没了踪影，只留下一段往事、一个传说？

注目良久，百思难解。终于，一个情理兼容的答案渐显渐明：

上苍偏爱炎黄子民，特意让黄河、济水姊妹二人来共同承担哺育炎黄子孙的使命。然而在漫长的岁月里，由于姐姐黄河倔强刚烈，生性好强，妹妹济水隐忍内敛，慧中秀外，其间不免时有冲撞。更奈何黄河多次恣意横滚，挤占济水河道，甚至夺淮入海，酿成无数惨剧。当一次次冲突给子民安全生息带来不幸时，妹妹总是退让迁就，委曲求全。终于在那个不同寻常的六月，暴烈的黄河不堪河道淤塞阻滞，又一次挣脱堤坝羁绊，汪洋恣肆，浊浪滔天，人为鱼鳖。而近在咫尺的妹妹济水顾念子民，明晓大义，慷慨接纳桀骜的姐姐，让她得以一路狂奔向大海；自己则将万涓清流汇黄河，水乳交融，不离不弃。这一壮举,为中华民族的繁衍生息营造了宝贵的环境。

我不禁感慨中来,泪眼蒙眬!

我突然觉得,济水像早逝的娘,济水是通灵的河。济水融汇了太多的爱,济水一定注入了天国!

漫步于济渎庙的前庙后祠、东院西宫,放飞的思绪犹如夏风中的蝴蝶,飘忽不定。

我在回味那次遥远的对话。"天下洪流巨谷不载祀典,济水甚细而尊四渎,何也?"唐太宗李世民问。"渎之为言独也,不因余水,独能赴海也,济潜流屡绝,状虽微细,独而尊也。"大臣许敬宗答。他认为,济水这种不弃细微、百折不回的顽强精神,就是它能够位列"四渎"的原因。

太宗的问题,一定也是历代许多人的共同疑问。然而,许敬宗也许只答对了一半。那一半可能囿于微妙的原因他不便讲出。

不便讲出的,也许更重要、更直接、更合情理。那便是济水自身体现的精神内涵,正好体现或者契合了作为精英阶层的知识分子的情操追求和价值取向。正是这个阶层的赞赏与推崇,赋予了济水独有的文化元素,使其具有了人格化、精神性的特征。

清贫,清高,清苦,清廉,清白,清正,清纯,清净,自古以来是华夏知识分子追求的情操境界和文化人格。人们通常更把他们中品高学渊、不慕荣华、不随波逐流的群体称为"清流"。从某种意义上讲,济水三隐三现、至清远浊、坚守其节的秉性,恰恰体现了知识分子恩泽天地、不求闻达,"穷则独善其身、达则兼济天下"的品格特质。正是这股世代不断的"清流",长期滋润着中华民族道德的高地,引领文化的方向,陶冶大众的品质,荡涤世俗的污浊。

我在回放那些久远的画音。白居易依杖临风,引颈独吟:"自今称一字,高洁与谁求。惟独是清济,万古同悠悠"。文彦博白发苍髯,击掌踏歌:"远朝沧海殊无碍,横贯黄河自不浑……"以及饿死于济源附近首阳山的伯夷、叔齐含贞自洁、威武不屈的定格,生活在济水之源的阮籍、嵇康、山涛、向秀们脱俗清高、桀骜不驯的投影……都从不同侧面体现了文人士子的这般情愫,这种情怀。

我的眼眶憋得生疼。为那历史深处的呼啸,为那苦求高洁的悲怆,为那千载难诉的无奈,为那济水浸润的风骨!

终于，我的泪水怦然而落！

一百五十七年前的那次让道，济水慷慨到超越淡泊，壮烈到近乎潇洒，无私到趋于神圣，从容到如同优雅。其品，其格，其势，其度，已朝向穿越黄河而不浊、千里朝宗而不回的崇高境界。济水似乎在用娘的胸襟，诠释母爱的真义，标注大爱的尺度，为清流定规，为圣洁示范。当然，也为我的泪，注入很多的酸，掺进更多的咸！

我豁然明白，这也许正是千百年来，济水存在与消亡的另一层含意。更是一百多年来，这条没有河道的河流始终流淌在炎黄子孙心里的原因。

伫立古荥泽虎牢关岭头，但见立土如削，荒塬接天，远空霞蔚，脚下的黄河缓缓东去。登时，一脑袋的愁绪，满肚子的幽怨仿佛随波而逝，心情豁然开朗。

这就对了：济水一定没有消亡，投身大海的水永远不会干涸！何况她一直都在给这个好强而又辛劳的姐姐补充体力，增添新鲜血液……

也许我的思绪游荡得太远。

柔弱的济水，柔情的济水，柔和的济水，是怎样成就了黄河，弥补了黄河，丰富了黄河？任性的黄河，韧性的黄河，人性的黄河，又是怎样塑造出炎黄子孙独特的禀赋、不屈的性格和傲立于世界民族之林的顽强力量？！

济水的隐忍，济水的胸怀，济水的境界，凝聚成济水的高洁。黄河的坚韧，黄河的桀骜，黄河的狂放，造就了黄河的伟大。我们这两位可敬的老母亲，用她们共有的天赋，为炎黄子孙打上特有的胎记；用她们优秀的基因，给中华民族留下不变的符号。

还是在古荥泽虎牢关岭头，我望着东去的黄河，却想着无形的济水。公元前二十一世纪的某个早晨，济水之源，孕育了中国第一个奴隶制王朝夏。这一开局就是四百多年！一挥间，人类历史由原始社会跳到了奴隶社会，济水、黄河并列时卓尔不群的黄河文化，也一下子过渡到黄河、济水交融后刚柔相济的黄河文明。

这使得，华夏民族有了第一次人类历史舞台的精彩亮相。

此后，一个东方民族悠闲散淡的生活画卷，在关关雎鸠、笙歌唱和、鸡犬相闻，日出而作、日落而息的诗经雅韵里徐徐铺展；斯民的智慧，也以商鼎周钺、秦火汉仪、磁针铜漏、蔡纸毕印的闪光，辉耀于人类浩瀚历史的璀璨星空。

当然，在这片辽阔疆域，也不乏刀光血影、战马嘶鸣、关山征戎、连横合纵的篇章。

当然，在这片富饶疆域，更不乏抵御外侮、太行浴血、黄河咆哮、睡狮猛醒的场景。

仍是在古荥泽虎牢关岭头，望着东去的黄河，我听得见母亲匆匆奔走的足音，看得清母亲扑向蓝色域界的身影。她要赶路，而且吆喝儿女跟上脚步：她呼唤华夏飞腾，她期待中华民族的伟大复兴！

我来吊济水，娘亲复娘亲。潸然两行泪，滚烫过苍坤！我知道，左边是黄河，右边一定是济水！

北风南派"襄河道"

· 凡 夫

城市就像人，皆有个性。比如武汉的火爆，成都的闲适，南京的优雅，兰州的直率……说到襄阳，还真难用几个字或几句话来概括出它的个性。然而，它在中国文学艺术发展史上，却是一个开宗立派的地方，一个孕育明星的地方，一个产生过传世艺术精品的地方，同时，又是南北文化交流的重要接点，历史上称作"襄河道"。

在陆路交通尚不发达的时代，襄阳有"南船北马"之称。南方的人要到北方去或北方的人要到南方去，必须在襄阳下船乘马或弃马登舟。这使襄阳比较早就成为一个开放程度较高的地方。而开放带给襄阳的好处，就是经济、文化的繁荣。古时的诗人在他们的诗中，对襄阳商业繁盛的景象曾作过生动的描写："万屋连甍清汉滨"，"楼台金碧瓦鳞鳞"；"酒旗相望大堤头，堤下连樯堤上楼。日暮行人争渡急，桨声幽轧满中流"。明清以来，襄阳更是"商贾连樯，列肆殷盛，客至如林"。鄂、川、豫、赣、陕、晋、皖、湘、苏、浙、闽等11省的商人纷至沓来，仅在樊城沿江一带，就建有山陕、抚州、黄州、江西、江苏、中州、浙江、徽州、福建、四川、湖南等20多座商会会馆。汉水中的船民也结成了十多个船帮，并且建立起具有船民特色的独桅子会馆、楸子会馆等等。

商业的繁荣，必然带来文化的兴盛，促进文学、戏剧、曲艺、书画、建筑等艺术的发展。李白来襄阳寻友，曾在他的《襄阳歌》诗里描述过"襄阳小儿齐拍手，拦街争唱白铜鞮"的热闹场面。唐代另一位诗人孟简也写过这样的诗句："襄阳才子得声多，四海皆传古镜歌，乐府正声三百首，梨园新人教青娥。"而《古镜歌》就产生于襄阳,并由襄阳传到全国。

明清时期,襄阳的商业和手工业已有明确分工,并且已颇具规模,形成了皮坊街、瓷器街、炮铺街、米花街、铁匠街等行业相对集中的街道,数以万计的从业人员聚集一地,自然就少不了对文化的需求。这样,勾栏瓦舍、茶楼戏楼、剧场书场便应运而生。襄阳在成为鄂西北物质集散地的同时,也成了这一区域文化艺术的集散地。

沿汉水排列的30多个商会会馆,就有30多种风格。南北建筑这么集中的展示在汉水江畔,就像一座座陈列馆、博物馆,无时无刻不在影响着襄阳的经济、文化和人们的审美情趣。最能说明这个问题的,恐怕要数襄阳的石狮。南方的石狮精细体小,北方的石狮体大粗犷,而襄阳的石狮体型又大,雕刻又精,既有北方石狮子的气派,又有南方石狮子的神韵。取长补短,南北兼容,体现在襄阳石狮身上的这些特点,正是襄阳文化的特点。

南北商人来到襄阳,也把他们的戏剧艺术、曲艺艺术和其它艺术带到了襄阳。汉戏、京戏、梁山调、豫剧、曲剧及越调皮影、汉戏皮影等上十个剧种,同时出现在襄、樊两城,其场面的热闹可想而知。

"橘生淮南则为桔,橘生淮北则为枳"。一些流传地域比较广的剧种来到襄阳后,虽然以压倒优势淘汰了本土剧种,但是它们既然来到襄阳,就免不了要受到襄阳本土文化的浸润,产生一些变异,带上襄阳文化的特色。比如:高亢奔放的豫剧和曲剧,到了襄阳,它的唱腔和表演程序,都多了些细腻、阴柔、妩媚和缠绵,发展成为与河南本土风格不一样的"南派豫剧"、"南派曲剧"。

襄阳山清水秀,地灵人杰,文化积淀丰厚,文化传统源远流长,非常适合文化艺术的生长和繁荣,对文化人有着强大的吸引力。从秦汉到明清,许多著名的文化人都在襄阳任职过、客居过、游览过。比如三国智星诸葛亮,晋代名将羊祜、杜预,唐代诗人张九龄、李白、杜甫、岑参、韩愈、刘禹锡、李贺、元稹、白居易、杜牧,宋代诗文大家范仲淹、欧阳修、梅尧臣、曾巩、王安石、苏轼、黄庭坚、陆游,以及明清的唐寅、张居正、袁宏道、袁中道、袁枚等等,都对襄阳有很好的印象,在他们的诗文和画作中,不乏咏颂和描写襄阳的佳作。

风土人情、地域文化的滋养和浸润,南方文化、北方文化的交流和碰撞,为襄阳文化艺术的生长和文化人的成长提供了得天独厚的条件,使襄阳成为一个诞生文化名人名作,并为中华文化发展做出特殊贡献的地方。

早在先秦时期,襄阳就有了与屈原并称"屈宋"的宋玉,他为楚辞的发展和成熟做出了巨大贡献,在楚辞与汉赋之间,起着承前启后的作用,南北朝时期,襄阳是著名歌曲《西曲歌》、《襄阳乐》、《常林欢》和《白铜鞮》的发源地。到了唐代,产生于襄阳的《大堤曲》,受到李白、刘禹锡、李贺等文学大家的喜爱,以它为题,创作出许多诗篇。直到明清,这些曲调还在流传,还有文人为它们填写歌词。

襄阳养育了"诗画两襄阳",唐代大诗人孟浩然,与同时期的王维并称"王孟",是中国田园山水诗派的鼻祖。宋代书画家米芾,成为声名卓著的"宋代四大家"之一。

修建于东汉初年的习家池,依托平冈,筑堤造塘,引泉入池,池中垒台,台上置亭,水浚通源,桥横跨水,周围遍植苍松、翠柏、垂柳、修竹,这种精巧的布局、清丽的风格和高超的建筑艺术,历来为园林专家所称道。明代计成在著名的园林学专著《园冶》中称,在离城市不远的郊野择地建设园林,习家池是一个典范,值得效仿。

特别是襄阳腔对戏剧发展的促进,更值得大书一笔。

在全国戏曲剧种中,数采用皮黄(西皮、二黄)声腔的剧种最多,京剧、汉剧等有40多个,高腔及昆腔各有30多个,梆子腔约有近30个,而襄阳腔在皮黄腔的发展过程中,起到了关键作用。

最早产生于湖北西部的西曲,入陕后变成土腔小调,后重返襄阳,在本地发展为楚调,后来,随着李自成"军戏"带来的同州梆子和蒲州梆子在襄阳地区流传,本地楚调又与秦腔、越调、清戏等融合,形成"襄阳腔",又称"西皮"。"西皮"传到武汉与二黄糅合而成汉剧。汉剧进北京与徽戏糅合而成京剧。这就是说,在京剧和诸多剧种主要唱腔"皮黄腔"形成的过程中,"襄阳腔"是一个十分重要的环节。少了这个环节,"皮黄腔"发展的链条也许就会中断。

襄阳就是这样一个地方:不南不北,有南有北,亦南亦北。这就是襄阳文化的特色:融南融北,南北交融,北风南派。

如今,襄阳正在大力推进文化襄阳建设。地处南北文化交汇点上的"襄河道",必将展现新的风采,迈出新的步伐,作出新的贡献。

"井底"诗画

· 葛水平

我无法说出奇境是一种什么景致，但我想：周遭一切一定是苍翠的、雄奇的，像叠藏在文典史籍里的风光，而又凝聚出某种大气。比如山，因了历史墨迹的浸润或者风物日日熏染，而雄奇、伟岸，而瑰丽、多姿；比如水，在山石之间，或一泻千里，或潺潺如弦。走入其境，一定要有种本真的崇慕，因为本真应该是没有任何雕饰或者后天的人文附丽——就好像一块石，风雨阳光都经过了，还是石，朴拙在一脉青峰下。

与文友去看山水，去的是山西平顺县东寺头乡井底村。顺着这条路线，我看到心仪已久的生命深处的奇境胜地。山色空蒙，峰与峰挽手，说不清何处猛然弓起脊背，成为主峰。车在山路颠簸，一时又陷入深谷。人在沟底仰头举目，天成一线，豁然留白处，气象万千。我们一行二十多人，在陡峭的岩石中穿行而过，看到车窗外的绝壁，看到近乎生命与死亡的临界点，看到生命在更高层次上展现自己的魅力和存在价值。听说为了修这条路，不少人付出了宝贵的生命。车行路行，走入井底村时，仿佛有一种绝处逢生的大喜。

小雨初霁，山水就有了一缕翰墨的余香。这种余香，让我突然感觉无法忍受至今生存在城市的生活，因为那里没有婆娑的绿意。当我从车上走下，站定在泥土上，我感觉这就是我最早的家园，是我漂泊的日子的根。人世间万物一切都来自自然给予，包括我们自己的生命。生命与自然深远的联系与接触，会让你感到自然的无限与生命的有限。

在这里，山就在你的视野之上，水就在你的嗅觉之下，你能闻见水香，能看到山的流风回雪。眼前的一切，迷离如晕，淋漓如薰，飘逸飞扬，那可视可感的山水，幻化成一份超出视觉和触觉之外的神秘气息和隽永意境。同行的一位朋友对我说："你能看到那是山吗？那是古旧红木条案上悬挂的中国山水。它纯粹，纯粹得就像一幅画！"想来，我们一定是在画中了。

　　风微微地吹在脸上、身上，只觉寒意袭来。太阳很不情愿地卧在山岔口，它随着我们的不断升高而暖和起来。走，往高处走，高处有苍茫阔远，有神秘莫测。这些都不由得让人想到古人，也一定有过书生背着书和剑走来，其时也有着这般烟雨凉凉的意绪。于是，那风就不是来自于那苍褐色的山上，而是从远古吹来，如同翻动书卷一般翻动着我们的怀古心情。

　　我们坐上游船，有鸟叫声从头顶跌落下来，崖上有羊宿在岩下，远远望去，羊居然在看湖上风景。记得卞之琳说："你站在桥上看风景，看风景的人在楼上看你。"这里"看风景的人"是羊。人是风景的观众，而羊远远地在看人。人和风景就这样在人与羊的视野中互为风景了，这是否就是人与羊深情的契约呢？

　　从湖的源头看山看水，高高的与灰白的晴空相接的两岸挡住了视线也挡住了风，四周静极，瀑布声从远处传来。两岸山石嵯峨，山泉流溅，山菊烂漫，星星点点处，让人感到甜蜜。一上岸，忍不住扑过去，沾得一身清香。

　　从陡峭的"哈喽梯"爬上山顶，如鸟儿一样背负青天朝下鸟瞰，看到石砌的房屋，有农人在山水间穿行。由此想到，筑石也需要技巧，现在的人说它古旧，古旧也是一种凝固的思想。走进一座石砌的屋宇，墙体砌得横平竖直，柱子立得一丝不苟，门礅柱础是雕石，墙基石阶是条石，院内院外是青石，厅堂楼台有奇石。我们的祖先把自己对大自然的祈求，对美的向往和生的渴望全部寄托在了那奇峭古怪的石上。

　　蛙们在井底唱。在这个叫井底的村，它们是真的"井底之蛙"。头顶的天空像窗户纸一样颤抖，灿烂的歌声汇成奇妙的混响。走过一户农家，只见门上贴着一副对联："一等人忠臣孝子；二件事读书耕田。"可见，古风还在这地方存留。是啊，不弯下腰吃苦的人，能种好庄稼吗？不刻苦读书，能走出井底吗？

　　这里的大部分人是中原移民。他们爱吃热的面糊和馍，以及大米。我听见一段他们关于米饭的对白："54（唆发）——啥饭？""34（咪发）——米饭。""534（唆咪发）——啥米饭？""134（哆咪发）——大米饭。"听起来，就像是在"吃"音乐！

　　井底奇境，如一幅音诗画。

雅鲁藏布第一桥

· 冯文超

眼前高山夹峙，形成大峡谷，雅鲁藏布江从远方蜿蜒而来，平缓又湍急，大气、雄浑，有一泻千里的气势……

雅鲁藏布江，这里的人们都称为雅江。

峡谷里，竖起了一排60余米高的桥墩，这新的标高，像一个个白色的巨大惊叹号，横江而过，有钢的坚韧和水泥的质朴，它们在默默地等待着，等待着一个节日，一个连接和沟通的欲望。对面的山坡上，成熟的青稞田金黄耀眼，收割的藏胞直起身来伸出拇指赞叹：伞巴（桥）。

桥墩相当于30层高的楼房，工人戏称它为：雅江大厦。哦，好个比喻。

从桥墩顶部看去，左边是平坦宽阔的铁路路基，工地的彩旗点缀着秋天的峡谷景色。右边山坡上，是桥墩的延伸。待到合龙，一桥飞架南北，天堑变通途。铁路将从拉萨向日喀则延伸，赋予《天路》的歌声以更多内涵。

强劲的江风吹来，带来深秋的凉意。建桥工人系着安全带在这墩上忙碌，动作优美而又惊险，令人悬心又赞叹。听着介绍，岁月的水也回放流淌着。

建桥墩时，雅鲁藏布江上游落了大雨，江水一下子暴涨，一台正在工作的挖掘机被急浪冲淹，那浑浊带着高原土壤颜色的江水一路咆哮，眼看淹到驾驶室的小窗口，司机困在里边。救人要紧，指挥部急调吊车来，长长的铁臂伸出去，司机刚被"吊"出来，挖掘机一下子就被江水吞没了……

看着这些身穿迷彩服的"鹰",飘起的衣角,好似看到了正欲腾飞的鹰的翅膀。抬头看见栖得更高的一只,是塔吊上的一个小伙子。对讲机对着他一喊,塔吊下来!好家伙,像玩网上的登陆游戏一样快,他一下子就降落在我面前了。年轻,帅气,像一缕早晨的阳光,鲜亮又有朝气;像新生的果实,仿佛挂着露珠。听他介绍,果然只有19岁,父亲也是筑路工人。

指挥长一指小伙子的裤子:里边有尿不湿!小伙子害羞了,忙捂着后退。大家笑了。原来这里为了环保,厕所搭在江边,比较远。他为了省时间,就垫着这东西。

我问小伙儿,你站得比桥墩还高,不害怕吗?他笑着说,刚开始有点怕,睡觉也觉得在空中飘。是师傅们手把手地教我,现在不害怕了。

入夜,几团明亮的灯光,像桥墩之树结出的花蕾,峡谷变得影影绰绰,俯瞰雅鲁藏布江像一条细长的黑色油路……

突然,刺眼的焊花亮了,那哧哧啦啦燃烧的蓝白火团,闪闪烁烁,扑溅出的火星一串串飞落下来,如长长的金色藤萝,垂挂到江面上,峡谷变得神秘而又美丽。

江边的工地上,戴安全帽的工人们在忙碌着,钢铁敲击声、电锯声、号子声打破了这里亘古的寂静。他们在搭钢筋架子,桥墩上还要进行浇灌。一根根钢筋围拢成一个合拢体,像一群集合聚拢的士兵。

其中一个劳务工,姓王,湖南人。建桥墩时,他的钻工技术比别人的好,工地上就普及他的经验,并给他加薪还戴红花。听说,指挥部准备把他转成正式工。

转正式工,是不少劳务工梦寐以求的期盼。我找到了他,问他高兴不高兴?他笑了,露出一口白牙:当然高兴啊!

指挥长说,现在是以人为本,我们这里的工人要定期检查身体,工地有医院。宿舍里都备有抗缺氧药物。桥墩子上的风,超过六级就停工。我看到移动工房里有整洁的床、电视、电脑。像部队士兵一样,不少劳务工穿着迷彩服。他们在上网、打游戏、看书。

当我们的汽车要启动时,几个劳务工跑来,把几个红艳艳的大苹果硬塞给我们。我知道在这深山峡谷里,水果、蔬菜都是很珍贵的。我们把水果送回去,连连说着,感谢。他们搓着手,一脸愧疚地喃喃说:真不好意思,你们跑这么远来看我们……

回望那仰起的张张被紫外线晒得黑黢黢的脸，是那么质朴清纯，如草滩上格桑花的笑靥，这是多么诚实可爱的农民工啊！

　　离桥墩不远处，有个简易钢结构桥，上边有藏胞和牛羊缓缓地走着。听说这也是建桥指挥部修的。因为山那边藏族村里的孩子们上学，要趟水而行，老人过河要人背着，冬天还要踩冰。这桥竣工那天，鞭炮齐鸣，藏胞给工人献雪白的哈达，端来醇香的青稞酒……

　　望着壁立的山、飘忽的云团、树木梯田、砥柱中流的桥墩、奔腾不息的雅鲁藏布江……想到大桥合龙时藏胞欢歌起舞的情境，不由想起了筑桥工人的一首诗：桥是山和水的新娘，山水敞开心扉，让桥投送爱的纽带……

故乡与家乡

· 黄传会

几回回梦里回故乡，梦见故乡鹤顶山上的杜鹃花开了，一簇簇，一片片，像烈火在燃烧，似战旗在飘扬！

我的故乡是浙南一个远近闻名的小镇，小镇盛产明矾，被誉称为"世界矾都"。小镇出名，还因为它的东方矗立着一座名山——鹤顶山。

小时候，就听说了鹤顶山的传说故事：远古时代，一位仙人准备在鹤顶山顶修造一座通往天宫的天梯。天路迢迢，修造天梯得要多少石头？为了不劳苦众生，仙人将山脚的石头点化成一只只"猪仔"，朝山顶赶去。日复一日，鹤峰在慢慢增高。有一天，仙人在半山腰坎门岭遇见一位樵夫，便问他："老人家，您打山上下来，看见许多'猪仔'了吗？"樵夫疑惑地说："哪有什么'猪仔'？满山都是石头！""仙机"被樵夫一语道破，顿时，漫山遍野的"猪仔"变成了一块块石头，不断增高的鹤峰，顷刻间凝固住了……

也是在很小的时候，我就知道鹤顶山上驻守着一支番号叫"308"的海军部队。每次看见从山上到小镇办事的军人，一种崇敬之情便油然而生。上初中时，学校的文艺宣传队上山慰问部队，我得以第一次走进军营。新鲜且又神秘，印象最深的是部队的饭菜很好吃，宿舍里被子叠得有棱角。自此，我萌生了当兵的念头，而且一门心思想当海军。巧了！1969年冬，海军东海舰队来镇上招兵，我顺利入伍，成了海军某部岸炮营一名炮兵。

一次，回故乡探亲，那时我已经是名中校了，顺便去县城看望在县劳动局当局长的老同学。正在交谈间，来了两位军人，自报家门是鹤顶山部队的。

他们来局里反映随军家属的安置问题。有几位家属随军五六年了，工作却一直没有着落。军人走了以后，我对老同学说："我们海军有许多部队驻守在高山海岛，条件非常艰苦，干部随军家属的安置问题一直困扰着他们。这个问题同样影响到部队的战斗力。今天让我遇上了，也算是开个'后门'吧，请局里尽快帮助他们解决困难。"

不久，县里开展创建"双拥模范县"活动，山上随军家属的工作问题随即解决了。我与鹤顶山部队也建立了联系，此后，只要回故乡探亲，我便要上山去看看部队。

这是我们海军一支有着光荣传统的部队，曾因战功卓著受到周恩来总理的表扬。50年前，第一代官兵长途跋涉来到鹤顶山上，迎接他们的是满眼的乱石和呼呼作响的山风。这里一年中有八九个月被雨雾笼罩，潮湿阴冷。冬季，大雪封山；夏季，台风袭击。鹤顶山成了艰难困苦的代名词。然而，鹤顶山官兵肩负使命，以苦为荣，团结拼搏，用赫赫战绩写下了他们对祖国的忠诚。

那几年，我接触比较多的是部队长章炳和。为了部队建设，章炳和两次推迟婚期，1988年4月，好不容易挤出时间回安徽老家结婚。婚礼前夜，突然接到电报，他领衔的某项研究项目出现突发情况，部队命令他火速归队。面对新娘的泪水，父母的劝阻，章炳和把愧疚深深地埋在心底，急忙赶回到鹤顶山。攻关胜利后，部队将新娘接上山，在巍峨鹤峰的见证下，为他们举办了一场简朴而隆重的婚礼。

某年初夏，章炳和亲自带领机动小组在某高地实施野外作业，寻找新的阵地。8名小组成员顶着烈日，手提肩扛几十斤重的装备，在羊肠小道上，在蒿草乱石间，反复调试装备。饿了嚼包方便面，渴了喝点山泉水。十几天内，他们的足迹遍布十几个山头，终于找到了某通信手段的突破口。

这些年来，部队的电子化、信息化水平大幅提高，对于鹤顶山官兵来说，每一次手段更新都是一次挑战。从试验室到科研院校，从野外作战车组到作战室，到处都留下了他们攻坚克难的足迹，洒下了他们勇攀高峰的汗水。

"站在浙南的最高峰，站在祖国的海岸线上，山是我们的脊梁，海是我们的胸襟。面对神圣的使命，我们用坚强的脊背扛起！"鹤顶山官兵用诗一般的语言，抒发他们的胸怀。

有一次，聊天时，我问章炳和："你在鹤顶山呆了多少年了？"

"21年!"章炳和脱口而出,"这里都成了我的家乡了。"

我用惊诧的目光打量着章炳和,心头不由得一阵发热。我20岁便离开小镇出去当兵,可章炳和却在这里坚守了21年——我的故乡成了他的家乡。

章炳和也有些感慨,"时间过得真快,一转眼21年过去了。我们部队中,在山上工作了十几年、七八年的,有的是。好几位同志放弃了下山调到机关、调到城市工作的机会,主动申请留下来。他们说割舍不掉与鹤顶山阵地上一草一木的情感!"

"视驻地为家乡,把人民当父母!"鹤顶山官兵一直在践行着这样一种信念。故乡的领导告诉我,多年来,无论是抢险救灾,还是双拥共建,海军官兵扛着的那面军旗最鲜红。

像爱护自己的子弟一样,故乡人民对鹤顶山部队同样充满了深情厚意。大约是10年前,县妇联得悉鹤顶山部队一位军嫂患了尿毒症的消息,立即向全县妇女姐妹发出紧急倡议:"献爱心,救军嫂!"短短几天后,10万元善款交到了军嫂的手中。军嫂落泪了,官兵们感动了。一位老志愿兵至今还记得这件事,他说,那些日子官兵们都在想:怎样才能报答人民群众的关爱?

春天,故乡亲友来电话告诉我:鹤顶山上的杜鹃开了,漫山遍野红彤彤。

对于游子来说,有一个让你思念的故乡,那是何等的幸福与美妙。如今,我对故乡的思念,同样包含着对鹤顶山官兵的思念。他们在守护着我的故乡,守护着祖国的东南大门,传承着"艰苦奋斗、无私奉献、团结拼搏、勇攀高峰"的鹤顶山精神。

鹤顶山因为有了这种精神,而变得格外的苍劲与巍峨!

"荷枪宫前惟一卒":

· 金宏达

去过卢森堡的人,大抵都对大公宫前唯有一位士兵警卫留下深刻印象,老实说,那幅景象看上去简直有点滑稽:他身着周正的军服,扛一支枪,神情凝固近乎木偶,兀自走来走去,猎奇的旅客大胆地上前要求与之合照,他也不拒绝,然而,也绝不破颜一笑。我为此曾写过一首打油小诗,咏道:"国自小矣财自饶,峡谷沉沉秋日高,荷枪宫前唯一卒,大公何必事早朝。"后来才知道,其实,大公并不常住在那里,又何况,此种君主制国家,政经要务,是另有内阁的一套班子去擘画运筹。那么,这里的"宫前一卒"呢?悬揣起来,或者就是一种特意的设计,再直白地说吧,就是一种高明之至的行为艺术。

这种艺术的绝胜之点,就在于要将它与这般背景联系起来——那是怎样一幅稀世的风景啊:它的左近即是著名的佩德罗斯大峡谷,一般的峡谷,我们可以说它幽深,这个峡谷,幽深也是有的,然而,它又另有一种气质,宛如那些尖顶翼然的古堡居住的美人,高贵而娴静。它的底部,也有一条清湛的河流,两边却有太丰茂的树木,层层覆盖着,婷婷芃芃,满溢出一片葱绿、豆绿、翠绿、苍绿、苹果绿、松石绿……如果是单一的绿,你或会觉得呆板无趣,偏是这样的绿,神采飞动,风情万种。那么,你就当它是一条涵澹澎湃、众绿涌动的河吧,说它是河也不假,它的两岸就跨越着一道道或新或旧的桥:阿尔道夫大桥、夏洛特大桥,以及其他等等,衔接的是另一重天地——一个由财富和心机主宰的世界。你居高临下再反观这闲豫宁谧的峡谷,它岂止是一条碧绿碧绿的河,端的是一个黑甜黑甜的梦,尤其高高低低、闪现其间还有屋舍、教堂、碉堡,简直就是一个外版的"桃花源",不过,中国古人笔下的"桃花源",只有一偶然发现的"小口"可入,且再去即不得其口可入,而此境则可即入即出。现在就可以明白为何大公宫前只设一卒了,这样的世界,没有阴谋,没有劫夺,没有战争,还需要剑戟森森,重兵把守吗?一兵一枪,象征而已,它真实表达的,其实是一种对息兵的愿望,一种对太平的吁求。

漫步在卢森堡的街头,在它的现代政治意味十足的宪法广场,不免会艳羡地想:这样一个蕞尔小国,地不过两千多平方公里,人不过数十万,人均GDP居然雄冠全球,跃为欧洲一个光华璀璨的财富中心,处在一个真正的太平世界,人的智慧和能量会发挥到何种极致,这就是一个明证。同时,你也会自然怀想它的历史,二次世界大战期间,它牺牲了五千人,对一个泱泱大国或不算什么,而于它则几近人口的百分之二!惟其地小,惟其人少,战争的灾难尤其惨重,灾难的记忆对于它也尤为深刻。从这个角度去想它对于和平的强烈愿望,也就不难有更深一层的感悟。我们来到它的地标式建筑英雄纪念碑前,纪念碑的基座上,雕塑家别具匠心地安置了两个人像,一为平躺的卧者,一为屈身的坐者,死者长已矣,生者却作何想?这两位战争的亲历者,鲜血淋漓的伤口,永远裸露在世人的面前,引起所有前来观看的人心头剧痛。仰望高耸云天的碑顶,森林女神正手持一个花环,俯瞰人间,无论她是借以祭奠亡者,抑或是敬献英雄,其心情想必都非常沉抑而静定,她要昭告天下,历史的悲剧一定不能重演。

卢森堡诚然是一个弹丸之地的小国,它却并不甘为他人刀俎上的鱼肉,它的历史上,有过不少抗击虎狼之师的光荣篇章。至今,我们还能看到蛛网般密布于地下的巷道,和坚不可摧的炮台、碉堡。虽为小国,当战争的横逆之祸临头时,它也别无选择,必得拿起武器,殊死抗争,"楚虽三户,亡秦必楚",再强大的敌人,也会败于勇于抗争者必胜的信念。漫步所至,我们在联合国一个机构的门前,又看到一个硕大的步枪雕塑,它竟然在枪口处打了一个结,造型十分别致,毫无疑问,它也是在表达对于世界和平的真诚愿景。是啊,历史和现实,抗争与祈求,处处并存,互见,交响,这正是人类至今所处的复杂情势。我知道,这个酷爱和平的"北方的直布罗陀",以前事为殷鉴,战后放弃了中立政策,转而加入北大西洋公约组织,其有不得已的隐衷,当可知也,然而,谁又知道,在争取永久和平的前程上,还会有多少沟壑和风波呢?

汶河岸边是我家

· 李玉洋

我的老家李家炉，坐落在大汶河北岸。据家谱记载，明代洪武年间，李氏先祖由青州府益都县广耀社枣棣庄迁居于此。600多年来，一代又一代的李姓子孙枕河而居，吸吮着大汶河的乳汁，在汶阳田上躬耕垄亩，繁衍生息。

春天到了。汶河水摆脱了寒冬的桎梏，欢快而流畅地奏起了春歌。随着地气的不断上升，河边最先冒芽的是柳树。柳花爬满枝头，远远望去，一片鹅黄浮在树梢。地里的杂草，陆续拱出地面。荠菜、米蒿、婆婆丁，还有那些叫不上名的花儿，耐不住春色的召唤，雪白、金黄、粉红、绛紫，次第烂漫。河边的芦苇，一夜间便蹿出尺把高，紫莹莹的杆子顶着粉嫩的叶子，像一面面绿色的旌旗，鼓荡在春风里。小苇雀试探着跳到河边，悄悄喝几口水，梳拢一下羽毛。鸭子们最先知道河水的冷暖，薄冰未融，便彼此呼应着趟进了溪流……

夏天，学生们的最大乐趣，莫过于到河里洗澡游泳。孔夫子曰："暮春者，春服既成，冠者四五人，童子六七人，浴乎沂，风乎舞雩，咏而归"。而村学究的另一个版本则是：二月过，三月三，换上新缝的大布衫。大的大、小的小，齐到南河去洗澡。洗罢澡，乘晚凉，回家唱段山坡羊。哈哈，尤其是那个"齐到南河去洗澡"，简直就是我们的写真。

傍晚男人们歇凉，则到南河岸边的杨柳树下。水大生风，加上地面开阔，绿树参差，绝对是一个好去处。躺在草苫子上，摇着破了边儿的大蒲扇，男人们便天南地北的扯起闲篇来。有人长叹一声：唉——好可怜啊！大伙儿立马惊问：何事？那人说道：昨天晚上后街一家三口都跳井了！又是一片惊问：谁家？那人缓缓说道：欲知后事，拿烟来吸。大伙儿连忙送上烟袋。只见那位深吸一口，悠悠地吐出一串烟圈，这才阴阳怪气的答道：蛤蟆，一家三口啊。众人绝倒，哗然一团，这才明白那人不过是骗烟吸而已。这些拌和着烟茶滋味、插科打诨的乡村夜话，完全可以与"聊斋"、"笑林"媲美。一代代庄稼人，对民间故事、民谣俚曲的口口相传，在潜移默化中扬善祛邪、匡正乡风、淳朴民情、传承文明，功莫大焉。

汶河养育了周围十里八乡的百姓黎民。春天，杨柳树嫩黄的叶芽，很快成为家家饭桌上的菜肴。农家人日子清苦，捋几把鲜嫩的树芽，开水一焯，蒜泥一拌，便是一道好菜。白蒿、榆钱、槐花等等，也都是春荒饱腹之物。香椿最为人们所珍贵。清明前后，在院落或菜园的旮旯里冒出拃把长的芽儿，泛着紫红，溢着香味，掰下来腌上，逢年过节，侍候客人，有大用场。说不定哪一天，人们闻到满街筒子炸春芽鱼的香味，便知道谁家又来客人了。雨季到来，河里水大的时候，"夜半鲤鱼来上滩"的情景也会出现。有一年夏季，一场大雨过后，我娘在河边洗衣服。忽然，一条半尺长的鲤鱼，"泼剌剌"从河里跃起，跳到了洗衣盆里。看着这从天而降的礼物，我们欢呼雀跃，高兴了好大一阵子。

十来岁的时候，随父亲外地求学，后来参加工作。一去，犹如一蓬飘絮，浪迹在外，成了家乡人眼中的游子。与家乡人的沟通，大多靠电话了。电话里说不清的事情，依然免不了登门。乡下人进城求人，怕看冷脸，不知要斟酌掂量多长时间。走进家门，婚丧嫁娶，家长里短，东边盖房，西边修路，话题漫无边际，但像老干烘一样浓酽香甜，不觉之中使我了解了老家变化的点点滴滴信息，增强着亲近感、亲和力。为那浓浓的乡情包围、浸淫，于人生是一种绝大的滋养和幸福。当个人事业上有点蹭蹬挫折时，老家人总是捎信儿来安慰我，谁能没有个磕磕绊绊的，家来待几天散散心吧！那种情分，让人暖流涌心、热泪盈眶、永远铭感。更多的时候，家里人通过多种方法送来新鲜的豇豆、绿豆、玉米面儿，年节里还有喔喔乱叫的大红公鸡和摇头摆尾的鲫鱼瓜子，使我不断地吸吮家乡土地的新鲜营养。

这些年，老家发生了惊人的变化。靠着水暖安装这门手艺，很多外出打工的老少爷们挣了不少钱。村里新房林立，道路宽敞，人们穿着光鲜，各种家电一应俱全。还有些人家，在城里买了楼房，滋滋润润当起了城里人。每每因此而倍感欣慰，正是：膏腴汶阳过雨新，麦浪起舞暖风薰。田园风光实堪画，人人争说新农村。

那片草地：

·梁 君

眼前是一片青蒿，20多厘米高，迎风摇曳。蒿草间竖着稀疏的、叫不上名字的草，高出青蒿一头，虽已枯黄，但不曾倒伏，也不肯躬身。我俯身细看，草根盘结的土地是松软的，显然种过庄稼。几年前，这松软的土地上可能遍开着黄艳艳的菜花，也许深埋着硕大的马铃薯，或是一片绿油油的麦田，现在可是退耕还草了。30多年前，这里可是一簇簇被阳光刷洗得雪白的帐篷。我所在的铁道兵某部汽车连和兄弟连队的营房——帐篷，在眼前这片草地上由北向南一字排开，大片的草地被一车车沙石和黄土覆盖、碾实，变成操场、车场和球场，承载着一个个龙腾虎跃铁打的军人和一台台沉重的卡车及其它设备。营房周边大片草地被垦为菜地，结满了紫色的茄子、碧绿的黄瓜，以及割了一茬又一茬的韭菜……还有，一片片草皮被掀起、切方，用来垒墙筑室……多年前，我曾在一篇文章中写道："70年代末，我所在的铁道兵部队开进呼伦贝尔草原修建铁路。师、团一声令下，翻草皮垒墙筑室，以减少经费支出。20多公分厚的草皮一片片被揭开，草皮下白嫩的细沙裸露出来了。牧民们骑着马围拢过来，怒目圆睁……还有，海拉尔市郊区的农民，用锋利的铧犁剥开草皮，种下小麦、油菜、土豆，大风起兮，扬起遮天盖地的沙尘！那揭去皮肤的草原的剧痛，20多年了，一直感应在我的心头。美丽的呼伦贝尔大草原啊，早已休犁了吧？那里的鼠害早以消除了吧？特别是包括我在内的铁道兵战友们揭去的那片片草原的皮肤可植平了吗？"

尔后，这一直是心中的挂牵。

1982年春，顶着漫天大雪，我离开了这片我深深眷恋的土地。今天——

2011年6月23日，迎着和煦的晨光我来看望这片我一直牵挂的草地！离开的29年的岁月里，我高兴地看到了一幅幅植树固沙、退耕还林、退耕还牧的激动人心的景象；也痛心地目睹了一处处毁林毁草、劈山塞河叫人心跳的惨象。我的眼前不时闪现"国家、集体、个人一起上"疯狂采矿后的千疮百孔的大地，不时闪现被砍烧得体无完肤的森林，不时闪现被切割、被硬化、被毒化的痛苦不堪的"黑土地"、"八百里秦川"。儿时听起来叫绝的故事，今天想起来痛彻心肺：春秋时晋文公（重耳）为逼介子推出仕，曾下令火烧绵山。诸葛亮善用火攻，从河南一直烧到四川、云南及祁山。东吴的陆逊如法炮制，"火烧连营七百里"。不可一世的嬴政，南巡受阻于洞庭湖，气急败坏，下令三千刑徒砍光君山的树木，不解气又放火烧山。唐代的刘禹锡被贬朗州（今常德）经此写到："属车八十一，此地阻长风。千载威灵尽，赭山寒水中。"20个字读来深感凄然。

今天，怀着忐忑的心情，经过多方探寻，终于找到了我牵肠挂肚的这片草地，多年悬着的心也终于放下来了。我用手探了探蒿草下的灰土，距沙层足有20厘米，尽管有些松软，但我确信这片草地是保护下来了！

伊敏铁路支线是由我所在企业的前身——铁道兵第三师早在1978年至1980年修建的运煤专线，当时全长仅76.8公里。下午来到呼伦贝尔市（原海拉尔市），我便驱车沿铁路线看了一遍。当年修铁路时的简易公路早已修成了二级公路，不时有运煤的载重车隆隆掠过。我注意到铁路路基的边坡长满了长短不一的草，有的是从石块下挤出来的。公路两边的取土坑是平整过的，低于草地半个羊深。因为少雨，草原上的草还伏在地皮上且肤色黄黄，路基边坡的草已经枯萎了，取土坑里的草却一片葱绿。虽暮色已浓，且汽车震响，不少牛羊仍埋头在一方方的取土坑里。沿着草原公路飞驰，跃过陈巴尔虎旗、新巴尔虎右旗——这里曾是天津女知识青年张勇英勇献身的地方，当年（1970年）张勇等3名女知青在克鲁伦河畔放养了1000多只羊——以及新巴尔虎左旗。也许是干旱的原因，一路长望草原，鲜见水草丰茂牛羊遍野的景象。尽管国家加强了对草原的管理，增加了对草原的投入，减少了畜载量，但我直观地感觉到，草原退化的态势还没有得到根本遏制！这不能不让我平添几分隐忧。我只能在内心发问：我们该如何留住这片孕育了中华民族丰厚历史、全民关注且享誉世界的草原呢？

"列图"的窗口

· 路雪莹

想趁着早上的时间去红场看看。听说这两天那里没有什么活动，不用安检，是完全敞开的。在这样一个阴晦的早上应该没有什么人，适合不慌不忙地走一走。不过我错了。穿过湿漉漉的亚历山大花园，走过无名烈士墓，骑马的朱可夫像出现在视野前方的时候，长长的队列已经把去路阻断了。队列的中段是很多的中国人。一定是导游安排他们趁早来到红场，完成今天的第一个旅游项目。今天是黄金周的第一天。我不知道他们在等什么，我自己是不耐烦等候的，于是不经同意替红场外的同胞们照了两张相，就又穿过亚历山大花园去"列图"（以列宁命名的国家图书馆）了。后来看照片，发现队列是通向列宁墓的。

从列图第三阅览室的窗口照样可以看克里姆林宫。这里有我喜欢的位置，我来得早，可以坐在窗边那个看得见风景的座位。我借的书中有一本是关于中国年画的，里面有很多幅一个世纪前的年画，当我倦于阅读，就看看年画，或者看看窗外，有时走神很长时间，就这样在清寒的阅览室中坐上大半天。

有一种远观的感觉。我看的书是关于19世纪俄罗斯思想文化的。只要谈到俄罗斯，三句话就会兜回到它那个最要命的问题：东方？西方？位于东西方之间的俄罗斯，自从具有民族自觉以来，一直无法就自己文化的归属问题达成一致，关于未来的道路，更是争执不下。结果形成了一种很特别的两极对立的思想方法，或是唯欧洲马首是瞻，或是将俄罗斯以东正教为中心的精神文化神圣化，将它视为拯救世界的惟一途径。而对于真正的东方——亚洲，历史上伊斯兰文化及游牧民族的文化，则多半视为一种负面的成分或宁可忽略不计，至于大陆东端的中国，普通人更是所知甚少，对于他们来说，更能代表远东的，是日本。虽然继中国的商品之后，中国旅行团的到来，又一次将中国的符号强力呈现在俄罗斯人面前，但多少人会有意愿和能力深究这些商品和这些人的来历，他们背后的五千年和150年呢——自己的压力和欲望已经足够应付了。所以他们看到什么，就是什么……

只有坐在第三阅览室的窗前，才能想入非非，因为这里和现实隔着一米厚的墙，而且可以观察克里姆林宫的格局，宫墙，角楼，教堂，办公楼，剧场。那好像是一幅俄罗斯历史的缩影：各个历史时期，各种文化元素都在第三阅览室的窗框内占有一席之地——远处那个红绿相配，多棱形的角楼是俄罗斯古城特有的建筑样式；峭拔的宫墙迤逦远去，远看与故宫的朱红色很相近，而且宫墙内的总统官邸也恰好选用了黄墙绿顶的配色；画面中最显赫的部分是在一组教堂簇拥下的伊凡大帝钟楼，十字架从高耸入云的金顶俯瞰着这座城市，与此同时，在克里姆林宫墙的几个最高的角楼依然有红星高照。当夜幕降临时，去克里姆林宫剧场的人们经过安检，就走上了通往宫门的石桥，这时候他们抬眼就会看到头顶上有一颗硕大的，有点孤独的红星。克里姆林宫剧场建于上世纪60年代，有宽阔的大厅，容量非常大，但是在阅览室窗框中的这幅画面中，它那方正没有色彩的屋顶却显得呆板而多余。

高天风云变幻，一刻不停，厚厚的乌云在克里姆林宫上空游行，当前面一群乌云过去、后面一群还没赶上来的时候，天空就会有一阵呈现出纯净的蔚蓝色。但大部分时间，蓝天只能抓住云间的空隙露一下脸，阳光"刷"地一下打在那一片红色与一片黄色上，比舞台灯光还要利落，教堂高高低低的金顶也就在片刻间熠熠生辉。可那真的只是一刹那，行云如逝，荫翳随即遮盖一切辉煌。再过一会儿，当我再次从书上抬起头的时候，街对面那些19世纪建筑的铁皮屋顶已经湿了——疾行的乌云带来了一阵雨。

当看天气预报的时候，我有种印象，好像云团气流都是由西徂东，西风东渐的。但是此时，我却惊讶地发现，行色匆匆，浩浩荡荡地掠过伊凡大帝钟楼的流云，却是西行的！不由得想到"东风压倒西风，还是西风压倒东风"的话头，这也是俄罗斯永远的话题。俄罗斯人不喜中庸，不尚中和，习惯于各执一端，坚持己见，而偏偏置身于广袤大陆的中部，不同文明交汇与冲突的地位，这种先天的，充满冲突元素的宿命给俄罗斯精神带来了几多彷徨，几多苦难，几多激情，几多辉煌。

200多年前,一群俄国人来到大陆东端的中国,在那有着红黄色互映的宫阙的天子之城住下来。那是东正教的传教团。他们一住多少年,传教之余,一点点地对于万里长城后面的世界有了某些发现,某些观感。他们把自己的发现和观感带回俄罗斯,这是俄罗斯汉学的肇始,此时紫禁城对于克里姆林宫并无兴趣。不过,把中国的消息真实、全面地告诉俄罗斯人的,是在中国最危机、几乎打算抛弃自己文化的20世纪初来到北京的阿列克谢耶夫,也就是把我眼前的年画带到俄罗斯的这个人。与此同时,东土的西行求法之士如云,而俄罗斯一直以其在西方文明中不群的品格成为中国艰难的自我重建之途上的一个鲜明的坐标,一个引人注目的选项。

高空有时风云际会,有时风流云散,大地上的历史也是一样。从理论上说,中国与俄罗斯的互相理解是完全可能的。不过坐在厚达一米的图书馆墙内观看半空的风景是一回事,在红场排队是一回事,在"莫斯科"大市场赚钱和生存又是一回事。今天的中国人和俄罗斯人在办好(或竟然没有办好)各种手续之后,坐着飞机几个小时就来到对方的都城,为了挣一些钱和花一些钱,在返回的行囊中各自带回一些信用卡、现金、有待整理的照片、旅游纪念品(很可能是中国制造的),以及……

黄昏时分一阵大雨。那些早上排队的同胞,此时是在阿尔巴特街呢,还是已经回到"宇宙"饭店了?

边城下坝

·马卡丹

走进下坝，不由得想起了沈从文笔下的边城茶峒。

同样是两省交界，同样是凭水依山，同样是弹丸之地商贾云集，同样是船舶来去吐纳风云。不同的是地处闽粤交界的下坝，水路直通潮汕入海口，比起湘蜀交界的茶峒，更多了几分勇立潮头开风气之先的大气，尽管这大气，更多地属于昨天、属于历史。

此刻，下坝河静静地在我眼前流淌，倒映着岸边的芭蕉、芦苇以及新老民居。风，来自福建、广东两省的风，拍打着我的左耳和右耳，也拍打着古码头边滋生青苔的条石、苇丛中隐匿的斑驳石桩，固执地要把下坝的昨天，嵌进我的记忆。

我身边的民间画师老廖，一位生于斯长于斯画于斯的老人，也有些风的固执。他把下坝的昨天托在手上，热切地解说。那是他亲手绘就的下坝的"清明上河图"啊：拱桥、水碓、船舶，勾勒出古镇的外景；直街、横街、田垄街，铺展开集市的繁华。糕饼店、小吃店、食杂店，百货行、海产行，剃头摊、补锅摊、豆腐摊，药铺、当铺、裁缝铺……难以计数的各色店铺密匝匝依次排开，旗幡猎猎，人头攒动。威震闽粤边界数百年的盐仓兼米行靠近码头，威严高耸的门楣前两尊大得惊人的石狮，盐上米下，不断有挑担客担盐进仓，挑米下船。一船空了，一船满了，开船的号子就在码头上空回荡……

还有，天后宫、天主堂、文祠塔，这些占据了古镇若干高地的建筑，也代表了古镇的精神标高；

还有，环绕着古镇的五座山头，那代表了绝佳风水的"五马落槽"；

还有，走向山路的挑担客的队列，从画中延伸到画外，那画面上看不见的山山水水，不绝回响的，是挑担客艰辛跋涉的脚步声，你甚至能感应到他或她们粗重的喘息……

这一切，从明代的正德年间下坝开埠伊始，到民国年间的20世纪三四十年代水运衰退结束，差不多延续了400年。400年啊，依水而生的下坝做足了水的文章。她舒展长臂，迎候来自潮汕的海潮；她敞开胸怀，接纳闽粤赣边地的山风；数百条商船日日在她的目光下往还，多少海盐、多少水产在此卸载？多少米谷、多少山珍在此启航？这条连通山与海的动脉，不息律动了四个世纪；这个僻处一隅的小镇，无可争辩地成了遐迩闻名的边城！

400年辉煌不再，昨日风流，只在耆老的记忆里，只在老廖的画中！我的眼前，是一个新居老屋错杂的集镇。古老的直街、横街依然，田垄般蜿蜒的田垄街不见了，代之以水泥大道与道旁的新街，"张金记"百年老字号糕饼店夹在几家日用品商铺间，猪肠糕、米色月饼亮亮地诱人，一辆摩托车运着一担仙草，一个农妇骑着它呼啸而过……今天的下坝给你的感觉是平常的，平常中却又有那么一点不凡，像是一位历经沧桑起落的大家闺秀，韶光已逝，铅华褪尽，举止间依然有宠辱不惊的从容。

古街或许是最能体现这种气质的。残存的直街与横街有些破败了，鹅卵石铺就的路面经年累月已凹凸不平，那"伸开双手搭两边，左买火柴右买烟"的街巷依然逼仄，不再有挤挤挨挨的商铺、摩肩接踵的人流。厚而宽的杉木隔板拼成的门面多已朽坏，露出深深的石槽石孔，杂乱的柴草依傍在残破的屋檐下，斑驳的墙面上依稀可见"京果发运""专办洋货"的字样。更有一些商铺已成废墟，破水缸、石臼、鸡笼、碎木屑、稻草、篱笆桩各占其位，红薯藤、南瓜蔓、野芋荷、茅草在其间蓬蓬勃勃。这样的古街满是沧桑，沧桑得令人痛惜。但行走其间，与每一个擦肩而过的下坝人目光对接，你就会觉得，正是这沧桑赋予了下坝人丰富的内涵，那些五味杂陈的目光中，分明蕴含着昨日的回溯与自豪，今日的失落与寻觅，明日的期盼与梦想！

在下坝的山山水水间，这样的目光一次次与我碰撞。下坝墟上扶着"樟树和兴堂生熟药材"牌匾的陈家后人，露冕村中建起"仙草培植实验室"的邱姓后生，大成村口指挥新农村建设的退休局长，狮子山下指点丹霞风光的村委会主任……在福兴村、大田村、贵扬村、石营村，在松溪河、下坝河、中山河、民主河，在下坝95平方公里的土地和28公里长的河床上，几乎时时、处处，你都能感受到这样复杂而丰富、这样热切得灼人的目光！

乡党委书记钟富民上任不久，他的目光更是热切得灼人。也许，全乡9个行政村1800户7800多双目光的温度，都反映在这双瞳仁中了。正是这些热切的目光，交织成乡党代会上不约而同的希望："生态立乡、边贸兴乡、旅游强乡"，重展古镇雄风，再创边地辉煌。灼热的目光驱动着实施的步伐，沉寂了近百年的下坝，这个风韵依然的客家村姑，在规划、招商、开发的火热人气中渐渐苏醒、渐渐活泛。她古意盎然，却又英姿焕发；她又一次舒展长臂、敞开胸怀，准备着接纳来自内地的山风，来自沿海的海涛，甚至，来自海外的大潮！

边城下坝，一个宏伟诱人的蓝图，已经铺开。

一个美丽而大气的憧憬，花一般绽放，在每一个下坝人心中，也在——我的心中。

家住筲箕湾

·宋永清

若放在 30 年前,我是不敢明目张胆地写《家住筲箕湾》这篇小文的。因为这地方太穷。穷是小,这地方人耿直,容易急躁,稍不顺心,就瞪眼睛撸衣袖开打。加上一口"叽里呱啦"外人听不懂的湘西苗家伍乡话,就是国际高级翻译官也摸不着头脑。你想想看,我在人前岂敢透露自己的底细。如提到湘西苗家筲箕湾,外人会皱眉头的。

筲箕湾这地方穷,这地方土,这地方又偏僻,根本谈不上现在流行的一句话:文化底蕴。事又凑巧,我偏偏又出生在这片贫瘠的土地上。我的祖宗躺在这片土地上;我的爷爷奶奶安息在这片土地上;我的父母也长眠在这片土地上;这片土地上现在还有我的亲人和儿时的一群铁杆朋友。

每当遇到挫折时,我会想起我的苗家筲箕湾,想起儿时的朋友,想起那块贫瘠的山地。尽管这里的方方面面与局外有一定差距,我对生我养我的那块土地爱得执着,爱得深沉。这就是人们常说的:儿不嫌母丑,狗不嫌家贫。心想,我现在是一只很恋家的"狗",这样说外人是要见笑的,但我觉得这样说是不为过的。

当年的筲箕湾的确太小了,一听这个地名,就让人产生联想:"筲箕大个湾,簸箕大块天。"解放初期,听说没有干部肯来这里工作,都说这里人野莽。再说,伍乡人属苗族的分支,历朝历代受人歧视,于是伍乡大多数人有反抗精神,最容易冲动,惹怒了,胆子大得不得了。所以说,几百年来,苗家伍乡没有出过大人物。因为这里民风强悍,男人生性耿直,没耐性,没城府,不喜欢溜须拍马,但讲义气,很好客。这种环境能出大人物吗?你自然就清楚了。这地方人只会死干，也就是说"傻做"。不过这里出过好多劳动模范，沙场上出过战斗英雄。随着我苗家佤乡姑娘宋祖英一曲小背篓唱到北京，然后又唱到维也纳，这下给苗家佤乡人大大地长了志气。

　　随着改革开放和党的民族政策的出台，加上苗家儿女的出色表现，苗乡变了，佤乡变了，筲箕湾也变了。筲箕湾这丑小鸭变成白天鹅了。筲箕湾由几千人的小小公社，现在发展成3.4万多人的大镇，原先200米长、一扁担宽的青石板老街，已成了佤乡的历史。现在筲箕湾镇中心高楼林立，里三层外三层的大街，着实让远方客人惊叹："这里原是山鸡野兔活动的地方，转眼又是一座美丽的小城了，变化真快呀！……"你听听，这就是外人对筲箕湾的评价。

　　祖祖辈辈与泥土打交道的苗家人，今天也做起了城里人。他们丢掉祖先留给他们的那把锄头，拍掉身上的泥土，大摇大摆地走进筲箕湾临街带门面的新居，做起了赚钱的买卖。

　　在筲箕湾做买卖，家家都在赚钱。因为这里是苗家佤乡中心，站在筲箕湾划弧，方圆20公里全是苗家佤乡人。在苗家做生意，你卖个什么，就有人买个什么，他们不喜欢讨价还价，你说多少，他们就给多少，从不为分分厘厘争得脸红耳赤。这就是佤乡人的性格。所以说在佤乡做生意不发财都很难。

　　筲箕湾区域位置特别，坐在筲箕湾这片土地上，你可听辰溪的鸡鸣，泸溪的狗叫。一到赶场天，辰溪、沅陵、泸溪的苗家兄弟姐妹，穿上节日的盛装，来赶他们五天一聚的盛大节日——筲箕湾圩场。

　　站在乡场的最高点，朝南看去，辰溪的赶场大军来了；朝北看去，沅陵的赶场大军来了；紧接着西边的泸溪赶场大队伍也来了。不多时，筲箕湾整个商贸区沸腾了。汽车喇叭声，人群嘈杂声，鸡鸭牛羊叫声，仿佛合唱着苗家今日的兴盛歌。

　　筲箕湾今天的繁荣是来之不易的。它是随着时代的脉搏起伏，走了好多弯路，才发展到今天。

　　记得在那荒唐的岁月里，筲箕湾古历"三八"场为五日场，革命派觉得不合适："怎么还用古历说事呢，应该用今天的阳历操作。五日一场影响革命生产，应改成十日。"革命派的指示，群众不敢含糊，马上执行。于是古历变成阳历了，一月六场变成三场了。不几日，革命派还是觉得革命没革到位，又把一月三场改成一月两场，就是半月一场。没过多久，革命派才意识到革命还未彻底，那干脆一月一场。这下好了，革命彻底了。但湖南两大乡场之一的筲箕湾场却消失了。不过当时农民没钱买东西，也没东西可卖，有场没场都无所谓了。最终，还是苗乡的百姓吃了亏，受了苦……

随着党的春风，这块沉寂多年的土地慢慢开始复苏，穷怕了的佤乡人跃跃欲试，又偷偷摸摸干起了买卖。这次没有革命派革小摊小贩的命了。奇怪的是苗乡来了一群大干部，大肆鼓动苗民放手种养，放手挣钱。随着大干快上的呼声，苗家人干出了稻谷满仓，干出了遍地牛羊，干出了高楼大厦。

筲箕湾富了，苗家人变了，苗家姑娘穿草鞋的脚，今天穿起了高跟鞋。苗家后生也不用赤脚赶路了，他们用手打打方向盘，就到达了要到的地方。但苗家佤乡人还不满足，还多次发出邀请，要四方的朋友来筲箕湾开发，来筲箕湾投资，来筲箕湾共同发财。苗山儿女将会在筲箕湾这片热得发烫的土地上，改写历史，书写传奇。

布鲁日的红：

· 素 素

在此之前，曾多次去过欧洲，只知道欧洲有一座城市叫布鲁塞尔，却不知道还有一座城市叫布鲁日。布鲁塞尔名气大些，记得我在布鲁塞尔停留了半天，也不过是站在大广场上拍了几张照片，与"撒尿童"打了个招呼，就转身去了旁边的法国。也许，比利时是漫游欧洲的一个过道，偏居一隅的布鲁日因此受了一般旅行者的冷落。

如果用一个词表达初见布鲁日的心情，就是惊喜。它就像被隐藏在欧洲贵族古堡里的秘密，在蓝天丽日下，成了灵光乍现的童话。

在人性被压抑得透不过气的中世纪，布鲁日和另一个更知名的城市威尼斯一道，是欧洲的一对深眸，在教会的管制下依然炯炯有神。当欧洲在黑暗中煎熬的时候，布鲁日曾以自己的荣耀温暖过它。公元13至14世纪，布鲁日是欧洲的商贸中心，它坐落在弗兰德平原上，罗亚河在流入北海之前，被布鲁日善意地挽留了一会儿，通过那条人工开掘的运河，在鹅蛋形的小城里九曲回肠。于是，布鲁日就引来了无数的商船，它们沿着缠绵悱恻的运河，驶入布鲁日城内一座座湿滑的码头。

然而，布鲁日与威尼斯一样，在地理大发现时代衰落了。当大西洋沿岸有了更多的港口，这水城便过时了。所幸还有运河不离不弃，因为有水的滋润，布鲁日不但没有失血，反而把自己保养得细皮嫩肉，一座中世纪风格的小城，就这样完好无损地活到了今天。

我们一行从巴黎坐火车去布鲁日。看过了巴黎再看布鲁日，就像看过一场华丽的歌剧，再来欣赏一支小夜曲。陌生的布鲁日，首先在视觉上给了我一种猝不及防的冲击。我的女儿曾给"红"下了一个定义，说它是颜色的领袖，也是领袖的颜色。我发现，布鲁日的颜色是红，红就是布鲁日的领袖。

我在皮埃尔·勒窦的油画里看到，自公元9世纪布鲁日建城，这个城市的建筑师就选择了红。后世给出了一个带有几分猜测的理由，说这里是近海平原，石头属于昂贵的奢侈品，所以楼房的墙壁只能是用红砖砌筑，坡式屋顶也是清一色的红瓦，就连日光下的暗影，都是黑里透着红。

不由得不信，因为这就是我眼前的布鲁日。这种来自中世纪的红，不止闪耀在建筑的表面，而且漫延在大街小巷，比如咖啡馆遮阳的篷布，行人闲坐的桌椅。随着季节渐凉，站在河岸和街头的树，也红成一把把火样的大伞。我想，布鲁日之所以执着地烧制红砖而不是青砖，或许与夏天的北海和运河太蓝了有关，或许与这里冬季的风和雪比别处早到有关，或许还与中世纪教皇身上神圣的红袍有关。这片穿过千年的红，既是布鲁日的地理，也是布鲁日的命运。

布鲁日山墙，这是我从同行的建筑师那里听来的新鲜术语。的确，布鲁日山墙既是一种独特的建筑符号，也是整个小城最抢眼的红。可以说，布鲁日的红与布鲁日的山墙一起，打印成了布鲁日的城市胎记。在运河两岸，相挤相挨的哥特式布鲁日山墙，如富有节奏感的波浪一样连绵起伏，好看极了。它其实是一座坡屋顶式建筑的立面，三角形的两边，呈阶梯式，齿状上升，于是勾勒出了曼妙的天地线。然而，布鲁日山墙并不是毫无内容的平板，上面肯定有或是神话或是花草题材的砖雕，它们与山墙一起，凝固成布鲁日的建筑图腾，让布鲁日的红更有一种无法复制的美感，一种不可捉摸的神秘。

运河给布鲁日平添了太多的灵气，可它仍然是一个陪衬，并没有伤害布鲁日的红，也没有抢了布鲁日山墙的风头。它是布鲁日的红不小心裂开的缝隙，或者说是看布鲁日山墙倒影的镜子。布鲁日有两种交通方式，一种是石铺的路，上面跑现代的汽车，还跑古老的马车；另一种是水做的路，运河让布鲁日有了水城之名。布鲁日，即桥的意思。正是水的川流不息，桥的凝然不动，让布鲁日浪漫而飘逸，风情万种。站在布鲁日街头或桥上，所有的人都高举着手臂，不是喊口号，而是让相机带走美。

在布鲁日，还可以享受一种特别少见的安静。尽管城内有熙熙攘攘的游客，有大大小小的汽车，有几十个码头和上百只游船，我却只听到了两种声音，马蹄的嗒嗒声，以及钟楼的报时声。尤其是与心跳同一节拍的铁掌与石的撞击，听着就让你忍不住要怀几个世纪前的旧。

呵，布鲁日。它是一个可以过小日子的城市。如果你要来这里度假，千万不可一个人来，因为你会有许多想说的话，即使是释放个人的心得，也需要旁边有个人在听呵。在小城里逛累了，最好去玫瑰码头，那里有一座角度很美的桥，桥头有几家小咖啡馆，坐在那里可以奢享小城最美的风景。圣母大教堂和钟楼，在布鲁日山墙的上方指向高空，并与低处的山墙、广场、鱼市、河道、树木一起，强调着布鲁日的红。

无法想象，一座只有十多万人口的小城，却用红颜色的砖瓦，堆砌出了许多项世界文化遗产。走遍了小城，我始终没看到有人在拓宽街道，在拆旧房子。山墙还是当年的山墙，运河仍是当年的运河，今天的人对它们没有一点惊扰。

我就想，古老的布鲁日之所以保持了不变的红，可以识别的红，其实是在证明一个道理：时光荏苒，文化不朽。

童塘情怀

· 孙江月

我家老屋前就是童塘。

童塘的四堤长着不同的树和各色的杂花野草。东堤是一处高高的土丘，土丘上是一抹黛色的柑橘树，秋深之时，硕果累累，如万家灯火。南堤和西堤是密密匝匝的翠竹林和香蕉树，那是鸟雀栖息的天堂。北堤是疏落的桃树、李树、梨树。不用说，童塘的风光就四时分明了。

开春，惹你眼花缭乱的，莫过于童塘的桃树、李树、梨树了。它们总是以浪漫的姿态，尽情地开满堤岸——那开着的是要出嫁的大姑娘，脸上抹着胭脂儿，浓浓的，是要乘了东风的长车去远方吗？未开的，是带着羞涩的童女，在母怀里瑟缩着，脸上还挂着串串儿水晶，汪汪的，是惜别姐姐出嫁前的泪滴吗？东风硬朗的时候，桃花、李花、梨花便纷纷扬扬落满池塘。盈盈春水，荡起千朵万朵花瓣。那花瓣真是千树之精英，万花之芳魂呀！

而到仲春或谷雨，童塘的蛙们就开始热闹起来，大大小小的蛙儿在塘里游荡着，欢乐着。它们是春天的使者，是大自然的交响。它们没有佯装和矫饰，也没有奢望和企图。它们"哇哇"地朝天歌咏，犹如学堂孩子们"琅琅"的书声一样淳朴、自然。

夏天，最吸引人的就是塘中的荷，只要散步童塘，就会立马遥想古今——

比如："湘妃雨后来池看，碧玉盘中弄水晶。"

又如："乱入池中看不见，闻歌始觉有人来。"

自然今儿，我们不能看见湘妃来池弄玉盘的芳姿情影，亦不能闻到那古代娉婷女子于莲塘采莲撷英的金喉艳歌，但我能感觉出故乡的童塘就是他们的传说和故事的摇篮。

在这样好的诗境地，你尽可以扮一个渔翁，撑一竹长竿，望着荷香弥漫的童塘，作一个闲钓的姿势，仅此即足以迷醉你的思想性灵。如果你还不满足，那好，"莲动知鱼游"的古典诗歌意象即能从你眼下生出：弥望的田田的叶子，缓缓的从你的眸子里裂开一道缝，那是一尾尾自由的生灵向你漫游过来了，随即，弥望的田田的叶子又柔柔地合拢而去……

在满月的夜晚，塘中的荷最是袅娜、惬意。它们顶着月光，隆起朵儿，时而含着笑靥，时而打着盹。南风吹来，晶莹的露珠便从荷的玉盘上滑下去，化入宁静的碧水。这会儿有一只蛙，不，是两只！像受着了"惊"，从另一株肥腴的荷叶上，来了一个蛙泳的姿势——"哐"的一声，跳入了碧清的水里。我明白：这瞬息的动姿绝非是"惊鸿照影"之写意，亦非是"沙鸟带声飞"抑或"池花对影落"——噢，那分明是一对拥入水中的完美的"翡翠恋人"呀！

童塘的秋天，更使我热爱，尤其是菊花、蜜蜂、蝴蝶。这菊花儿是一种清瘦耐寒的单瓣型的小黄花，是花中的隐逸之君。只要你嗅了它，你的精神就会来；碰了它，你的情感就会来。那一丛丛，一片片，蓬蓬勃勃密匝匝的野菊花在塘边开着，它的香似一层薄薄的雾缦，又似一缕缕梦幻的轻纱，笼罩着童塘的整个容颜。

这季节，蜜蜂和蝴蝶是最平常的客人，它们朝饮木兰，夕餐秋菊，常三三两两，成群结队飞来，像赶集似的，嬉逐于菊丛。

到了夜晚，那些蜗居在草丛或土穴的织娘们，似乎也耐不住秋夜渐长的寂寞，于是便"唧唧复唧唧"地鸣唱起来。起始是一只，那是领唱，或是定调，接着跟上来的便是两只三只，不，凡草丛，凡土穴，或石缝间所有相知相怜的织娘们全都合着拍鸣唱起来。它们唱的什么歌，哼的什么调，我无法知道，但我相信，它们所鸣唱的一定是自由的、和平的、安详的歌！

童塘的冬天也是令人迷醉的。瞧，那高高的立在塘际的青秆儿，不是别的，是刚刚从深秋中拔节过来的野生芭茅，花冠蓬垂着，一吊一吊的，像只只雪白的苍鹭。低矮的，是丛生在塘畔的蔓草仙藤，它们或隐或露，隐着的是它们冷峻的思想，露着的是它们直面大地的情怀。严霜下，它们愈冷愈苍翠，愈冷愈精神，或紫或蓝或白，静静地开着点点小花，并溢发出阵阵扑鼻的幽远的清香。此时池面的清苔和浮萍亦青苍油绿着，水也碧亮着，西风掠过，水漾漾儿，灵灵儿，宛然虞美人的眼。

雪毕竟是要下下来的，这是童塘的福气。一位哲人就曾如是说：没有雪的天空不是好的天空，没有雪的飞扬的地方，不是幸福的好地方。童塘的雪怎样呢？它可不像李白吟哦的"燕山雪花大如席"，也不像柳宗元描摹的"千山鸟飞绝"，它是"风吹雪片似花落"般的温细。是啊，童塘的雪从不激越，亦不猥琐；它飘飞如青杨之花絮，坠地如慈母之抚摩；它飞在树上，柔而轻，像催春的白梅；撒在地上，薄而白，像铺地的玉帛。

呵，童塘！银装素裹的童塘哦，即是四时风光分明的最后诗章。那诗章是圣洁的，无暇的，是天国精灵之所在，是大自然恩赐于人类的一面明洁的镜子！

湘江北去：

・谭仲池

这个秋日的早晨，让我很难忘记。

这是我近些年来看到的最美丽的湘江早晨。大约凌晨6点的时候，我独自朝岳麓山的峰巅攀登。此刻的山林空气异常清新，山路上弥漫着一层薄薄的雾，它朦胧着山岭树木花草。雾气里散发的丹桂清香，诱惑我张开大嘴，把这片清爽和温馨的香气吞进腹中。这时，曙色初露，如梦如缕，缠绕着山巅的阁楼和森林中的一切动静，包括鸟翅的轻轻扇动。

我伸开双臂，在山巅的观景台上，尽情拥抱漫山湿润而恬静飘逸的气息。此刻，天空的朝日，便撩开雾的面纱，将如金色瀑布似的光芒倾泻到眼前的苍翠山巅，林中幽径；铺展到闪着波光，滔滔北去的湘江和湘江两岸高耸的楼群。

天蓝得透明，蓝得晶莹，蓝得妩媚。江面上的轮船，大桥上的车流，江岸的树木，都极其清晰和异常生动地呈现在我的眼前。

我顿时激动万分，我的心跳得欢快，我的眼角有热泪滚动。

十多年前，也是这样的秋天的早晨，我也来爬岳麓山，可身边匆匆而过的汽车喷射着浓浓的尾气，还拉响刺耳的喇叭。站在浑浊的空气里，阳光里晃荡着阴霾。凝望江岸耸立的楼群，在高高烟囱冒出的黑烟里时隐时现。那时的湘江就显得很老、很瘦、很黯淡。已经到了枯水季节，江边早已露出了它的百孔千疮和褐色的憔悴面容。我，就这样站在江岸上望着，心在流血。

那是2006年的夏天，我在日内瓦国际城市市长论坛的演讲中说："每一个人都有自己心中最美的城市。对于城市美感与魅力，感知与体验，正是我们对自己生存状态，自身存在以及生命价值的审视和体验。我相信，只要我们在城市的发展、管理和建设的过程中,更多地尊重自然,尊重文化,尊重科学,尊重人性,尊重环境,我们就一定能用自己的智慧和双手,雕塑出更美好的城市。"我从内心发出这番感慨时,自己也正沉浸在日内瓦这座美丽城市的山光水色和干净、有序、生气盎然的良好生态环境中。当时,我就想,我的城市,我心中的湘江,什么时候也会回归到这样的面貌?

我沐浴温和的秋天阳光,欣喜地登上蔡家洲航电枢纽的雄伟大坝,放眼耸立在波涛之中的雄伟船闸,凝望正在蓄水的湘江辽阔水面,即将出现的湘江平湖的壮阔雄姿,想起人民群众曾经的热切期待,从此长株潭地区将告别枯水的困扰,千吨级乃至2000吨的轮船,一年四季可以通航的美好现实已经到来。再看看湘江两岸筑起的防洪大堤,堤上绿树成荫,坡上花繁草茂。我心中的那份感慨与感激是无法言表的。当初我流泪的眼睛,今天却又一次流泪,这次是欣慰和感动的热泪啊!

我又走进岳麓山下的梅溪湖国际新城。这是一幅打开的诗意画卷。面积达3000多亩的梅溪湖,在秋风吹拂下,荡起轻轻的涟漪,四周的楼阁、绿树倒映水中。一座座弯如新月的桥梁跨越湖畔,接送着一群群的游人和一串串的歌声笑语。几天前,在梅溪湖中央绿轴室外剧院举行的"梅溪湖国际文化艺术周"的交响音乐会的精彩场面重新出现在我的眼前。享誉国际盛名的杰出的索菲亚爱乐乐团首席指挥马丁·潘德列夫指挥的德国柏林交响乐队演奏的贝多芬第三交响曲《英雄》和中国歌曲《茉莉花》的优美旋律,仿佛又在梅溪湖的绿色空间流动飞旋,让我又一次陶醉在柔美圣洁的诗意月光和水色情景交融的梦幻音乐世界。

现在,我的灵魂又游走到了湘江之滨的靖港古镇和乔口渔都。这是一片别有洞天、景致淡雅而鲜活,极富文化韵味的新美世界。这里有层楼树影、古阁回廊、临水街窗、依岸栏杆。阳光、清风在和柳影絮语;历史记忆和现代风情在亲切握手。大自然的灵慧、古典的凝重、街巷的深幽、塔楼的弛张,都同时散发着历史的气息与当代生活的风采,还有游人的梦幻与审美慰藉。我走进用石板铺就的街道,眼光在触摸古老店铺柜台的凝亮光泽,门楼灯笼的童年记忆。看到小木船正从拱桥下穿过,我更体验着这个古镇和渔都的人们用微笑与轻松在打开江岸生活的空间,让彼此愉快地走出自己的住宅、庭院与近邻闲谈,在江边散步,让湿润的空气滋养自己,丰富的文化抚慰自己。如果要我用最简约的语言表达自己的感受,我就要说,靖港古镇,就是用一个"古"字，在点染装饰了一批明清时期的古建筑群，把我们的灵魂牵进芦苇荡里白鹤亮翅的仙境中，去咀嚼欸乃声中的渔歌丽韵；而乔口渔都，则用一个"水"字串起了极富灵韵的渔乡水景、水产、水乐，让我们的双脚，被水的清波紧紧缠住，寸步不愿离开，只想多品味一回莲藕和渔姑的清纯与柔姿；而隔江相望的铜官瓷城，则用一个"陶"字，显现"千年陶城"的古典风华，让人遥望红焰岁月的繁华景象，并将珍贵的遥想，直接抵达海上的陶瓷之路，重温"黑石号"上，打捞的5万多件长沙窑瓷器的神秘之谜。此刻，忆想起1200多年前远销西亚，写在瓷瓶上的"柳色何曾见，人心尽不同，但看桃李树，花发自然红"的诗句，就可以尽情想象，当时湘江铜官江畔的明媚春色，瓷镇盛况；当时的人文情致、开放胸襟。真的，于此一斑，就让我们看到了湘江在漫长的历史长河沉淀、流淌的湖湘文化神韵与人文精神波光。

　　真的，已经发生的这一切，确实让居住生息工作在这里的人们欢欣不已。去年10月，我去了广西的兴安，专程去寻访了湘江的源头灵渠。站在灵渠边上，看到依然碧绿晶莹的渠水，心中便有蓝色的海洋梦在徘徊，便有古老的秦月在闪耀，便有史禄披着绣有牡丹的长袍在开渠工地飘拂的影子。我情不自禁地在心中发出了"远古、原始、荒凉、苍茫飘渺成最初的波澜岁月，最初的文字、最初的竹简，总在书写最初的开拓的繁荣"的深沉感叹。然而历史演进到21世纪的最初岁月，时光给我们送来了一个亲切、宜居、快乐的新世界，打扮了这条又美又宽阔又年轻的湘江。这是让我们的思想、理想和情感从低向高飞的崭新天地。它是让自然的精灵、哲学的思维、宇宙的神秘，乃至人们的想象都自由放飞的人间天堂。在这里不会再有禁锢生命和心灵飞翔的藩篱，而是更壮丽而美妙的憧憬在向我们招手。

　　此刻，夕阳从岳麓山巅收拢它最后一抹霞光，月亮已钻出云层，朝大地撒下温柔如水的光辉。我动情地站在杜甫江阁，朝轻笼着溶溶银色的橘子洲凝望，我在倾听月下湘江的轻声絮语，在企盼周末灿烂的焰火出现。这时，优美的音乐果真响起了，那如江雾般飘渺，似波浪般激扬的旋律，仿佛是从江涛里升起来的，给人一种润泽心扉，撩拨思绪的感觉。那随之在天空升腾的七彩焰火，绽放的奇异幻景，更像一群仙女，在蓝天上恣意翔舞，播撒缤纷和辉煌。霎时，就把江心的橘子洲，装点得光彩绚丽，美不胜收。这也是湘江夜最美妙最壮丽的时刻。

　　湘江北去，永远滋润我们心中的梦想和期待。

徐霞客的上林

· 王必胜

历史有幸让这块土地增添了荣光。上林,这个在史书记载为皇家林苑的名字,在华夏版图上则有一个活生生的存在,这就是南宁北郊百多公里的地方,因为一个历史老人的寻访,变得特别,变得闻名,成为史籍上一个有意义的记载。

那注定是让人难忘的时刻。三百七十多年前,公元1637年冬,山路崎岖,一位徐姓老者在细雨寒风中,粗衣竹杖,从南宁过昆仑关,逶迤而行,在这里——南宁北面当时的思陇和三里城,住了下来,这一住就达五十四天之久,成就了这位历史上的伟大旅行家与八桂著名风景的佳话因缘。

这是徐霞客的最后一次出游。此时他年届五十,感到自己老病将至,计划已久的"西游"再也不能迁延,他毅然踏上旅途,开始了一生最壮烈的一次"长征"。

作为一个成功的壮游者,其雄心万丈,他要遍游南国,直抵滇黔,"问奇于名山大川"。于是,他不顾年老力绌,不顾荒蛮、封闭与瘴疠的肆虐。一年前的初夏,从江阴老家出发,走江西再湖南后广东,入广西时已是次年阳春四月,他先是在南宁逗留,由此为基点游历了广西的东北和西南,而后他来到上林,已是寒秋时分。雨水不时地在这秋寒中淅淅沥沥,他踽踽独行,山涧的树果草根成为他的果腹之食。或投宿于寺中,或寄宿于茅舍,晚间他写游记,写山志,留下了一个行者与智者的思索。

"又行坞中二里,有小水南自尖山北夹来,北与界髀之水合有小桥渡之，是为上林县界。"《粤西游日记·上林》这样开篇。"三里周围石峰，中当土山尽处，风气含和，独盛于此；土膏腴懿，生物茁茂，非他处可及"，他记录初到上林的细节，他的这次《粤西游日记》中，简练求真记录山形地势，或写物事风习，或留下旅行指南式的评点。不知何因，他在上林境内逗留的时间是他此行最长的，凡五十四天。上林寻游，盘桓勾留，景物与人情，建筑与史实，成就了他一万四千字的日记，成为他此次出游的一个亮点。

所谓踏着古人的足迹，或许这是一次真正的兑现。一个盛夏的中午，烈日当头，我们沿着徐老先生足迹，行走在他所描绘的三里城等地。满目青绿的禾苗抽穗拔节，秀丽的河流纵横交织。绿树红花是大地的生命色彩，而潺潺流水是夏日风景的灵魂，这里，有洋渡河，有大龙湖，有峡谷溶洞，有湿地，有成片的湖泊草地。作为与桂北、粤西山水同一脉系的喀斯特地貌，上林的山水景致不仅是绮丽灵动的，而且多有幽深与奇崛的特色，有说它是"小桂林"，不尽然，它不是一个个独立的个体，而是一片片相互联缀的整体气象，水与山相依相偎，绿树与村舍的映衬，在山坳深处，绿色葱郁如海，清流野渡有断桥，间或牧童兀自戏玩，其景其情，或许陶渊明笔下的桃花源之景堪可比肩。

面前就是一个叫三里·洋渡的地方。恰是当年徐老先生的流连之处，背有大山之依靠，前有流水之环绕，清水河如同一条玉带，串联起这块树丛草地。这里是一个平坦而广阔的生态绿地。夏日阳光下，悠悠绿色绽放油亮的光泽，我们参加了一个旅游节仪式，依傍阡陌田畴，享受着这片特色风景，但难耐暑气侵袭，不一会儿汗流满面，可是，一队队拖家带口的人们骑摩托聚集到临时广场上，还有不少戴小红帽的学生，成了当地一个盛大节日。或许是霞客老先生的号召力，野地里的临时广场，成了人们热闹的聚会场。徐霞客雕像庄重地接受人们的注目礼。几个相关的程序和节目在人们欢呼中完成，而近旁简易的展览室里，书法和摄影展吸引了更多的人。我流连于此，看到上林风光在众多的摄影者眼中，有各种奇异的再现。更多的是，书画家们以对当年造访到此的一代伟人的崇敬怀念，书写下真诚的感悟，挥毫落笔间，一代旅行大家、一个倔强的独行侠、一代游记的集大成者，对中华文明的贡献与引领，跃然纸面，令人肃然起敬。

回到县城，在一个安静的院子的会议室里，县上徐霞客研究会有活动。同样，墙上挂着不少的书画，桌上放着新出版的大本研究文字，宣传册子题有"醉美上林——徐霞客最眷恋的地方"，当年行走上林、客居五十多日的大旅行家，如今得到了如此的尊重和厚爱，老者青年，官员学人，济济一室，商议着研究、纪念事宜。当年辛劳事，今日座上魂；万言写大千，行状后人敬。如若徐霞客有知，也不枉那艰辛的粤西游、上林行。

　　一片风景的美丽，或许有了这样一位巨人的参与，有了流芳远播的人文故事，才有了不同的成色质地。

登 高

· 王充闾

前人登高远望,并留下诗文名篇的不外三种情况:一种是诗人骚客,选胜登临,抒怀寄慨,往往以意境深沉、蕴涵宏富见长;一种是名臣贤相,心怀社稷,志存黎庶,以胸怀博大、寄情高远著称;还有一种情况,失意、失位的皇帝,抚今追昔,惆怅伤怀。

看得出来,登高确是人们展示胸襟、抒写怀抱的一种便捷的凭借。当然,它的意义还不止于此。《荀子·劝学》篇说过:"吾尝跂而望矣,不如登高之博见也。"就是说,登高,除了展示胸襟怀抱,还有助于开阔视野、转换视角、全面认知外部客观世界。关于这种作用,我在这次章古台之行中有了切身体会。

夏初时节。我迎着初升的朝阳,登上了高达4层的章古台防火瞭望塔。凭栏四望,所见尽是葱葱郁郁、莽莽苍苍的松涛林海。那种感觉,同当年我在伊春五营登上37米高的瞭望塔时所看到的红松林景区的气象有些相似。

当然,需要说明的是,人家那里是莽莽松原、滔滔林海的小兴安岭,而章古台,几十年前,还是清一色的瀚海黄沙啊!"章古台"系由蒙古语音转换而来,意为"苍耳甸子"。说来也有千余年的历史了,辽代时,曾经是贵族的狩猎之地;清初在此设置养息牧场,为关外三大牧场之一。据清《文献通考》记载,"长林丰草,游牧成群,凡马驼牛羊之孳息者,岁以千万计"。可是,到了近代,随着生态被严重破坏,沙漠南移,章古台绿意完全消失,遍地尽是漫漫的沙丘。此间地处号称"八百里瀚海"的科尔沁沙漠的南缘。一年中速度每秒30米的狂风，要刮240多次。风沙就像一条黄色的孽龙，横空飞舞，吞噬农田、牧场，埋没房屋、道路。有的人家一夜工夫，大门和窗户全部被堵塞了；狂风起处，天昏地暗，外出的人无法认出回家的路径。风沙肆虐，席卷着辽宁、吉林、内蒙古几十个县旗的35万平方公里的土地。

"从沙丘到林海，这部变迁史前后不过60年，可是，其生动感人之处，却抵得上一部儿女英雄传。"那天，陪同我攀登高塔的一位退休林业技师这样对我说。

上世纪50年代初，国家派出科技人员在章古台进行固沙造林试验，从此，打响了治沙的第一个战役。站在沙地森林公园，我们最先想到的就是它的缔造者——固沙造林的英雄们！遥想当年，这些文弱的知识分子，行进在这片无垠的荒漠上。春天，名副其实的"风刀"，裹挟着沙石颗粒，片刻不停地抽打着脸颊；夏天，那些沙窝窝，在50摄氏度以上高温的炙烤下，成了一口口咕嘟咕嘟冒着热气的大蒸锅；寒冬地冻，要提取样土必须刨到一两米的深度。今日的翻腾绿浪，全是靠着那些老林工、老技师抛洒青春血汗换取来的。

1952年，章古台固沙研究所宣告成立，首任所长是从义县调来的一位县长，他叫刘斌，是一位抗日时期参加工作的老干部。他在开创基业过程中，有三大突出贡献：一是招揽贤才，慧眼识珠，身边聚集了一大批科技英才；二是自己甘做这些英才的坚强后盾。面对那些试验中的失败者，他丝毫不加责备，反而热情地鼓励他们"再试再干"，从而使科技人员愈挫愈勇；三是当好合格的"后勤部长"。困难时期，他带领大家开荒种地，拾粪改土，亲自把收获的辣椒、茄子、黄瓜、豆角，一挑挑送给各家和食堂。对生病的职工、家属，他多年如一日，殷勤探望，关怀备至。他以鬓边的华发染绿了沙丘，最后，像吐尽了丝的春蚕、流干了泪的红烛——倒下了。职工们按照他的遗嘱，将他埋葬在沙丘。1978年，他曾光荣地出席全国科学大会，受到国家奖励；1988年，省林业厅授予他"大漠苍松"的金匾。他的事迹写入了《彰武史话》；电视连续剧《大漠风流》中的主人公，就是以他为原型拍摄的。

另一位出色的开拓创业者，是老工程师韩树棠。他是到这里来工作的第一位技术人员。那年他已经54岁了。他连续多年探索种草植树、治理沙丘的方法。经过多次失败，多次试验，终于创造了"迎风栽锦鸡儿，落沙栽黄柳，丘顶种胡枝，丘腹差巴嘎，丘脚紫穗槐"的灌木固沙系列成果；尔后，又开始了向绿化造林进军。退休后，他已经到遥远的子女处居住，但心里还记挂着章古台。他一次次地回来探望。直到85岁高龄，还撰写了《绿化沙荒与生产》的论文，寄到章古台研究所。

　　章古台以大量种植樟子松，获得了闻名于世的防沙治沙的惊人成效，为"三北"地区创造了极其显著的生态效益、经济效益和社会效益。但是，从上世纪80年代末开始，第一代樟子松示范林出现了明显的生长衰退现象，并有向全省蔓延之势。如何破解这个难题，成了章古台林业科技人员的头等大事。研究发现，其成因主要不在树种本身，而是人为因素造成的：过度开采地下水，使地下水位下降；病虫害防治疏漏；成林树种过于单一和密度过大等。

　　1990年，负责收购樟子松种球的固沙所工程师张树杰，发现一位农民所卖的种子颗粒大于普通樟子松子，就特意地找到他，询问种子的来源。那位农民告诉他种子是从四合城林场的一棵松树上采到的。多年的工作经验，使张树杰对此加倍重视，他立刻专程赶到四合城林场，并找到了那棵松树。所里针对这一发现，展开了相关育种研究，然而种子繁育出来的二代松树却不够稳定，于是将攻关方向转向嫁接。攻关试验由高级工程师黎承湘主持，经过多次的失败、试验，再失败、再试验，一个新的抗病、抗旱、抗虫、抗风水平都远优于樟子松的新树种诞生了，他们将之命名为"彰武松"；紧接着，就在固沙所成功繁育了300多亩成林。

　　这个新的树种，是由赤松和油松天然杂交形成的，油松是章古台当地的固有树种，而赤松则是科研人员从黑龙江地区引进的抗沙树种。如果没有科研人员为之"联姻结缔"，二者几乎没有相遇的可能；即便是两类树种直接接触了，杂交成功的几率也仅有万分之一。

　　2007年，彰武松通过了省级林木品种审定。与樟子松相比，它更具有速生性、抗旱性、抗寒性和耐盐碱性，特别是无明显病虫害，不感染对樟子松造成严重危害的松枯梢病。其综合生产指标比樟子松高20%。彰武松亲本鉴定及繁育技术，获得了中国第二届沙产业博览会十大优质产品和实用技术奖。

　　离开章古台之前，我再次登上了4层防火瞭望塔。这次陪同我观看的，是所里一位年轻的技术负责人。当听到我盛赞他们所取得的骄人业绩时,他说,面对着前人所留下的业绩,一方面增添了无穷力量——这是催发我们上进、引领我们前行的明灯;但是同时,也深深感到身上担子的沉重。说着,他指引我举目北望,依稀地看到科尔沁沙漠黄沙漫天,像一头伺机入侵的黄色巨兽,时刻在向这里张牙舞爪。而章古台仿佛是一颗绿色的宝石,镶嵌在通体金黄的茫茫沙海之中。他说:"每当我们觉得成绩可观了,心安理得了,所里便带领员工们登高眺望。应该说,只要你面对科尔沁沙漠,哪怕只是一望,就再也骄矜不起来了。立刻会感到担子沉重,任重道远。"

真的,登高,能为我们提供一个更加开阔、更加宏远的视角。

拉萨的夜灯

·王宗仁

夕阳坠山之前,我紧三火四地从西郊兵站赶到布达拉宫广场,有个心愿:观赏拉萨的夜景。朋友对我说:"你已经5年没来西藏了,拉萨的变化会让你吃惊。不说别的,灯光就是绝妙的一景,过去的'日光城'变成了'灯光城'。角角落落都是灯光,各种各样的灯景,看一回灯影,准保让你幸福好些日子!"

我求之不得地要享受这种幸福,因为拉萨的灯光是西藏翻天覆地变化中睁开的眼睛,是世界屋脊上升起的馨欣小太阳。

入夜,我站在布达拉宫广场一侧一个高台上,这大概是不久前欢庆雪顿节时临时搭起的观景台。拉萨的夜晚亮如白昼,正是各种各样的彩灯赋予了她这多情的亮丽。路边镶着灯,公园闪着灯,树丛中藏着灯,商铺里亮着灯,楼角处旋着灯,广场上吊着灯,八廓街内绕着灯,河里流着灯……五彩缤纷的灯光把影子拉长,填满了拉萨的每个地方。

是谁把一点灯光放在了最高处?在这个海拔3600多米的日光城里,它少说也要高出广场二三百米吧!噢,那是布达拉宫左侧的一间藏式小楼里闪射出来的灯光。朋友告诉我,小楼是一个雪域酒吧,由一藏一汉两个年轻姑娘合伙开办。藏家姑娘家住日喀则,汉族女子从成都来,她们像手心和手背一样融洽成柔美的多情手掌,招待四方来客。藏家风味的酥油茶、糌粑和雪域啤酒,可以让你品尝藏地的小吃特色;川地的担担面、抄手、麻辣烫,可以使你哑摸川菜的美味。小店生意红红火火,夜间12点钟还是满座满客,碟欢碗乐。

蓦地，我发现月亮不知何时掉在了地上，亮亮的，弯牙状翘起的两端好像冲着我招手。最有意思也是难以理解的是，那落地的月亮竟然被一圈灯光包围着，月儿在灯影中间灿烂地笑着。有了灯的映衬，那月亮也就愈加迷人、明丽。这是怎么回事，是月亮掉落在地上还是灯光升上了天庭？我迷茫，恍惚。这时，朋友的提醒把我遐想的思绪拽回现实："你看看咱们现在到了什么地方？"我抬头一瞧，原来我们已经漫步来到了拉萨河大桥边。点点、串串、横的、竖的灯光把桥栏点缀得琳琅满目。河面上倒映着的那轮钩月，恰如其分地落在水面一片灯影中间，构成了一幅让我罕见的图案。灯映月，月衬灯，迷得让人生疑，美得让人心醉。我此刻萌发出一个无法遏制的联想：跃进水中，乘坐那只月牙船浮游到月宫去畅观一番多好！

两颗流星似的灯光，从离我稍远的山路上拐弯闪来。近了，我才看清是一辆公共汽车。这是从拉萨西郊驶来的末班车，稀稀落落坐着乘客。汽车在我面前的站牌下停住，有人下车，有人上车。我抬腕看了看手表，11点刚过。很快，那车灯就汇入了市区的灯海里……

世界发生了许多事，又有多少事如同没有发生一样。人沉浸在欢乐幸福中的时候，往往在不经意间会勾起一丝悲痛。此刻，站在拉萨河大桥边被繁星似锦的夜灯陶冶着的我，忽然看见从灿烂灯焰中升腾起另一盏酥油灯，摇摇晃晃浮现于我的眼前。那是我在日记中记述的1959年平息西藏叛乱中，发生在藏北某个牧村的事情："……街中间一段残墙上放着一个破碗，碗里放着一根细细的绳头，绳头吐着微弱的光。灯下，一位藏族阿爸正在铺着草……刮来一阵风，把灯吹灭了，立时满街又变得黑洞洞的。只听'咣'的一声，老人在摸灯的时候，把放在旁边的一碗酥油茶碰翻了，碗碎了。唉，那是他专为亲人金珠玛米准备的仅有的一碗酥油茶呀！"

那个年代，用酥油灯取亮却又得不到光亮的凄惶情景，我不但在边远的藏村见过，在布达拉宫下的乞讨街上也看到过，在西藏的许多地方都能看到。

夜深了，我继续在拉萨观赏夜景。突然我想到了一个词：灯红酒绿。这阵子我一下子读懂了这个词，人间的红大概都源自光芒四射的灯，绿则是品味幸福的甘甜。愿绿汇成河，愿红汇成海。

萨尔巴斯套

· 熊红久

似乎和贫瘠的石头有关吧。进山的路总显得很瘦。车子颠簸得像一条上钩的鱼,而鱼线一样的路费尽周折地将我们一寸一寸扯入大山,我们要去的是一个被群山环绕的叫萨尔巴斯套的夏草场。

车子行驶在天山支脉的科拉古琴山谷中。翻过一道陡坡,目光倏然被压缩成一条窄窄的巷道,这被高耸的大山挤扁的道路在我们的视野里更加崎岖起来。车子仿佛浪尖上的一叶扁舟,使得车里我们的视线也飘忽不定,无法认真地去观赏不远处旖旎的风景。与其说是在路上跋涉,倒不如更确切地说是在河床上颠簸。

这是一条干涸的河床,岁月早已将曾经澎湃的河水驱赶得无影无踪了,只留下这幅依旧汹涌架势,像秦长城一样昭示着已经走远的辉煌,我甚至仍然可以听到那不屈不挠的涛声就回荡在山谷间。作为水流的记忆,石头把那段历史镌刻在了自己的身上。

车子在河床间慢慢爬行,要不时绕开被流水夹带遗弃山谷的卵石,在山洪逃亡之后,这些石头成了诠释它过去强悍的唯一物证。

车子行驶到一个幽深的峡谷,冷峻的岩壁被切割得光滑而高耸。路在这里饿得极瘦,弱不禁风的躯体看上去像被斜挂了起来,路旁立了一块铁牌,赫然写着——喀拉大坂——四个字。我们下了车,费了不少功夫,在大家连推带搡下,车子终于越过了陡坡。

跃入眼帘的,是阴坡的一排排松树以及松树下悠然吃草的几只鹅喉羚。由于加大了对野生动物的保护,这些精灵们有了较为安全的生存环境,使我们在山谷里,轻易就能见到为数不少的野生动物。

萨尔巴斯套,有"水草肥美"之意,是葱郁的夏草场。越冬之后的羊群,带着牧人朴素的憧憬,沿着我们现在走的这条山路——也是羊群祖祖辈辈一生也不会迷失的路线——迁徙到那里,度过整个夏天。牧人的生活是被季节牵着走的,他们对时令的把握要比我们深刻的多。

绕过两道山梁,视线豁然宽阔起来。看见一些转场至此的羊群散布在半坡上。在博尔塔拉草原生活的这些生命,是在颠沛中开始的,由于牧草的缘故,羊群每年要转场几次,夏草场应该是牧人与羊都渴望停留的地方。丰腴的水草,温煦的阳光以及缓慢的生活节奏,无论牧人还是牲畜,都找到了自己最舒适的生存状态。

其实,对于草原的了解我们不会高过一只羊,这些慵懒的家伙在午餐后,随意地散卧着,像一整块白云扯开后散落的碎片。阳坡的牧人枕着马鞭,斜躺的姿势随意而悠然,被毡帽半遮的黧黑的脸,透出与生俱来的健康。我肯定他不是在思考,兴风作浪的战争硝烟和铺天盖地的经济浪潮都在马鞭之外,整个草原屏住了呼吸,世界被一场梦统治着。我们有理由相信,在人与自然的关爱中,没有什么能超过牧人。在人类不停地破坏着自然的和谐,而后又殚精竭虑地弥补时,那些珍爱自然、顺应规律的行为,早已成为牧人一以贯之的秉性,他们对每一株草、每一寸土地的呵护,就像尊崇自己的长辈。由于心灵的清澈,使得牧人的梦和草原的蓝天一样,晴朗而空明。

车子行驶过一座木桥,流淌的涧水顺势而下,由于落差的缘故加之石块的阻挡,水流的声响听上去有些夸大其词,却将潮湿、清冽的意境,弥散的更具韵味了。

蜿蜿蜒蜒的山径瘦得怕举不起一辆车的重量,却依然坚持着将我们送入林区。楸桦、松柏、雪岭云杉等高大林木,渐次排列。清脆的鸟鸣,被松枝稍加修剪,也曲曲折折地传递过来,给爽朗的心情,镶嵌了一道金边。忽然有人惊呼,顺手远望,见一只雄鹿伫立山巅,即使俯视我们,头顶的长角依旧昂扬而挺拔。停留片刻,便箭一般把自己射入林中。

路被拥挤的蒿草磨砺成一柄锋利的剑了,深深刺入大山腹中,车子蚂蚁般在剑锋上蠕行。越来越茂密的林木,像撑起的伞骨,将阳光阻隔在绿荫之外,就连环顾的目光也被遮蔽了。司机巴鲁说,我们已驶入了原始森林。

车子不时避开一些松枝,味浓的松香提炼出久违的清新,在车内弥漫。野山菊和金莲花像招展的村姑，一簇簇嬉闹着拥围在一起，娇艳而妩媚。潮润的空气使嗅觉变得异常多情，似在与视觉抢夺着优先权，一阵幽香过后，看见一大片开满白色小花的乔木林，错落有致地环卫着一汪碧水，这泓从山涧流出的溪水，折回在此，憩睡片刻，留下一排梦呓——那些白色的小花——而后一路欢畅，任身后的花草林木，将悦动的背影衬托得意境迷离而悠远。

恍若虚幻的美景将举着相机的同伴纷纷拽下车，站在美丽和镜头的中央，让自己成为景色的一部分，对美好事物的渴慕使得人们这一刻的思想，变得清澈而纯洁起来。才觉得，人是经常需要与自然沟通的，就像肺需要负氧离子的滋养一样。在自然面前，人类总显得过于年轻和幼稚。

一些风化的碎石从高处滑落下来，将路面掩埋成了斜坡，面对路基下的深沟，车子行进的颤颤巍巍，而随后赶来的牧人则信马由缰，驱牛赶羊，几声犀利的呼哨，便将我们拉得很远了。面对崎岖的羊肠小道，现代交通工具一筹莫展。

几处险道过后，路终于渐渐宽阔起来。像是躲藏在一道山梁后，那片极大的郁郁葱葱的草原突兀地呈现在我们眼前时，竟使我们有些猝不及防，仿佛突然落入了设计好的包围圈里。密织的荒草将路一下子隐藏起来，像时光企图淡化往事似的，而路在荒芜中又不屈不挠地浮出来，隐隐约约，欲言又止。被落差驱逐的溪流也奔涌到这里，舒缓信步，却好像知道自己前面还有更荆棘的征程，百转千折总不愿匆匆离去，将柔情和眷恋向这片旷野尽情表白之后，才依依惜别。

开阔的草场仍生长在山谷间，但这种开阔看上去，像是绿色用硕大的双手，将两座原本比肩的山脉奋力推开而腾出的生存地域，是自己不懈拼搏，赢得的成果，从而使得这片草场在我们的视野里，既显得弥足珍贵又不可多得。看到如此景致，车里的人都跳出车外，奔向溪流或者采摘齐膝的野花，在他们的眼里，这已是梦幻的异乡。

山坳里的毡房和袅袅炊烟提醒我们，仙境和人间已融为一体。

美丽所能引起的震撼，也仅仅只笼罩在我们这些山外人的赞叹里，而牧人却习以为常了。这里不过是一片普通的草原，一座肥美的料场，一个生存的空间。司空见惯的还有那些牛羊和马匹，它们躬下身子竟顾觅食，偶尔抬起头，漠然地撩扫几眼，一副处变不惊的样子，嘴角淌出一行绿汁，滴落在花丛间。

这——就是萨尔巴斯套。

昆明的雨

· 张 长

汪曾祺先生写过不少耐读的散文。我特别喜欢写昆明、写云南的那些篇什。这不仅因为我是云南人，且住在昆明，读来有外地读者没有的亲切感受。更重要的是，他字里行间流露出对昆明、对云南的热爱之情深深地感动了我。其中，《昆明的雨》一篇就不知读了多少遍。现在又一次重读——在昆明雨季的某一天。

一开始，汪曾祺先生就说，他以前不知道"有所谓雨季；'雨季'是到昆明后才有了具体感受的。"接下来，他历数了昆明雨季看到的和吃到的：仙人掌、各种野生菌子（蘑菇）、木香花、缅桂花、陈圆圆自溺的莲花池、杨梅、雨天的鸡……每事每物，在他笔下都写得那么细致，那么传神。本土作家皆不能望其项背。

且看，写雨是"明亮的、丰满的、动情的"。"丰满""动情"用以形容雨，实在是太别致了！写木香花："数不清的半开的白花和饱胀的花骨朵都被雨水淋湿了。""饱胀"两字写尽了雨水的丰沛。写卖杨梅的小姑娘的叫声"娇娇的"，"她们的声音使昆明的雨季的空气更加柔和了。"最绝的是写雨中的鸡。"把脑袋反插在翅膀下面，一只脚着地，一动也不动地在檐下站着。"我从小在农村长大，雨中的鸡的这种白描形象我很熟悉，可就写不出来。

那个雨天，汪曾祺先生在莲花池畔的一家小酒店里要了一碟猪头肉喝闷酒。40年后他记忆犹新，写了一首七绝：

> 莲花池外少行人，
> 野店苔痕一寸深；
> 浊酒一杯天过午，
> 木香花湿雨沉沉。

在汪曾祺的旧体诗中，我最喜爱的是这首。寥寥28个字，写尽了上世纪40年代昆明雨季的宁静、清寂和时在西南联大学习的莘莘学子的苦闷和无奈。在深邃的意境中流露出一种淡淡的哀愁。莲花池本来坐落在昆明市的西北部。一池清水，一尊陈圆圆着比丘尼装的雕像，有点荒凉、凄清。从1949年之前到"文革"莲花池没有多少变化。"文革"中，李广田先生就选择了昆明荒郊之外的这一池清水结束了自己的生命。我在昆明居住多年，以往少有机会到莲花池，当时那里除了陈圆圆雕像和那池水，实在没什么好看的。

改革开放，市区扩大了十几倍，现在的莲花池已处于市中心一带。高楼大厦、车水马龙，白天，人流如过江之鲫；入夜，灯火似天上繁星，再也不是"莲花池外少行人"的荒郊，再也找不到有木香、有苔痕的"野店"了。有的是酒楼、饭店、大排档。入夜，路边烧烤摊上聚集的是打工仔、打工妹和附近大学里的男女大学生们。嘻嘻哈哈，边吃边聊。农民工谈老板、谈工资，大学生谈考研、谈微博、谈"把妹达人"，满街是油烟、尾气和烧烤混合的怪味，木香花的清香早没了。

眼下正是昆明的雨季，很想找回汪曾祺先生《昆明的雨》里的那种感觉，遂走上街头。卖鸡㙡，干巴菌及各种菌类的还有，全被集中到农贸市场。过去，从达官贵人到平民百姓，鲜有雨季不吃两顿菌子的。常见街头巷尾有趿一双红塑料拖鞋的小家碧玉，手拿个小竹筲箕，仿佛家中一切具备，只等着附近买点鸡㙡什么的回去下锅。当今住高楼大厦，罕见这种就近买菌的姑娘了。走到卖菌的二手贩子那儿一问，干巴菌100元一两，鸡㙡50元一两，贵得令人咋舌！这绝对是一般市民吃不起的。物价上涨，说是肉类最明显，我看昆明人从野生菌类的涨幅上，更感受到通胀的压力，这恐怕是昆明雨季带给市民的特殊感受了。

汪曾祺先生还写到雨中卖杨梅的。杨梅倒还有，只是没有小女孩娇娇的叫卖声了，它已被买来摆在超市里再卖。没有"火碳杨梅，这种杨梅我从未吃过。"乒乓球大？想是汪曾祺先生夸张的形容，抑或已绝种了？变异了？那没准也和昆明的雨有关呢。

现在昆明雨季下的雨如不和过去对比会觉得很正常。年轻人绝对感觉不到它有什么不同。上了岁数的只要一回忆就会发现它的差异。汪曾祺先生笔下的那种昆明雨一直下到上世纪60年代。那是一种什么样的雨啊！有声有色，有形有味。这种雨什么时候落地呢——当一年中气温高达二十七八度（也就是一两天），说明雨季即将来临。丽日蓝天里先是大朵的乌云，有模有样的，像思索着的大脑。突的电闪雷鸣，雨声哗哗然，由远而近，宣告着雨季的正式开始。雨季里常常是东边日出西边雨，垂下的雨丝被阳光照亮，如一排排竖琴的弦，银光闪闪。一阵豪雨之后突然又天开云散，又回到丽日蓝天。这时，树叶上，花朵上的水珠儿在阳光照射下如钻石般闪烁。如果你有幸被这场雨淋了，就有机会尝到昆明雨的滋味，一滴滴都是甜的。这种阵雨一天会反复多次，蓝天因之显得特别润；白云因之显得特别亮；这时天空中也许会出现一道艳丽的彩虹，空中又复响起嗡嗡的鸽哨声了。

接下来的日子雷雨少了，阵雨多了。这种阵雨也就十来分钟。最长不过半小时。一天里便这样停停下下，下下停停。正如汪曾祺先生不知"雨季"之说，昆明人也不知他老家的"梅雨"是怎么回事？昆明的这种和阳光结盟的雨落到地上，就使"草木和树叶里的水分都到了饱和状态，显示出充分的，近于夸张的旺盛。"由是，造就了一个四季如春的昆明。

这几年，昆明的雨季照样年年都来，但细心观察、对比，就发现它和以往不一样了。"70后"的年轻人缺少对比，是不知道昆明现在的雨和已往有什么不同的。

首先是天空不一样。以往昆明雨季的天空白是白，蓝是蓝，每片蓝天和每朵白云界线很清楚。便是乌云，也是有模有样的。当然现在也有蓝天，但多是灰不灰，蓝不蓝，那些有形有状的乌云也变得像破棉絮似的笼统一片，布满天空。阴霾，已成了昆明的常客。即便下雨。琴弦似透亮的雨丝再也见不到了，彩虹也因之基本和这个城市绝缘。雨水的味道怎样？这些年没尝过，不过我敢肯定没过去的清，过去的甜。原因很简单：满街如蚂蚁搬家似的车流所排出的废气和尘埃笼罩在城市的上空，若在远郊的山顶看昆明，灰蒙蒙一片，这种高碳烟尘凝成的小颗粒和雨水搅和在一起，落下来的会是纯净水吗？

雨水已不是当年的雨水了。那么木香花呢？"昆明的木香花很多，有的小河沿岸都是木香花。"那是西南联大时的景象了。这些年在昆明已不再看到木香花,连有着很多奇花异卉的花鸟市场也难得找到。这种美丽的小花已随着老宅院的拆迁,河道的改造而绝迹了。

又一次在雨中重读汪曾祺先生《昆明的雨》,沉思默想,观察对比之后,突然对木香花来了兴趣。昆明是再也找不到木香花,便打电话到曲靖问一位亲戚。说有。刚好他分出一盆养在小花盆里。遂请他带来。过不久花到,柔弱得很。为验证它的身份,我特地翻了《辞海》"木香"条,有"灌木","攀缘茎","奇数羽状复叶"等,我一一核对无误。好!我一定得精心呵护这小苗苗。复又想到明年雨季再来时天上已斗转星移,地上已物异人非,此雨非彼雨矣!不禁黯然神伤。

然木香花会有的。猪头肉也会有的。只是"一杯浊酒"中恐怕再难品出"木香花湿雨沉沉"的那种况味,那种氛围了!

寻找万木草堂

·张瑞田

阴雨连绵，广州的冬天显得意外冷寂。去南海，在丝丝冷意中谒拜了康有为故居。围着一座老房子转来转去，如同回到熟知的故园，面对陈年旧物，少不了生命中的一份紧张和激动。簕杜鹃的花瓣在老房子的院子里恣意伸张，粉红、殷红的花影自由流动，就为眼前添了些温暖的色彩。

对康有为，我怀着永久的好感。中国近现代的历史人物，深陷政治与艺术的双重漩涡中，康有为应该是第一人。他试图推动历史车轮向前行进的政治活动，他在学术、文学、书法领域的独到建树，他不顾老迈之躯远赴北极、南美的英雄壮举，使中国的几代读书人拍案击节，为之动容。张元济诗云："南洲讲学新开派，万木森森一草堂。谁识书生能报国，晚清人物数康梁。"

对康有为创办的万木草堂也不陌生，可是，这座书院在广州的具体位置却说不清楚。一般情况下，出租车司机是一座城市的活地图。遗憾的是，换了三辆出租车，也没有找到万木草堂。最后搭乘的出租车把我丢在文德路，就绝尘而去了。我只好一边问路，一边前行。我专找老先生问，他们的回答是，万木草堂大概在中山路。中山路？漫长而曲折的中山路，康有为和万木草堂何在呢？没有办法，我们就在中山路上寻找吧。直觉告诉我们，万木草堂就在附近。一路上，我想戊戌变法，想到康有为创办万木草堂的政治意义，又想起起始于广东的改革开放。

不知不觉，来到一个丁字路口，左行是中山四路，我左右看看，想了想，就向中山四路走去。这里是老城区，大树奇多，高而阔的树冠密匝匝的。今天天气好，暗绿的树叶呈现出蓬勃的生命活力。大树的后面，多是两三层的小楼，斑驳的墙壁，涂成了浅紫色，平添了几分沧桑。一些古旧的建筑正被拆除，工地显得零乱。我们在一片废墟的后面看见一排老房子，一间房门挂着派出所的牌子，索性走了过去，想必警察会为我们指出去万木草堂的路径。已是午休时间，来到派出所，见到一个值班的女同志。提及万木草堂，她也是一脸的茫然。我们只好扫兴出门，为广州人对万木草堂的遗忘感喟良久。顺着这排老房子前行，即将走到另外一条路时，我下意识地向右手边的小胡同看去，突然看到胡同深处的一栋房子和刻在房檐上端的"邱氏书室"四个颜体楷书大字。我的心一震，默念道：这不就是康有为的万木草堂吗？

　　1888年，第一次以布衣之身上书参政无果而终之后的康有为，显得十分孤独。一方面，他的名声大噪，成为广东学界的传奇人物；一方面，因政治理想无法实现，心气晦暗。落脚广州后，康有为打算守静读书，把笔习字，深入思考中国的历史与现实问题。这期间，他认识了有志青年陈千秋、梁启超、徐勤等人。在他们的恳请之下，康有为租下了位于广州长兴里的邱氏书室，创办了长兴学舍，又称万木草堂。这是一所特殊的学校，其体制由康有为自创。他任学堂的总教授、总监督，同时在学生中选出三到六人为学长，协助康有为管理学校。在万木草堂求学的人每学年需交10两银子，名曰"修金"。康有为规定，对前来求学的年轻人不要求学历，不重视门第、年龄，只要有新思想、新观念，就有资格到万木草堂就读。对家境贫寒之士实行免费入学。1891年，康有为撰写了校规"长兴学记"，倡导万木草堂以孔学、佛学、宋明理学为体，以心学、西学为用。在讲义理之学的同时，又讲西方哲学；在讲考据经史、文字之学时，又讲外国历史、地理、数学、语言等。康有为十分重视体育，他要求万木草堂将体育与习礼结合起来，定时举行兵操和射击练习。万木草堂的教学方式可谓中西合璧。对康有为教育家的风范，梁启超说："先生不徒有教育家之精神而已，又备教育家之资格。其品行方峻，其威仪严整。其授业也，循循善诱，至诚恳恳，殆孔子所谓诲人不倦者焉；其讲演也，如大海潮，如狮子吼，善能振荡学者之脑气，使之悚息感动，终身不能忘；又常反复说明，使听者涣然冰释，怡然理顺，心悦而诚服。"康有为的风采，其实就是万木草堂的风采。

　　我疾步来到"邱氏书室"前，看见固定在门边一个一尺见方的牌子，上书"万木草堂"和"广州市重点文物保护单位"字样。这是一排坐北朝南的青砖瓦房，房脊陡峭。房门已上锁，从门缝里窥视，只能看见一个空旷的房间，里面一片狼藉。显然，这里不是一个陈列馆，也没有修整，仅仅是一处布满灰尘的陈迹。只是这个陈迹与康有为、梁启超有关，与近代中国知识分子的心路历程有关。

沿着万木草堂走了一圈，始知旧年的邱氏书室一直沉在时间的长河里，还曾有多户人家在此居住。此刻，它四周的老房子开始拆迁，破碎的瓦砾在阳光下轻轻跳跃。万木草堂黑色的身躯沉睡着，一副疲惫的样子。里面空空如也，想仔细瞻仰一下的愿望无疑落空了。打算进一步详察康有为和万木草堂的昨天，看来只能依靠印刷物的记载。只是印刷物总不免单薄。

离开万木草堂，有一点郁闷。在离万木草堂不远的地方喝了一杯咖啡，还心事重重地眺望着它。于今天的中国，我们没有任何理由忘记康、梁，以及眼前这座不算古老的建筑。我清楚，拥有现代化梦想的中国，还有一段坎坷的道路要走。为了少走弯路，回首历史，应该是明智的选择。

黄姚竹音

· 张燕玲

又到广西黄姚，清明过后，谷雨之前。

依旧古香古色，依旧恬淡静好。两峰葱茏相连处，古榕绿荫庇护，姚江蜿蜒环绕，走在如水的老青石板路，静听满城古韵的明清建筑诉说着黄姚昔日的繁华，一如溪边那座伫立了几百年的"司马第"官宅，默然中不知隐藏着多少人事情节。而抗日战争时在此避难的众多文化名流，更为古镇勾皴点染了一代风流。人文余音与自然胜景便绵绵不绝地引来四方客，我也是闻声而三顾者。

前两次因陪远方客人，未能深识黄姚真面目。今年借着清明回八步祭祖，只身第三次来到这个距家乡不远的古镇，除了听满街的乡音，就想来看看黄姚的意象。

带龙桥、宝珠观、吴氏宗祠，处处可见的森森翠竹，或散生或丛生，婆娑有致。街上一位阿婆在教我识竹后告诉我，上世纪60年代时逢灾荒，这里的竹子大面积开花，人们纷纷采摘竹米为食，救活了不少乡亲，她说开花的竹子一般都是几十岁以上甚至几百岁。这些挺拔秀丽、千姿百态的竹子，就这样摇曳着黄姚人"宁可食无肉，不可居无竹"的诗意栖居。

迎秀街戏曲大家欧阳予倩先生故居，青砖，木门，木窗下一方石条凳，与相邻百姓家并无二致。吊在房顶上的铜油灯与满墙的黑白剧照，令我遐想无限。迎面是欧阳先生伉俪与女儿以及黄姚同仁的合影，他们含笑着，仿佛在迎接四方来客。可惜照片历经数十年，我只能依稀辨识着欧阳夫人李韵秋的神情。这位曾因媒妁之言被欧阳坚拒，继又相爱相助欧阳一生的大才女就是在此间缝补浆洗、提笔伏案的？凝望着隐约的雕梁画栋，遥想着田汉称赞他们"台上典型台下效，铜琶应唱"在此相生相应的情形，心底一片温软。

遥望旧时春色，这里也会有属于欧阳夫妇农时的叙事诗，关于他们的菜地，他们的柴米盐油，他们的鸡鸭，等等。而更多的是为战乱避难沦落在此的同好们的神会。想想抗战爆发后，欧阳予倩等一代名流从上海迁移桂林，一到桂林便开始了六年之久的桂剧改革。他建立广西艺术馆并自任馆长，同时兼桂林剧团团长。墙上的剧照无声地诉说着他将他之前创作的京剧《梁红玉》、《桃花扇》、《木兰从军》等改成桂剧演出，还创作了桂剧《搜庙反正》、《胜利年》和话剧《越打越肥》、《战地鸳鸯》、《旧家》等剧本，导演了老舍的话剧《国家至上》、夏衍的《愁城记》、阳翰笙的《天国春秋》和沈浮的《小人物狂想曲》等。尤其在1944年主办名震一时的西南剧展，美国著名戏剧评论家爱金生在《纽约时报》上盛赞此次剧展是"除古罗马以外有史以来的仅见"。如此非凡伟业，欧阳予倩是在广西成就的。它不仅鼓舞了民众的抗日热情，更进出传统与现代之间；既借木兰、梁红玉和李香君之声发民族抗战之音，伸民族气节和风骨，又以无羁的艺术探索保卫和发展了中国的文化；既为成就桂林文化城奠定了重要基石，更开了中国一代戏剧新风。"这是一个古老的文明不甘于停顿，而在艺术的新发展下检讨，并从中汲取经验。"学者赖贻恩在他的书中如是说。

西南剧展还在尾声，战火却已烧到桂林。1944年的秋色里，艺术馆人员又与一批文化名流从桂林到昭平县城再度疏散到黄姚。共同的理想与命运，他们在此相逢相知，相互成就了一代风流，同时，也成就了一种纯真的、于今杳不可寻的人际关系。于是，他们以吴氏宗祠作临时馆址，上课，议事；在街头的古戏台上向群众公演；举办漫画、木刻和风景写生等作品展览。那些个古戏古曲在欧阳先生节奏分明的演出中，戏台上下演绎着如何的盛况？小小的黄姚，起码是千人空巷了，我想。

故居外，姚江边，片片竹林。一股清气扑面而来，便想起魏晋"七贤"的竹林，其人其文不早已附丽于竹子？"此节无凋零"，"终古保坚贞"，如此人文相映着中空、有节、挺拔的竹性并流芳千古。这种气节与刚直不阿，不也同时映照在与欧阳并誉"北梅南欧"的同好挚友梅兰芳身上吗？日寇一再命其演唱，梅兰芳就蓄须罢演并画竹以"虚怀抱竹坚"明志，其节气风骨传诵至今。

春雨如新，竹枝吱吱呀呀，节节笔直。欧阳们栖居在暂时的乡农中，心却远在战火纷飞的故土，那里镌刻着国家的安危。于是，情怀，风骨，重负与担当，化为才艺；于是，这里不仅砥砺戏曲，还有他们创办的名震广西的昭平版《广西日报》，宝珠观内还有千家驹担任校长，欧阳予倩、秦宗汉、张锡昌、过长寿、云风等担任教师的黄姚中学，还有他们为青少年创办的图书馆，欧阳予倩的手书"黄姚图书馆"和高士其捐赠的图书还在，如此种种文化书风，与欧阳先生那一出出桂剧唱响了黄姚，并随风吹遍当时饱受凌辱的祖国大地，在血雨腥风的夜晚，在风雪弥漫的黎明，哪怕他们重返城市，重返紫陌红尘，这份黄姚竹音也经久不衰，直至今日。

一代文化大家就是这样在战争年代抱团，并以自己的方式发出抗战之音。他们虽处江湖之远，内心却从来守望着现实困境，依然忧国忧民，而且这是集体之音，一个民族不愿当亡国奴的抗争之音。因为面临国破家亡，就没有了个人的命运，所有人的命运都连在了一起，就如黄姚丛丛竹林，一枝开花，随即波及全林。

倘若黄姚仅仅有一江春水，仅仅有一街的古意，仅仅有一镇的人事与情节，它也已经值得我们倾听这自然之声与历史回响了。然而，黄姚的好，还在于我们不可忽视的这湿地坡岭，一江一水一簇一堆的竹子，他们经年累月站在这里随风顺水轻轻发声，低回音绕着黄姚心中的珍重之声。这是战乱世界中文化人抗争的风骨，以及文明的珍贵记忆。这风骨和记忆，已经深入竹子根部，化为竹节，节节笔直。

问 茶

· 赵良冶

从巴蜀大地的蒙顶山，往东吴形胜的西湖，一个名茶之乡到另一个名茶之乡，心中所愿，便是问茶。正值初夏，龙井村周边，茶树茂盛，茶园飘香，龙井、胡公庙、御茶园诸般古迹，散落其间。不愧名茶之乡，家家开茶舍，户户植桂花，庭院净洁，茶室雅致。落座院中，主人殷勤，摆杯取茶，冲泡起来。

品茶讲究一观，二闻，三尝。先观形与色。看杯中龙井，一芽一叶，半浮半沉，汤色绿中透黄。主人果不欺我，正宗明前龙井也！原来，采自清明前的龙井和甘露，色泽必微黄。谷雨后汤转碧绿，品质稍逊。再闻其香。淡雅茗兰，清冽甘醇，悠远绵长，让人直呼美妙。继而品其味。细啜慢咽，霎时香溢齿颊，鲜爽甘醇；俄顷沁心入脾，心旷神怡。

龙井茶以色清、香郁、味醇、形美著称，宋时得名，并成贡品。清代，乾隆六下江南，4次品茶龙井，吟诗10余首，留有"我曾游西湖，寻幽至龙井。径穿九里松，云起风篁岭。新茶满山蹊，名泉同汲绠。芬芳溢齿颊，长忆清虚境"一类追忆赞誉的诗句。兴之所至，还题写御碑，采茶山野，封18棵茶树为御茶，龙井茶声名鹊起，盛极一时。

主人对龙井茶的夸耀，诸多诗文对龙井茶的褒奖，于我是不甚看重的。断非轻狂，蒙顶山给了我足够的底气——有关茶叶和茶文化的一切，总能在这里找到对应。

说渊源，中国有文字记载的种茶第一人，后世尊为茶祖的吴理真，西汉时期就种茶蒙顶山。蒙顶甘露之名，即源自汉宣帝甘露年号。说名分，蒙顶茶从唐代入贡，延续至清亡，前后1000多年。说贡献，蒙顶山及周遭是藏茶主产区，宋以来，每年上百万斤茶叶运往青藏高原。一条茶马古道，由此延伸，跨越万水千山，架起汉藏民族交流的桥梁。说文化，历代名人诗词，随手拈来，有白居易的"琴里知闻唯渌水，茶中故旧是蒙山"、刘禹锡的"何况蒙山顾渚春，白泥赤印走风尘"、欧阳修的"积雪尤封蒙顶圣，惊雷未发建溪春"、苏轼的"南来应带蜀冈泉，西信近得蒙山茗"、陆游的"雪山水作中泠味，蒙顶茶如正焙香"等，无不对蒙顶山茶推崇备至。至于悬挂茶馆门前的"扬子江中水，蒙山顶上茶"，更是最响亮的招牌。

　　然而，悠远的历史，丰厚的文化，不能阻止这些年甘露的淡出。龙井则不然，乾隆以来，影响力不断拓展，民国期间跃居中国名茶首位。尤其这几十年，培育优良品种，推广科学采制，规范质量标准，形成产业闯市场。再加打造龙井问茶、梅坞春早等茶文化旅游景区，西湖龙井名声更甚，稳居天下第一。透过价格，显现品牌魅力。

　　问茶龙井，语气不恭，显出我心浮气躁。龙井、甘露文化背景差异，采制各有绝活，形、色、味独具特色，再有茶客嗜好不同，焉能道出孰优孰劣？又何止龙井、甘露，天下名茶，可说妙处各异。茶者，淡泊平和、清心寡欲之饮品，我心浮躁，非较龙井、甘露高低，犯茶道之大忌、饮者之雅量。今将龙井细细品来，顿悟得真谛。眼前，川流不息的游人，令我动容；依托一个茶品牌，做好一篇大文章，让我景仰。脑海中，由不得冒出一句话：发展才是硬道理！于龙井，这是褒奖；于甘露，则是希望。

人性山水

· 周宗飞

山水是通人性的，尤其是白水洋、太姥山、白云山组成的宁德世界地质公园。

到屏南的白水洋，总觉得白水洋是一位阅尽沧桑的智慧长者在循循善诱地教诲我做人的道理。

白水洋没有城府，胸怀坦荡。整个景区仅由一块平展展的巨石构成，且与周围的山体相连。他不像溪流那样蜿蜒曲折，也不像大海一样深不可测，更不像高山那样，让人望而却步。水是白水洋光洁的肌肤，清澈见底；是白水洋的表情，单纯又淡定；而硕大无比的岩石则是他的心灵，刚毅又从容。

在白水洋，不论老少、贫富、贵贱、病残，你都可以心无挂碍。他宽宏大量，心地无私，而又善解人意，像父亲又像母亲。你喜你怒你笑你哭，他都一样宽待你呵护你。那潺潺的流水没过你的脚踝，那润润的岩石摩挲你的脚底，从不因你性情的变化而变幻。走在白水洋上面，不论你踩踏哪一块岩面、亲吻哪一襟流水，你都无需顾忌。该拥抱时，他一样会深情拥抱，用他有力的岩石；该安抚时，他一样会轻柔安抚，用他温清的流水。

福鼎太姥山的性格却与白水洋迥异。他不像白水洋那样终日呈现一副可爱、单纯的面容。远古以来，太姥山都凝固着一副孤傲、深沉而又淡泊的表情，让人高深莫测又浮想联翩，仿佛阅尽红尘看破世俗的方外高人。他有很强的个性，喜欢勇敢的年轻人；对老弱病残和懵懂小孩，他显得有点冷漠，但也并不拒绝。你爱攀天门岭，你就攀；你爱钻通天洞，你就钻。只要你能，他可由你。

他不说话，并非没有清规戒律。太肥胖了，"一线天"洞口你要打住；太自尊了，你不要过"三伏腰"；太吝啬汗水了，你最好呆在夫妻峰脚下的花园广场里溜达。你爱他，他就爱你；你敬而远之，他也默然相对。他让你知道，喜爱、热情、宽容、尊重，这一切的一切从来都不会一马平川而不设樊篱的；就像仇恨、冷漠、嫉妒、鄙薄，从来也不会无缘无故一样。

他有很深的城府，肚子里装满了奇穴异洞、暗涧潜流，但从不用来算计人；他明辨是非与爱恨："宠也好辱也罢，我还是高昂着'福鼎峰'的头颅；荣也好衰也罢，我依然竖起'擎天柱'的拇指；风流也好世俗也罢，我就是要让本该属于洞房中的举动以夫妻峰千年拥抱的造型展示给世人。我就是我！"这就是太姥山，个性的太姥山！

而福安白云山又有别于白水洋和太姥山。

从蟾溪至龙亭溪峡谷长达10多公里的溪段上，放眼望去，分布着数以万计的奇形怪状的石臼，有的似心、有的像阴阳八卦、有的状如蝌蚪、有的通透若漏斗……有的环环相扣显得错落有致，有的若即若离又相互照应，犹如石头的"众生相"，石雕艺术的大观园，再加上丽日云影，草木婆娑，水光潋滟，直叫人眼花缭乱，叹为观止。

据说，这些石臼长期湮没水底，无人知晓。近年来上游建起水电站蓄水，这一奇观才得以浮出水面，向世人展示它的惊世容颜。

在白云山，不论是小如鹅卵的石臼，还是面积接近2000平方米的壶穴，都有一个共同特点，那就是玲珑、圆润、光滑，没有丝毫棱角利器，仿佛造世主用彩色塑泥捏就的一位犹抱琵琶、刚刚出浴的少女，娇柔美好，让人惊喜万分。

她不得罪对她倾慕的人，却又用遍布荆棘的道路让你处处小心谨慎；对一切都感到好奇，却又躲躲闪闪；有时候她就赤裸在岸上涧边扑闪着童真的眼睛，有时候又藏在溪谷，趴在峭壁，让你割舍不去又亲近不得。说她是冰臼，她默认；说她是石臼，她也不摇头。认定她狡诈圆滑吧，她又不曾伤天害理，欺世盗名；说她诚实善良吧，她又时常会捉弄人，让人心生畏惧。

从白水洋、太姥山再到白云山，品读一路山水，仿佛是在品读一个个性独特的人……

人民日报出版社
散文精选系列

《风在诉说着时候》

人民日报文艺部/主编　　定价：49.00元

ISBN：978 - 7 - 5115 - 0122 - 6

人民日报出版社 2010 年 5 月出版

内容简介：

　　本书精选了当代活跃在国内的一流作家、学者，如袁鹰、王蒙、贾平凹、贺捷生、蒋子龙、陈祖芬、张抗抗、徐坤、陆天明、冯其庸等人的散文倾情之作。

　　他们的散文，或书写人生感悟，或描摹刻画人物，或写景记游，多思想深刻之旨，多辞彩华赡之章，而绝少无病呻吟、附庸风雅、浅尝辄止之文，代表着 2009 年度中国散文的最高水平。

《智慧不会衰老》

人民日报文艺部/主编　　定价：49.00元

ISBN：978 - 75115 - 0335 - 0

人民日报出版社 2011 年 5 月出版

内容简介：

　　2010 年度散文选用一篇文章的题目作为书名：智慧不会衰老。这有如禅意，也颇含寓意。人生如此，生活如斯。我们企盼生活永远美好——理性而又诗意地生活，事业不会衰老，人生不会停歇，而智慧永远伴随着追求前行的人。

《只取千灯一盏灯》

人民日报文艺部/主编　　定价：49.00元

ISBN 978 - 7 - 5115 - 0909 - 3

人民日报出版社 2012 年 4 月出版

内容简介：

　　2011 年散文精选采用其中一篇散文作同题书名：只取千灯一盏灯。意在取其弱水三千，只取一瓢饮之意。

　　翻开本书，你便走进这个风光旖旎的散文世界。大事小情，林林总总，筑一方清新雅静，奉一份真实情怀。一册在手，可以慰藉精神之劳顿，可以静谧思想之浮躁，不失为旅途、案头的心灵栖息之所。